哲学的叩问译丛

史忠义 主编

[法]让·贝西埃 著

史忠义 译

叩问小说
超越小说理论的若干途径

Questionner le roman
Quelques voies au-delà des théories du roman

知识产权出版社
全国百佳图书出版单位

图书在版编目（CIP）数据

叩问小说：超越小说理论的若干途径／（法）让·贝西埃著；史忠义译．
—北京：知识产权出版社，2017.9
（哲学的叩问译丛）
ISBN 978 – 7 – 5130 – 4913 – 9

Ⅰ．①叩…　Ⅱ．①让…②史…　Ⅲ．①小说研究　Ⅳ．①I106.4

中国版本图书馆 CIP 数据核字（2017）第 115333 号

责任编辑：刘　睿　邓　莹　　　　责任校对：王　岩

文字编辑：邓　莹　　　　　　　　责任出版：刘译文

哲学的叩问译丛
叩问小说
超越小说理论的若干途径
Questionner le roman
ChaoYue XiaoShuo LiLun De RuoGan TuJing
[法] 让·贝西埃　著　史忠义　译

出版发行：知识产权出版社 有限责任公司	网　　址：http://www.ipph.cn
社　　址：北京市海淀区气象路 50 号院	邮　　编：100081
责编电话：010 – 82000860 转 8344	责编邮箱：liurui@cnipr.com
发行电话：010 – 82000860 转 8101/8102	发行传真：010 – 82005070/82000893
印　　刷：保定市中画美凯印刷有限公司	经　　销：各大网上书店、新华书店及相关专业书店
开　　本：720mm×960mm　1/16	印　　张：19
版　　次：2017 年 9 月第一版	印　　次：2017 年 9 月第一次印刷
字　　数：264 千字	定　　价：58.00 元
ISBN 978 – 7 – 5130 – 4913 – 9	
京权图字：01 – 2016 – 1078	

Par Jean Bessière

Questionner le roman

Quelques voies au – delà des théories du roman

© Presses Universitaires de France, 2012

卷首语
超越小说理论的若干途径

史忠义

贝西埃的《叩问小说，超越小说理论的若干途径》（法国大学出版社，2012）以问题学哲学为指导，重新审视了小说这种最庞杂的文学体裁，在检视 19 世纪以来主要小说理论家詹姆斯、卢卡奇、巴赫金、奥埃巴赫、热奈特和昆德拉等人的小说理论中，在逐渐批评卢卡奇和巴赫金所设置的目的化的历史言语、奥埃巴赫以《圣经》视野为基础的模仿理论、远离小说活动方式并可以概括为计算时间能力的叙述学以及本质主义的小说观等的基础上，提炼出关于小说的一系列新的关键词。这些词如下：偶然性，性情，二重性，悖论，思辨性人学，整体化和整体主义，信念，历史性，叩问，情势等。贝氏关于这一套思想层层深入的论述，超越了此前的小说理论。《叩问小说》先后数十次地重新界定小说，提出了至今最宽泛的小说定义。这大概是这部论著最大的创新之处。

偶然性是现实、历史、时间和现实主义的常态。自古代起，就存在着偶然性的小说传统。其他体裁都向它们所展示的历史确立了某种必然性。小说则相反，凸显自身的偶然性和自身素材的偶然性。爱情是偶然降临的，对象的选择也极具偶然性。行为人，他们的行动，小说的事件，形式本身都具有偶然性。偶然性的再现是小说创作的主要决定因素。偶然性之再现的这种优越地位说明了性情的重要性和逻各斯的最小中肯性。不管是小说史还是小说理论，都承认偶然性的重要性。然而这种承认却是独特的，纯粹历史的，例如讨论古代小说的文

1

学史，例如亦讨论古代小说的文学理论；或者局限于一类小说，例如奇遇小说。这两种方法限制着对偶然性之塑形的承认。在某种理论的视野里，偶然性应该得到完整方式的阅读。在某种历史的视野里，它还应该与小说历史的连续性并驾齐驱。最后，它还应该被视为小说时间再现的首要条件。恰当的做法就是把偶然性表述为对逻各斯的某种解构，表述为在叙事中青睐时间错乱的手段，表述为反对任何按照某种严谨的叙述组织和行动组织定义叙事的做法。

相对于逻各斯，小说青睐性情，性情即主体；人是任性的和随意的；性情是体现再现问题和反再现问题的一种主要方式；小说按照这两个问题来表述世界。这种二重性与被认为固定的种种身份的谓项游戏是分不开的，与标示变化的能指游戏是分不开的。它主导着小说的时间图式。小说的时间性是根据固定的身份与其无规则变化的结合来定义的，换言之，根据时间系列及其过渡性质来定义。身份之差异性和去差异化的展现是小说的特性，这种展示打开了向主体－实体提问的大门，主体的人应该与这种主体－实体相同一，自此，他的身份便根据其名讳的明证性，根据变化的明证性，从属于它的差异和去差异化的游戏。思辨性人学在小说里举足轻重，它关涉人的形象；它通过历史，通过文化，让人的形象臣服于多种多样的变化，同时赋予它一种隐喻性，使其适用于任何时间的再现，适应于对其表语的任何询问。性情的不同版本可以从小说的历史本身中读出。在古代小说里，人物基本上是根据偶然性写成的，人物的性情与偶然性相关联的去忠实化游戏形成一体，因此人物基本上就是他的探险经历。中世纪小说、骑士小说、英雄小说的性情是独特的；它与赋予人物的行动能力分不开；这种行动能力本身与英雄人物承担风险的资质是分不开的，而这些风险本身是触及共同体的风险的塑形；这种承担使行动可能与历险结合在一起。个体性的小说的性情与个体性的人学分不开，个体性的人学是一种二重性的人学。性情同时塑造了独特性、与独特性相吻合的偶然性和共性（世界、客观性）。教育小说演示了这种性情，因为它是探索或学习独特性权威下独特性与共性相一致的叙事：我们发现这样的小说同时也是通过探索这种一致而压缩风险的塑形小说。拉伯雷的《第三部》及其英雄人物巴汝奇在促进现代小说的发展中，是个体性、学习客观性（世界）与追求风险压缩（需要结婚吗？）之性情的一部范例。个体性之性情与其世界的悖论是不可压缩的。这就是它何以被广泛运用以显示个人与其社会、与其共同体之间距离的原因。例如新兴国家的小说，从前殖民地国家的小说，它们把性情与跨个体性或与类同主义关联起来，通常根据对动物主义的种种温习，此类温习或得到专门处理或者置于寓意游戏的标签下。跨个体性因而意味着人物的下述界定，即在主体多重化身的方式下，他既是自身又是他者。这意味着与个体性之本体论彻底不同的一种本体论：主体的独特性不反对把该主体认同为其他人物、其他生物的多重性：需要重复动物主义、寓意和表述隐喻，它们是跨个体性和类同主义的显性题材。跨个体性的塑形经常与跨时间性结合在一起，例如加布里埃尔·加西尔·马尔克斯的《百年孤独》与其人物乌尔苏拉·伊瓜兰所显示的那样。

这些人学鉴定的每一种（偶然性的主体，风险的主体，个体性，跨个体性）都设置了身份的差异性游戏及其去差异化。个体性的人学意味着每个人都属于同一世界。现实主义小说作为个体性的小说，同时提供了个体性本身的客观性，也提供了展示个体性的支撑：个人可以根据他自身的独特性发展；通过这种客观性，他被鲜明地记录在这个世界。反之，批评传统没有这样一种安排。

与性情和主体塑造相关联的被以不同方式展示的二重性，是小说的决定性材料，决定小说的定位，决定写实性和去现实化，决定虚构，决定情节约束的缺失，决定信念的使用，决定叙述体系和陈述活动以及意识之种种再现的种种歧义。《叩问小说》使用并考察了一系列二重性：身份的差异性与去差异化游戏，规范游戏与反规范游戏，布局游戏与反布局游戏，决定性与反断定性，叙述世界与被叙述世界，故事与主题，再现性美学与反现实性美学，能指与所指，小说的道德性与非道德性，忠实性与隐喻性，人物的独特性与普遍性，独特性与范式性，世界与被再现世界，身份的确定性与不确定性，真实与虚构等，说明作者始终用辩证性的视野去审视小说和小说关涉的种种问题。

与二重性直接相关的概念是悖论概念。小说涉及的悖论是方方面面的，如时间悖论，逻辑悖论，性情的悖论，典型性的悖论（人物身上的平凡性构成人物的尊严，这一点在 17 世纪的法国尤其突出），构成性悖论（如独特性的普遍性，把小说等同于虚构的悖论），审美悖论，现实主义与塑形性的悖论，认知悖论等。悖论与对立统一的区别是，对立统一的重心是矛盾性和斗争性；悖论的重心是异质多元性的统一。

从各种概念、素材和现象中不断推论出相关问题并试图寻求回答，是《叩问小说》的特色。例如，与忠实性缺失相对应的，是关于小说论据歧义的某种询问，这些小说论据有时根据语义的二重性读出，于是便与任何去语境后的言语混为一谈，有时又根据被置于忠实性缺失下的任何陈述系统所刻画的暧昧性而读出。这种情况总体上表述了逻各斯的问题和它的较小的重要性。与主体身份和意识之二重性的见解相对应的，乃是对小说主体本身之歧义的询问。这种歧义的表达方式多种多样：与时间相关联的是，时间意识与意识时间的差异性；与主体谓项游戏相关联的，乃是主体身份的差异与去差异化；与主体和个体性之间的平等性相关的，乃是个体性与个体性之他者的歧义。与客观形势问题相对应的，是对现实主义的询问，后者不与小说再现属性的唯一问题相混淆，但是也与客观性的功能问题混淆在一起。小说论据的歧义，对于小说主体本身的询问，对于现实主义的询问，根据性情的悖论而读出，根据小说信息的不完善而读出，根据性情与现实主义和虚构性的关系而读出。

摹仿说的思想是一种可双重解读的思想，即摹仿说对象的解读和小说的解读。人对现实的参照方式是间接的和隐喻性的；世界的阅读性和小说的阅读性，是修辞性质的。历史和小说的历史是一场运动。这种历史在其独特性中被阅读为拥有毋庸置疑的权利，具有普遍性。体裁的变化相当于在历史中肯定被展现之世界的变化，相当于这些肯定内容的变化以及由它们本身所设置的主体特征的变化。不管其题材如何，小说都界定为一种过渡形态的叙事，对主体及其世界某些规则之建立的缺失的叙事，对某种建立之偶然图式的叙事，这种缺失与这种奠定之间的中间时间和中介形势的叙事。这样，小说就明确地展现了性情和问题性。

小说的情节和叙述组织更多地体现了逻各斯。小说是根据它们的性情和逻各斯两极，根据它们与审美主导的不同构成，根据身份的差异和去差异化游戏而发展的。小说的创造依据身份之差异和它们的去差异化的交替运动和组合运动，这一点关涉小说本身，它的鉴定，它的形式、题材、时间、人物。这些看法与小说研究中占主导地位的信念类型相反，可以重构与小说所青睐之偶然性相关的见解，具体说明小说中身份－物体和变化这两极之游戏的相关概念，重新表述双重阅读性，双重摹仿说。它们还可以重新审视真实、虚构和小说，并由此更进一步昭明小说的功能，回答小说之普遍存在及其根据对全球化的参照而进行的当代阅读所引发的叩问。这些见解远非肯定与重大小说理论相关的小说史阅读中占主导地位的种种范式的中肯性，而是吁请读者们把小说系列所形成的历史阅读为身份之差异的组合史，小说概念及实践的重构史，种种重构乃是这种组合的后果。

时间和世界两种实体的这种未完成性使得情势的图式成为可能，情势事实上是一种多元时代性的图式。历史小说是根据现在时态的一种这类情势的图式。并非历史小说的小说也是这种情势的图式本身。我们应该把情势理解为多种系列事件、行动、时间、多重结构材料的交叉：由于这种交叉，事件、行动和行为人穿越他们自身的鉴定。小说史是小说所塑形的种种情势的历史，它们本身与偶然性是分不开的：情势是根据时间和空间对事件和行动的汇集，而不是根据历史的某种规律；它们与唯名论也是分不开的：情势是根据它所描绘的汇集的命名活动。小说是对历史的某种命名，这是人们通过任何历史小说都知道的事，正如它是种种时间、事件、行为的某种命名一样，在一部并非历史小说的小说里，它宣称把它们作为自己的客体。

这部论著中广泛说明的赋予偶然性的特殊地位是对偶然性及其蕴含的一种关注。这种关注本身又设置了对时间和变化之能力的关注：这种情况改变了身份并修正行动的理由，修正它们的叙事条件和它们的评估条件。对偶然性的关注是对问题性的任何承认的前提。它与任何叙事的上溯性是重合的（回溯与它自身的当下性是相关联的），也与同一叙事的不可能的现在相重叠（完全符合形势情况的现在，根据过去在现在的塑造建构）。这样，小说展现的任何主体都是多重的，它所展现的任何形势和任何论证都是切合变化性质的情势的。通过偶然性的图式，小说呈现为某种悖论性的变异性。这种变异性根据人物和行动来解读。偶然性指示任何行动的双价性这一事实展示了主体与他自己的关系，把这种与自身的关系展示为一种歧义的关系和超出自身的关系。这种展示类型是小说的一种常项。

小说的常态就是根据这种过渡性的时间，根据允许展示这种时间的各种人学塑形，允许人们承认它是它们的条件，根据对主体形势的询问，这是通过与自身的犹如与自身外的关系（这里蕴含着虚构），处理身份之差异性和去差异化的另一种方式。这种展示和这些塑形承载着某种悖论。它们描绘一段时间、一段情势，把它们与种种信念组合起来，把它们变成沟通交际的稳定材料。它们不抹杀情势的异质多元性，也不限制这种情势中可以组合的材料和时间的数量：材料包括文本、叙事等，文学和小说由此可以由这种图式构成，而不致把这种图式基本上压缩为文学成分。从这种游戏本身不可避免地得出拥有一个世界和一部小说的结论，而不像通常所说的那样，需要设置种种明确的参照系。

序 言
论贝西埃对西方传统小说理论的叩问与超越

向 征 史忠义

 这部拙著并不系统介绍小说理论。它关注这些理论的主要论点，关心它们的悖论，关心它们的内涵，关心这些悖论和这些内涵之见证得出的结论。它从这些结论向前迈出了若干步，它们既是对这些理论的概略重写，也是立足于种种小说、种种小说整体的视点。它把这些论点当作激发人们延续它们、反对它们、有时候也许遗忘它们的方式。

 读者可以叩问这样一种关注基本上已经熟知之理论及其延伸的意义何在，这种延伸可以呈现为对这些理论的重新占有——为什么要重新占有已被人们熟知的东西呢？——也可以呈现为建构对小说文存的某种间接评论的手段——相比于细心阅读上述文存，这样一种评论将带来哪些更有益的东西呢？❶

 对这些问题的回答可以概括为三种建议，它们构成对小说理论某些主导性论点的这种重读的指导性线索。建议之一是，小说大概是一种可以验明正身并进行研究的文学体裁。它也可以作为时间变化、历史性变化以及这些变化中各种具体时刻各种身份之耦合的分析来阅读，如行为者的身份、文化资源的身份、认识资料的真谛等。小说创作的重大时刻相当于这些耦合时刻，相当于分析时间变化的这种小说功能；对于西方而言，小说创作的重大时刻包括，骗子无赖小说、巴

---

 ❶ 关于这类问题，见 Rishard Wollheim, *L'Art et ses objets*, Paris, Aubier, 1994; Ed. Or., *Art and its Objects*, 1980。

洛克小说、18 世纪的英国小说、19 世纪的现实主义小说，尤其是法国的现实主义小说，以及从塞万提斯（Cerventès）到乔伊斯（Joyce）的某些灯塔式的小说家。建议之二是，这种功能与小说的某些特性是分不开的。这些特性不是形式方面的特性；它们不呼唤人们承认叙述性或摹仿说的某种特殊地位，我们仅以小说理论通常视为文类定义的两种基本特征为例。这些特性是根据身份的处理来表述的，行为者的身份，广而言之，小说引为自己对象的种种资源的身份，是根据它们的差异性和无差异化来表述的。这种二重性部分上与时间变化的处理以及这种时间变化所形成的问题相关联。❶《堂吉诃德》（*Don Qui-chotte*）提供了这些观点的典范性的昭示。❷ 建议之三是，时间变化、身份差异性和无差异化的形象化导致了小说突出性情的塑形，超过了对逻各斯的塑造。种种人类学的塑形以及主体展示中的某种二重性与上述突出是分不开的，这里的二重性是指与自身的关系被展现为自身以外的关系。这些人类学塑形和人之主体的这种展现有助于反映虚构的定位，小说即是虚构。

按照这三种建议重新阅读小说理论，可以把理论从物化（la réification）它们自身论据的先天倾向中解放出来，并把对小说体裁的询问转移到对小说用以回答之物的特征化的询问：时间的变化和身份游戏的二重性。某些小说的目的有时是通过变异通常可观察到的身份的做法本身来展现这些无差异化的，如幻想小说、科幻小说、侦探小说等，有时则把这种无差异化作为一条审美原则，如语言小说（roman du langage）和能指小说（roman du signifiant）。小说把各种身份置于叩问和某种可能性的游戏下，且不把它们与人学的视野分开，后者突出了性情的修辞学端极（le pôle rhétorique），超越了逻各斯的修

---

❶ 我们一次性说明，这些论点得益于对米歇尔·梅耶（Michel Meyer）的《叩问与历史性》（*Questionnement et Historicité*）一书的阅读，该书没有论述小说，而论述了关于变化、时间、历史性的很多东西。

❷ 参阅本书（原著）第 71 页及后续内容译著第 58～59 页的内容。

辞学端极。❶ 这说明，小说可以提供许多人学塑形。

这些建议把小说理论的材料、关于小说史的视野和人们乐于置于"全球化"标签下的它的现实视野关联在一起。这样来把玩理论、历史和现实不是一种故弄玄虚的手段："全球化"所描画的巨大的时空体与某种小说路径特别契合，假如我们不是过于卑微地系于米哈伊尔·巴赫金（Mikhaïl Bakhtine）赋予时空体的定义的话，"全球化"所描画的巨大的时空体犹如人们称作时空体小说的某种功能性特性。

这三种建议还可以允许我们具体指出参照小说史的方式，指出小说和虚构的日常游戏，以及在一种小说研究的氛围里，与叙事和虚构相关的论点的功用性。

小说的任何研究都置于小说史上的长篇巨制的鉴定与不可能重温小说创作浩如烟海之量和异彩纷呈的多样性之间，前者指的是最负盛名的小说家，小说的重大类型和它们所标志的小说体裁史上的特殊时期，后者是说由于人们永远都未熟读足够多的小说，以期以稍微详细的方式反映该体裁的演进和存活情况，于是小说史以某种方式被置于达尔文主义的标志下。❶ 但是，这两种约束都不应该视为过于死板的东西。不管西方范围的小说史的起源多么繁杂——塞万提斯或笛福（Defoe），拉伯雷（Rabelais）或理查森（Richardson），骗子无赖小说或巴洛克小说，西班牙小说或英国小说，不管这种相同的小说史见仁见智地解读其体裁的各种源泉——古代小说，西方哲学决定把这类叙

---

❶ 这条建议应该给予具体说明。它并不是说，这条建议设想小说表达人的真实。它根据在一种文化中占通行地位的各种人类学范式，使人的展示多样化，选择它们、使用它们，以回应它所昭示的时间游戏。如果参阅主导性的小说理论之一，我们这里与勒内·基拉尔（René Girard, *Mensonge roma ntique et vérité romanesque*, Paris, Grasset, 1961）的想法相反，即小说表达人的真实。小说等同于真实的这种言语，这种言语排除把性情解读为小说呈现之回答的建构手段。我们指出，性情塑形的多重变化应该一直考察到弗兰克·埃贝尔（Frank Herbert）和其他人的科幻小说所展现的当代机器人。

❶ Franco Moretti, «The Slaughter House of Literature», *Modern Language Quarterly*, Mars 2000, vol. 61（1），p. 207.

事叫作小说；或者中国小说和口传童话的传统，或者史诗❶——它都反映了这种双重捆绑的效果：鉴定小说的重大时刻，但同时又提供某种考古学。事实上，人们从这些考古学的每一种所读到的，与其说是假设的小说史，毋宁说是文学活动的某种类型，它通过重拾以前的某种活动而表述了自己。小说是对时间变化、历史变化的一种回答，它根据素材身份的二重性——差异性和无差异化——把它们变成自己的客体。这种回答自身打开了发现种种身份之其他差异性和其他无差异化的大门，这种发现转移了小说的实践和审美。

最后一点说明可以重构。小说把根据时间变化、历史变化的语词置于新的语境中。倘若应该表述体裁的某种反射性，它是根据两种语境的游戏而进行的，即过去的语境或刚刚发生的现在语境与小说所呈现的新语境。如果应该表述这种视野下的摹仿说和现实主义，那么恰当的是把它们表述为界定小说如何展示一种意指降临一种新语境的方式，而旧语境的语词得到保留，这是一方面，另一方面，它是怎样把这种摹仿说、把这种现实主义，变成鉴定上述新语境、鉴定降临意指之种种同意意见的塑形的。自 17 ~ 18 世纪起，在欧洲范围赋予虚构和小说之明确结缘的重要性，❷ 把小说定义为这种新语境之塑形、它

---

❶ 关于小说和史诗，关于古代小说与史诗的距离，见 Margaret Anne Doody, *The True Story of the Novel*, *New Brunswick*, *N. J.*, *Rutgers University Press*, 1996。

❷ 关于虚构与小说结缘的询问假定现实主义意向和效果得到明确地承认。那么虚构的鉴定就可以理解为有关新语境和询问这种新语境之塑形需要承认的贴切性的游戏手段之一。由于关于虚构的反思在 20 世纪是发生在分析哲学里的，在某种初始阶段，它与这些文学视野是无缘的。但是它可以以某种特殊的方式被重新拾起，参阅本书（原著）第 237 页。同样的说明加上必要的调整对于小说语词也是适用的，17 世纪，人们赋予小说某种确定的具体定义："小说是用艺术散文写成的旨在取悦并教育读者的爱情奇遇的虚构故事……"（Pierre - Daniel Huet, dans C. Esmin (éd.), *Poétique du roman*, Paris, Champion, 2004, pp. 441 ~ 442）。C. 艾斯曼强调，自 17 世纪起，历史对小说的重视，在于明显发现了体裁的演进，用我们的话说，在于发现了新语境的图式。这种演进提出使用这些语境、使用小说以及小说所承载之种种询问的中肯性问题。回答这一问题是各种小说理论的目的，参阅本书（原著）第 39 页，中文本第 26 ~ 27 页。

所承载之叩问的塑形的明显建构，定义为有可能同意这种塑形的明显
建构。

　　如果我们想具体指出当今小说理论或与小说研究相关联的理论
（例如叙述学、虚构理论、符号学理论等）的重读可能是什么样子时，
上述见解就不会千篇一律。关于小说的那些大的理论是小说史的理
论，这种说法对格奥尔格·卢卡奇和米哈伊尔·巴赫金同样有效，它
们不表述这种历史的相同时代，但是设置了小说史言语的一种相同的
逻辑，即表述被目的化的历史。事实上，这种历史言语不断地按照它
所建议的各种重心，鸟瞰历史，同时它并不这样来界定小说活动，使
它能够反映历史的恒常性。这就界定了重读的种种视野。尽管当今关
乎小说研究的理论并非这种研究的固有理论，它们仅对小说创举所构
成的特殊活动的路径作出部分贡献。只需说说虚构理论：远未允许某
种相对主义的体裁方法，它们把该体裁的特征本质化：虚构是自身有
效的东西，不管对假装、错误和各种可能世界的长期冥思带来的细微
差异是什么。只需再说说源自叙述学的各种理论：它们局限于叙事，
不能反映小说；它们相互之间是不和谐的，用它们的多样性来界定某
种叙事能力，这种能力概括为计算时间的能力。人们远离小说的活动
方式。延续小说理论依然是反对当今赋予把小说等同于叙事游戏、等
同于虚构、等同于前者和后者之特征化的这种优先地位。❶

　　这部论著较少是对某些有关小说之论点的某种批评或某种解建
构，而是对主要小说理论和小说研究（叙述学，虚构）所提供的主导
性小说形象的某种转移举措。我们说主导性形象，因为理论和研究给

---

　　❶　小说理论与关涉小说或广而言之关涉叙事和虚构之关系的这个问题收到了各种各
样的回答。人们时而坚持小说理论的传统以及关于叙事和虚构的特殊研究（Matthias Bauer,
Romantheorie, Stuttgart, Metzler, 1997）属于小说理论；时而像于尔根·施拉姆科（Jürgen
Schramke, *Zur Theorie des modernen Romans*, Munich, Beck, 1974）那样指出，第二种类型
的研究是反历史的，我们补充说，它远不能反映什么是小说的功能，即回应时间和历史
的变化，并回应由此产生的身份的游戏。

出的小说再现的基本意图是，界定小说体裁阅读的条件。这样一种定义蕴含着对小说置于作品中的形式的、言语的、语义的种种真谛或反真谛的明确探索。在这一点上只需重复下述内容，即小说是展示其真谛或反真谛之凝结的对立面。

在上述见解的范围内，关于小说的思考历史不呼唤某种反向阅读，而要求对方法的某种束缚给予具体说明。自19世纪以来，这种思考的一部分得到承认并承认小说的某种中肯性。它把小说与客观史料结合在一起，这里的史料包括小说本身的史料和小说作为素材的史料。它并没有必然得出与这些客观史料相关的某种规范，或者把小说等同于某种理念。这就形成了对实在论和理念论的拒绝。例如，由彼得罗·西塔梯（Pietro Citati）所描述的19世纪的欧洲小说传统，❶ 就把对恶的再现放在突出的位置，但是却没有喻示某种道德规范。青睐恶题材可以在小说里记载被人们当作客观的一种资源——恶首先属于一种社会定义——而批评思考不必更明显地把重心放在这个或那个写实主义的准则上，也无须指出某种绝对的道德。这一点还可以从20世纪西方的某些主要的小说理论中读出。它们事实上讨论的或者是文学上的现实主义，或者在不忽视形式风貌的同时，讨论小说所承载的存在主义塑形，如何塞·奥特加·伊·加塞特（José Ortega y Gasset），❷ 爱德

---

❶ Pietro Citati, *Le Mal absolu. Au coeur du roman du dix - neuvième siècle*, Paris, L'Arpenteur, 2009；Ed. or. , *Il male assoluto*, 2000.

❷ 奥特加·伊·加塞特（1883~1955），是20世纪西班牙最伟大的思想家之一，于文学和哲学皆有深厚造诣，他的思想和政治理念影响了西班牙的知识分子，有人将他誉为西班牙的陀思妥耶夫斯基，而法国存在主义作家加缪则称他为继尼采之后欧洲最伟大的作家。加塞特还是现象学传播史上至关重要的人物。加塞特1883年诞生于西班牙马德里（译者注）。这里涉及的著作如下：José Ortega y Gasset, *Meditations del Quijote*, 3ᵉ édition, en-ligne, Biblioteca virtual, http：//iddooqaa. eresmas. net/ortega/biblio/biblio. htm-éd. or. , 1914, et pour *Idées sur le roman*, voir p. 30。

华·摩根·福斯特，❶ 让－保尔·萨特。❷ 这些理论赋予小说中直接

---

❶　爱德华·摩根·福斯特（Edward Morgan Forster，通称 E. M. Forster，1879～1970），生于伦敦，幼年丧父，由姑妈和母亲抚养带大，后入剑桥大学国王学院学习。1901 年福斯特大学毕业后去希腊和意大利旅行，并创作了《天使不敢涉足的地方》（*Where Angels Fear to Tread*，1905）和《一间看得见风景的房间》（*A Room with a View*，1908）两部表现令人窒息的英国中产阶级社会与意大利生气勃勃生活的对立的小说，以及带有自传色彩的《最长的旅行》（*The Longest Journey*，1907）。《霍华兹别墅》（*Howards End*，1910）针对英国社会经济与文化、富人与穷人、男性与女性之间愈益尖锐的矛盾冲突，探索建立"联结"关系的途径，《印度之行》（*A Passage to India*，1924）则以英国海外殖民地为背景，书中的关注点是英国人和印度人能否成为朋友，出色地描写了不同民族心理和不同文化心态之间的冲突和张力，这两部小说奠定了福斯特作为 20 世纪英国最重要小说家之一的地位。他在小说理论方面也颇有建树，《小说面面观》（*Aspects of the Novel*，1927）涉及一般小说理论和具体写作技巧，书中提出的一些概念经常被评论家使用，已成为 20 世纪英国小说艺术的经典理论著作。1946 年剑桥大学授予他荣誉研究员称号。福斯特喜欢剑桥自由自在的学术讨论气氛，在那里一直生活到逝世（译者注）。这里涉及的著作是：E. M. Forster，*Aspects of the Novel*，édition électronique，New York，Rosetta Books，2002；Ed. or.，1927。

❷　让－保尔·萨特（Jean－Paul Sartre，1905. 6. 21～1980. 4. 15），思想家、作家，存在主义哲学的大师，其代表作《存在与虚无》是存在主义的高峰作品。他出生于法国巴黎一个海军军官家庭，幼年丧父，从小寄居外祖父家。他从小就阅读大量的文学作品。中学时代接触柏格森、叔本华、尼采等人的著作。1924 年考入巴黎高等师范学校攻读哲学。1929 年，获大中学校哲学教师资格，随后在中学任教。1933 年，赴德国柏林法兰西学院进修哲学，接受胡塞尔现象学和海德格尔的存在主义。回国后继续在中学任教，陆续发表他的第一批哲学著作：《论想象》《自我的超越性》《情绪理论初探》《胡塞尔现象学的一个基本概念：意向性》等。1943 年秋，其哲学巨著《存在与虚无》出版，奠定了萨特的无神论存在主义哲学体系。"二战"期间应征入伍，1940 年被德军俘虏，第二年获释。

20 世纪 40 年代，萨特既在战场上也在文坛上参与反法西斯运动。20 世纪 50 年代，萨特是西方社会主义最积极的鼓吹者之一。20 世纪 60 年代，萨特和他的终生女友西蒙·德·波伏瓦的身影出现在世界各地最敏感的前线上：1960 年加勒比海危机时，他们在古巴；1967 年中东七日战争爆发时，他们在加沙地带。1964 年，萨特更以他的超常举动，令世界震惊。这就是对诺贝尔文学奖的拒绝。这是历史上第一个自觉拒绝诺尔奖的人（之前有两人因政治原因被迫拒领）。理由是他是一位和平主义者，他不愿意将自己的名字和一个研究炸药的人联系在一起。萨特一生中拒绝接受任何奖项。20 世纪 60 年代后期，法国多次发生学潮和工潮，而萨特始终是运动中的精神领袖。

承认真实和直接承认主体之权力以同等的公民权；但是它们把小说变成辩论这种承认的载体。不管是作家还是理论家，不管是现实主义的视野还是存在主义的视野抑或伦理视野，论据的选择很容易读出来：既要避免设定小说与真实的明证性毗邻，又要避免暗示某种连续的命题游戏从小说中呈现出来，这个工作属于作家、理论家。还要排除把小说等同于怀疑主义游戏的某种方式，即小说只是它自己的世界，按照作者的精神、读者的精神而建构。

上文具体说明的三种建议以及按照隐喻游戏和叩问游戏对摹仿说和虚构的阐释，意在通过排除小说的语言学阅读和符号学阅读而远离这两种障碍。这就是为什么这三种建议的耦合点——偶尔也会有否定点——主要是小说的三大理论，它们在赋予语言学视野的同时，并不局限于后者，而提供了小说特征化的某种传统的图式，这里指的是格

萨特认为"哲学家应该是一个战斗的人"，他在战后的历次斗争中都站在正义的一边，对各种被剥夺权利者表示同情，他反对冷战，1954年曾经怀有很大希望访问苏联，但看到实际情况后又觉得很失望。他先后访问过北欧、美国、中国和古巴，在苏联入侵捷克后，他断绝了和苏联的关系，他的原本暗示反对德国法西斯占领的剧本《苍蝇》在捷克上演，成了反对苏联占领的代言，受到捷克人热烈的欢呼。1971年以后，他走上街头，亲自兜售左翼书刊，参加革命活动，提出"用行动来承担义务而不是言词"。

萨特于1955年9月访问中国，受到高规格的接待。9月29日在人民大会堂出席了周恩来主持的国庆招待会，10月1日登上天安门城楼参加了国庆观礼，毛泽东、陈毅分别接见了他。

1980年萨特去世时，巴黎有5万多人自动参加了他的葬礼（译者注）。这里涉及的著作是：Jean – Paul Sartre, *Qu'est – ce que la littérature*?, Paris, Gallimard, 1947, et *Situations I*, Paris, Gallimard, 1948。

奥尔格·卢卡奇、米哈伊尔·巴赫金和埃里希·奥埃巴赫❶的理论。这三种建议的耦合点还包括叙述学和虚构理论的若干论点，我们将以这样的方式来讨论它们，使得对小说的问询处于核心地位。

与小说赋予突出地位的性情相关的叩问游戏，作为身份差异性和无差异化这种二重性之条件的时间的塑造，对某种写实主义优先或某种小说自给自足方式优先（这是小说研究中司空见惯的两类论点）的同样远离，最终可以重新审视什么是小说理论的某种主导因素：指出小说的整体化效果，不管这种效果表现在格奥尔格·卢卡奇、米哈伊尔·巴赫金的术语中，还是表达在让－保尔·萨特的语词中。

---

❶ 埃里希·奥埃巴赫（Eich Auerbach，1892～1957），被一些人视为 20 世纪德意志最伟大的批评家。他初任马尔堡大学教授（1929～1935），后被纳粹政权解去教职，不得不于 1936 年离开德国，旋即就任伊斯坦布尔大学的罗曼语系教授，1947 年起先后任教于美国宾夕法尼亚大学和耶鲁大学。他的主要著述有：《罗曼文献学研究导论》（*Introduction aux études de philologie romane*，伊斯坦布尔，1944；法兰克福，1949）；《摹仿论》（*Mimésis*，1946）；《欧洲文学的戏剧情景》（*Scenes from the Drama of European Literature*，纽约，1959）；《后古典拉丁语时期和中世纪的文学语言及其读者》（*Literatursprache und Publikum in der lateinischen Spätantike und im Mittelalter*，伯尔尼，1958；美国译本，纽约，1965）；《但丁研究》（*Studi su Dante*，米兰，1963）。此外还有许多文章，跨度从中世纪到 20 世纪，其中若干篇是关于法国文学的。奥埃巴赫还翻译了维柯（Vico）的《新科学》（*La Scienza nuova*）一书。发表大量文章的做法正是文学批评和其他科学的特点，可以保证快速和灵活，及时突出细节的发现，并为以后的深入研究提供了可能。——译者注

目　　录

导论

当今关于小说的三大问题和
超越小说理论的若干步伐

当今的问题，恒久的问题

为了把小说理论视野化，贴切的方式是关注把西方小说和非西方小说的现实与历史联系起来的三大问题：第一个问题关涉可以解释对小说具有兴趣的理由，第二个问题关涉批评语境——虚构理论，叙述学，人类学和其他东西，第三个问题关涉小说理论在国际和民族文化语境中的形势——小说是以跨民族和跨文化的方式来理解的。

对小说的兴趣肯定是多种多样的。如今它反映了尤其与西方批评密切相关的三大发现。发现之一是，人们肯定，小说在它自 16 世纪以来的发展中，与某种新的人学形象即个人主体形象的出现混淆在一起。这样关于小说的思考就不可避免地成为西方对自身人学特征界定某种巨大的反思性游戏，这种游戏还经常应用于西方以外的小说创作。发现之二是，在西方，小说的进步广泛地与民族的进步混淆在一起，不管小说的翻译游戏和流动游戏如何，也不管源自这些游戏的民族参照系发生了什么变化。发现之三是，小说与"短篇组合化"（la novélisation）现象是分不开的，米哈伊尔·巴赫金是用小说与简单文学体裁之关系的语汇来表述这种短篇组合化现象的；❶ 这种短篇组合化现象如今是显而易见的。小说的发展史就是它跨民族和跨文化支配性的历史。

对这三种发现的相关情况的描述是变化的。它与人们对小说某种权威的承认是分不开的，小说的权威在很大程度上是根据允许这种人学塑形的条件、根据与民族的这种认同、根据短篇组合化的这些实践来界定的。与这些发现相对应的，是西方思考所遮蔽的关于小说的一些特殊问题，是与西方文学与非西方文学鲜明对比分不开的种种辩论。

小说是一种新的人学形象的建构的准确显示，而这种新的人学形

---

❶ Mikhaïl Bakhitine, *Esthétique et théorie du roman*, Paris, Gallimard, coll. "Tel", 1987; Ed. or., 1975.

象的建构部分上与小说的哲学语境相关联，例如小说与笛卡尔以来发
展起来的主体哲学，例如小说与康德视野、马克思主义视野、个人主
义、存在主义视野里的个体性；与主体特征化的变化相关联，这里的
主体包括行为者、精神上的实体、赋予内在性的重要性、把主体等同
于一个话语之人等做法；与社会学的方法相关联，小说是主体与其社
会之关系的典范性再现。这些分析视野的整体既提供了某种和谐，同
时又提供了某种多样性，有时甚至提供了种种矛盾。和谐、多样性、
矛盾是根据个体性之鉴定的二重性或悖论来解读的：个体是这种精神
上彻底独特、但形体上与众人完全同一的主体，后者指的是与所有其
他人和大自然本身都有着亲缘关系。❶ 这种二重性与笛卡尔的二元论、
与休谟提供的主体的界定、与 19 世纪以来心理学和精神分析的建议
混淆在一起。它可以从大的小说类型中读出，如骗子无赖小说、现实
主义小说、意识流小说，从 18 世纪那些最敏锐的小说家如菲尔丁、❷
理查森❸和狄德罗❹的作品中读出，从 20 世纪重大的小说理论例如格
奥尔格·卢卡奇的理论❺和米哈伊尔·巴赫金的理论中读出，从小说

---

❶ 这个见解反馈到菲利普·德科拉那些坚实的论据，见 Philippe Descola, *Par – delà
nature et culture*, Paris, Gallimard, 2005。

❷ 亨利·菲尔丁（1707～1754），英国伟大的小说家、剧作家，是英国现实主义小说
的奠基人。18 世纪英国四大现实主义作家之一，也是 18 世纪欧洲最杰出的现实主义小说
家之一（译者注）。Fielding, «Preface to *Joseph Andrews*», dans Charles W. Eliot（éd.）, *Prefaces and Prologues to Famous Books*, New York, P. F. Collier & Son, Harvard Classics, 1909 ～
1914, vol. 39；Ed. or., 1742.

❸ 塞缪尔·理查森（Samuel Richardson），18 世纪中叶英国著名的小说家，对英国文
学和欧洲文学都产生过重要影响（译者注）。Richardson, «Preface, Hints of Prefaces, and Postscript», dans R. F. Brissenden（éd.）, *Clarissa*, Gutenberg Project, e – book #29964, Mise en
ligne, 12 septembre 2009.

❹ Diderot, «Eloge de Richardson», dans Michel Delon（éd.）, *Diderot*, *Contes et Romans*, Paris, Gallimard, coll. «La Pléiade», 2004；Ed. or. 1762.

❺ György Lukács, *La Théorie du roman*, Paris, Gallimard, coll. «Tel», 1989；Ed. or.,
Theorie des romans, 1916.

发展的研究中，从体裁核心性的定义中读出，如米兰·昆德拉、❶ 马里奥·瓦尔加·略萨❷给出的研究和定义中读出。把小说置于某种人学的二重性的标志下等于说它是发展的，因为它在西方把人变成了他自己的一个问题。需要决定的是，小说是以什么方式来安置这个问题的，它以什么方式把它给成可以重构的形态或者把它展现为已经解决。人学塑形的二重性开辟了人物内心世界与外部世界的划分，开辟了个体精神上独特但形体上与众一样的划分，还开辟了主体与世界之关系多姿多彩的可能性。❸ 这种二重性使人们肯定地认为，人的精神的独特性呼唤跨个体的问题，这个术语和询问是查理·泰勒所实践的，❹ 并且得到了其他许多人的彰显。小说中的二重性还可以让人们读出个体与共同体的关系。最后，它还允许所有的反思性游戏。这样，小说就是它所展示的性情（l'ethos，品性，品行）的问题；它是与这个问题分不开的一种人学思辨；❺ 自从它在西方的历史伊始，它就是这个问题，因为古代小说中偶然性的优越地位，就使人的塑造处于一种自由状态，亦即问题状态，这种偶然性从小说的漫长历史中可以读出来。有待于确定的就是，一种人学塑造的使用，可能是个体性人学塑造以外的另一种人学塑造的使用，

---

❶ Milan Kundera, *Les Testaments trahis*, Paris, Gallimard, coll. «Folio», 1995；Ed. or., 1986.

❷ Mario Vargas Liosa, *La Vérité par le mensonge*, Paris, Gallimard, coll. «Arcades», 2006；Ed. or., *La Verdad de las mentiras*, 2002.

❸ 菲利普·德科拉在前引著作《超越自然和文化》（*Par - delà nature et culture*）中指出，个体性之人学的二重性既允许个体与其群体之纽带的明证性，同时也允许它的分离或对立：精神的独特性被认为是不变的。

❹ Charles Taylor, *Sources of the Self*, Cambridge, Cambridge University Press, 1989. 我们知道这个问题与埃里希·奥埃巴赫在《摹仿说，西方文学中现实的再现》（*Mimésis. La représentation de la réalité dans la littérature occidentale*, Paris, Gallimard, 1968；Ed. or., 1946. Voir *infra*, p. 174）中分析弗吉尼娅·伍尔芙的《到灯塔去》（*To the Lighthouse*）时辩论的现实主义问题是分不开的。

❺ 我们在这里借用了胡安·何塞·萨尔（Juan José Saer, 1987 西班牙语文学奖的获得者。——译者注）的一种表达。El concepto de ficción, *Punto de vista*, 40, 1991, 3.

在何种情况下是可以用类似的语词来鉴定的，然后才发展为欧洲小说以及在小说的西方谱系以外的发展。

小说在西方的发展与民族的不可分割性属于历史承载的明证性。文学史承认民族传统，后者本身是多姿多彩的。它不排除小说体裁的民族身份（骗子无赖小说与西班牙，个体小说、情感小说与英国，现实主义小说与法国等）很快伴随着下述现象，即这些小说体裁很快被看着它们发展起来的民族以外的其他民族所接用。在小说理论的视野里，有两点很重要。一种小说体裁在民族范围内的发展与这种体裁很快获得的普遍性方式有关联，这句话包含双重意思：这种小说体裁成为典范；在它被广泛接着使用的同时，它变成了小说创作、文学创作和人们决定按照这种典范来阅读的所有材料的某种阐释者。这种民族发展恰恰因为它很快成为典范，可以使我们承认小说构成的各种范式。这些范式可以按照大的诗学类型和审美类型（骗子无赖、巴洛克、牧歌、情感、现实主义、现代派）、按照小说的子体裁来鉴定。它们还可以根据使小说在一共同体内具有阅读性并转移到其他共同体的因素来鉴定。关于小说的思考与这个阅读性和可转移性问题有着广泛的联系，例如格奥尔格·卢卡奇的《小说理论》（*La Théorie du roman*）及其人物类型，米哈伊尔·巴赫金的《小说美学和理论》（*Esthétique et théorie du roman*）以及他对复调的坚持，以及本尼迪克特·安德森❶的《民族想象》（*L'Imaginaire national*, *Imagined Commu-*

---

❶ 本尼迪克特·安德森（Benedict Richard O'Gorman Anderson），爱尔兰人，康奈尔大学国际研究院阿伦·L. 宾尼约伯（Aaron L. Binenjorb）讲座教授，从事国际研究和政府及亚洲事务研究，是著名的东南亚研究学者。他 1936 年出生于中国昆明，父亲是爱尔兰人，母亲是英格兰人。1941年随父母迁往美国加利福尼亚州，之后又移民到爱尔兰，曾就读于伊顿公学。1957 年获剑桥大学文学学士，之后从事印尼政治状况研究获康奈尔大学博士学位。安德森对现代印度尼西亚历史学有一定研究。早年曾因为书中涉及推翻苏加诺（SUKARNO）统治政权而被判禁止入境。他是马克思主义史学家、作家 Perry Anderson 的哥哥。——译者注

Benedict Anderson, L'Imaginaire national. Réglexions sun l'essos du nationalisme, Pasis, La Découveste, 1996; Ed. on. Imagined Comminities: Releexions on the Onigin and Spnead of Nationalior, 1983.

nity）及其时间类型学。阅读性和转移性问题与小说里的性情的关联，与时间性的图式以及与这种关联效果的性质和人学视野的特性都是分不开的，正如伍尔芙冈·伊泽尔所展示的那样。❶ 在这种视野里，人们可以在某种建构主义的标志下重读米哈伊尔·巴赫金和本尼迪克特·安德森：从其客体和读者的角度看，小说都造就着论据和象征性，因为它安排某种时间组织，后者赋予在时间中建构种种身份之偶然性和塑形以合法权利。在同样的视野里，相反，人们可以从小说某种建构主义失败的标志下重读格奥尔格·卢卡奇：小说不能建构一文化内部中肯的并且能在负面的身份之外描画正面身份的某种象征性。事实上，从正面到负面，一个问题发挥着作用：小说中种种身份的塑造以及它们与时间的关系问题，这种关系趋向于去除它们的差异性并把任何身份都变成它自身的一个问题。❷ 这样，小说民族的、集体的和跨文化的属性就与对历史和时间的叩问效果进行某种询问分不开，米兰·昆德拉❸就昭示了这一点，卡洛

---

❶ Wolfgang Iser, *Prospecting：from Reader Response to Literary Anthropology*，Baltimore，The Johns Hopkins University Press，1989.

❷ 我们知道，《小说理论》在这一点上是完全悖论的：共同体身份与个体身份表面上契合的时间和文化是古希腊的时间和文化，并由史诗来昭示，然而史诗不是这种契合所设置的长久的文学体裁，而是一种历史的体裁。身份与历史体裁的这种结缘造成了悖论。格奥尔格·卢卡奇在重新拿起席勒在《感伤的诗和天真的诗》(*Uber naïve und sentimentalische Dichtung*, 1795) 里所建议的古希腊的理想主义的再现，并把它与史诗和关于小说的某种思考相结合时，他把小说界定为负面性的体裁，或者永远得不到满足的期望的体裁，这等于殊途同归。这等于用另一悖论，在小说的现代发展中，把它变成某种超越社会的象征，人们却把它与社会关联起来。这种安排要求对小说进行这样的当代解读。*Thomas Pavel, La Pensée du roman, Paris, Gallimard,* 2003.

❸ Milan Kundera, *L'Art du roman*, Paris, Galliamrd, coll. «Folio», 1995；Ed. or., 1986. 关于这些问题的一种哲学方法论，如身份和时间等，参阅前引米歇尔·梅耶的《叩问与历史性》。这部著作的建议可以使我们思考这里称作小说的过渡性时间，这种时间主导着两种视野：一种是谓项的视野，另一种是变化视野。

斯·富恩特斯❶也昭示了这一点，不管人们可能赋予小说的批评属性是什么。

人们习惯于称作"短篇组合化"的词是一个当代的新词，这种现象可以逆向从语史学研究表述小说实践之模仿、表述小说之源泉以及它与短篇小说、故事等简单体裁之关联的所有话语中读出。短篇组合化可以理解为若干简单形式的组合，即小说是一系列相互关联的简单叙事，犹如这些简单形式的复调组合，这里的复调取米兰·昆德拉❷或大卫·米切尔❸所理解的意义，犹如小说时间游戏的拼图和它所彰显的对所用

---

❶ 卡洛斯·富恩特斯（Carlos Fuentes Macfas，1928.11.11～2012.5.15），墨西哥作家，他是西班牙语世界最著名的散文家及小说家之一。富恩特斯深刻影响了当代拉丁美洲文学，他的作品被翻译成许多种文字。由于对欧美文明的了解和对拉美落后现状的认识，比起其他的拉美作家，富恩特斯作品中存在着更强烈的忧患意识。他以笔为枪，在作品中对墨西哥社会的现状和阴暗面进行深入挖掘和揭露，同时，和前辈帕斯一样，也在作品中坚守着墨西哥自己的文化传统和民族本源（译者注）。参阅：Carlos Fuentes, *Géographie du roman*, Paris, Gallimard, coll. «Arcades», 1993；Ed. or., *Geografia de la novela*, 1993. 这是一部从外围文学开始，论述小说全球化的专著，全球化是从个体、个体主义与历史的不可分性方面去阐释的。

❷ Milan Kundera, *Les Testaments trahis*, op. cit.

❸ 大卫·米切尔（David Mitchell），1969 年生于英国，在肯特大学学习英国文学和美国文学，后进修比较文学，获硕士学位。他曾在日本教过 8 年英文。因创作《云图》而被国人熟知。米切尔的第一部小说 *Ghostwritten*（可翻译为《幽灵代笔》，1999）即引起文学界重视，这本小说由 9 个相对独立但又相互交叉的故事组成，分别发生在日本、中国香港、四川、蒙古、伦敦、纽约等地，由 9 个不同的叙事者讲述。这本小说获英国 John Llewellyn Rhys 文学奖，并获得"《卫报》第一本书奖"（Guardian First Book Award）的提名。大卫·米切尔的第二部小说《九号梦》（*Number 9 Dream*，2001）获 2002 年布克奖（Man Booker Prize）的提名。这本小说讲了一个日本男孩寻找生父的故事。2003 年大卫·米切尔被《格兰塔》（*Granta*）杂志评为"20 位最佳英国青年小说家"之一。

《云图》（*Cloud Atlas*，2004）是大卫·米切尔的第三部小说。这本书由六段故事构成，从 1840 年一位美国人从悉尼旅行到旧金山的日记、20 世纪 30 年代初居住在比利时的年轻作曲家、1975 年卷入加利福尼亚灾难的年轻记者、当今伦敦出版回忆录的黑道、1984 年韩国发生的故事与一个老人叙述当时在夏威夷的青春自语为终结。每个故事聚焦于一位不同的主人公：一个在南太平洋旅行的美国人、一位给患病的作曲家当助手的年轻音乐家、一位调查核电站的年轻女记者、一个拿到一部奇特书稿的伦敦出版商、一个被当做奴隶使用的克隆人，一位在人

文学形式的询问的拼图。短篇组合化总体上显示了小说的包容能力，完全与其时间再现所承载的问询相关联：小说的时间较少是按某种矢量❶运行的时间，而是拥有一个起点和一个终点，两点之间允许自由组合的时间。由此，小说是对任何时间节段的询问，在悖论性的没有目的性的标志下。这一点还指出，小说很少依赖对言语的模仿，很少依赖对叙述意群和时间意群的模仿。这种现象打开了小说与秘索思之

类文明遭到灭顶之灾后过着原始生活的老人。小说先依次讲述 6 个故事的前半部分，然后按相反顺序讲 6 个故事的后半部分，整体叙事顺序呈 1－2－3－4－5－6－5－4－3－2－1 的奇特结构。当被问及为何如此醉心于小说结构的尝试时，大卫·米切尔的回答是：情节、人物、主题、结构作为构成小说的四要素，其中表现情节和人物的各种手法已经被前人挖掘殆尽，主题需顺应时代的发展，不是个人所能决定的；留给新作家的，就只有在结构上创新了。«Cloud Atlas» 入围 2004 年布克奖（Man Booker Prize）。

作品《绿野黑天鹅》（«Black Swan Green»，2006）是一本半自传小说，讲述了 20 世纪 80 年代初英国小村庄里一个 13 岁男孩在 13 个月里发生的事，每一章描写一个月内发生的事。

大卫·米切尔的最新作品《雅各布·德佐特的千秋》（«The Thousand Autumns of Jacob de Zoet»，2010）一经出版即问鼎英联邦作家奖，是大卫·米切尔极其重要的一部作品，该书的故事背景是 1799 年长崎湾的出岛，这是日本当时唯一的一座贸易港埠，也是日本通向世界的唯一窗口，日本设置这座岛的用意，正是为了不让西方人踏足本土。狡猾的商人、奸诈的翻译、收费高昂的高级妓女混迹于斯。虔诚的年轻办事员雅各布·德佐特来到此地，准备用滞留东方的 5 年时间，赚取充裕的财富，与荷兰的富家千金共结连理。与蓝场川织斗偶然邂逅，让雅各布的初衷变得黯然失色，她是曾遭毁容、为位高权重的长崎奉行之子接生的助产士。礼法、利益与欢愉的界线模糊难辨，雅各布发现自己的美梦蒙上了阴影，他仓促地许下誓言，却横遭命运的阻挠——后续事态发展之严酷，远远超过雅各布最糟的设想……（译者注）大卫·米切尔的的当代小说 Ghostwritten（New York，Vintage eBooks，éd. or.，1999）显示了这一点：它由 9 个不同的叙事组成，每个叙事都有自己的第一人称的叙述者。复调在这里服务于整体化的塑造。

❶　矢量：既有大小又有方向的量。一般来说，在物理学中称作矢量，在数学中称作向量。在计算机中，矢量图可以无限放大永不变形。——译者注

间某种巨大比照的图式。需要把保尔·里科尔❶的论点与某位人类学家❷的此种见解对立起来，前者认为叙事和小说重蹈了某种秘索思的覆辙，而人类学家杰克·古迪❸则强调，系统地和持续不断地被人们传说的真正的神话远非寻常可掌握。这种反差在这里可以根据我们以为什么是小说的功能来阐释，小说的功能是：安排种种叙事和世界，使它们能够再现身份的差异性与它们在时间线索和历史线索图式上的无差异化游戏。这种功能意味着相对化处理任何预先给予的叙事和逻各斯的重要性。在重新使用预先材料时，小说所建议的新语境的图式更重要。

另外，对小说的这种兴趣还可以从当代批评的特殊语境中去理解。关于小说的研究与关涉小说但又不局限于小说的研究领域是分不开的，这些领域主要包括虚构理论、叙述学，还可以加上有关再现、交际的相关论点。这些不同的研究领域，除了它们自身的兴趣以外，

---

❶ Paul Ricoeur, *Temps et Récit*, Paris, Le Seuil, 3 v., 1983~1985.

❷ Jack Goody, *La Peur des représentations. L'ambivalence à l'égard des images*, *du théâtre*, *de la fiction*, *des reliques et de la sexualité*, Paris, La Découverte, coll. «Poche», 2006, chap. 5; Ed. or., *Representations and Contradictions*, 1997. 这类见解导致对叙事平庸性的某种询问。叙事是一种经过运筹的特殊活动，用杰克·古迪（Jack Goody）的话说，是一种"序列"和一段"序列性思考"（原著第 195 页，本译著第 184 页）。需要理解的是：叙事将按照时间的区分发展，并按照这样一种区分思考。这是用建构主义的语词构成叙事进而小说所建立的时间性与同一性之间的关系。这种建立是自由的，因为它意味着节段化，后者又意味着承认偶然性或拒绝某种持续的必然性，于是持续的必然性将被排除出节段。时间维度中身份的恒久性问题就这样提出了。

❸ 杰克·古迪（Jack Goody），英国社会人类学家、历史学家，剑桥大学社会人类学系荣誉教授。圣约翰学院成员，因其对人类学的贡献被英国女王封为爵士。1976 年入选英国社会科学院，1980 年当选美国艺术与科学院外籍荣誉成员，2004 年当选美国国家科学院院士。半个多世纪以来，杰克·古迪在人类学、历史学、社会学和文化研究等多个领域里笔耕不辍，他的著作是当今最广为阅读、最具争议的学术专著。其代表作有《死亡、财产与祖先静》《野蛮心智的驯服》《烹饪、菜肴与阶级》《欧洲家庭与婚姻的发展》《东方世界、古代世界与原始世界》《花之文化》《两方中的东方》《饮食与爱情》和《偷窃历史》等。——译者注

可以把小说的特征化从任何叩问中解放出来。例如，不管占通行地位的虚构理论风貌如何，这种理论可以标示下述一点，即作为虚构，小说是广泛自足的，它从权利上对任何责备是自由的，而在本体论上与我们的世界是相契合的。叙述学可以秉持种种论点，它们拥有与虚构相关论点相同的功能。叙述学在应用于文学叙事或小说时，趋向于通过其时间游戏（故事与主题的区分❶），通过与不可能性相关联的叙述悖论（展现人物的内在意识和言语❷），通过理应承认叙述者的地位，通过转喻（jeux métaleptiques）游戏等，界定这种叙事的独特性。这种独特性简单解读如下：小说可能拥有某种反实用主义的性质。它把小说变成了某种不可能的叙述性能的塑形：它不能与任何实用性叙事相比拟；它由这种性能而获得论证。那就是放弃性情问题，放弃时间中的同一性问题。小说叙事肯定可以被视为非实用之物这一点，丝毫也不减少它的修辞学分量与它所展示的性情与逻各斯之间不平衡关系的重要性：小说的叙述性是彰显性情和时间中同一性之游戏的手段。

正如我们上面已经指出的那样，小说基本上是按照西方术语来思考的，因为占通行地位的小说理论是西方理论，这种现象如今要求把这些理论放进某种国际的和跨文化的语境中，不管是从历史的视点还是从当代的视点出发。种种比较的或整体的语境化例子是可以找到

---

❶　我们知道这一组概念归功于维克多·什克洛夫斯基，故事指的是按照时间顺序记叙的事件和行为（叙事的材料）；而主题指的是叙事介绍时间和行为时采纳的顺序（方法）。

❷　多利特·科恩把这类问题作为界定虚构的一个区分点。Dorrit Cohn, *La Transparence intérieure, modes de représentation de la vie psychique dans le roman*, Paris, Le Seuil, 1981; Ed. or., *Transparent Minds: Narrative Modes for Presenting Consciousness in Fiction*, 1978.

的。它们有时承载着矛盾的结论。[1] 但根本的是，这样语境化的小说和小说理论突出了性情的问题（性情随着文化的变化而变化，且并非必然把小说置于个体性的人学标签下），突出了与小说构成元素（叙述、情节、反思）相关问题性的界定，并重新提出了小说的权威性和能力问题——在"全球"特征的语境下，它们能够有何作为？米哈伊尔·巴赫金被用来反映小说的全球性，广而言之，反映当代文化的全球性。[2] 这种使用应该说是悖论的：米哈伊尔·巴赫金所界定的时空体设定了被圈定的种种地域，在巴赫金的思想里，空间的再现可以在小说里掌控时间的再现。时空体其实是某种独特的和卓越的整体化的塑形：它根据空间的限制来承载空间和时间。而在"全球性"小说或者"全球"世界的小说的设想里，这样的限制游戏是被排除的。这种小说是一种没有整体化的整体性的小说，这里需要重提大卫·米切尔的《幽灵代笔》（Ghostwritten）。这类小说设置了另一种时间和空间塑形。它以明显的方式，把两种悖反的安排关联在一起，一种是身份和谓项游戏的安排，另一种是标示连续变化的安排。这样它就以彻底的方式提出了身份以及与之相捆绑的谓项的持久性问题。第一种安排，身份以及与之相捆绑的谓项是持久的，那么小说就与身份的某种地理或空间化相混淆。第二种安排，身份以及与之相捆绑的谓项不是持久的，它们是时间中自由的能指：小说就与允许某种能指链条的时间的展示相混淆。小说布局终端的这种二重性解释了《幽灵代笔》的复调性。这种现象在当代小说中是显而易见的，自古代起，它就隐含在任

---

[1] Jean Levi, *La Chine romanesque. Fictions d'Orient et d'Occident*, Paris, Le Seuil, 2001, et Ming Dong Gu, *Chinese Theories of Fiction: a Non – Western Narrative System*, Albany, State University or New York Press, 2006. 人们拉近他们并把他们对立起来。前者勾画了小说的中国传统与西方传统的鲜明对比；后者则从两种传统中读出了某种并行和接近。

[2] Peter Hitchcock, «The World According to Globalization and Bakhtin», dans Craig Brandist et Galin Tihanov (éds), *Materialiwing Bakhtin: the Bakhtin Circle and Social Theory*, Londres, Macmillan, Palgrave, 2000, pp. 3 – 19.

何小说的创作中；它可以尝试表述一个世界的举措。要表述一个世界，小说把玩这些对立的极端现象，并把种种身份变成了可以根据时间来表述的东西，但是与保尔·里科尔想象的相反，不设定主体的某种反射特性，这种反射特性可以使他在时间中再现为持久的稳定形象。❶ 身份、谓项和变化的这种游戏根据赋予世界的不同风貌，激发了新的语境图式。需要重温《幽灵代笔》的复调或古代小说地域的多重性。

偶然性，性情，时间，其他模仿形式，
其他整合形式：超越小说理论的若干步伐

关于小说诸多叩问之当代论证的这种阅读，要求分离出三种类型的建议，并把它们变成检视大的小说理论的手段：相对于逻各斯，小说青睐性情，因为它是身份的展示问题；它是其贴切性的明显问题，亦即从建立和接受两个角度，它符合认识史料和信念❷的程度，这是重拾再现问题和反再现问题的一种方式；它按照这两个问题来表述世界。这种二重性与被认为固定的种种身份的谓项游戏是分不开的，与标示变化的能指游戏是分不开的。它主导着小说的时间图式。小说的时间性是根据固定的身份与其无规则变化的结合来定义的，换言之，根据时间系列及其过渡来定义的。

在这种范围内，小说理论可以从其本身来分析，也可以根据它们所构成之整体以及这些整体所显示的和谐缺失的情况来进行讨论，尤其当它们是从关联角度来考察时。这种关联性的阅读可以鉴定作为回答缺陷而呈现出来的各种不和谐所面对的问题。这些问题基本上关涉

---

❶ 这是前引《时间与叙事》的结论。关于身份言语二重性之对立终端术语的哲学阅读，见 Francis Wolff, *Dire le monde*, Paris, PUF, coll. "Quadrige", 2004。

❷ 关于"信念"语词的使用根由，参阅原著第28页、本译著第15页注释1。

13

小说的命名，它的时间性和阅读性。它们可以指示什么是作为体裁的小说的决定因素，后者目前还是小说理论的某种隐性因素：性情的塑造。性情与小说的时间性是分不开的，而小说的时间性又与承认偶然性的突出地位是分不开的。这样我们就走向了小说本身的悖论：由于它的时间游戏，由于承认偶然性的突出地位，它首先既不是根据叙事也不是根据虚构、根据某种现实主义或某种想象来解读的。它是根据性情以及性情在时间中形成的问题来阅读的。它蕴含着在过渡的标签下塑造时间的情况。其中有办法拒绝米哈伊尔·巴赫金承认小说的两种时间：古代小说的虚空时间；可以从传记小说里读出的发展的时间。其中还有办法拒绝保尔·里科尔在《时间与叙事》里所喻示的时间里的、依据时间的反思性悖论，并无视格奥尔格·卢卡奇提出的目的化的时间假设，这种假设先是隐性的，然后变成明确的。

这些见解并不忽视小说的语言和语篇特性，这种特性奠定了米哈伊尔·巴赫金的理论。它们根据关涉小说给出之事物、事件、行动和行为人的种种指归的变化活动来界定小说的特征。小说是连续的隐喻性活动，它导致性情展示的广泛变化。性情把小说置于某种思辩的人学一边。因此我们不妨这样说，与小说拥有某种前途的方式一样，❶小说理论也拥有某种前途。

这样，我们就躲开了小说的重大理论：对小说传统的某种阅读。这种阅读的先决条件是对个体主体的界定，一如 18 世纪西方哲学所建构的和 19 世纪伟大小说所昭示的那样。这种阅读不分割对小说的思考、对历史的思考和对历史目的性的思考，不分割对社会、对某种民主社会或对人之主体的完成条件的思考。这些理论可以解读小说的

---

❶ 格奥尔格·卢卡奇在他的《小说理论》里把小说的这种前程与它的从属结构特征联系起来：小说中的从属游戏和复杂化的游戏达到这样的程度，以至于它的发展是不可预测的；它只能是一种自己赋予自己前程的体裁，这种前程是无法运筹的，这样，任何小说，因其从属的结构性特征，都无法准确地运筹。我们发现，从《小说理论》里的人物类型观视之，小说的这种特征化是悖论的，亦与同一著作所承载的历史视野是背道而驰的。

漫长历史并鉴别或推论几乎所有关于小说的辩论：评估小说创作，界定异彩纷呈的先锋派，把小说与某种反言语相同化，鉴定小说的语言，点评小说之终结。从某种意义上说，西方的小说理论已经完成。我们觉得，这种完成承载着某种很容易破解的意指：小说的重大理论表述着基本上属于西方的小说史，它在当今的语境下，未能找到延续，原因有二。第一是这些重大理论赋予小说史的目的无法在历史思想的当代范围得以继续。在西方，这种历史观如今是反目的论的。第二是如果我们跳出西方的圈子来考察小说及其变化版本，那么最好表述某种异质多元性的历史。从小说中对人学塑造之多元性的发现，赋予谓项和变化游戏的优越地位，依据对信念概念❶的反馈，对整体性和整体化概念（后两个概念与小说重大理论的人类学的和历史的隐性观是分不开的）的重新界定等，可以转移这些理论。

　　我们还躲过了小说规范化描述的建立。这种规范化描述在当代批评语境中很常见，它较少关注小说的事实，而更多关注它的手段，如叙事、虚构。这种规范化描述对小说事实的忽视达到一定程度，它还忽视体裁的属性（探索表述世界这种事实的中肯性），并进而忽视时间塑造和谓项塑造这两种塑形所承载的特殊叩问。在青睐小说手段的同时，根据这些手段来检视体裁。小说既变成这些手段的昭示，同时又把这些手段的使用作为它自身的目的。关于小说的与小说相关的论点确认了这种二重性；它们没有把它显性化；它们拒绝再现世界的事实。需要指出的是，这种再现事实与表述世界的事实不能混为一谈。

　　与小说构成实体之假设所要求思考小说身份的方式相反，也与大多数理论所彰显的方式相反，最好看到存在着多种类型的小说。这些

---

　　❶　关于我们对信念概念的使用情况，见 Pierre Marie, *La Croyance*, *le Désir et l'Action*, Paris, PUF, 2011。在皮埃尔·马利的术语中，信念主导行动；它通过某种意指的使用而获得界定，这种使用直接与其效果相关。它可以是共同的，反馈到共同的行为。它可以是有征兆的，反馈到种种独特的语境，反馈到个体化的参照系。它可以是独特而具体的，激发欲望。关于小说分析视野中信念概念的处理，请参阅原著第213页、本译著第204页。

类型根据双重价值的不同程度来安排，根据在承认小说身份方面、处理行为人的身份方面、时间的再现方面、阅读性方面的叩问的不同程度来安排。❶ 这种安排界定作为小说理论条件的问题，即使这些理论并不明显地构建这些问题。这种安排设定造成小说中恒定性和普遍性的东西：稳定谓项和变化的双重安排随处可见。这种安排还可以从历史角度重构：小说被独特地发明出来，但是人们既不能向它承认一种可靠的源头，也不能承认一种肯定的形式，然而也不能否定系列小说这些独特产品是确确实实的小说。不可避免地指出下述看法乃是恰当的：小说的历史不可能是一种目的化的历史，后者指的是，一种体裁向着自己的完成发展，例如向着关于小说的小说方向发展，如今批评界经常认为关于小说的小说就是这种完成。还需要指出下述看法：许多很独特的产品可以鉴定为小说，但是小说这种体裁并不提供它的变化法则，小说史是一种问题性的历史，赋予性情以优越地位和两种不可分离的安排所承载的历史；两种安排指的是身份谓项的安排和塑造变化所要求的能指链条的安排。

小说承载的以及我们作为重大小说理论之隐形而阅读的这些间接询问，它们所呼唤的小说的界定类型，如同已经指出的那样，最终被解读为对小说某种现实主义的解读和某种理想主义的解读的一视同仁的拒绝，被解读为拒绝承认小说中的某个怀疑节段，被解读为对小说某种绝对的拒绝。小说的重大理论通过某种终极悖论并反对它们的隐性形式，呈现为某种断定性言语，当这些重大理论试图表述小说确定无疑的中肯性时，上述断定性言语却让有关小说的任何问题处于缄默不语的状态。

在展现小说理论的前景时，这些理论归根结底是小说审美方面的

---

❶ 关于虚构之本质论、体裁概念的弱势、从文学和小说中读到的时间哲学的缺失等，参阅 Gregory Currie, *Arts and Minds*, Oxford, Oxford University Press, 2004。指出虚构的某种本质论在这里瞄准着虚构理论，指的是被大量应用于小说的虚构理论，而不是虚构的使用或者这种使用可以得出的有关虚构的结论。

论证，❶ 关注它们之间偶尔的不和谐，不应该阻止我们指出它们所设置的形式游戏（小说的组织）、修辞性（性情的普遍出现）、序列思考（意味着隐喻）与客观化游戏之间的联姻。这种联姻的语词是变化多端的，❷ 根据小说的审美情况和诗学情况而出现程度不同的平衡状态。在小说理论中，承认现实主义和承认"罗曼司"的现象很流行，更多地将其界定为寓意或者认为可以作为寓意来阅读，反映了正是这两种美学或诗学展现了形式游戏与客观化游戏之间最平衡的联姻。客观化可以根据一可观察对象（或者某种给人以可观察印象的东西）的各种假设来解读，根据小说给予信任的某种知识或某种象征体系以及小说和文学自身的知识的各种假设来阅读。

言说客观化，等于言说小说作为自己恒久目标和作为塑造性情之再现的中肯性的手段的东西。小说所展示的客观化意味着一文化中可以掌握的客观化成为问题，以及有待于客观化的东西也成为问题。摹仿说的不同实践，它们在诗学和理论中的界定（这里我们不区分模仿一行为意义上的摹仿说与再现程序意义上的摹仿说），通过重拾可观察物，通过接着使用某种知识、某种象征而突出了客观化的手段之一或特征之一。它们努力昭示摹仿说从何种意义上可以作为解决性手法：它展示了客观化的可靠性。须知，不管辩论时的论点多么模糊，作为体裁的小说，在关涉客观化这点上，就不同于史诗、悲剧、喜剧。史诗意味着一个构成的故事被表述，构成的故事是一个已经客观化的故事。因为悲剧和喜剧是对行为的再现，这些行为是任意类型的行为，包括语言行为，因而悲剧和喜剧蕴含着这些行为已经被客观化

---

❶　应该称为美学，因为理论总体上描述的是对作为形式的小说的论证。但是它们在作这种论证时压缩了某种审美视野和赋予形式的关注所设置的东西，即作为体裁的小说的独特性，即作为作品的任何小说的独特性。

❷　只需说出格奥尔格·卢卡奇、米哈伊尔·巴赫金、保尔·里科尔、奥特加·伊·加塞特（*Idées sur le roman*，dans *La Déshumanisation de l'art*，Cabris，Sulliver，2008-éd. or.，*Ideas sobre la novella*，1925）等人的名字，就足以显示这种多样性。

的思想。舞台的性能就是实现已经被客观化的东西。呈现为纯粹性能的成就是其自身的实现。小说根据某种反对称性或某种矛盾，实践某种特殊的客观化。它根据某种既不呼唤推论，也不呼唤阐释，甚至也无需聪明的某种可能的界定，来考察它自视为自己的材料；它根据对推论、阐释、智慧、主观性的某种承认，来考察这些相同的材料。❶客观化活动所承载的这种矛盾和这种不对称说明，现实主义把材料的定义与隐喻性联系起来了，还说明它确立了某种叩问。这种情况还说明，古代小说可以当作性情与偶然性的关系中它的客观化来阅读，英雄小说可以当作性情与风险的关系中它的客观化来阅读，自 16 世纪以来的现代小说可以当作栩栩如生、有名有姓的行为人与他们的环境的某种客观化来阅读。偶然性、风险、行为人和环境可以参照并非必然关涉可观察物的种种知识。从这个意义上说，小说与"罗曼司"参与同样的客观化游戏和自性情起所描绘之关系导致的叩问的种种变化。一种不对称性一直发挥着作用：性情与可以通过鲜明对比来界定性情的因素如风险、环境等之间的不对称性。

---

❶ 关于这种二重性或这种矛盾的解读，参阅原著第 66 页和第 213 页、本译著第 53 页和第 204 页。

第一章

关于小说理论和
小说的初始问题

关于小说理论的问题

从本书导论的见解中可以得出下述结论：如今的小说理论大部分是过去的东西。这种现象可以以三种方式来解释。这些理论给出的对小说的描述，它们所描画的范式，已经广泛地被属于许多人文学科领域的研究所修改并重新界定。罗歇·凯鲁瓦通过一种卓越的悖论指出小说的力量并从中看出小说可能消失的理由，❶ 然而他的看法并没有导致这种消失，反而导致了对小说思考的此伏彼起。这种思考可以关涉很多事情并使用范围很广的词汇量：它宛若一部关注小说写作和研究的知识、哲学、美学、意识形态设想的模糊的百科全书。❷ 提供了小说体裁的综合性言语的研究成果消失了。

另两种见解也值得评论。小说生产的扩展让人们说，小说如今是"全球性的"体裁。有些人从关于"全球性的"这种发现中得出这样的结论，即 19 世纪以来在西方被接受的小说的那些鉴定点消失了，尤其是小说的发展与民族之间的关联，这足以说明小说的重要性下降了。❸ 小说评价中的同类犹豫可以从下述现象中读出来：承认它是某种甚至不呼唤人们书写的潜在之物——这种承认与肯定体裁的终结是分不开的，例如罗兰·巴特的小说尝试，❹ 或者是某种拥有特殊性的东西但是却融化在某种更大的整体内，如"罗曼司"这样的整体，

---

❶ Roger Caillois, *Puissance du roman*, repris dans *Approches de l'imaginaire*, Paris, Gallimard, 1974; Ed. or., 1942.

❷ 源自设在里昂吉耶别墅的国际小说研究基地的著作显示了这一点。自 2008 年起，每年由 Christian Bourgois 出版社发表一卷。

❸ 从把小说研究、比较文学与全球化结合起来的视野上，见 Jonathan Arac, «Anglo - Globalisme», *New Left Review*, 16, juillet - août 2002, pp. 35 ~ 45。

❹ Rland Barthes, *La Préparation du roman: I et II*, cours du Collège de France 1978 ~ 1980. Paris, Le Seuil/Imec, 2003 et *infra*, p. 53.

"罗曼司"从任何方面都不反对小说。❶

但是小说理论当代形势的评估却应该慎重。关注小说的批评和理论很大程度上是根据时段和文化而变化的。这种评估是一个比较文学史的问题。例如人们发现,小说在中国很早就被认为是一个严肃的体裁,《金瓶梅》(1600 年前后)❷ 已经得到了广泛地承认和评论,而在欧洲,批评和理论的关注对象是《堂吉诃德》,一部几乎与《金瓶梅》同时代的小说,《堂吉诃德》的批评和理论关注却进展得很缓慢。❸

然而,在小说理论史的长河中,有一些点是不能指责的,且今天依然如故。小说的写作、阅读是在肯定对它的承认中进行的。小说的重大理论在许多作家和批评家那里都是隐性或显性的参照系。例如,卡洛斯·富恩特斯就记得格奥尔格·卢卡奇。❹ 例如,弗雷德里克·詹姆逊根据一条对天意的参照,重组来自《小说理论》❺ 的可能性概念。❻

对小说明证性的这种肯定本身就是一个问题:是什么东西形成了小说的恒久性和无处不在及其权威性的现象呢?小说的理论以及它们的延伸意味着这个问题,对于这一问题,它们并非必然带来直接地回答。作家们的随笔经常携带着回答的某些元素且较少构成真正的小说理论,例如耶拿的浪漫主义作家们所显示的那样。

指出小说的恒久性和无处不在意味着三个条件要得到满足:承认

---

❶ 这几点是诺思罗普·弗莱提出的,见: *L'écriture profane. Essai sur la structure du roman-esque*, Saulxures, Circé, 1998; Ed. or., *The Secular Scripture: the Structure of Romance*, 1976.

❷ *Fleur en fiollr d'or*, traduction d'André Lévy, Paris, Gallimard, coll. «Folio», 2004.

❸ Franco Moretti, «The Novel: History and Theory», *New Left Review*, 52, juillet – août 2008, p. 120.

❹ Carlos Fuentes, *La casa con dos puertas*, Mexico, Muñoz, 1970.

❺ G. Lukács, *La Théorie du roman*, op. cit.

❻ Fredric Jameson, «The Experiments of Time: Providence and Realism», dans Franco Moretti (éd.), *The Novel*, vol. 2, *Forms and Themes*, Princeton, Princeton University Press, 2006, pp. 94 ~ 127.

文学现象因而也承认小说现象的自律性；对某种历史性的意识；根据
对上述自律性的承认与历史明证性的二重性来叩问小说。这三种条件
的满足导致了 18 世纪以来欧洲对小说的某种独特思考的发展。人们
经常重复的是，这种思考与小说在西方的发展是同步的。18 世纪以
前，就存在着关于小说的思考。但是这种思考与后来它所获得并几乎
直至今日所显示的地位不可同日而语。地位的这种差异可以从三个方
面去解释：18 世纪以前，小说的语词和现象在欧洲的阅读是根据不
同国家、不同文化以独特的方式进行的；赋予行动之再现的重要性部
分上异于小说思考的未来发展；自 18 世纪起，关于小说的思考与小
说史的思考和小说相对于历史的属性的思考是分不开的。

　　让我们说明上述各点。

　　小说现象：16 世纪使用于意大利的小说语词，反馈种种史诗、骑
士诗作。对这类小说的思考与古代史诗《伊利亚特》和《奥德赛》的
重温分不开，也与行动概念的重要性分不开，在意大利尤其如此。❶ 在
法国，英雄小说在这种视野下占据了通行地位；它激发了一种青睐严格
组织行动、抛弃超现实成分并接受时间错位的思考，并且关注情节和出
人意料的效果。在西班牙，骑士小说和英雄小说被骗子无赖小说所代
替，后者引入了写实视野，考察社会形势，明显展示偶然性以及人物的
某种鉴定，"骗子"既是对骑士小说人物正面特征的某种颠覆，同时又
通过他的边缘性、他的话语能力和行动能力而确立了他的"独特性"。❷
在所有这些情况中，小说的事实都与赋予行动的模仿的重要性分不开：
这种重要性设置了主导人物特征化的行动能力的某种等级制。小说的规
范并未谈到；但却谈到了按照行动图式来衡量小说。小说史和小说的思

---

❶　关于这一点，见 Simon Fórnari, Jean – Baptiste Giraldi Cinzio, Jean – Baptiste Pigna, *Les Poétiques italiennes du «roman»*, traduction, introduction et notes de Giorgetto Giorgi, Paris, Honoré Champion, 2005。

❷　关于这些问题的展开，见 Karl Kohut, *Las teorías literarías en España y Portugal durante los siglos XV y XVI*, Madrid, CSIC, 1973。

考史将是这些素材——人物的能力，行动展现的约束——灵活化的历史。以某种二重性进行的行动的模仿，换言之，一段已有叙事的模仿，时而是小说中肯性的某种手段，❶ 时而又是其自律的手段；这里所说的二重性后来不停地彰显为写实与反写实的问题。突出模仿属性到了 20 世纪是一个不断被重新拾起的论点。❷

小说的自律与历史性的明证性：对小说若干结构性元素及其欧洲历史上一些材料的这种重温可以确定小说理论的初始观点。皮埃尔 - 达尼埃尔·于埃给出了小说思考的历史深度。❸ 小说创作的演进导致了下述结果，小说被作为行动在时间方面造成问题的典范化。这等于重新提出人物定位的问题：小说人物不仅仅根据他的行动能力来定位，然而也根据、甚至从更根本的性质上也根据其身份的悖论来定位，它既是谓项的稳定支撑，同时又是变化的能指的方式。❹ 这还等于提出小说能否塑造这类典范化的问题。行动大概是在时间中完成的；它也根据时间而变异。❺ 那么小说自身方面的客体、它自身的时

---

❶ 因而需要理解它偶然拥有的参照属性。

❷ 通过属于当代批评的某种悖论，对于已经书写、已经属于文学的东西的重拾，乃是一种自立活动。

❸ Pierre – Daniel Huer, *Traité de l'origine des romans*, Fabienne Gégou（éd.）, Paris, Nizet, 2005；Ed. or., 1670.

❹ 这种游戏可以从任何小说里读出来，并把任何身份都描画成某种悖论性的身份，这种游戏可以从下述著作里找到它的选择性展示：Laurence Sterne, *La Vie et les opinions de Tristram Shandy gentilhomme*, Auch, Tristram, 2004；Ed. or., *The Life and Opinions of Tristram Shandy Gentleman*, 1759 ~ 1767. 以上为原注。劳伦斯·斯特恩（Laurence Sterne, 1713 ~ 1768），18 世纪英国最伟大的小说家之一，也是整个世界文学史上一位罕见的天才。他出生于爱尔兰的科龙梅尔。由于父亲是名军人，1759 年，他在 46 岁的时候开始创作小说巨著《项狄传》，共写了九卷（1759 ~ 1767）。1768 年，他的另一部伟大的小说《感伤旅行》完成两卷，但之后不久，他染病不治身亡，两部小说的写作也因此中断。——译者注

❺ 这一点从米歇尔·布托尔那里找到了它的准确的题材化，参见 Michel Butor, *L'Emploi du temps*, Paris, Minuit, 1956，并且很早从古代小说那里就找到了它的演示（与小说后来之财富不可分割的游戏），也从《项狄传》的传记游戏中找到了它的继续。

间、它所承认的历史性的贴切问题依然存在。因为正如 17 世纪的小说评论家已经知道的那样（这就是何以他们喻示体裁规范的原因），如同卢梭所知道的那样（这就是他何以担忧小说有伤风化的功能），如同沃尔特·司各特所知道的那样（在历史小说中，历史不排除编造），与小说自身材料、与它所承认的客体、与它试图塑造的时间相关联，小说也是一种修辞力量，意思是说，它彰显了时间游戏的效果，并且展现了对时间再现的某种掌控。

小说与某种历史性的意识：作为小说主导性特征的现实主义的出现，历史小说的发展把小说置于明显的处理时间、处理行动理由的标志下。在 18 世纪末和 19 世纪初，这种情况与关于历史以及某种道德的相对主义和文化的相对主义之意识的思考分不开。

这些见解说明，自 18 世纪起，关于小说视野的思考朝着两个方向分布。第一个方向，人们首先表述个体的重要性，然后是社会整体的重要性，最后承认原因力量的多元性。❶ 19 世纪，某些哲学家和作家把历史性变成了对小说未来前程的肯定：这种情况可以从耶拿的浪漫主义作家，从亨利·詹姆斯❷那里读出。第二个方向，小说的修辞力量提出了两个问题。第一个问题是小说断定力量的问题。这个问题很乐意针对现实主义，针对小说的有伤风化功能，它变成了有关小说

❶ 关于这一点，见 Hayden White，*The Fiction of Narrative. Essays on History*，*Literature and Theory*，1957～2007，Baltimore，The Johns Hopkins University Press，2010，pp. 76～77。

❷ 亨利·詹姆斯（Henry James，1843.4.15～1916.2.28），19 世纪美国继霍桑、麦尔维尔之后最伟大的小说家，也是美国乃至世界文学史上的大文豪。詹姆斯的主要作品是小说，此外也写了许多文学评论、游记、传记和剧本。他的小说常写美国人和欧洲人之间交往的问题；成人的罪恶如何影响并摧残了纯洁、聪慧的儿童；物质与精神之间的矛盾；艺术家的孤独，作家和艺术家的生活等。代表作有长篇小说：《一个美国人》《一位女士的画像》《鸽翼》《使节》和《金碗》等。他的创作对 20 世纪崛起的现代派及后现代派文学有着非常巨大的影响。亨利·詹姆斯是美国小说家，文学批评家，剧作家和散文家，被一致认为是心理分析小说的开创者之一，他对人的行为的认识有独到之处，是 20 世纪小说的意识流写作技巧的先驱。——译者注

批评能力的某种问询：小说拥有某种断定能力，后者可以以批评的方式读出。第二个问题关涉把小说等同于虚构的认识，这是一个不可避免的问题，因为人们既不能承认小说拥有完全的断定力量，也不能承认它拥有某种真正的命题主义的功能。小说真正当代的方法论联结着某种悖论，与以前的辩论相关联方面，这种悖论显然是不可避免的：把小说的弱项（虚构）与其力量（断定能力）联姻起来。虚构肯定只能是虚构；但是它却拥有无限的展示能力，恰恰因为它是虚构。这种能力比虚构的伪装或它所设置的修辞力量更重要。

小说理论，小说中肯性的认同

小说中肯性的认同

在我们刚刚简要回顾的关于小说的这种思考过程中，小说理论较少解释什么是小说本身，而更多地寻求承认小说贴切性的方式，亦即小说材料与界定其语境的元再现方面和文化方面之认识的一致性和材料属性的鉴定方式。它们以隐性和显性的方式指出，介入小说的创作把书写与这种贴切性的探索融合在一起。它们让人们读到小说贴切性探索的两种类型：第一种探索表述小说与元再现的契合并把后者与占主导地位的文学范式结合在一起；第二种探索通过询问小说的回应而关注贴切性。第一类探索约请人们阅读小说的断定方式；第二种探索不把小说读为断定方式的某种活动。小说贴切性的这两种方法也属于当代作家。因而应该把阿兰·罗伯－格里耶的《为新小说辩护》❶ 与娜塔莉·萨洛特的《怀疑的时代》❷ 对立起来，前者面对赋予现实主义小说的贴切性的缺失，对这类小说作了断然的鉴定，后者则抨击小

---

❶ Alain Robbe – Grillet, *Pour un nouveau roman*, Paris, Minuit, 1963.

❷ Nathalie Sarraute, *L'Ere du soupçon. Essais sur le roman.* Paris, Gallimard, 1956.

说的断定方式。对小说贴切性的这种叩问尽管并非必然直接地构成，却是由来已久的事情。叩问小说与古典主义作家和作品所设定的自然的关系、与庸常性的关系、与道德的关系、与似真性的关系，永远是根据小说与公理性视野或认识视野的某种一致来问询的。如果说小说理论具化为小说贴切性的某种探索，应该理解下述现象，即小说是一种问题：不仅是一种界定性的问题——什么是一部小说？而且是一种更宽泛和更多样化的问题：倘若小说就是这种问题，它通过这种问题回答其他问题。因而需要界定小说实践，界定小说实践所显示的贴切性的鉴定类型，并进而界定它们所蕴含的问题系列。

贴切性探索的第一种类型本身就是双重的。一方面，小说理论建构某种小说知识，如同上面已经指出的那样，使它能够与其他公共知识或可以获得的元再现知识相协调。这就是为什么在这种视野下，小说理论不停地辩论小说的权力（再现的权力，激发某种效果的权力，作为某种语篇的权力，展示各种世界之形势的权力）并具体指出这种权力的界限。❶ 另一方面，这些理论根据文学批评大的方向，检视小说是如何与作者、读者和它自身的对象相联结的，联结的方式有可能是悖论的。❷ 小说与其认识性材料、元再现性材料的契合因而在小说本身的方法论中有其等值的东西。自 17 世纪起，小说贴切性的这种探索没有与其蕴含的东西相分离，后者指的是作品的条件性与自律性的二重性。在贴切性之探索、批评视野、作品的条件性与自律性这三重范围内，这些理论既是对小说的界定（这些界定根据许多视点，这

---

❶ 这是叙述学为自己拟定的任务：叙述性的安排为可能被叙述或被再现的内容以及叙述和再现的方式设定一种界限。

❷ 这一点可以从小说理论著作的专栏中读出，例如从下述文选中读出：Philip Stervick, *The Theory of the Novel*, New York, The Free Press, 1967: Generic Identity, Narative Technique, Points of view, Plot, structure and proposition, Style, Character, Time and Place, Symbol, lifie and art; ainsi dans *Las voces de la novella* d'Oscar Tasca (Madrid, Gredos, 1973): Autor y fautor, El narrador, La voz y la letra, El personaje, El destinario。

些视点覆盖诗学叩问、文学问询、艺术追索的传统整体），同时也是小说史的界定（这些小说史提供异彩纷呈的重点，提供人们可以归结于小说之渊源的变化图式❶）。

在探寻贴切性的第一类型的范围内，小说理论构成一个可以按照某种连续性和异质多元性解读的整体。连续性和异质多元性与这些理论试图回答的问题分不开。言说小说的贴切性意味着承认其断定方式的多元性。存在着许多断定方式：如严谨型，批评界最经常地把它等同于现实主义小说；如讽喻型，讽喻型经常与某种反断定❷混淆在一起；反事实性，它可以展示某种论据并发展为寓意或者明显的虚构；自称为反断定性的断定性，例如承认自己是纯粹的虚构，但是以断定

---

❶ 这样根据其历史来反映小说——19 世纪伟大的现实主义是怎样分解到现代主义的支配性技巧例如意识流里边的？根据其支配性美学（现实主义，新小说的客观主义等）来反映小说，就等于一方面，鉴定小说的特性，另一方面，把这种鉴定作为功能：19 世纪小说的现实主义所蕴含的与知识的关系和主体塑形与意识流小说、与新小说的客观主义不一样。这就形成了贴切性的不同的可能性。同样性质的论据适用于大的小说类型，如骗子无赖小说，巴洛克小说等，也适用于小说的子体裁。

❷ 米兰·昆德拉广泛地评论了这样一种讽喻，并吁请人们承认他的捷克"阶段"的小说。Milan Kundera, *Les Testaments trahis*, *op. cit.*

的方式，❶ 有时以解构主义的方式，❷ 让人们读出它的虚构的小说。所有这一切界定了西方自文艺复兴以来所构成的批评传统，这种传统通过文学理论一直延伸到当今。

————————

❶　这一点将详细讨论，见原著第185页、本译著第175页。然而，假如我们重温虚构的各种理论，考察虚构本身，作为属于断定方式的它的反事实性等，就是不奇怪的。从定义上言之，虚构是完全的，任何东西都不能与之对立。由于小说是虚构，应该被视为是通过隐性或显性的否定来说话的，报告、描写的东西不是可以立即在真实中观察到的。否定是一种非常有趣的断定方式，因为这种否定是把小说、把小说的虚构变成某种指示真实的方式；说我们不谈论真实不能与让真实缺席的行为混为一谈，而是与通过此举本身而设定真实的做法混淆在一起。这里我们为克特·汗布格尔关于虚构分离的论点和菲利克斯·马尔蒂奈兹－伯纳蒂关于虚构二重性的论点带来了某种善意的补充。Käte Hamburger, *Logique des genres littéraires*, Paris, Le Seuil, 1986, éd. or. *Die Logik der Dichtung*, 1977；Felix Martinez － Bonati, « The Act of Writing Fiction », *New Literary History*, XI, 3, printemps 1980, pp. 425 ~ 434. 关于虚构的二重性，应该理解如下：在一部小说里，虚构携带着完全平常的言语，与非虚构性言语完全一样的言语，但是这些虚构性言语与真实的言语、与日常的言语彻底分离了，因为读者被迫想象它们恰恰是由一位虚构的叙述者书写或表述的。分离蕴含着虚构允许鉴定它与之相分离的东西和它允许在自身塑造的东西，虚构与之相区别的东西可以是最明显的日常性。这一切都形成了虚构的叩问权力，而不必设置某种严格的摹仿说，或者通过虚构自身、为着虚构自身而肯定。摹仿说和肯定虚构可以是小说的成分：它们应该从这个角度给予分析；还应该考察它们为事实与虚构之区分所携带的叩问补充了哪种类型的叩问。纳尔逊·古德曼的极强势的见解之一即指出，虚构、想象事实上既不背离现实主义，也不禁止某种论据游戏。归根结底我们应该理解道，虚构和想象与真实的和客观性的言语参与同样的语义整体。这种情况反馈到小说所蕴含的语义上的整体主义问题（参阅原著下文第230页、本译著第219页）和小说所构成的安排，后者让我们把真实与虚构的这些分离读做语义上的一些子整体图式，它们自身又反馈到种种二重性游戏并引入种种人学视野。这是沃尔夫冈·伊泽尔在《虚构与想象》里的阅读（Wolfgang Iser, *The Fiction and Imaginary*：*Charting Literary Anthropology*, Baltimore, The Johns Hopkins University Press, 1993）。当我们讨论小说和"思辨性人类学"时，还要再回来。参阅原著下文第145页、本译著第132页。

❷　虚构就其定义而言，可以按照某种解构主义的游戏来解读，这种情况出现在《堂吉诃德》（Miguel de Cervantès, *Don Quichotte de la Manche*, Paris, Le Livre de Poche, 2008；Ed. or. *El Ingenioso Hidalgo Don Quijote de la Mancha*, 1605 ~ 1615）、《特利斯脱兰·项迪》的解读上，且可以一直推进到当代小说。

贴切性探索的第一种类型，不管采用何种方式，不管理论的连续性和异质多元性如何，面对相对规范的小说体裁或者与明显安排分不开的作品，乍看之下，基本上不形成困难。面对那些呈现为这些规范的相反面貌的作品，它也不形成困难。当需要反映脱离了这种规范游戏和反规范游戏、布局游戏和反布局游戏的作品时，贴切性的这种探索就形成困难，例如需要反映乔伊斯的《尤利西斯》、❶ 卡夫卡的小说、胡利奥·科塔萨尔❷的《曼海丽》、施泰恩和他的《特利斯脱兰·项迪》以及希腊古代小说，我们仅列举彻底革新的小说和那些完全不同于我们现代批评视野的作品。这些小说的价值首先是肯定不可能赋予它们某种确定无疑的解决性游戏，后者使它们等同于某种规范游戏或反规范游戏，也不能把它们与解决性的批评言语联系起来。贴切性的这种探索在呈现为小说之小说的情况下也形成困难。尽管这种小说也展现一种经常界定为规范游戏或反规范游戏的叙事，它基本上不服从这种二重性活动。例如保罗·奥斯特的《玻璃之城》❸ 就是一部有关小说的小说；然而它却不建立在与假设规范的某种差距的游戏上，而是建立在小说在自己的活动本身、在自己的建构中自我承认或不承认的奠定举措上。

在我们刚刚提到的这些情况（承认规范或反对规范之外）里，小说根据它自身的建构赋予自己以小说身份。因为这种建构是承认它自

---

❶ Joyce, *Ulysse*, Paris, Gallimard, coll. «Folio», 2006；Ed. or. , *Ulysses*, 1922.

❷ 胡利奥·科塔萨尔（Julio Cortázar, 1914.8.26，布鲁塞尔 ~ 1984.2.12，巴黎），阿根廷作家、学者，拉丁美洲文学爆炸的代表人物之一。胡里奥·科塔萨尔是拉丁美洲后先锋派（相当于欧美的后现代）作家，是豪尔赫·路易斯·博尔赫斯的精神之子、得意门生。"我不区别现实与幻想"，他说，"对我来说，幻想总是源于日常生活"。在这个短篇中，作者以极其严肃认真的语气，为我们描述了一个荒诞离奇的故事，是一种不折不扣的黑色幽默。至于作者的意图何在，每个读者都可以得出自己的结论，而无须他人点拨与说教（译者注）。Julio Cortázar, *Marelle*, Paris, Gallimard, 1966；Ed. or. , *Rayeela*, 1963.

❸ 保罗·奥斯特：（1947 ~ ），美国小说家，诗人，主要作品有《神谕之夜》等。Paul Auster, *La Cité de verre*, Arles, Actes Sud, 1988；Ed. or. , *City of Glass*, 1985.

已的独特性，它不呼唤明显违背小说传统的游戏。这就导致了小说属于与这种独特性建构相关的其他询问。事实上，这种独特性迫使它放弃关于小说贴切性的第一种类型的询问。独特性不是根据某种鲜明对比型游戏来界定的。它应该从三方面去理解：某小说内的所有内容都证明该小说是独特的，这些内容只存在于这一部小说里；这部小说是一种形式：它被创造出来，承载的符号把它指示为形式，而这些符号可能千姿百态；❶ 它设定种种可掌握的编码和百科全书的独特化，小说里所引用的所有内容都是百科全书的独特化。❷

这样，独特性与小说的定义（它的唯名论性质的定义）问题就是分不开的，独特性与彻底独特的身份问题就是分不开的，它们不可避免地蕴含着某种比较，其结果是，蕴含着一部分无差异化。这个定义问题和这个独特性的身份问题对小说与非小说的关系的界定是有影响的（面对其他文学体裁和小说作为自己对象的材料，如何为小说定位呢），对体裁史的图式也是有影响的（各种独特性的历史是何种风貌）。事实上，这些问题一直关联着小说，显性或隐性地呈现在小说理论中。它们重构为两种问询。第一种问询是：小说通过其基本上属于唯名论性质的特征化和同样唯名论性质的再现游戏（这两者与任意小说的独特性是分不开的）所形成的问题来回应什么呢？❸ 第二种问询是：小说通过它所构成的独特性之引申性和隐喻性所形成的问题来回应什么呢？它同时展现一些固定的、差异化的和无差异化的身份：

---

❶ 关于避免提出反思性问题的小说的这种形式描述，允许以人们鉴定一件艺术作品的同样方式鉴定小说的形式，见 Austin Wright, *The Formal Principle of the Novel*, Ithaca, Cornell University Press, 1982。

❷ 这里我们可以借用迈克尔·利法泰尔用于诗的术语（Michael Rifaterre, *Sémiotique de la poésie*, Paris, Le Seuil, 1983），说小说是某种"反语法性"、某种唯一性。关于这一点，我们在《文学理论的原理》（*Les Principes de la théorie littéraire*, Paris, PUF, 2005）里表述过言语资料、信息资料等的独特化。

❸ 关于这一点，参阅胡安·何塞·萨尔的著作，他接过了乔治·路易·博尔赫斯的一些见解：Juan José Saer, *El concepto de ficción*, Buenos Aires, Espasa Calpe, 1997。

为了确认这个发现的作用，只需重温整整一部分英语批评界所建构的小说与罗曼司的二元对立就可以了。● 身份术语应用于小说作品本身，身份被承认或者人们赋予小说作品某种身份（这就是何以有不同类型之小说的说法），也把这种身份赋予小说的所有资料，如人物、行动等，赋予小说的世界本身。身份的无差异化也以同样的方式被应用。

在这两种问询的范围内，记载着另两种问询，它们是第三种和第四种问询。第三种问询是：小说通过自己的历史，通过小说的概念本身，通过体裁恒久贴切性的假设，希望回答什么呢？作为言语构造和历史构造，这个概念较少通过其经常显得微小的构成来演变，而更多地是通过它的内涵和它所参照的各种小说实践来演变的。因此小说史乃是与这种言语建构相关联的种种小说系列的历史。这就是何以小说理论展现小说的种种元历史方式，只需表述格奥尔格·卢卡奇和他的《小说理论》、米哈伊尔·巴赫金与他的《小说的美学和理论》。这些元历史较少因为它们自身而拥有价值，更多地是以小说概念的言语构造和历史建构的阐释者的身份而名世的。它们把小说历史中的身份和差异性归结到一种连续性的言语。没有这些元历史，小说史就只是一些小说整体、作为独特性的小说作品坚实程度不同地组合在一起的小说整体的时序描写。然而这些元历史并不抹杀对小说回应内容的询问；它们仅是这种询问的屏障。悖论在于，小说通过其历史、典范，被思考为实体的某种方式。这个概念构成了各种理论尤其是那些最重要理论的最后的定语，如格奥尔格·卢卡奇和米哈伊尔·巴赫金的理论。与身份游戏及其去差异化分不开的第四种问询是：小说通过它所设想的作者、读者几乎存在性质的介入要回答什么问题呢？从小说书写中被捕捉到的小说家的见证是不计其数的，正如这种捕捉的小说的

● 参阅前引 Northrop Frye, *L'Ecriture profane.* 我们知道小说与罗曼司的区别具化为明显把罗曼司置于想象、象征、隐喻一边。我们还知道，小说部分地包含在罗曼司之中。最后我们还知道，在某些语境下，罗曼司可以被视为小说发展的第一段形态。

题材化是不计其数的一样，从小说的现代传统的种种奠基小说到那些把这种题材变成某种约定俗成的题材化的小说，洋洋洒洒。❶ 围绕小说的道德和非道德性所展开的辩论以这种存在性的介入为条件。这种介入部分程度上直接与身份、差异性和这种身份的无差异化游戏相关联，例如涉及读者时，道德性和非道德性问题在这位读者那里所引起的同感；而涉及作者时，他与自己的小说举措所保持的距离以及这种距离的不同构成在作者那里所激发的认同。❷ 作者和读者与小说的关系从两者之间的同一性、差异性过渡到它的无差异化，那么应该表述去身份化（désidentification）。

小说，唯名论，形象性，存在性介入与性情的通行地位

这四种问询要求重新阅读小说的理论，它们基本上可以按照小说贴切性的第一种探索来解读并最经常性地按照这种探索来阅读。事实上，这些问询界定了小说所回答的东西。体裁的中肯性不是按照小说适应的种种认识范围来界定的，这些认识范围构成阅读的超级编码，而是根据这些问询的明证性来界定的，后者允许小说指称它自身的谋篇情况。

与唯名论关联的问询：为了面对某种典范，像施莱格尔兄弟在《雅典娜神殿》（l'Atheneum）里所喻示的那样，说小说是文学体裁之体裁，这种做法等于把小说定义为某种绝对方式，并由此而摈弃某种准确地界定，进而决定不回答命名问题。这种做法在文学体系方面赋予小说以中肯性，就像施莱格尔兄弟所阅读的小说那样。然而问题依然存在。它蕴含在人们对小说形式无限变化这一特征的关注上：人们

---

❶　只需引述塞万提斯的《堂吉诃德》与弗朗西斯·韦耶岗（Francis Weyergans）获得龚古尔奖的平庸作品《在母亲家的三天》（*Trois jours chez ma mère*，Paris，Grasset，2006），进行鲜明的对比。

❷　人们所谓的自行虚构（autofiction）是关于这种认同而进行的一种选择的活动。但是在奥斯卡·塔斯卡的前引著作《小说的声音》（*Les voces de la novela*），人们也把作者叫作讲故事的作者、叙述者作者、僭入作者、改编作者等。

用小说的名称指称许多作品类型。这样人们就承认，小说体裁本身即是问题，也是它为自己捕捉的所有相关东西的问题，所有它作为自己材料的东西的问题。❶ 这个问题关涉它的独特性。这种独特性是小说作为自己客体和对它们进行叩问的任何编码和任何资料的独特化。

　　与形象性和隐喻性相关的问询：像亨利·詹姆斯那样，❷ 在小说与罗曼司之间勾画出某种区分和某种关系，像 20 世纪盎格鲁 – 撒克逊批评传统所做的那样，❸ 大概等于发现了小说的形象性和隐喻性，等于指出了这种特性所设置的语义、象征、行动元的布局。然而这并没有回答形象性和隐喻性的定位，回答形象性和隐喻性所带动的东西，回答它们对书写、对小说的阅读所构成之约束。需要指出的是，西方主要的小说理论很少特别关注小说所展现和构成的身份的差异性和去差异化的联姻，专门考察这种联姻本身。还需要指出的是，当这种发现获得之后，它对诗学和小说史的特征化不发挥直接效果。❹ 同样需要指出的是，这些同样的理论很少选择对身份的差异化和无差异化的显性联姻的关注，对某些小说类型如幻想作品、科幻小说所展示的身份的明显不和谐现象的关注，而这种联姻和这种不和谐激发一些

---

　　❶ 相当于一种命名的小说的这种去定义化（泛化）在作家们那里是很常见的。例如当代墨西哥作家塞尔基约·彼托尔（Sergio Pitol）在《赋格曲的艺术》（*L'Art de la fugue*，Albi，Passage du Nord/Ouest，2005；éd. or. *El Arte de la fuga*，1997，p. 200）里指出："小说仅仅由于其存在的简单事实，就代表着自由；在它那儿一切都是可能的，只要有两种元素存在就行：活的语言和对某种形式的直觉。小说是卓越的复调体裁，它只承认这两种成分要求它的界限，但是，它为它们增加了一种界限，这就是时间，一种特别的小说时间。还有另一种时间：社会及其所有线索的接近——无穷尽的圆形，人间喜剧，各种虚荣本相的市场。"我们很愿意把这看成是小说问题所回应内容的清单，并将进一步具体分析这些情况。

　　❷ Henry James, Préface à *The American*, dans Henry James, *The Art of the Novel：Critical Prefaces*, Chicago, University of Chicago Press, 2011；Ed. or. 1934.

　　❸ 作为范例，应该指出前引诺斯罗普·弗莱的《世俗书写》（*L'Ecriture profane*）。

　　❹ 这种隐喻化更应该从陈述体制的研究中来阅读，这样就作为自由间接言语来阅读了，这是身份去差异化的准确的语言迹象。

特殊的阐释，如关于幻想的研究、关于科学幻想的研究等，这些研究的阅读与小说的主要理论形成鲜明的对照。❶ 这种关注和选择稀少的情况并不反映小说理论对小说所确立的阅读的明显性的某种盲目，每个人都承认小说作为小说的暧昧性。这种关注和选择的稀少反馈到作家和批评家们的批评决定，它们体现了方法论、诗学、公理、哲学等方面的介入。某种理论整体选择青睐隐喻化和身份的无差异化：这是德国浪漫主义的小说理论的情况，它无法与这种文学运动的哲学主导因素相分离，并且把小说定义为形式和言语之和，定义为按照某种叙事进行的一种整体性反思。然而问题在于弄清楚这种整体化是否真的完整，这种完整性是否构成小说及其世界的真谛，它是否指示稳定的身份，亦即反思游戏是否是解决性的游戏。其他理论整体，不管是人们所说的 19 世纪和 20 世纪的英国传统以及它所接受的亨利·詹姆斯的影响，由非马克思主义者格奥尔格·卢卡奇彰显的源自某种唯心主义哲学的传统，或者源自马克思主义或与马克思主义辩论的传统——这里再次提到了格奥尔格·卢卡奇，还有米哈伊尔·巴赫金，它们都把现实主义作为它们持久问询的对象。现实主义意味着明显确定的种种身份，这些身份展现了有限的形象性游戏：小说的形象性悖论性地被界定为超出规范。还应该提到米哈伊尔·巴赫金的理论视野。种种身份的无差异化本身不曾提及；它变成了某一类身份。应该这样去解读狂欢化：它较少反映身份和去差异化的游戏，而更多地颠覆了已有身份的等级。应该从同样的视野去解读杂交概念：与这种概念对应的是一种新的身份类型，而非刚刚界定的游戏，即身份与身份的去差异化。❷

---

❶　需要指出的是，在理论的传统中，叙事世界或小说世界的异质多元性达到了这样的程度，使得它在法国被接受，首先茨维坦·托多罗夫在他的《幻想文学导论》（*Introduction à la littérature fantastique*，Paris，Le Seuil，1970）里阐明了这种现象。但是，托氏的著作停留在对这种异质多元性的一类叙事即幻想叙事的考察分析。

❷　关于这一点，见 Jean Bessière，"Introduction"，dans *Hybrides romanesques*，*Fiction*（1960 ~ 1985），Paris，PUF，pp. 7 ~ 13。

　　呜呼，与隐喻性相关的问题表述起来容易得多。如果我们维系着隐喻的某种忠实定义，❶ 即两个异质的语词组合在一起并呼唤忠实字义的解读，即这两个语词的每一个的解读不能改变它们的意指，还呼唤它们之间关联的阅读，通过每个语词对另一语词的支撑，这样看来，对小说字字对应的连续阅读不可避免地就是隐喻性的阅读。隐喻性阅读形成两个异质语词的意义，但是语词的忠实意义并不丢失。隐喻的这种定义的提议者卓越地从赫尔曼·麦尔维尔❷的一部小说中提取了一个隐喻的典范，即精确计时员的基督。这样，在一部小说里，就既有异质语词原义的忠实阅读，也有它们之间的关联的阅读。从一个句子向另一句子的过渡较少是面对任何文本可能造成之间断性的意义的某种赌注，❸ 而更多地是一种隐喻性阅读。同样类型的见解既适用于微观的语义材料，也适用于宏观材料。小说的分析深谙此道，普鲁斯特的批评即证明了这一点，❹ 而作家们对此也是了解很深的，村上春树（Haruki Murakami）在谈论他的《1Q84》时就指出，❺ 隐喻使他得以用简单语词写出一部复杂的小说。换言之，小说是身份之差异的建构，这些身份以最低的方式做小说的语词，小说也是身份的去差

---

　　❶　关于隐喻的这样一种定义，参见 Donald Davidson, "What Metaphors Mean", dans *The Essential Davidson*, Oxford, Clarendon Press, 2006, chap. 12。

　　❷　赫尔曼·麦尔维尔（Herman Melville, 1819 ~ 1891），19 世纪美国最伟大的小说家、散文家和诗人之一，与纳撒尼尔·霍桑齐名，麦尔维尔生前没有引起应有的重视，在20 世纪 20 年代声名鹊起，被普遍认为是美国文学的巅峰人物之一。英国作家毛姆认为他的《白鲸》是世界十大文学名著之一，其文学史地位更在马克·吐温等人之上。麦尔维尔也被誉为美国的"莎士比亚"。——译者注

　　❸　这种见解可以重构为一个问题：是什么东西允许以连续的方式阅读一部文学文本？关于这一点，参见 Pierre Alféri, *Chercher une phrase*, Paris, Bourgois, 1991。

　　❹　Michel de Beistegui, *Jouissance de Proust. Pour une esthétique de la métaphore*, Paris, Encre marine, 2007.

　　❺　Haruki Murakami, 1Q84, Paris, Belfond, 2011; Ed. or., *Ichi - kyū - achi - you*, 2009.

异化的建构，不管是前者还是后者都是不可抹杀的。小说是谓项游戏和能指游戏的矛盾性活动，它们都与某种变化的塑形不可分离，也并没有不可避免地喻示某种新的身份。与保尔·里科尔所喻示的相反，身份和时间的游戏不可能在主体的某种反思性运动中得到解决，主体自身从时间中得到观照。这就是赋予《追忆逝水年华》的叙述者的视野。

　　给予与唯名论和塑造性相关问题的最小关注现象，基本上可以用把小说等同于叙事来解释。人物的身份，他们的变化都按照叙事来解读，根据它所构成的对行动的模仿，根据情节来解读，情节是联结身份与行为的手段。这可以把小说的独特性与一种典型的材料关联起来。这种情况解释了给予身份的游戏和身份的无差异化的游戏很少关注的原因：行动、行动的主体原则上应该明确地给出了。亚里士多德《诗学》的分量依然存在，哪怕是在理论之中，在理论的构成时期，那些理论都想成为最现在的理论，例如格奥尔格·卢卡奇的《小说理论》或他的《批判现实主义的当下意指》（*Signification présente du réalisme critique*）。❶ 某种小说经济的思想继续存在：恰恰最经济的方式，亦即最直接的方式，最容易参照生活实践的方式，并进而最容易用效果来界定特征的方式，依然是把小说等同于叙事的权力（能力），把叙事本身与摹仿行动及其环境的权力关联起来。❷ 只需考察叙述学的游戏。人们继续摹仿叙事——这种叙事不一定是明确给出的叙事；它可以是某种系列事件和行动推论出来的叙事。故事与主题的区别意味着这样一种模仿，正如它喻示着小说叙事面对其条件时的自律性一样，喻示着读者的角色理应不可避免地与故事和主题的区分相关联，也喻示着组织并深谙所有这一切的作者的角色。人们可以终结于从故

---

❶　G. Lukács, *Signification présente du réalisme critique*, Paris, Gallimard, 1960；Ed. or., *Die Gegensivartshedeutung des kritischen Realismis*, 1957.

❷　例如关于小说的这种论文集（Philip Stevick, *The Theory of the Novel*, *op. cit.*）就用"象征、生活与艺术"来展示它的最后一部分内容。

事到主题的困难性或不可能性——斯特恩的《项迪传》从中找到了自己发展的手段；某种自行虚构的作品，路易－勒内·德福雷（Louis－René des Forêts）的《奥斯蒂纳多》（Ostinato）❶ 就建构在这种不可能性上。然而，叙事模仿的规范仍然构成了这些作品阅读的衡量尺度。但是，正如米哈伊尔·巴赫金指出的那样，❷ 假如现在阻止过去和世界构成实体，假如小说首先是时间的某种"情势"，❸ 那么指出这样一种模仿的规范就是徒劳无益的。假如叙事明显呈现为存在性质的，这一点从塞万提斯到让－保尔·萨特均可以读出来，那么选取这样一种规范也是无用的。在这样一种叙事里，忠实性和隐喻性的二重性占据通行地位，并在它们之间的联姻和经久不变的明证性中确立对前者和对后者的叩问。❹ 这种情况还表述为克尔凯郭尔恰恰为存在性质的叙事论证的语词：叙事重新捕捉了作为存在本身之精华的变化。❺

　　对身份处理的不甚重视，把重心放在小说的叙述特征上，这种做法还有两个后果：忽视小说独特的时间性和历史性，而它们意味着有关身份的游戏。如果我们与身份的游戏以及它们的无差异化发生关系，那么借用保尔·里科尔的说法，小说自身的时间性是一种同上和举例（l'idem et l'ipse）的游戏。这种游戏并非必然要根据主体的某种

---

❶ Louis－René des Forêts, *Ostinato*, Paris, Mercure de France, 1997.

❷ Mikhaïl Bakhtine, *Esthétique et théorie du roman*, *op. cit.*, p. 464.

❸ 关于这个概念，参阅原著第110页及其后、本译著第98页及其后。

❹ 参阅原著第48页、本译著第35页。

❺ 索伦·克尔凯郭尔（Soren Aabye Kierkegaard, 1813～1855），丹麦宗教哲学心理学家、诗人，现代存在主义哲学的创始人，后现代主义的先驱，也是现代人本心理学的先驱。曾就读于哥本哈根大学。后继承巨额遗产，终身隐居哥本哈根，以事著述，多以自费出版。他的思想成为存在主义的理论根据之一，一般被视为存在主义之父。反对黑格尔的泛理论，认为哲学研究的不是客观存在而是个人的"存在"，哲学的起点是个人，终点是上帝，人生的道路也就是天路历程。参阅 Sören Kierkegaard, *Miettes philosophiques. Le concepte de l'angoisse. Traité du désespoir*, Paris, Gallimard, coll. « Tel », 2001, p. 204 *sq.*；E-d. or. *Philosophiske Smuler*, 1844。

巨大的反思运动来阐释（我们再次提及这一点），例如有可能在时间
上完全吻合。这种游戏与时间中身份的无差异化所形成的问题相混
淆，比照于构成的身份或已经被构成的身份。在这种视野本身，小说
史乃是一种文学体裁的建构史和它的继续史，它把自己体裁方面的不
确定性作为面对不同语境时调动这种身份游戏和它们的去差异化游戏
的手段，这里的身份指的是行为人、世界上的人和物、群体、信念等
的身份。这要求在叙事的处理上，引入小说与小说性相区分的做法❶
（小说性承载着再现的某种伸缩性），要求不要把身份的差异性和去差
异化的二重性与简单地取消叙述性规范关联起来。

　　唯名论和塑造性说明，没有对某种存在性质的介入的塑形，小说
就不会成功：从小说中行为者主体的塑造和陈述者主体的塑造开始，
唯名论和塑造性就呼唤小说家对自身的某种询问，呼唤读者的某种询
问。把小说平庸地变成小说之小说和作家之小说，从这种做法本身提
取出一种批评言语、理论言语，尝试解释小说所要求的存在性质的介
入，仅仅是重复人们承认的小说的权力——反思特性，捕捉性能，而
没有触及这样一种权力回答什么和不回答什么。❷自从 19 世纪末开
始，不管是作家还是批评家那里，重视虚构概念超过小说概念的倾向
即是这种考察缺失的后果：人们以为虚构的捕捉是自然而然的事情。
因而把小说界定为虚构是有用的。然而，虚构的这种捕捉并不敢肯定

---

　　❶　关于这一点，参见 Bernard Pingaud，Ω，*Les Anneaux du manège. Ecriture et littérature*，
Paris，Gallimard，coll. "Folio essai"，1992. 贝尔纳·班果用"小说性"这个词指示小说引
述的自由性以及这种引述所构成的世界自身，这与"罗曼司"概念相近。

　　❷　被人们所理解的小说的权力与读者对小说虚构特征的承认混淆在一起，也与一虚
构整体的阅读所设置的读者方面的介入混淆在一起：对这种整体的接受并进而对这种世界
之显性和隐性的接受。对虚构性的接受与读者方面对虚构性的某种展示的接受分不开。对
展现的承认和接受自身值得专门考察，正如介入一部虚构作品的改编的作者的举措和态度
一样值得专门考察。超越这些与虚构分不开的存在性质的介入的常见论证，最好同时根据
虚构所要求的小说行为人的展现类型，根据它所蕴含的与作者和读者的关系，来界定虚构。
这意味着不同于虚构的另一种方法论。关于这几点，参阅原著第 179 页、本译著第 169 页。

就是小说权力或其效果的颇受人们偏爱的特征。虚构也可以被读作作家和读者的自我展示，它们可以使作家和读者建构他们自身形势的某种塑形。那么小说界定为这种形势的鉴定和承认的媒介者，而这种形势的特征化需依据时间的游戏，身份的差异和去差异化游戏。指出读者的某种存在性质的介入意味着，阅读是根据谓项游戏和能指游戏的矛盾化而进行的；它是这些游戏所构成之言语的模拟。❶ 指出作者的某种存在性质的介入意味着，写作一部小说要依据同样的矛盾化并喻示着作家的"完善过程"。

这种存在性质的介入说明，小说家们提供的许多论证举措没有把批评视野与个人视野分离。这种联姻导致这类文字既是小说技巧、创作技术之和，也是对形象性的持久承认。例如亨利·詹姆斯的《小说的艺术》（*The Art of the Novel*），❷ 那是作家小说和短篇小说的序言汇集，就同时提供了叙事和小说写作的种种故事（存在性质的介入由此明显地呈现出来），也提供了小说的创作技巧和关于小说塑形特征的沉思，而亨利·詹姆斯的"客观主义"技巧和现实主义小说都不反对这种塑形特征。这种情况允许从这些序言中同时读出作者的身份、作品的身份和小说方案之引述这种去差异化时刻。罗兰·巴特准确地演示了存在性与小说的这种不可分离性以及把小说家和小说的鉴定行为

---

❶ Wolfgang Iser, *Prospecting: from Reader Response to Literary Anthropology, op. cit.*

❷ Henry James, *The Art of the Novel, op. cit.*

放置在潜在性一边这种去差异化的活动。在法兰西学园（Collège de France）● 的一门课程中，● 他展示了自己的小说家禀赋，展示了自己介入一种小说举措的方式，而他实际上仅留下了一部可能的小说图式。他由此表达了自己，引述了他自己的世界、自己的生活。各种身

● 由于法语本身的混淆性，le Collège de France，l'Institut de France 和 l'Académie française 这三家法国著名的学术机构的汉译出现严重的混淆，不要说法语圈以外的学者，即使法语圈以内的学者在没有附加原文的情况下，也经常搞不清译文之所指，有些出版机构明显地把 le Collège de France 的教授与 l'Institut de France 的学者或者 l'Académie française 的院士统一列入一套文集。Le Collège de France 是 1530 年由弗朗索瓦一世创建的教育机构，它是由"三语学院"（拉丁、希腊和希伯来语学院）改变成为皇家学院，经过复辟时期，后在 1852 年归属法国国民教育部，但又完全独立于法国大学的体系，现在设有 50 个教席，实行的是完全自由的教学，全然无需承受考试、也不发放文凭的学校。其特点是，主张自由研究，因而 20 世纪若干没有博士文凭的先锋派学者反而被聘为 le Collège de France 的教授。社会上的各界人士可以自由旁听该学校开设的课程和讲座。鉴于其自由、民主、不发放文凭的性质，笔者建议将其译为"法兰西学园"或"法兰西公学院"。L'Académie française 建立于 1635 年。L'Académie des inscriptions et belles – lettres 建立于 1663 年。L'Académie des sciences 建立于 1666 年。L'Académie des beaux – arts 1816 年由 l'Académie de peinture et de sculpture（fondée en 1648），de l'Académie de musique（fondée en 1669）et de l'Académie d'architecture（fondée en 1671）合并而成。L'Académie des sciences morales et politiques 建立于 1795 年（supprimée en 1803 et rétablie en 1832）。这 5 家学院统属于 1795 年 10 月 25 日建立的 l'Institut de France。笔者建议把 l'Institut de France 译成"法兰西研究院"。L'Académie française 译为"法兰西学院"或"法兰西学士院"都行。法兰西研究院的其他几个下属学院可以分别译为"法兰西文学院""法兰西科学院""法兰西美的艺术学院"和"法兰西道德和政治学院"。这些学院都是荣誉性的学术机构，既不开设课程，也无实验室，没有学生，没有博士生，它们一般各自活动，偶尔为院士们或者为客人举办一场法国式的讲座。一年原则上有一次全体会议。院士们的职能都是荣誉性的，不拿工资。但由于长期以来这些学院都接受了大量的馈赠，也就象征性地每年为其院士发放数千欧元的科研资助。五大学院位于同一院内，但只有法兰西学院接受新院士时是在圆形主楼举行仪式的。它们与大学没有任何关系，不是大学教授的可以被推举为院士，如前总统德斯坦。学院是王权政治的产物，当时的国王并不关心大学的事情。1789 年的资产阶级大革命没有改变法兰西研究院的学院性质。所以一些左翼学者并不想享有院士这样的头衔。一些久负盛名的学者也不去申请这样的虚职。——译者注

● Roland Barthes, *La Préparation du roman*：*I et II, cours au Collège de France* 1978 ~ 1980, *op. cit.*

份的游戏是显而易见的。这里有罗兰·巴特的身份：面对将要写作的小说，他赋予自己一种作家的身份；他采纳了小说家的姿态。我们可以表述这种潜在的身份。这部行将书写的小说甚至不是一个独特的写作方案，与作为体裁的小说的抽象身份混淆在一起。它也是一种潜在的身份。小说的"准备"于是就是两种潜在身份的游戏；它是对这些身份之构成的可能性的问询，❶ 从存在性质的介入角度看，上述身份乃是任意个体身份的某种去差异化。

这种存在性介入可以更具体地去理解。关涉人物时，小说同时建构了种种身份和它们的去差异化，同时向差异化、向人物的再鉴定的可能性、必然性本身开放。再鉴定是结构性的、语义性的——它们对于小说的整体是中肯的。人物的改造是再鉴定和差异恢复的展现方式；这种情况还可以表述如下：人物是稳定的；他的身份得到了新的表达；更准确地说，正是这种表达形成稳定性。这种过渡意味着某种矛盾，身份的无差异化和可能互相对立或异质多元性材料的去差异化的矛盾（在《堂吉诃德》里，生活与背离现实一起前行，而在《追忆逝水年华》里，它们按照同样的逻辑一起前行，记忆和背离现实按照时间一起前行）；通过这种过渡，小说重新建构了它自身独特的视野，在《堂吉诃德》里喻示着生活的复原，❷ 而在《追忆逝水年华》里则喻示着叙述者马塞尔所昭示的视点的某种复原，这种视点犹若对时间的某种掌握。米兰·昆德拉所彰显的讽喻是这种游戏的另一范例。它最终导向陈述者的某种复原。这样小说就拆解了主体－人物展现方面的任何修辞化，而他们明显臣服于变化之中。它意味着作者和读者知道修辞化的这种削弱情况，而小说正是通过这种削弱来安置他

---

❶ 需要说明的是，罗兰·巴特开设"小说准备"这门课的那一年，他在法兰西学园还开设了关于隐喻的一门研究性课程，换言之，这是关于身份去差异化的一门研究性课型。

❷ 根据生活的某种复原——一种不设置任何幻觉的复原——因而是按照这个世界本身但却不拆解人物真谛的复原。同样类型的论据也可以由我们经过必要的细节变通而给出的其他例子提供。

们的，同时把作者和读者安置在面对真实的某种外在性方式里，安置在他们自身的形势里，也安置在参与真实、参与这种形势的某种方式里。存在性介入最终就在于此。它在身份的差异化和去差异化游戏中，界定作者、读者的复活性。个人小说是揭示这种削弱和小说家自己承认的悖论性意识的某种明显实践。

没有明确回答这些与唯名论、与塑形性和与存在性介入相关联的问题，说明在小说理论中，小说的贴切性是根据两种视野或形势来定义的。第一种形势是，小说的特征在于它处于与自己所给予之客体的某种面对面对话中。它是现实主义及其各种对立面所设定的这样一种面对面，是小说性和反现实主义所设定的一种面对面。这种面对面把小说安置进与其客体相关信息的隐性或显性比较的某种游戏中。这种游戏使人们看到小说与这种信息的和谐和不和谐。这种安排，这种面对面是亚里士多德《诗学》的"形势"的隐喻性继承：小说按照它的假设面对面的对象来解读，不管这种对象属于实在抑或属于想象。第二种形势是，在由德国浪漫主义的小说理论以及由"罗曼司"所构成的完整世界所显示的形势里，小说既是它自身之和也是众多言语、象征之和；它是许多陈述文和许多行动的元形式和元阐释；它是我们称作文学之特殊定位的典范：❶一切都可以根据小说规律和小说所承载的决定，与小说关联起来。这些方法保留着与小说阅读相关的假设：阅读是与小说的面对面，它蕴含着按照某种模仿对小说所展现的种种资料的承认。身份以及它们偶尔可能出现的去差异化所形成的问

---

❶　关于这一点，参阅 Jean Bessière, *Quel statut pour la littérature?*, Paris, PUF, 2001. 我用"特殊地位"来表示，自从浪漫主义以来，文学作品经常根据双重权力被思考：它表达再现的权利；它决定被再现的内容。这样，关于小说的思考就一直呈现为双重价值：一方面，拒绝小说对客观主义的某种资质，拒绝小说权力的某种抽象定义，拒绝小说拥有鉴定论证其作为体裁的那些问题的资质；另一方面，承认小说的某种权威性和某种可靠性。源自浪漫主义批评遗产的关于小说的思考，承认文学的某种言语权力并维持文学作品的某种特殊定位。

题被避免了。

追求小说贴切性之外（这种追求意味着与某些材料、某位客体相关信息的这种面对面的方式），我们上文已经指出的两种首要的问询可以重构。**与唯名论相关的问询**：每部小说都是小说系列里的一种独特性；它呈现为与这个系列小说相关联的某种变异。一个系列的独特性从哪个方面来定义一种文学体裁及其历史呢？**与塑形性、隐喻性相关的询问，而身份以及它们的去差异化游戏与塑形性、隐喻性不可分割**：因为小说呈现为独特体，它在展示自己的资源自己的行为人、其他人与物等的过程中，让人们阅读身份与它们的去差异化的二重性本身。它设置了一系列问题：在这个根据时间发展的世界里，如何界定并展示世界的一个表语并进而界定和展示世界本身呢？如何界定并展示一个客体、一个主体的表语呢？小说从哪些方面可以解读为世界的表语呢？它从哪些方面可以被定义为显示这样一种表语指归游戏的东西呢？这些问题事实上主导着所有有关小说再现性定位的意见。

这一切蕴含着人们询问着小说里的"性情"❶的普遍性。身份之差异性和去差异化的展现是小说的特性，这种做法对小说所展示的主体的人有效。这种展示打开了向主体 – 实体提问的大门，主体的人应该与这种主体 – 实体相同一，自此，他的身份便根据其名讳的明证性，根据变化的明证性，从属于它的差异和去差异化的游戏。用另一种构成来表示：时间和历史问题蕴含着性情的通行地位。哪怕是根据语言的先验性，性情的恒久和稳定的塑形是不可想象的。性情的悖论与小说的明证性和肯定性分不开；这种不可分离的性质承载着它自身的询问：我们可以建议何种小说阅读，以反映体裁的明证性和经常被批评界所排斥的性情的通行地位呢？这种通行地位在格奥尔格·卢卡奇的《小说理论》里已经指出了；但是却没有与小说的塑形性关联起

---

❶ L'«ethos»，希腊语词，意为"性情""品行""品性"等，用来表示人、主体。——译者注

来，而是与小说及其人物所设置的世界面对面地关联起来了。米哈伊尔·巴赫金也承认这种通行地位：小说的言语游戏以陈述者及其在公开空间的出现为条件；但是这种承认最终导向言语间性权力的特征化：言语间性呈现为某种巨大的"同一物"，囊括性情的所有塑形。这种情况还表达为米哈伊尔·巴赫金赋予小说中语言的超验性。反之，娜塔莉·萨洛特的某部小说《一个陌生人的肖像》，❶ 还可以加上罗贝尔·穆齐尔的《没有优点的人》，❷ 是彰显小说明证性形成的这个问题的一种方式：小说可以是人的身份、一个人的身份的小说；然而这个人却是陌生的；然而这种身份也是陌生的。人们熟知的是项迪、堂吉诃德和巴汝奇的情况。

小说理论的二重性和不和谐性

小说理论的属性缺陷

小说理论从它们的背景里和我们刚刚提及的上述问询中，既没有获取某种和谐性，也没有获取某种均质性。很难表述它们的内在和谐性：它们更多地是对小说某种形态的阐释，而非系统性的分析。它们相互之间是异质多元性的。它们既让人们把小说及塞万提斯以来的小说演进读作小说自身对它的肯定，按照这种演进过程中越来越明显的某种游戏，❸ 也让人们把它读作走向小说本身的某种不确定性的一种方式：人们肯定，小说体裁拆解于虚构的证实之中，人物消逝于任何

---

❶ Nathalie Sarraute, *Portrait d'un inconnu*, Paris, Gallimard, coll. "Folio", 1977; Ed. or. 1949.

❷ Robert Musil, *L'Homme sans qualités*, Paris, Le Seuil, 2 vol., 2004; Ed. or. *Des Mann ohne Eigenschaften*, 1930 ~ 1932.

❸ 参阅 Marthe Robert, *L'Ancien et le nouveau. De Don Quichotte à Kafka*, Paris, Grasset, 1963, 表示对小说这种演进的一种理论阐释。

人物形象的虚荣之中。❶ 这些理论既可以表述现实主义的可靠性，也可以表述它的谎言。❷ 它们既可以宣示小说中语词表达了事物的真实，

---

❶ 人们承认莫里斯·布朗绍、解构主义等的论点。在西方文学里，小说自身对自己的肯定，它的反思性与承认某种社会的反射性（参阅原著后边第149页、本译著第137页）是分不开的，与隐喻所开创的反射性游戏是分不开的，而隐喻又与小说给出的时间的展现和行为的展现（参阅原著后边第110页、本译著第98页），与基督教的人类学视野（参阅原著后边第177页、本译著第165页），与希望封闭的种种信息系统的歧义性（参阅原著后边第186页、本译著第175、176页），与艺术形式的常见游戏（参阅原著第43页、本译著第30、31页）是分不开的。关于反射性的语言学论点与反射性的文化特性（参阅原著第115页、本译著第104页关于中国小说的文化特性）是分不开的（Jean Bessière，"Le concept de métafiction: typologies, stratégies fictionnelles, croyances fictionnelles et partages culturels"，dans S. Totosy de Zepetenek，M. Dimic，I. Sywenky［éds］，*Comparative Literature Now*，*Theory and Pratice/La littérature comparée à l'heure actuelle*，*Théories et réalisations*，Paris，Honoré Champion，1999，pp. 21～30.）。关于这些点的理论蕴含过于广泛，很难保证所提论点的和谐性。

❷ 现实主义阅读的这种二重性可以按学术界长此以往的解读来阐释：根据二重性两个元素的严格对立。它也应该按照它的表述内容来阅读：被视为某种客观展示的东西与其手段是分不开的，该手段似乎破坏了客观性展示，这种手段就是隐喻性。现实主义的真实性和虚假性这种二重，在西方的批评传统里，只是亚里士多德《诗学》里摹仿说之双重价值的重新界定，事实上，自19世纪以来，就反馈到客观化的言语条件（我们说言语条件，因为我们这里坚守的是小说的情况）或者反馈到被承认的条件。19世纪小说的现实主义不能与经验科学里客观性概念的发展分离开来。这种不可分离性把现实主义和它所瞄准的客观性投放到某种严格的区别中，即忠实于自然真实的再现（这是经典作家和作品的立场）或某种为了达到客观性而意味着按照行家里手之知识和判断给予纠正而建构的这种再现（我们可以把笛福的《鲁宾逊漂流记》投放在这样一种判断的现实主义麾下）。现实主义与客观性的这种不可分离性最后还意味着，这种现实主义一方面既被承认为无人称的又与一主体分不开，而另一方面，集体上又等同于客观性——这种等同悖论性地是客观性的某种相对化，它不可能把客观性与信念类型分离开来（参阅原著第237页、本译著第225、226页），并将其问题化。福楼拜集合了所有这些点。因而现实主义是一个问题，而客观化现象永远与隐喻性相关联。因此现实主义允许多种再阅读。当代对现实主义的再阅读忽视了它的客观性或客观化目标和它所形成的悖论。小说，尤其是现实主义小说，通过其幅度（它展现种种世界），把无人称性、主体性、有待客观化的信念和资料最大化了：它在设置现实主义之有效性的同时，把它的问题性最大化了。

也可以持相反的论调。❶

　　这些鲜明的对比与作家们的意见和实践关联在一起，正像它们与批评家的意见关联在一起一样。它们表达了三件事情：小说理论与本体论、哲学、诗学的方式是分不开的，而后者又与小说作品、与它的创作是分不开的。我们相继来表述下述视野：综合视野，它可以展现不同类别的论点的使用，展现不和谐性以及赋予小说某种全面的中肯性的意愿；本体论视野，提供小说某种绝对方式的论证，这种绝对可以承认小说为某种准本真实体；哲学视野，根据关系游戏来界定小说；文学和诗学视野，凸显出种种系列的双重价值。这些视野所体现的对小说贴切性的探索事实上出于一种理论视点，而没有作出结论。贴切性的探索应该是别样的，我们曾经说过，要把优越权给予性情。

　　理论综合。珀西·卢伯克的著作《小说技巧》❷ 既属于本体论，也属于信念和形式方法论。它把小说与某种生机论的本体论关联起来，并从信念的角度，把它界定为观看或者展示世界的一种手段或一种方式。形式方法论不得出小说的人为制造结论——然而这仍然是容易从著作所建议之"视点"吸取的一种结论——而得出了小说技巧与生机本体论的吻合论。这种本体论安排主体与世界和与他人的和谐一致，如同他们所生活的那样。按照珀西·卢伯克的意见，小说的技巧趋向于彰显这类和谐一致性，显示出小说中的个体本质上从来不是与外界分离之人，而读者也按照这样一种分离的缺失去阅读小说，由此他自己也具有了承认自己与世界生机上吻合的禀赋。把这种理论当作在其所有命题上都必然吻合而全盘接受则是不妥的。理论综合在这里是蕴含许多问题并全部熄灭它们的一种手段。自亨利·詹姆斯起所凸

----

　　❶　这种情况可以反馈到当代批评关于现实主义和反现实主义的通行的二重性，但是也可以反馈到关于表象的游戏，例如从 16～18 世纪巴洛克小说、田园小说所实践的表象游戏，见原著第 108 页、本译著第 96 页。

　　❷　Percy Lubbock, *The Craft of Fiction*, éd. or. 1921. Aujourd'hui disponible sur Internet: htt://www.gutenberg.org/1/8/9/6/18961 – 28961 – h. txt.

显的视点技术可以与以格奥尔格·卢卡奇和米哈伊尔·巴赫金的理论方式，突出语言超验性的某种理论相契合。生机论视野反映了存在性质的介入并设置了蕴含着变化的时间的某种连续性。对视点的坚持表达了小说的某种独特性。但是它并不提出世界的某种定义和作品的某种阅读性，就像它突出主体的独特性但并不把他与对生机主义的承认相分离。

本体论视野。19 世纪以来大的小说理论蕴含着不同类型的本体论思想，但是它们之间并没有某种凝合，应该表述施莱格尔兄弟、❶ 格奥尔格·卢卡奇、米哈伊尔·巴赫金的本体论思想。在弗雷德里希和奥古斯特·施莱格尔那里，小说的诗性方法导向体裁的某种本体论。我们不妨说其他文学体裁的小说化以及小说言语犹如一种统一性的言语（世界的统一性，本是的统一性），需要提醒大家的是，这种统一性意味着片段性。格奥尔格·卢卡奇在《小说理论》里发挥了一种历史性的本体论，这种本体论是通过面对世界的人物来昭示的，世界大于灵魂，或者灵魂大于世界。米哈伊尔·巴赫金展示了一种历史性的、本体论式的小说的方法论，视小说为无限进化的体裁，它拥有现代性的特征和普遍化的倾向：复调语言和杂交语言与这些特征是分不开的。小说的这三种本体论式的方法论并不是默契的，尽管它们拥有渊源关系。德国浪漫主义的论点主张小说本身是试图接触本是的一种方式，进而与人发生关系，然而却具有自律性并超越后者。小说的特征化归根结底是本是之特征化的影子：对小说的进入是肯定的；小说就是一切；小说是自律的；它与任何物和人都有关系；然而它又超越了他们。格奥尔格·卢卡奇和米哈伊尔·巴赫金的论点安排了小说的绝对方式和普遍权力的方式。小说是任何时段的阐释者。但是它彻底

---

❶ 主要关涉施莱格尔兄弟和米哈伊尔·巴赫金的本体论思想。Jean - Marie Schaeffer, *La Naissance de la littérature. La théorie esthétique du romantisme allemand*, Paris, Ed. ens rue d'Ulm, 1983。

地位于历史之中，它超越历史：需要重新表述语言的超验性。

　　哲学视野。哲学视野是千姿百态的。这里我们限于亨利·詹姆斯之命题与米兰·昆德拉之命题的关联性和鲜明对比。它们可以用来阅读一种不把审美视野与实用视野和伦理视野分开的小说理论或小说思想的困难。亨利·詹姆斯说："如果我们特别选取作家写给他的小说和短篇小说的序言，❶ 小说既是一种精神世界的叙事，同时也是经验世界的叙事，精神世界和经验反馈到一个主体，而与这个主体相关联的，基本上都是道德的评判和美学上的评判。"因此，按照亨利·詹姆斯的公式，小说是一种生活的设备。精神世界和经验世界是关系的世界：按照精神世界的素描，按照片断性的经验的素描，可以证明这一点，但是它们通过片断性的接近而形成一种整体。❷ 对主体、伦理和艺术或者对审美的青睐最终把小说置于某种实用主义的视野。米兰·昆德拉认为，小说建立在个体的悖论的基础上，它激起了两个问题："何谓一个个体？他的真谛在何处？"米兰·昆德拉在《被背叛的遗嘱》中这样问。❸ "谁？"的问题使小说获得进展。这个问题呼唤根据自身性（l'ipséité）、身份、可以与决定关联起来的种种实在给出的回答。这些问题并不取消当初的问询。正是因为这一点，人们继续阅读和写作小说。小说聚焦于主体，聚焦于他与世界的关系；这个主体构成世界。这种构成可以变化多端，它是历史性的。正因为如此，米兰·昆德拉对《堂吉诃德》有着特别浓厚的兴趣，那里有两种类型的主体的面对面，他们显示了按照主体对世界的两种构成，这两个主体分别是堂·吉诃德和桑丘·潘萨。这两个人物之间的对立本身让我们理解到，按照主体权力来鉴定小说的某种权力并没有回答世界的构成问题。因此，对于米兰·昆德拉而言，终极的教训是卡夫卡的教

---

❶　Henry James, *The Art of the Novel*: *Critical Preface*, op. cit.

❷　关于这一点，参见 David Lapoujade, *Fictions du pragmatisme. William et Henry James*, Paris, Minuit, 2008。

❸　Milan Kundera, *Les Testaments trahis*, op. cit.

训：他的作品是对主体徒劳无益的聚焦：主体货真价实地处于诉讼之中。在这种视野里，伦理和审美是决定性的因素。在亨利·詹姆斯的实用主义与米兰·昆德拉所建议的对主体的询问之间，没有契合。前者和后者都喻示着小说的主体是问题，前者根据他的关系权力，后者根据他的构成性权力或者构成性权力的缺失。

文学和诗学视野。更技术性的小说方法，如更诗学性质的或更学术性质的方法，根据重心的不同而不同，例如重心在于叙事，或者重心在于小说的世界，在于小说所提供的展示定位以及陈述者主体和陈述文与这些展示的关系。这些重心的每一种都承载着它自身的结论。它们不提供关于小说的互补性的以及进而统一性的视野。它们更不提供一种理论与另一种理论的聚合性结论。**重心在于叙事**：不管叙事设置某种时间或者引发人们设置某种世界，这足以奠基叙述学，但是不足以决定故事（la diégèse）的准确定位——诚然，这个故事原则上是一个不存在的世界，但是需要选择，选择这个世界是否拥有种种特性，或者这些特性是否仅属于描述的语言方式。这些情况不再足以决定时间性再现的定位：在仅考察故事和主题游戏与选择保尔·里科尔的阅读小说及其叙事的方式，把它们读作可以回应同前（l'*idem*）与自身（l'*ipse*）之二重性的一种时间性反射游戏之间，存在着一种距离。❶ 在对意见和谐的同类关注中，有必要询问：关涉小说所构成之整体时，一种设置了陈述者身份和小说行为人身份的恒久性的叙述学即热拉尔·热奈特的叙述学，与关注时间中身份之变化和恒久的悖论性的某种叙述学亦即保尔·里科尔之叙述学意见之间，究竟发生了什么样的情况？事实上，两类叙述学蕴含着关于时间、关于个人身份、关于与时间联系起来的个人身份的不同视野。**重心在于小说的世界及其展示**：应该如何理解一种把人们通常理解意义上的现实主义小说抑或幻想小说或科学幻想小说置于现实主义标签之下的阅读呢？这句话

---

❶ Paul Ricoeur, *Temps et Récit*, *op. cit.*

的忠实理解应该是：可能的世界，换言之，即这些小说的世界，与现实世界同样牢靠地存在。我们可以选取这句话的一种隐喻性的理解方式，按照这种理解可能的世界与我们的世界建立在同一基础上：这等于说，小说世界与我们的现实世界有着种种不同的距离。❶ 但是第二种阐释事实上使按照现实主义方式的某种小说方法论失去了意义。仅仅引述这两种视野告诫我们，参照虚构概念与参照可能世界概念之间的分野是全面的。从这类困难中，可以得出下述结论，即读者和批评家"相信"意义和实在，由此他们事实上已经准备好参与某类本体论，但是承认这种参与的认识论蕴含对于他们要艰难得多。❷

　　小说理论和谐性的缺失并不影响它们互相承认的认识意义，于是这种认识意义可以被它们所承认。这说明，它们是双重价值的，与它们之对象的形象本身相一致。在相信小说的范围内，❸ 在集体使用小说语词的范围内（这种使用界定了相信），小说批评所秉持的各种言语并不背离对小说持相信态度所蕴含的内容。小说按照设置了身份 - 实体之谓项游戏的某种扇形，也按照它赋予时间塑造的明确性，来表述世界：这种情况拆解了对身份 - 实体的维系，也赋予独一无二的变化以市民权。在表述性情在小说中的普遍存在时，人们表述的是这种二重性；人们也隐性地表达可以用来解释刚刚引述过的论点之间不和谐现象的东西。如果说小说就是关于性情、关于身份 - 实体和关于时间的这种游戏，那么它回答了本体论的、哲学的、文学和诗学的二重性并且拒绝了它们。小说既不是接触本是这一过程的塑形，也不是可能接触世界的塑形：这样我们就从德国浪漫主义者过渡到格奥尔格·卢卡奇和米哈伊尔·巴赫金；它不是在一种承认和省略历史（历史可

---

❶　这是托马斯·帕韦尔的论点，参见 Thomas Pavel, *Fictional Worlds*, Cambridge, Harvard University Press, 1989。

❷　Jerome Bruner, *Actual Minds/Possible Worlds*, Cambridge, Harvard University Press, 1986.

❸　关于"相信"一词的使用，参见原著第 213 页、本译著第 204 页。

以回避，生活却是经常性的）的方式中根据主体而构成的某种世界的
塑形，也不是根据一个完全历史性的主体对这种塑形的构成：这样我
们就从亨利·詹姆斯过渡到米兰·昆德拉。珀西·卢伯克的批评的综
合主义呈现为避开所有这些二重性的一种努力。需要说明的是，关于
小说的更文学性质的方法还是要根据种种二重性进展的，例如不同叙
述学论点所形成的二重性。说性情问题是小说所选取的问题不啻于让
人们面对下述见解：小说把主体安排进时间里，根据他的身份的明证
性，根据这种身份的修辞化：爱情故事、行为的故事都是根据这种修
辞化本身安排的；它展示了这种修辞化所蕴含的矛盾，而这种修辞化
是遮蔽时间中身份去差异化的一种方式。小说理论的不和谐可以读作
对这种小说游戏的隐性见解。

小说理论的二重性与小说文类

在谈论种种虚构方式、谈论小说的时间性、谈论小说特征化的各
种视野时所表述的不和谐和二重性，可以根据三个栏目以独特的方式
重新提起；这三个栏目是：小说的体裁，小说的时间性和阅读性，它
们反馈到最初关涉小说中肯性之特征化时所构成的三个问题：小说体
裁栏目反馈到唯名论；时间性栏目反馈到身份的同一性和去差异化；
阅读性栏目反馈到存在性的介入。这些二重性是理论的二重性，如果
它们被准确地阅读，便喻示着它们自身的解决方案，并向关于小说的
问询整体开放。

体裁概念是一个弱势概念——这样我们就可以理解小说准确定义
的缺失；体裁概念又是一种稳定的概念——体裁可以理解为小说创作
及赋予读者的期望值的编码化。关涉这些命题时，小说可以得出下述
结论：它既不能说成是一种恒久的编码，也不能说成是一种弱势体
裁；它是按照其自身文类真谛的某种游戏来界定的：身份得到保证，
这种身份的去差异化。在接过虚构的标示时，这种情况可以重构如

下：小说显然可以置于某种本质主义的标签下，即它的虚构的标签下；❶ 由于这种明证性，它也可以与某种简单的潜在性方式相混淆。❷ 由此得出下述结论：小说呈现为某种既可以抗拒虚构理论所设置之本质主义、亦可抗拒解构主义论点赋予它之虚荣性的物质。它与这些极端论点毫无关系的事实可以从这些论点中读出小说及其功能（把玩身份、行为人、物质，把玩小说本身）的界限以及它们的无差异化，把物质及其谓项的标示变成功能性的，维持身份的明证性并标示它们的变异。在时间里，由于时间，这些身份与谓项的链条或者与事件的系列相混淆，换言之，与谓项的持续变化相混淆或者与简单的"发生了这样的事"相混淆。小说的人物彰显着一身份以及该身份的某种无差异化的双重价值：我们还将有机会指出，按照独特的人学游戏而显示的双重价值。

作为时间性的体裁，小说被视为某种时间哲学的显性或隐性的演示；❸ 它还被认为仅仅微弱地支持这种类型的哲学。❹ 这些相互对立的论点传达出这样的信息：某种叙事的时间，某种阅读的时间可能被表述；然而小说的某种时间安排肯定不能被表述。由此得出的结论是：小说的时间被展示为变化的时间，换言之，被展示为身份变异的时间，不管它们是什么样的身份，都应该承载某种恒久性的标志，使得变异被人们发现。我们等于重新回到了身份之差异性与去差异化的二重性以及它的蕴含：不管小说通过自己的叙事自我承认的目的性如何，小说都不可能脱离某种时间目的论的不可能性。叙述世界与被叙述世界的二重性，故事与主题的二重性，导致时间成为小说的问题本身：这种二重性所支配的时间展现的间断性既把这种展现变成时间这

---

❶ Gregory, Currie, *Arts and Minds*, *op. cit.*, chap. 1.

❷ 罗兰·巴特即把小说的提及压缩到某种潜在物质的提及。Roland Barthes, *La Préparation du roman*, *op. cit.*

❸ Paul Ricoeur, *Temps et Récit*, *op. cit.*

❹ Gregory Currie, *Arts and Minds*, *op. cit.*, chap. 5.

种不可视之物的表象的某种游戏，同时又把它变成对推论的某种呼唤，以期阅读时间展现所承载的种种身份的形态。

　　小说把玩阅读性的种种极端，例如与现实主义如影随形的忠实的阅读性，❶ 与象征性的编码化相支撑的寓意式的阅读性。❷ 把玩这些极端并不排除这种阅读性是程序性质的，根据小说的发展而变化：它是它自己的变异以及它自身的连续性的问题。这些见解适用于叙事。我们曾经表述过小说叙事的序列性及其序列性的思维：这种情况形成把序列链接起来之可能性所承载的叩问。链接可以被谋划，变得具有似真性；就其自身的蕴含而言，它永远不可能完全似真；序列性承载着有关它所支配的序列（种种叙述性身份）的替代游戏的询问。阅读性的悖论把阅读变成某种忠实的和隐喻性的阅读，正如我们上边已经说过的那样。❸

　　关于小说的思考以某种终极性的二重性的形式，展示了某种卓越的特征。通过它们的多样性，通过它们所展示的论点，它们并不捍卫小说按照某些审美的和诗学的规范和反规范发展的思想，反之，小说批评的标本做法和小说史则遵循这种做法。它们建议一些小说的视野，例如马克思主义者的格奥尔格·卢卡奇捍卫现实主义的主导地位，米哈伊尔·巴赫金捍卫狂欢化的主导地位，奥尔特加·伊·加塞特（Ortega y Gasset）捍卫小说的存在主义视野等，❹ 仅此为例。除了小说中肯性的特征化之外，小说理论试图界定把小说变成足够叙事的因素，亦即一种把任何问题展示为使该叙事合法展开的叙事。这样，小说理论就还保持着小说可靠性的种种定义的身份，这种可靠性从两

❶ 由米歇尔·梅耶所倡导的修辞学视野的和哲学视野的论点，见 Michel Meyer, *La Problématologie*, Paris, PUF, coll. «Que sais – je?», 2011。

❷ Northrop Frye, *Anatomie de la critique*, Paris, Gallimard, 1969, Ed. or. *Anatomy of Criticism*, 1957.

❸ 参阅原著第39页一段完、本译著第26~27页。

❹ José, Ortega y Gasset, *Meditations del Quijote*, *op. cit.*

个方面去理解：小说是明显的；它相当于一种肯定方式。这种在其权威性以及某种可靠性的标签下对小说的解读方式，更多地体现了小说审美的某种特征化，而非其论证性、再现性或文学性性能的昭示。当小说把它自身的修辞性展示为提供客观性言语的手段，这种言语可以是格奥尔格·卢卡奇所倡导的真实言语，米哈伊尔·巴赫金所倡导的社会言语，保尔·里科尔主张的时间的言语，❶ 与奥尔特加·伊·加塞特所主张的存在主义材料关联起来的性情的言语（le discours de l'ethos），❷ 把小说等同于书写的语言性质的言语，捍卫小说反射性的形式本身的言语等，人们以为，小说把任何问题都置于可靠性的标签下，这形成了它的审美特性。

当代批评中避免这些小说方法论之歧义的主导性方式有三种：把小说置于各种虚构理论的名下，并进而置于某种本质论方式的名下，这种方式不呼唤与已表述理论之歧义相关的问题类型；把小说置于逻各斯的标签下，并因此而把它界定为参与某种预先给出之叙事的方式，不管该叙事是神话、种种题材和叙述化的语义，还是可以获得的事件、行动的叙事；在某种语言游戏下阅读小说。当代批评的这些途径广泛地重新切割了小说理论的传统，并再次回到我们已经指出的小说研究的各种二重性。

追踪小说理论：问题性

因此需要追踪小说理论并鉴定它们的隐性形态：从小说中读出身份的差异性和去差异化游戏。这种情况的表达关涉体裁本身，关涉它

---

❶ Paul Ricoeur, *Temps et Récit*, *op. cit.*

❷ 需要说明的是，米哈伊尔·巴赫金的研究在西方被了解之前，伊恩·瓦特的著作《小说的兴起：笛福、理查逊、菲尔丁研究》（*The Rise of the Novel. Studies in Defoe, Richardson and Fielding*, Berkeley, University of California Press, 2001, éd. or., 1957）提出英国小说的现实主义定义，并把这三种视野联系在一起。

的各种世界，关涉它的人物，关涉它的情节以及它的时间的再现。需要说明的是，这种情况经常构成文学理论的隐性形态，通过它们（小说理论）是断定性举措的事实来解释：需要重复的是，它们首先希望赋予小说某种最大的贴切性，因此它们给予现实主义很大的关注。

承认小说某种最大的贴切性本身是悖论性的。这等于承认某种不建构之物、不希望按照知识的方法给出自己之物某种重要的认识论的有效性。不按照知识的方法给出自己让人们这样理解，即尽管小说既不拒绝任何知识也不拒绝它展示某种知识的禀赋，却知道自己是双价的。它是这种知识方法缺失的明证性；它是文学方法的明证性。在这种双重的明证性中，它还是知识可以聚焦的一些资料的展示：外在于文学的资料，如关于真实的某些资料，然而也关涉某些象征性的一些资料和文学方面的资料。这样，小说就是某种悖论性的客观化的活动，它把自己添加在时间状态中身份展现的悖论中。

这些见解导致小说理论中普遍存在的对论点的考察应该观察两种条件。正如上边已经指出的那样，在面对这些论点的多样性和它们之间的矛盾性时，应该避免小说和小说的阅读与某种怀疑姿态相混淆，按照这种怀疑姿态，小说是对自身的封闭和对自身的断定，这是明显的自足性的方式。这种考察应该鉴别小说所承认和这些论点间接表述的问题，以及小说回答它们或不回答它们的方式。这些问题尤其从现实主义和寓意或"罗曼司"的美学中读出：为什么我们感知的这些物体构成一个世界，这就是现实主义么？为什么行为人和人们的行为可以以某种目的化的方式现实主义和"罗曼司"得以在时间里被展示？小说可以以最低的方式回答这些问题。这些回答形成了被承认为西方小说起源的东西，一如古代小说所演示的小说起源那样：我们的世界是其物体的明证性和偶然性的世界，然而后者并不排除不可避免的东

西，它们是任何生命的事件，亦即人类的事件：恋爱，生病，死亡。❶
小说以复杂程度不同的方式回答这些问题，并不自诩某种认识论的权
力，并不宣称某种绝对。这些回答是真正意义上的小说性质的，意思
是说，从小说中时间的这种再现中，它并不得出所蕴含的某种时间哲
学的真理，上述这句话的意思还包括，从书写和能指的这类特征化
中，它并不得出所蕴含的语言思想的真理。因此，正如我们已经指出
的那样，从小说里读来的某种时间哲学的虚荣，是可以被表述的。因
此，小说中的反现实主义既非它自身的证明，亦非某种怀疑主义的选
择。这就是为什么可以承认小说拥有某种澄清决定它的那些问题和这
些问题与它自身语境之关系的权力，而不必考察小说的真相。应该把
这种澄清权力理解如下，即小说经常展现知识体系内部，它们所展示
的思想内部，以及该体系与小说其他资料之间的不和谐的游戏。这并
不形成论证的某种失败，而是把小说变成了知识的某种相对化活动，
某种削弱断定性的活动。另外，小说因其谓项游戏而有效，它所昭明
的这些谓项游戏关涉它自身的资料，它自身的行为者。这些游戏是表
述世界的方式，也是有关知识体系的问题，它们与世界的谓项体系混
淆在一起。小说理论之传统把小说世界读作某种没有神灵的世界，按
照格奥尔格·卢卡奇在他的《小说理论》中所说，读作把小说变成存
在叙事的选择，如同何塞·奥特加·伊·加塞特在他的《堂吉诃德的
沉思》（les *Meditaciones del Quijote*）❷ 中指出的那样，读作不要把小说
与先验主体结合起来的决定，如同安东尼·卡斯卡尔迪在《思维的界
限：塞万提斯，陀思妥耶夫斯基，福楼拜》❸ 所指出的那样，这一切
都相当于把小说等同于一种变化的、因其自身而有效的谓项游戏。小

❶　关于这一点，参见 Jean Bessière, *Le Roman contemporain ou la Problématicité du monde*,
Paris, PUF, 2010。

❷　José Ortega y Gasset, *Meditaciones del Quijote*, *op. cit.*

❸　Antony J. Cascardi, *The Bounds of Reason*：*Cervantes*, *Dostoevsky*, *Flaubert*, New York,
Columbia University Press, 1986.

说通过这种变化多端，回答了思维的任何界限，知识的任何限制，任何断定的任何界限；它指示客观性标志和时间再现所反馈的问题。人们所说的堂吉诃德的疯狂，陀思妥耶夫斯基之愚蠢者的虚空，福楼拜人物的"包法利主义"等，只不过是应用于小说人物的这种谓项变化的显性形态——所有以行为和心理体现出来的人物特征都表达了这种变化，并显示了思维界限和知识界限的游戏。

然而，倘若小说理论是按照它们的隐性形式和它们事实上的主要决定因素来阅读的，即小说回答时间变化的方式的鉴定，这些方式本身是小说举措的主要决定因素，那么小说理论的传统就存在着某种盈利。这种情况可以从关于小说思考的某种双重考古与从卡洛斯·富恩特斯❶和米歇尔·福柯对《堂吉诃德》的两种不同的阅读中所获教益的鲜明对比中读出。这种对比本身应该与小说时间性的两种方法相对立。

在西方，关于小说的思考，在某种历史的视野中和在某种当代视野中，都展示为某种双重的考察。这种考察的一部分与亚里士多德的《诗学》和行动的模仿概念联系在一起，而行动的模仿概念扩展为再现概念，另一部分则与19世纪德国哲学和批评的遗产联系起来。19世纪的德国批评青睐下述思想，即小说广而言之文学文本的建构就是为了被诠释的，这种目的使人们设想了小说和文学文本的自足性。❷这种双重考察并非必然主导再现类小说与非再现类小说的对立。它肯

---

❶ Carlos Fuentes, *Cervantès ou la Critique de la lecture*, Paris, L'Herne, 2006：Ed. or. *Cervantes o la critica de la lectura*, 1976.

❷ 这种二重性也被阐释为希腊哲学与希伯来哲学的二重性。在这种视野里，它反馈到两种类型的秘索思和两种类型的时间性：希腊的秘索思和圣经的秘索思，史诗的天长地久和圣经所展示的历史性。这种二重性结构着埃里希·奥埃巴赫的《摹仿论》（*Mimésis*）；需要说明的是，在这部著作里，它与两种类型的写实主义相对应。关于这两种类型的秘索思的对立，参见 Vassiliis Lambropoulos, *The Rise of Eurocentrisme*：*Anatomy of Interpretation*, Princeton, Princeton University Press, 1993。圣经的秘索思把叙事和呼唤等同于单数的阐释和复数的阐释。

定表达了小说时间性方面的两种视点。在与亚里士多德的《诗学》相关的考察视野里，小说的时间是行动的时间。在与小说自足及其"阐释性"相关的考察视野里，小说的时间是某种描画的时间——肯定存在着时间的某种终结，历史的某种终结。❶ 这种时间指示着奠定小说自足性的目的方向的某种方式，并把小说置于现在的瞬息性的标志下——对终结的肯定悖论性地让现在的承认处于自由状态。这两种视野的理论反映，对于关涉与行动相关的视野，表述如下：小说的时间是因果的时间；对于关涉与自足性相关的视野，小说的时间既是描画的、指向性的时间，同时又是小说的当下性，它根据虚构的当下性来表述。这样，我们就在应该是再现性小说的似真性时序与并不抹杀时间图式的虚构的自由的当下性之间，获得了分享。这种分享从现实主义小说与语言小说或解构性小说（当下性与某种性能的塑形相混淆，虚构/小说等同于这种性能）的某种鲜明对比中读出。还需要说明的是，小说的这些考察的每一种都设置了时间中种种身份的某种稳定性，而无视任何时间塑形所承载的问题性。对小说理论的再阅读不可避免地与这些发现混淆在一起，与它们所呼唤的教益混淆在一起，也与昭明小说中问题性的某种时间混淆在一起，这种问题性的时间反对承认上述考察的这种或那种，而设置了另一种承认，即对偶然性的承认。

与小说中时间图式的每种考察所导致的结论本身相反，卡洛斯·富恩特斯在谈论《堂吉诃德》时喻示说，小说避开了时间再现的这些分野。他展示了《堂吉诃德》是如何建构某种时间游戏、某种历史的游戏的，并把它自身的虚构作为某种参照物以期昭明关于时间的这种游戏。他在表述塞万提斯在《堂吉诃德》里的手法时说，它是一种常

------

❶ 在某种历史性和与圣经不可分离的历史性的某种再现的假设下，应该表述世界末日的启示录。众所周知，这种不可避免的终结性的标志，在文学批评中，变成了某种反射性游戏：文学的终结，小说的终结，小说理论各个部分的终结等。我们通过这些理论，应该从那里读出对它们的考察的简单承认以及这种考察所构成的决定。

见的小说手法。他切割了米歇尔·福柯谈论《堂吉诃德》时所发挥的论点并与之保持了距离。让我们重温米歇尔·福柯的意见："《堂吉诃德》是现代作品的第一部，因为我们从中看到种种同一性和差异性无限把玩符号和相似性的严酷理由……相似性和符号一旦解开，两种经验就可以构成，两种人物也就可以面对面地呈现。并非疾病方面的疯子，而是作为构成性和持久性偏离，作为不可或缺的文化功能的愚人……在文化空间的另一端，但是因其对称性而距离很近的诗人，从公开命名且每日每时都在预告的差异性的下面，重新发现了事物被遮蔽的亲缘性，它们被驱散的相似性。"❶ 与它告诉我们的相反，这段引语蕴含着下述思想，即身份、它们的差异性、它们的去差异化的游戏，不一定属于某种反言语的方式，这种反言语界定着《堂吉诃德》和一般小说的特征并引向能指的游戏。正如卡洛斯·富恩特斯所强调的那样，关于身份的这种游戏属于言语与时间性之间、身份的稳定性与历史性之间的关系。米歇尔·福柯称之为相似性的东西，事实上是隐喻性的一种强制性游戏——在时间维度上，身份的差异性变成聚合性或去差异化。卡洛斯·富恩特斯正确地强调，不管《堂吉诃德》能够承载或喻示的对过去的批评或抛弃如何，小说的话题是恢复过去的某种意义。我们不妨补充说，恢复过去的意义，可以把现在的身份差异化，并且使隐喻性发挥功能：个体的独特性、身份就这样服从于谓项的变化，并蕴含某种整体主义。❷

与上述两种考古学的每一种相对应的批评方向整体上可以理解为躲避雅克·古迪所定义的再现的认知矛盾的尝试❸——对再现的参照包含在叙事之中。与认知矛盾相对应的乃是发现任何再现都冒着虚假的风险，发现不管虚假如何被承担、被承认，都丝毫不能解决认知矛

---

❶ Michel Foucault, *Les Mots et les choses. Une archéologie des sciences humaines*, Paris, Gallimard, 1966, pp. 62 ~ 63.

❷ 关于这一点，参阅原著第 230 页、本译著第 219 页。

❸ Jack Goody, *La Peur des représentations*, *op. cit.*

盾的明显性，因为虚假只能根据对某种真相的反馈，才能被作品本身宣示出来。这个见解对叙事是有效的：雅克·古迪在引用一位心理治疗医生的见解时再次指出，叙述的意义"产生了把人的行为汇聚在一起的效果"；它展示了"人的行为和事件对某种具体结果的贡献，然后把这些事件显示在一个整体里"❶——真与假的问题还是不可避免的。坚持行动的摹仿说（该行动可以是一个已经被叙述的行动），部分上躲避了认知矛盾的风险。坚持一个目的导向的叙事（按照躲避某人之权威性、以及躲避时间终结的目的导向），也是避免这种认知矛盾并向叙事安排的某种自由开放——这种自由只有唯一的约束：承认某种目的。于是叙事超出了真或假的范畴，成了其自身目的性、其自身目的的阐释。我们应该指出，反映性叙事和小说是关于这种情况本身的游戏，并且把小说和文学等同于关于目的的游戏。

事实上，这些文学上的部署是按照命题主义的游戏来自我定位的：行动的摹仿说是按照某行动的性能、目的性而进行的一种言语；呼唤阐释的叙事肯定了这种目的。文学是这些游戏的游戏，它提供了文学的某种命题主义的路径。

认知矛盾是种种小说理论、美学、诗学的一种寻常的标志。现实主义和反现实主义、再现性美学与反再现性美学是旨在消除这种矛盾的种种尝试：每种尝试都安置了与作品对象并进而与其真实性相关的作品的某种立场。同样的说明也适用于小说与虚构的二重形式，适用于关于能指和所指的游戏。因此在理论中，在美学中，在小说诗学中，应该表述对这种恒久的认知矛盾的参照，因为它们在它们的对立游戏中不停地互相回答，换言之，即维持认知上的矛盾性。这种维持可以由下述事实来解释，即关于叙事、小说、虚构的这些论点仅通过对某种命题主义的游戏的隐性反馈而自我定位，而定位小说、虚构，而自我理解，而理解小说、虚构。这些论点对模仿的凸显乃是试图避

---

❶　Jack Goody, *La Peur des représentations*, *op. cit.*, p. 195.

开这种游戏的另一种方式：模仿本身并不是命题主义的，它只是对某种命题主义游戏的模仿。这其实又回到了谎言的风险和真实性的假设。

发现认知矛盾仅仅是表述任何命题式游戏都是它自身的问题和它可以等同于的断定所承载之问题的一种方式。● 关涉小说和叙事时，命题主义游戏的断裂与承认这种叩问和赋予叙事本身的任何目的性的削弱以及任何视小说和叙事为整体的削减混淆在一起，整体与承认某种目的性是分不开的。这种情况用其他言语表述如下：叙事和小说是对时间性的展现，换言之，是对时间中的种种差异性、这些差异性在时间所承载的变化游戏中去差异化的展现。叙事的节段性不可避免地也是某种过渡的节段性，这种过渡在目的性之外只能以从属的和隐喻的方式来塑造。这事实上是重新表述卡洛斯·富恩特斯所喻示的小说的问题性。

关于小说的首批建议，从胡安·何塞·萨尔和豪尔赫·路易斯·博尔赫斯开始

对小说问题性的这种鉴定意味着人们承认的小说范式从它们自身来解读，然而也根据小说以及叙事的构成性成分来解读，根据这些成分之性能的界定来阅读，也根据赋予一部小说的构成和阅读的目的性来阅读。我们在这里保留了叙事的问题。当代的叙述学趋向于把小说等同于一种巨大的叙事或若干叙事的组合。这样做事实上等于设想关涉小说理论的各种不和谐已经解决。叙述最终与被叙述时间、与叙述时间、与时间性的某种掌控相混淆，并携带着这种掌控的效果，例如允许虚构性的某种鉴定。

● 正如这部论著所显示的那样，这些见解与米歇尔·梅耶的意见是分不开的，见 Michel Meyer, *Questionnement et Historicité*, *op. cit. et Problématologie*, *op. cit.*。

对小说中叙事之重要性或毫无重要性可言的极端问询属于阿根廷作家胡安·何塞·萨尔。他指出，小说是一种二类体裁——应该说是小体裁——和文学的某种历史时刻。小说的微小性表述为与叙事重要性的对立："小说仅仅是一种文学体裁；而叙事却是人与世界的某种关系方式。"❶ 作为根据世界、根据人从时间上置于世界的某种手段，唯有叙事表述这种关系，描画某种可能性，由此，酷爱叙事的作家关注着可能性。作为文学的某种历史时刻的小说，通过与叙事的某种联姻，展现了事件的堆积，这些事件形成以其多样性、以它们的改造和接纳为特征。❷ 胡安·何塞·萨尔指出，自《布瓦尔与白居榭》❸ 起，小说放弃了与叙事的联姻，我们不妨补充这种见解，并且确认它设置了某种道德主义，一种具体接纳汇聚的精神的道德主义。这里我们拥有某种突出的对立。叙事与人学的视野是分不开的——根据时间象征性地占据世界，也与它对这种视野的使用分不开。小说设置了叙事和其他东西——这些事件被接纳聚汇。它的目的性不根据叙事来阅读，而是根据某种可能与叙事联姻或者基本上不与叙事联姻的某种偶然性来阅读：❹ 为了重复胡安·何塞·萨尔的意见，人们既可以推举《布

---

❶ Juan José Saer, *El concepto de ficción*, *op. cit.*, p. 271. 由我们译为法文。

❷ Ibid., p. 290.

❸ Flaubert, *Bouvard et Pécuchet*, Paris, Gallimard, coll. "Folio", 1999；Ed. or. 1881.

❹ 我们没有一直遵循胡安·何塞·萨尔的意见，并像他那样重新引用博尔赫斯，得出小说终结于《布瓦尔与白居榭》的结论。叩问这样发现的中断性应该更好。

瓦尔与白居榭》，也可以推举 w. g. 泽巴尔德❶与他那些被誉为地毯的小说。❷ 小说的好处一方面在于它的"二流"形态，在于它所展示的偶然性和它与叙事的明确程度不同的关联，而另一方面，在于它所承载的人学视野：这种视野是叙事所陌生的，它不再是根据时间对世界

---

❶ 温弗里德·格奥尔格·泽巴尔德（Winfried Georg Maximilian Sebald，1944. 5. 18 ~ 2001. 12. 14），出生于德国巴伐利亚州阿尔格伊地区的维尔塔赫（Wertach，Allg&aumlu），是当今最有影响的德国作家之一。泽巴尔德的父亲出身于巴伐利亚一个制造玻璃器具的手工业者家庭，他参军并且担任上尉一职。在维尔塔赫期间认识泽巴尔德的母亲并于 1936 年结婚。泽巴尔德是他们三个孩子中的老二。1943 年他的母亲在大轰炸开始以前从班贝格（Bamberg）回到娘家，并于次年生下泽巴尔德。一直到 1963 年泽巴尔德中学毕业以前他都生活在阿尔格伊地区。中学毕业以后由于心脏问题他被免除兵役，在德国弗莱堡大学（Freiburg im Breisgau）开始学习文学。1966 年在瑞士法语区的弗利堡大学（Fribourg）毕业。同年移居英国。1967 年结婚。1968 年获得硕士学位（论文是关于 Steinheim）。到 1969 年执教于曼彻斯特大学。1970 年起执教于英国东安格利亚大学（University of East Anglia）。1973 年以关于都柏林的论文获博士学位。1986 年在汉堡大学以论文《对于不幸的描述》获教师资格。1988 年成为英国东安格利亚大学德国当代文学教授。1989 年组建英国文学翻译中心。2001 年 12 月 14 日在英国诺福克（Norfolk）一场车祸中不幸丧生。泽巴尔德从 20 世纪 80 年代初开始出版他的文学作品。首先在英国和美国，接着在法国获得巨大的声誉。在法国他获诺贝尔奖提名。而在德国对泽巴尔德的接受则相对滞后，但他同样赢得越来越多的关注。泽巴尔德是当前日尔曼语言文学中被讨论最多的作家，无论是在非德语国家，还是在德语国家的德国文学研究领域。因为他在他的作品中以独特的方式处理的问题正好迎合了当前文化讨论中的热点问题。比如回忆和记忆的功能，形象话语（照片）对于历史和记忆的意义，图像语言以及互文性（Intertextualitaet）和不同媒体的糅杂（Intermediali-taet）。泽巴尔德笔下的人物大多是局外人、漫游者、背井离乡的游子，像他一样离开故土到异乡寻找新的维度的人。在他的文章中占据重要位置的还有对于德国 – 犹太关系遗留问题的讨论。泽巴尔德的文笔是独特的，他的文章打破了文学和文学研究那泾渭分明的界限。他的作品很难归类，那不是我们所熟悉的小说的风格，不是我们熟悉的文学的形式。他讲故事的方式，仿佛是不经意揉进他的故事中的黑白照片，还有他那有着浓厚伤感气息的叙述笔调，使得越来越多的人喜欢读他的作品。而他处理的问题，也可以看作是对尼采的追问"我们需要多少记忆？"的一个回答。——译者注

❷ Ross Posnock，«' Don't Think, but Look! ': W. G. Sebald, Wittgenstein and Cosmopolitan Poverty»，*Representations*，Automne，2008，vol. 112，n° 1，pp. 112 – 139.

的某种象征性占有，而是与偶然性的承认和使用相关联的视野。这一切与豪尔赫·路易斯·博尔赫斯的见解是并行不悖的，胡安·何塞·萨尔重复了博尔赫斯的见解：小说是一种唯名论的体裁；它因其是一台不断命名的机器的事实而获得自己的定义，但是没有设置某种客体，没有肯定无疑地拒绝任何客体，人们把这叫作谓项游戏，它本身是一种叩问游戏。坚持这些见解使关于小说的许多理论以及它们提出的小说的界定都变得无用，而这些界定与叙述学和关联虚构的种种论点都是分不开的。有意义的是，胡安·何塞·萨尔承认为小说提供之展现的主要特征的偶然性，不排除时间的再现。时间的再现蕴含在偶然事件的接纳和汇聚之中，它并非必然关联在叙事的某种目的性上，维系在时间线索的某种目的性上；它呼唤阐释。

这些见解可以重构如下：小说是根据偶然性的一种时间再现，它不设置叙事的主导地位。这样它就呈现为对叙事效果的削弱，呈现为某种不可避免的隐喻性的展示：应该重复的是，偶然性根据事件的接纳聚汇运行，换言之，根据与这些接纳汇聚分不开的隶属性和隐喻性运行。这样一种削弱呼唤两个问题：这样一种时间再现的功能是什么？偶然事件之接纳汇聚的功能又是什么呢？这种削弱不蕴含显性的美学问题：在小说的历史上，后者与现实主义和反现实主义的重大分野联系在一起。

这样一种小说观，对叙事重要性和人们所谓的小说世界（它与事件的接纳汇聚混淆在一起）之重要性的这样一种削弱，其后果是使对叙述学、对小说给予之种种展现的谋篇（因果关系、似真性等）、对虚构的见证（这种见证或者设置了标志，或者设置了某种虚构的语义学以及总是设置某种辨别性的虚构定义❶）的过分明显的关注变得无用。另外，通过赋予偶然性之重要性的这样一种相对主义的观念，小

---

❶　例如克特·汗布格尔在已经引述过的著作《文学体裁的逻辑》（*Logique des genres littéraires*）一书中从风格标准出发而提出的定义。

说理论常用的论据，尤其是相对于小说史、相对于小说的历史性以及可能赋予小说演进之意义的阐释的论据，这些论据在20世纪与历史中理性的某种阅读，与历史的某种目的性的阅读，与民主的某种阅读，以及与承认人的陈述权力和再现权力的演进相关。所有这些辩论蕴含着小说能够按照近乎命题主义的种种视野去阅读。胡安·何塞·萨尔所喻示的小说的状态代替了这些辩论所显示并承载的有关小说问题的问询，这些问题关涉世界方面的小说特性，关涉小说青睐偶然性所显示的问询。大部分关于小说的辩论所讨论的小说的种种悖论——作者与叙述者的二重性，世界与被再现世界的二重性，被叙述世界与叙事世界的二重性，人物的独特性与普遍性的二重性——显得很少情趣。倘若人们表述偶然性，它既在关涉小说所报告的种种事件时得到表述，也在关联行为人的谓项游戏中和陈述活动的游戏中得到表述；它在关涉作者、叙述者、自由间接引语的使用的种种关系中，也得到表述。对偶然性的青睐导致另一种特权，即固定谓项（纯粹的身份）游戏的特权，种种事故（纯粹的差异性）的特权以及它们被接纳汇聚的特权。这些身份、这些事故修饰小说世界的事件以及作者、叙述者、被叙述的世界、时间性再现与描述之间的关系。❶ 有些小说最接近这些纯粹身份、这些纯粹事故的展现。纯粹身份：例如乔纳森·特尔的《弗洛伊德的字母表》。❷ 纯粹事故：例如詹姆斯·乔伊斯的《芬尼根守夜人》。❸ 有些小说犹若这些身份和这些事故的典型的混血

---

❶ 我们知道热拉尔·热奈特标示了叙事中、小说中书写、叙述与描述的对立：描述延宕叙述。*Figures I*, Paris, Le Seuil, 1966. 较少需要彰示二元对立和延宕现象，而应更多地彰显谓项游戏和变化游戏，小说用它们来指示一个世界。在分析中青睐叙事的前沿性等于青睐赋予叙事的目的性，以及事实上模仿行动的思想。

❷ Jonathan Tel, *Freud's Alphabet*, New York, Scribner, 2003. 一个字母表形式的小说在这里指的是，这部小说采纳了伦敦的种种节段、人物、场景以及一个一直被类型化的弗洛伊德的肖像，亦即把它们压缩为纯粹的身份，并通过这种纯粹性而压缩为独特的身份。

❸ James Joyce, *Finnegans Wake*, Londres, Faber and Faber, 1939.

儿，如娜塔莉·萨洛特的小说。《一个陌生人的肖像》所显示的次会话形式把这部小说变成这种二重性的展示，同时又变成它的解决——次会话概念所设置的身份、差异性的联姻，身份的去差异化通过话语，换言之，通过直接论证的补充，通过把小说展示为言语的某种完成行为而进行。自18世纪起，斯特恩的《项迪传》就把玩一个人物的生活和传记可能承载的这种去差异化，而《托姆斯的拉托里罗》❶则提供了一个匿名者的肖像，这个肖像可以根据他的传记来鉴定，然而这是一份可以视为共同的传记，亦即可以视为去差异化的、视为一种事故方式的传记，尽管各种各样的运筹界定了拉托里罗的生活。

这样，小说就把自身的界限明确了——纯粹的身份，纯粹的差异性；它同时排除了一个主体 - 实体的展示和一个去实体化的世界的展示：任何主体和任何事情都被投放在唯有的变化之中。因为它一方面指出这些界限，就塑造了与世界的某种关系，这个世界并不设置某种先验的东西，仅设置了说话和书写的权力：拒绝某种实体性的主体，而另一方面，它展示了一种不形成法规的历史性，它把作为人的主体界定为通过历史性本身而揭示自己的人——拒绝去实体化的世界和唯有的变化。在这种视野里，最好重温何塞·奥特加·伊·加塞特提出的小说的存在主义特征化思想。在这种同样的视野里，再次审视《布瓦尔与白居榭》是有用的：其中提到的所有知识都是对身份的确定；勉强被两个人物感知到的历史的形成❷与差异性的时间混淆在一起；重新开始模拟既投入了具体书写的种种身份之中，又体验着书写替代的时光，至于两个人物所学习并转述的时间和人们的所有故事都没有意指。《布瓦尔与白居榭》表述着一部特殊小说、一部教育小说的虚荣性：仅在时间中展现的小说，人们可以学到世界的真谛并在保持自

---

❶ *La Vie de Lazarillo de Tormes*, Paris, Aubier, 1988; Ed. or. *La Vida de Lazarillo de Tormes y de sus fortunas y adversidades*, 1554.

❷ 关于这一点，参见 Mona Ozouf, *Les Aveux du roman. Le XIXᵉ siècle entre Ancien Régime et Révolution*, Paris, Fayard, 2001。

身的同时改变自己的身份。教育小说是徒劳的，因为它没有昭明把身份与差异联结起来的话语的活动，还因为它没有给出既被身份化又被差异化的人的形象。● 这部小说提供的学习世界和主体的特征化只是遮蔽按照偶然性展示世界和主体的方式而已。反之，胡安·何塞·萨尔喻之为接纳和聚合事件类小说而我们则称作表述偶然性的小说，则以某种二重性做出回答：根据语言－世界（纯粹身份）表述世界，按照某种存在的活力（纯粹差异）表述世界。塑造偶然性是对这种二重性的一种回答。把偶然性与某种叙事配合起来也是对上述二重性的回答：叙事同时引入结构的种种约束和言语的种种选择。把这种配合与世界的各种展开联姻起来也是以这种二重性进行的回答，既凸显表述世界的事实，也凸显展示小说界限（纯粹身份，纯粹差异）的事实。

与上述这些见解形成鲜明对比的是，在西方，小说理论展现了两种类型的主要特征。一方面，它们让人们从小说中读出理性化的游戏，后者较少彰显小说所回答之问题，而更多地表现人的处境：个体与世界，个体与历史，人坚持摆脱偶然性和它所激发的各种展示方式。另一方面，这些理论通过叙述学，通过关于虚构的论点，通过小说之风格和语言的特征化，试图界定小说的特性，它们相当于小说的纯粹身份（虚构的本质主义，叙述者的类型学，多种多样的美学），并因而也相当于行为人、种种事件的纯粹身份。例如应该表述米哈伊尔·巴赫金的狂欢性的悖论，它构成了各种身份但却不去除它们的差异性。当这些理论坚持穿越这种二重性时，不设想身份与差异之间的

● 这样，在《布瓦尔与白居榭》里，就有一种卓越的分离：经历和表述的历史（自然的历史、社会的历史、人们学习的历史）与自己形成的历史（如同刚刚说过的那样，两个人物未感到的历史）之间的分离。应该理解到，时间中、历史中身份变化的感知会造成困难和问题：它会激发出不可能把自己置于世界中的可能性。《布瓦尔与白居榭》的写作就是从这种困难开始的，但是它没有被作为困难本身来对待。

对应性，而是设想了它们相互之间的解构。❶ 它们基本上避免讨论西方小说排斥或削弱的这种现象，即偶然性。在小说理论中主导性地参照现实主义卓越地反映了对偶然性的这种微小关注，并且蕴含着根据任何询问性的缺失而进行的一种现实主义的实践和阅读。当人们肯定现实主义美学设置了词与物的对应时，等于实践着这种缺失。然而，对现实主义并进而对反现实主义的这种主导性参照既非恒久，亦非普遍性。在西方的小说传统之外，在西方小说所引发的批评传统之外，存在着偶然性的小说传统，存在着谓项塑造与时间性塑造的准确的和明显的联姻的小说传统。这种现象既可以从古代小说里、从西方传统的某些不正常的小说创作（拉伯雷、斯泰恩）中读出，也可以从中国的古典小说或者与西方文化相关的变异性文化的当代小说中读出，例如南美的文化、卡拉伊布的文化、非洲的文化等。

　　小说蕴含的这一切（谓项和时间性的塑造，偶然性的展现）承载着某种后果，这种后果从胡安·何塞·萨尔的见解中可以读出，从他对豪尔赫·路易斯·博尔赫斯关于小说见解的重温中可以读出，从他描画的叙事与小说的联姻和分离中可以读出。小说中存在着某种重心的对立：逻各斯与性情面对面时重心有可能不一样。逻各斯主导着叙事的某种普遍性；而性情则主导着对人的参照：人服从于偶然性，人按照偶然性表述世界，人被展现为排斥与偶然性相关联的隐喻性和叩

---

　　❶ 在这种情况下，这种游戏并非必然与小说联系在一起，解构对其进行了典型的图解。这里应该提到马拉美在《舞台勾画》一文中提到而雅克·德里达在《双重场次》（*La Dissémination*，Paris，Le Seuil，coll. «Points»，1972，pp. 215～347）中所评论的哑剧。哑剧是对差异性和身份的去差异化的准确图示，它本身即是一种差异，产生了两种身份的表象：一个男人的表象和一个女人的表象，它们本身是区别有致的，但在哑剧中既被独特化又被去差异化。雅克·德里达把这解读为无缘无故的再现，这种见解并未准确地界定出哑剧所显现的特征。这种游戏更平庸地由现实主义小说的某个人物包法利夫人所图解：按照波德莱尔的《浪漫主义艺术》（*L'Art romantique*，éd. or. 1868）里的解读，她既是女人又是男人，既无罪又有罪等。人物既是某种肯定的身份，又是其身份的去差异化。《包法利夫人》的批评更多地把这个人物读作一种类型，这种阅读忽视了身份与它们的去差异化的游戏。

问。小说根据性情的这样一种特征化按照某种双重视野把这种体裁变成了熟悉性和奇特性的体裁：偶然性的熟悉面孔和奇特面孔：偶然性是肯定无疑的，然而它仍然令人吃惊；熟悉和陌生借助现实主义方法排斥偶然性的做法：熟悉的现实主义拒绝明确询问它所蕴含的客体是很奇怪的，它设置的这种问询可以呈现为多种方式。❶ 与性情这种重要性相对应的是有关人学塑形的某种游戏，它把小说变成了人学的某种思辨活动。❷ 这种思辨活动表述如下：小说知道它的小说存在是不确定的；它提供一些主体，出于刚刚提到的内容，这些主体的地位是不确定的；但是它保持着表达和意思同一的思想；不管这些不确定性如何，它都承担了某种人的形象的确定性，这种人的形象的品质造就完全取决于有关身份与它们的去差异化的游戏。这一切都可以典范地从展示我们这个世界可观察到的身份和时间的某种变异的小说体裁中读到——幻想体裁、科幻体裁。它可以恒定地从人之身份化的多样性中读出，如异域小说、后殖民小说。只需表述这些小说所展现的人类学身份和文化身份；它们是谓项游戏和去差异化游戏的众多对象，也是人的身份及其处境之塑造的众多决定因素。

叙事与小说的分离（它们有权利分离）以及两者之间的联姻然后再分离属于文学史，它们让我们明白，小说自身并不论证时间的某种秩序：❸ 这种时间的秩序是由叙事通过叙述来安排的；因而它把时间

---

❶ 米歇尔·布托尔指出了现实主义的这种双重价值和按照远近之二重性进行塑造的这种现象："现实主义小说的根本距离因而不仅是旅行，更是远行；人们向我描述的这种近距离本身浓缩着环绕世界的整个旅行"，《小说的空间》，见 *Essais sur le roman*，Paris，Gallimard，coll. «Tel»，2008，p. 51；Ed. or. 1964。

❷ 这里借用了胡安·何塞·萨尔的一种表达和一种概念，见前引论文《El concepto de ficción》。

❸ 这个见解吁请读者回到已经表述的有关埃里希·奥埃巴赫之《摹仿论》的内容以及它利用圣经的"导向"时间的塑形内容：在这种情况下，小说的研究设置了某种时间性和历史性模式的重要性，这种模式被作为现实主义阅读和西方文学漫长历史之阅读的某种操作者。

性变为自身的问题，并通过这个问题，问询时间中身份的变化和过渡：那里有谓项游戏的界限。小说即这个问题把小说变成了通过谓项的婀娜多姿刻画世界的体裁。小说即这种问询和这个问题导致它展现这些身份和这些谓项的独特性，并根据与这种问询和这个问题一起前行的独特性的网络而活动。小说不断地连接和拆解它按照时间所塑造的聚合，连接和拆解它所提供的谓项活动所描画的相似性。这是《堂吉诃德》的论据本身。❶ 正是通过系结和解结这样一种游戏，小说可以被当作小说本身里的一个参照物。这也是《堂吉诃德》的一个论据点。❷ 小说能够如此被当作一个参照物，这里有小说反射性最有效的阐释，这种现象便是它的贴切性的塑形。这种贴切性的立足是通过上文已经表述过的问询和问题而实现的。

在这种视野里，同时点出小说的贴切性，它对性情的青睐及它所图示的思辨性人学的重要性，描画了小说所构成的布局。这种布局是中肯的，因为它凸显了性情：它关涉人的形象；还有，它通过历史，通过文化，让人的形象臣服于多种多样的变化，同时赋予它一种隐喻性，使其适用于任何时间的再现，适应于对其表语的任何问询。这种问询阻止小说被当作有时候是错误的种种断定的游戏。❸ 关于这一点，有一个卓越的范例：最显著地展示这种思辨性人学的小说类型，科幻小说和幻想小说，基本上不属于关于虚假的辩论。

主要的小说理论感觉到了这种布局，尽管它们并没有明显地描写

---

❶ 塞万提斯及前引《拉芒什的堂吉诃德》（*Don Quichotte de la Manche*）。小说似乎是关涉真实与某种非真实的对比游戏。从更本质的角度视之，它更是通过这些对比活动关涉某些客体、某些资料之谓项的某种极端游戏，并由此直接询问谓项的事实，并因而是对小说举措的某种图示：表示世界，叩问这种表述；然后可以提出再现问题。

❷ 关于这一点，参见 Nadine Ly, «L'effet de temps ou la construction temporelle du *Quichotte*», dans *Le Temps du récit. Annexe aux Mélanges de la Casa Velázquez*, coll. "Rencontres3", Madrid, 1989, pp. 67~81。

❸ 这说明小说真理的思想是不可接受的，另外用虚构概念代替小说概念以便肯定这种思想的价值或者否定之，都是徒劳的。

它。需要说明的是，它们把这种布局转移到特殊的资料上去。例如，米哈伊尔·巴赫金把某种布局的可塑性转移到混合体、狂欢节和对话性的形象方面，在批评的思考中，这种布局理应青睐对性情的参照。性情的这种隐性形态说明米哈伊尔·巴赫金没有分离小说与民主性的塑形。例如，埃里希·奥埃巴赫没有分离西方文学中现实主义的研究与某种存在性的方法。❶ 事实上应该这样理解，即现实主义和性情被视为相互依赖的元素，但是性情被埃里希·奥埃巴赫根据某种温和的现象学来鉴定。性情的这种隐性承载着一种杰出的教益。诚然，现实主义是人这样一个主体的事情。然而，这不足以论证这种结合。事实上，变换现实主义的布局，就像生存形势发生变化那样，并进而一直设置存在形势与客观性之间的某种关联，等于说：大概自身就可以读出的现实主义，也是在人的身份变化和去差异化之外，塑造性情的手段，因为在客观性和真实性的言语中，关于真实和行为人的任何问题都是沉默的。这就是何以文学中客观性的历史与人的形象混淆在一起，不管生存环境如何，人的形象是恒久的。现实主义似乎与无问题混淆在一起，这种无问题让人们把文学和小说等同于对人学的某种断定，摆脱了上文界定过的人学的思辨范畴。❷

性情的这些间接方法说明，小说的特征化与整体概念和整体化概念是分不开的，在小说世界的描述中，在赋予叙事之行为的目的性中，它们的功能相当。小说的叙事使它成为一个形式上的整体；它是再现性质的整体，把自己的资料变成了整体。当某些批评家指出某种去整体化的整体化现象时，他们事实上保留着一个整体这个标志：这个整体是假设的，但却是衡量小说和谐或内聚力的手段。

整体化的标志可以按照小说理论建议的反面去建构。某种叩问性情的方法的条件是，把小说等同于按照其多种版本、变化、历史，实

---

❶ 关于这一点，参阅原著第174页、本译著第162页。

❷ 参阅原著第83页、本译著第70页。

现人之形象以及人群展现的某种权力，而又既不取消种种身份及其去差异化的历史，也不取消它们之间的二重性。为了刻画小说的这些特殊权力，小说的实现权力，即实现并偶尔展现人的种种真实形象的权力，描画反映人这一主体、而人这个主体亦反映它们❶的象征性整体的权力，小说一方面应该保留关于身份及其去差异化的游戏，而另一方面，介入种种推论和信念，它们可以把小说置于某种语义整体的标签下。由于这种整体主义，小说可以塑造种种整体、整体之整体，而身份的差异化和去差异化游戏又不会不为人所知。这就向某种叩问开放了。❷

---

❶ 格奥尔格·卢卡奇所界定的问题人物演示了这种二重性。

❷ 参见原著第 237 页、本译著第 226 页。

第二章
小说，唯名论，偶然性，时间

　　小说的贴切性问题可以重构。它与根据另一资料、另一种本真对小说的阐释没有关系，另一种本真如世界、时间、作者、读者，或者更准确地说，另一种应该说典范的资料，哪怕是因为它是被模仿的（摹仿说），因为它被认为是小说的源泉（表现力），因为它可以被视为小说的目标（读者），因为任何小说都包含着某种叙事，而任何叙事都可能蕴含着某种先前的资料，它不可避免地形成典范（时间顺序，行动，秘索思）。小说的贴切性问题与小说本身的事实相关，还与它的独特性可能释放的信息相关，然而这种独特性在小说内部和言语内部是共通的。根据独特性来表述中肯性等于回到了与体裁之特征化分不开的唯名论问题。在任何被作为典范的他者之外来表述小说的中肯性，具体言之，就是把它置于对任何约束性资料的承认之外——时间造成的存在性的采用甚至不是这样一种约束。这要求回到小说与偶然性以及与小说特殊的时间性分不开的形态上来。

　　小说理论的询问从关于小说中肯性手段的这样一些见解或探索中偏移出来，一如它们被指出的那样。不再需要关注某种小说的本体论或小说世界或虚构的本体论；没有必要再反问把构成世界的主体放在什么地方，放在某种先验的方式里，还是放在历史里；没有必要再询问如何接触小说所塑造或没有塑造的世界，即从现实主义到语言的牢狱。❶ 而应该询问小说独特性的创建，小说建构的塑形：独特性是身份与身份之间的彻底的差异性，因而也就彻底地面对任何典型的他者，也面对自身的恒定因素。表述什么是一部小说似乎是不太合适的，但是反思如何与每部小说所构成的这种独特的塑形建立某种关系则是恰当的。存在种种小说，这是一个见证范畴的事，我们更喜欢说这是信任（la croyance）范畴的事。❷ 这个术语指示小说术语的集体使

---

❶　Fredric Jameson, *The Prison - House of Languege*: *a Critical Account of Structuralism and Russian Formalism*, Princeton, Princeton University Press, 1972.

❷　关于这个术语的使用，参见原著第 28 页、本译著第 157 页。

用。应该表述相信的理由。在这种视野里，给予小说唯名论性质的特
征化以关注以及在小说独特性标签下对文学理论、小说理论的采用，
可以把人们反映小说独特性的种种方式变成小说的某种特征化。小说
的理论和历史从小说的抽象性中鉴定这种特征化本身，如情节的抽
象，小说客体独特性的抽象等，从这种独特性所包含的偶然性和自由
图式中，鉴定上述特征化。

在这些见解的视野里，如果我们以忠实的方式，重拾保尔·德·曼
有关格奥尔格·卢卡奇的论证，❶ 应该说：小说永远是一种独特性的叙
事，与一个时段的独特性相关联；它并非首先是某种时间再现的建构，
而投身存在的形象。存在拆解于时间中，并由此而是彻底独特的。小说
理论的悖论性与这些独特性是分不开的，理由是，这些小说理论隐性或
显性地回答下述问题：如何从小说的独特性过渡到它的一般性甚至作为
文学体裁的普遍性？如何从小说行为人和时间的独特性过渡到可以更广
泛解读的行为人和时间呢？在承认小说与其他文学体裁的差异性（它
的独特性在于没有共同编码），小说之间（应该说小说系列之间）的差
异性，时间和地点的独特性（用米哈伊尔·巴赫金的话说，即时空体
永远是独特的和分散的）的同时，进入这些问题确认在小说的方法中，
批评的青睐不应该给予逻各斯，而应该给予性情。应该这样理解：小说
把与性情相关的悖论（人的个体性可以被阅读为决定性的因素，并进
而阅读为穿越其独特性的东西，阅读为普遍性❷）变成它自身的问题，

---

❶ Paul de Man, *Blindness and Insight. Essays in the Rhetoric of Contemporary Criticism*, New York, Oxford University Press, 1971.

❷ 我们颠倒了让－保尔·萨特在《家痴》（*L'Idiot de la famille*, Paris, Gallimard, 3 vol., 1970~1971）中大量使用的"普遍的独特性"的顺序，因为除了某些明显的例外（如寓意小说）以及需要重新审视的某些例外情况（如侦探小说），小说恰恰不是从普遍到独特并把它们连接起来。《家痴》中的普遍性事实上乃是指示无人称的和普遍的主观性的一种手段，这种无人称的和普遍的主观性可以肯定权利并阅读人的任何处境，例如福楼拜的处境和他赋予爱玛·包法利的处境。

而有关种种身份之独特性的时间游戏并没有被忽视。这种游戏甚至就是
彰显独特性、某小说之独特性、它的资料的独特性的手段。

　　小说是性情的这个问题排除了针对我们刚刚谈过的保尔·德·曼
阅读格奥尔格·卢卡奇的紧缩特征的两类回答。第一类回答是：小说
的行为人仅仅是他的历史，这个历史应该表述为某种修饰的、表语的
历史。小说仅仅是对这些修饰、这些相继到来的不同的表语的见证。
这个历史可能很长且很复杂。托马斯·品钦的某部作品《逆光》，❶
牧羊小说、巴洛克小说（只需说说《阿斯特雷》❷ 就足够了）展示了
这一点。这种情况是根据小说的虚荣标志来阐释的：人物修饰的一部

---

　　❶　托马斯·品钦（Thomas Pynchon，1937～　），美国后现代主义文学代表作家，以其
晦涩复杂的后现代小说著称。1937 年出生于美国长岛，曾于美国海军服役两年。1960 年起
开始着手创作第一部长篇小说《V.》（1963）。作品《万有引力之虹》（1973）荣获 1974
年度美国全国图书奖，但拒绝领奖，最后由人代领。1975 年，获美国艺术文学院的豪威尔
斯奖，亦拒绝领奖。品钦对自己的个人生活讳莫如深，成名后深居简出，早年的照片和档
案亦离奇消失，使外界对他的私生活同对他的作品一样充满好奇和无奈。其作品往往以神
秘的荒诞文学与当代科学的交叉结合为特色，包含着丰富的意旨、风格和主题，涉及历史、
哲学、自然科学、数学等不同领域。代表作《万有引力之虹》为后现代主义文学中的经典
之作，西方评论界称其为 20 世纪最伟大的文学作品。主要作品还有《拍卖第四十九批》
（1966）、《梅森和迪克逊》（1997）、《逆光》（2006）等。——译者注。参见 *Contre - jour*,
Paris, Le Seuil, 2008；Ed. or. *Against the Day*, 2006.

　　❷　奥诺雷·德·于尔菲（Honoré d'Urfé），法国作家。法国文学史上通称杜尔菲。贵
族家庭出身。当过骑士。宗教战争时期，加入天主教联盟一方，为反对昂利第四继承王位
而作战。昂利第四胜利后，他退隐家乡，潜心写作。起初写作田园诗篇和道德诗简，后致
力于长篇小说《阿斯特雷》的创作。《阿斯特雷》全书共分 5 部，每部 12 册。前 3 部在他
生前发表，第 4 部在他死后印出，第 5 部由他的秘书巴罗根据他的笔记遗稿整理完成。这
部散文和韵文相间的小说，以牧童赛拉东和牧羊女阿斯特雷经过曲折而终成夫妇的爱情为
主要线索，穿插大量故事以及有关爱情和政治的议论，既富于奇妙的想象，也有对当代生
活、特别是对贵族社交生活的写照。虽然故事发展缓慢，结构松散，但心理描写细腻，又
符合 16 世纪上半叶有教养的贵族的多愁善感的趣味，在贵族沙龙中影响颇大。从中世纪骑
士文学发展到后来的爱情小说，它起了承前启后的作用，开法国古典小说的先
河。——译者注。Honoré d'Urfé, *L'Astrée*, Paris, Honoré Champion, 2011, première par-
tie. Ed. or. 1607 - 1627.

历史没有意义。这论证了古典主义作家、保尔·瓦莱里和超现实主义作家提出的批评和对小说的拒绝。这种情况还论证了某种空洞小说的思想，例如美国小说家约翰·巴斯的论点，❶ 或者小说修饰的现在史兼其谱系史的思想，它设置了某种盲读的方式，例如克洛德·西蒙及其盲读。❷ 第二类回答：关于小说，虚构理论经常胜过小说理论的现象反映了这种简单的事实，即虚构理论赋予虚构世界的本质主义让人们读出人物的固定的品质、固定的表语。独特的人物呈现为一个必然的人物，他的历史亦如此。这事实上等于把任何小说、任何独特性寓意化，并由此赋予它们虚构体裁的无问题的普遍性，等于取消小说所承载的问题。

除了这两类回答，只需考察一下小说的人物就可以确认关于独特性和偶然性的见解。小说的人物是一种彻底的独特性，他不等同于任何其他人。这种说法可以根据某种编码被悖论性地解读的独特性来重构：爱玛·包法利并不根据某种必然性来演示通奸；她的通奸是偶然性的。自古代小说起即作为小说所表述之历史的特征和人物修饰历史（小说）的最佳表现的偶然性，保持着人物独特性所构成的问题并赋予它某种普遍性，恰恰是通过偶然性而赋予的。偶然性禁止格奥尔格·卢卡奇和米哈伊尔·巴赫金从小说中读出的意识的修辞化，保尔·德·曼拒绝这种阅读但并没有超越这种拒绝。讨论这几点等于一方面界定小说（小说赋予偶然性以被引用权），而另一方面，界定这种偶然性的某种权力（拆解任何身份的修辞化）。

小说按照自身的真谛、自身的差异性发展，人们常说，它因此而面对各种资料并将它们变为自己的客体。这里有对摹仿说的论证。还有，小说通过其独特性的悖论（它并不压缩为某种面对面），可以标

---

❶ John Barth, «The Literature of Exhaustion», dans *The Friday Book*：*Essays and Other Nonfiction*, Baltimore, The John Hopkins University Press, 1984, pp. 62 – 76.

❷ Claude Simon, *Orion avengle*, Paris, Skira, 1970.

示变化，标示时间中各种身份的去差异化，而不抹杀它自身的差异性。这种特点排除了刻画小说体裁某种系统性的任何尝试。然而之所以有人设置这种系统性，它局限于种种审美类型或历史时刻的类型，如巴洛克小说、浪漫主义、现代派等。这就提出小说的体裁问题。

小说文类，唯名论：论小说的定义

小说的差异性

我们曾经提醒过大家，当代批评强烈地指出，文学体裁的概念是一个弱势概念。[1] 这种现象体现为若干问题：在何种程度上一个体裁的认定拥有某种扩展性的特性？在何种程度上，一种体裁的鉴定是作者意向的某种主导？在何种程度上，同样的鉴定也是一群体、一定共同体内作品阅读范式的主导呢？这些问题等于指出，体裁的假设及其编码化并非一定与规范的承认和明确使用相关，尤其是与体裁的某种完满鉴定相吻合的规范。当人们开始表述一体裁的历史时，人们更多表述的是文学实现类型的承接，并用同一标签把它们联结在一起。刚刚提到的文学体裁的问题在小说里显得特别中肯。说小说体裁是一种千变万化的体裁，意在吁请人们不要根据它的扩展性能去鉴定它，然而相反，承认它变化多端的突出特征：它们与某时段、某共同体、与文学体裁的某种实现体系相吻合。这些见解重复了任何范式的悖论：小说不可分割地是它自身范式（它所构成的范式和它可能构成的范式）的问题，也是它可以等同的种种外在范式的问题：例如人们说英雄史诗小说、悲剧小说、戏剧小说、诗语小说、神话小说等。体裁的解读乃是根据某种内在的确定方式（它的鉴定成分，例如它在某种语境下、根据某种诗学或者某种美学准则的鉴定），根据某种外在的确

---

[1] 一个例子，见前引 Gregory Currie, *Arts and Mind*。

定方式（与某些占主导地位的子体裁、某种创作类型、某种审美类型相吻合的突出特征）。因此仅仅表述小说本身，仅仅表述小说的外在范式本身，或者把这两种言语交叉起来，永远是不够的。这些言语中的每一种，这种交叉，都不能同时反映作品和这种双重鉴定（小说和其他）所蕴含的平庸性。最好的方式是达到小说的一种内在决定范式（应该重复已接受鉴定的标志、诗学、美学等）与一种外在决定范式（在这些外在决定范式里，应该算上文学实现的这些类型，当代批评通过其参照系而滥用了虚构、叙事）的联姻。把某部小说鉴定为范式既与某种整体主义分不开，也与范式的悖论分不开：如果不同时赋予小说整整一个蕴含性特征的网络，如果不指出显性特征与隐性特征的不融洽的结合（某些特征无法进行准确验证，这就构成了范式的问题），❶ 我们就无法辨认小说的特征。应该说，范式在它自身的图解之中拆解。应该重温小说类型的系列：诗语小说、悲剧小说、英雄小说等，所有这些小说类型都可以根据它们的鉴定所承载的不和谐来界定。

与承认小说和鉴定小说相关联的唯名论的最简单的显示可以从小说子体裁或小说类型的系列读出，❷ 也可以从小说实践与之分不开的副文本活动中读出。这种唯名论还由文学理论所实践的批评资料的交叉来显示。这些交叉与小说史和小说书写的多样化相适应，与被认为

---

❶ 这是小说批评的一个传统，开始于 18 世纪，即把小说读作一个囊括一切的二手体裁（借用符号学的一个术语），人们以此来表述古代小说、拉伯雷、《堂吉诃德》和许多其他小说。小说的这种二手性把这种体裁变成了拥有无限蕴含特征的体裁，因为从第一源泉到小说本身的过渡的文献证明（语史证明）并非永远都是明显的。

❷ 下边是一个不完整的清单：黑色小说、侦探小说、动物小说、爱情小说、哥特小说、宫廷爱情小说、书信体小说、长篇连载小说、图画小说、历史小说、摄影小说、骗子无赖小说、回忆录小说、大众小说、奇遇小说、幻想小说、间谍小说、成长小说、骑士小说、自传体小说、新小说、自由体小说、长河小说、纪实小说。这个清单是从维基百科下载的；它完全是常用的，体现了主导小说特征的异质多元性的约定俗成，并进而反映了某种不可避免的唯名论思想。

属于小说体裁的叙事类型的多样化相适应。不管人们可能怎样参照亚里士多德的《诗学》，参照史诗、悲剧、叙事的类型化定义，小说都不能仅等同于行动的模仿、叙事的结构、以及与该体裁相关的简单形式：小说的复杂性远超过这些简单形式。

主导小说界定并按照典范性与独特性的二重性进行小说分析的批评范式的多样性和扇形很重要。只需列举《法语宝藏》（le *Trèsor de la langue française*）所引用的对小说体裁的参照典范："一部小说就是在一条大道上散步的镜鉴。它一会儿在您的眼睛里映出蓝天，一会儿又映出池塘的泥泞（斯丹达尔：《红与黑》，1830 年）。人们在一部小说里永远发现一个视野中心、一个自视为主要角色的人物、某个读者与其认同的人物；这永远是一种内在生活的图景，永远是一个小说人物与他随着小说的进展而逐渐发现的事情和人物的冲突（阿兰：《美的艺术》/*Beaux - arts*，1920）。小说不仅能够接受肖像、风景和人们所谓的'心理'，还能接受各种思想，接受对所有其他知识的喻示。它可以作用于、查阅任何精神。正是在这些方面，小说非常接近梦（瓦莱里：《杂文》［1］，1924）。"❶

《法语宝藏》赋予小说的定义本身就很杰出，特点在于它随着自身的发展而逐渐定义：一定长度的散文体文学作品，把真实与想象相混淆，并在其最传统的形式里，通过叙述一主要英雄人物的命运，叙述若干人物之间的一种情节，寻求激发读者的兴趣；小说在某种道德背景和形而上学背景的氛围下，展示了这些人物的心理，他们的激情、他们的奇遇、他们的社会环境；小说这种文学体裁汇聚了这些作品的所有变形，这些作品在 19 世纪显得格外灿烂夺目。

独特性与范式性之间的游戏不允许得出一种规则类型以及小说的一般性是根据种种小说的明显的差异性总结而出的，这一点拥有很重要的后果：人们是从两个方面来界定小说的，一方面是根据我们刚刚

---

❶ 这些引语的每一段都反馈到小说的一个特征：摹仿说、视点人物、认识论视野。

通过《法语宝藏》的引语而指出的若干特征所反馈的这种明证性，另一方面乃是根据小说与任何文化规范、社会规范、形式规范、语义规范不相适应的形态。法国小说与篇幅极大、人物之多几乎不可胜数的中国小说大作有何共同性呢？托尔斯泰的历史小说《战争与和平》❶与乔伊斯抒写都柏林一天的《尤利西斯》❷有何共同性呢？作为体裁的小说是它自身的问题。

当代关于小说的许多论点遮蔽了这个问题。如今关于小说与虚构的所有表述构成了这样一种遮蔽：把小说等同于虚构抹杀了小说文类问题的二重性。不管是在符号学范围内，尤其是小说的行动元方法论的符号学，还是在叙述学范围或者重拾亚里士多德之《诗学》以便把小说与逻各斯关联起来的范围内，例如保尔·里科尔的论著所显示的那样以及支持某种与小说相配合的"小说性"的著述所显示的那样，这些范围内的所有文字也都构成了这样一种遮蔽。来自亚里士多德《诗学》的行动性能，根据对种种神秘构成或对强势言语构成或象征构成的反馈，❸把重心放在了"小说性"方面，这一切都把小说放在了逻各斯一边，放在了可获得和重新拾得的叙事一边，排除了小说身份所承载的对询问的明确阅读。

有一个努力界定小说并把它与外部决定因素和某种资料网络关联起来的卓越案例：米哈伊尔·巴赫金的理论把小说与言语和文本网络关联起来。只需指出：这是把各种最差异纷呈之特征置于某种整体化标志下小说使出的浑身解数，同时又是最肯定的去定义化。在（巴赫金的）《小说美学和理论》的整个文字中，这种去定义化蕴含着两个论点。第一个论点是：小说定义的密度达到了如此丰富的程度，并且从其言语的视点上等同于某种最大的外延性能，以至于小说概念是一

---

❶ Léon Tolstoï, *La Guerre et la Paix*, Paris, Gallimard, coll. " Folio ", 2002; Ed. or. *Boǐha u mup*, 1865~1869.

❷ James Joyce, *Ulysse*, *op. cit.*

❸ 关于这种等同的一些例子，请再次参阅 Northrop Frye, *L'Ecriture profane*, *op. cit*。

种空洞的概念。❶ 第二个论点：小说归根结底只能从历史视野上来指示。反之，格奥尔格·卢卡奇的《小说理论》置小说于各种体裁的某种系统性中，这种系统性与逻各斯和性情的联姻系统性相混淆。在这种二重性之外，小说用它所反馈的界限来定义自己，例如这里与史诗和悲剧之间的界限。

这等于在不掌握某种可靠编码化的情况下，根据与其他文学体裁的对比效果来定义小说体裁，并超越格奥尔格·卢卡奇的见解，描画偶然性与必然性的对立。例如小说与短篇叙事、短篇小说之间的对立：短篇小说的人物拥有某种明确的语义身份；他的品质修饰和行动完全依赖于这种身份；这就把短篇小说的历史置于必然性的标志下。❷ 例如喜剧与悲剧之间的对立：那里在展示了可能出现的负面形势后结论应该是幸运的；这里却得出了不幸的结论。这些体裁的每一种都向它所展示的历史确立了某种必然性。小说则相反，凸显自身的偶然性及其资料的偶然性。这一点可以给予较多的评论。短篇小说、悲剧、喜剧是某种不可能的差异性的体裁。它们展示的是不可能承认这样的差异性。❸ 我们刚刚说过的短篇小说是根据其人物的定义性的语义约束来发展的，通过这种约束，人物成了一种类型。悲剧和喜剧把人物和行动置于某种确定的类型下，这种类型在这里与某种行动的意图分

---

❶ 这种情况可以重构如下：米哈伊尔·巴赫金的小说理论可以读作施莱格尔兄弟的小说理论的语言版、社会语言版、言语版；或者还可以说，所有的言语都与小说的身份相关联，这就赋予小说一种特殊的地位。Jean Bessière, *Quel statut pour la littérature?*, *op. cit.*

❷ 关于具体阐述短篇小说的语义约束，参见 Jean Bessière, «Djuna Barnes, nouvelliste et romancière: de *Spillway à Nightwood*», *Revue littéraire comparée*, LIV, n° 2, pp. 455 – 477 et Andreas Gailus, «Form and Chance: the German Novella», *in* Franco Moretti (ed.), *The Novel*, vol. 2, *Forms and Themes*, Princeton, Princeton University Press, 2006, pp. 740 – 760。

❸ 这里我们采纳了米歇尔·梅耶关于悲剧的一种意见：悲剧是根据"不可能的差异"来表述的，见 Michel Meyer, *Petite métaphysique de la différence*, Paris, PUF, coll. «Quadrige», 2008, p. 63 *sq*。

不开，在那里，则与社会的、道德的、文化的规范分不开。小说肯定是差异性的体裁，这种差异性得到了小说偶然性、它赋予其行为人、他们的行动、赋予它的事件、它的形式本身的偶然性的确认。这就造就了其人物和资料所显示的小说之差异性的不可避免性和问题。

有必要重新回到主要小说理论的隐性和显性的悖论。小说的人物和世界是偶然性的，不管其中展示的是什么样的史料，格奥尔格·卢卡奇和米哈伊尔·巴赫金对此都是心知肚明的。因此应该这样理解一个比世界更小的灵魂的意图和一个比世界更大的灵魂的意图，理解对话主义和狂欢节。人物等同于灵魂，灵魂的形态和形势，反映了某种无奈，并进而反映了人物的某种肯定无疑的偶然性。如果我们承认对话主义和狂欢节蕴含着汇聚言语和社会的权力，言语和言语的行为人就应该视为服从于言语间性和社会角色之颠覆的幅度和偶然性。然而这里需要说明的是，这种偶然性变成小说的定义性成分之后，在这两种小说理论里，被本质化并被导向偶然性人物和对话世界及狂欢世界的某种检查性的描述手段。这里就等于承认了小说的某种象征权力：缩小差异性的意指（人物是偶然性的）；在差异性的必然性的标签下解读小说：差异性被检查，毋宁说被取消，因为它被寓意化。

小说的差异性，批评范式的不足

小说的这种差异性并不抹杀体裁定义的各种尝试，而是把它们变成双义性的尝试。各种定义更多地是文学语境中小说形势的定义。使这种境遇化得以成立的一个世纪以来占主导地位的批评范式时而内在于小说，时而外在于小说，它们设置了自身的悖论，这些悖论没有得到公开的承认。

内在范式。它们可以从文学诗学中读出，或者由作家们提出，或者由批评家们从小说中归纳而来。它们从小说中鉴定出已经实现的和将要实现的小说的世界，因而它们更多地与小说的造作相关联。小说的独特性与文学本身关联起来，文学本身分为若干板块（文类等），也与小说的整体关联起来。不管这些诗学相互之间承认的中肯性有多少，并非必然通过推论使人们从独特性作品走向文学的整体或走向它的分部之一。只需参照《法语宝藏》关于小说的引语和定义。例如阿兰关于小说的特征化界定反馈到一种不和谐游戏：其中提到的任何特征都不具有统一性。例如，子体裁的清单明确指出诸如动物小说和爱情小说都是排他性的。当小说选择了反映性开始表述它的小说真实这种做法并不否定上述见解。反映性更多地昭明小说的文本语境而非它的身份。诗学基本上努力承认小说是一种实体，而非一种有待于界定的可能的体裁规范。❶ 表述这种实体蕴含着无视小说跌出它试图验证的范式之外这种事实。正如我们刚刚指出的那样，这种情况表述为小说的反映性。这种情况表述为讽喻，在米哈伊尔·巴赫金的笔下，讽喻是小说体裁的主导性特征之一：它与对话原则的重要性背道而驰，与言语杂交现象的重要性背道而驰，与这位批评家赋予小说的公开性和民主性背道而驰。与诗学所喻示的内容相反，小说不可能等同于一种实体，而是可以鉴定为异质多元性资料的某种体系。❷ 当代的批评传统试图超越诗学的这种限制。然而它依然完全由范式的悖论所主导。它把小说当作语言的一种典范实现，换言之，当作语言实现的一种模式，同时又把这种实现作为小说独特性的特征化。需要重复的是，这样小说仅在跌出范式时才呈现出范式性，假如它不跌出范式，

---

❶　在关于体裁的概念本身、小说的语言范式性质、小说等同于虚构等辩论之外，回应这种见解的占主导地位的回答，应该从一种社会实践的视野去阅读，而它们分为三类：小说是无法明确定义的，因为它反映了文化范式和道德范式的交叉和敌对性，这是指 17 世纪和 18 世纪的小说形势，由乔治·迈所描写（George May, *Le Dilemme d roman au XVIIe et XVIIIe siècle. Etude sur les rapports du roman et de la critique*（1715 ~ 1761），Paris, PUF, 1963）；小说属于人们面对文化资料时的一种决定，这种决定有多少种，小说就会有多少变化；小说在一定程度上永远是批评并与其读者保持着某种问题性的关系，因为读者构成一个不确定的整体。

❷　这是沃尔夫冈·伊泽尔在前引《虚构与想象》（*The Fictive and the Imaginary*）一书中的喻示。

那么它就不可能得到严格的鉴定，它就只是语言，仅属于说话现象的范围。由于当代批评的这种悖论没有得到准确地考察，人们就到了对小说独特性无法言说的地步，一如解构所显示的那样，小说的独特性不形成范式，它没有范式。但是这种见解并不导致小说不再被作为范式来对待的事实：它是这种可以图示许多运筹的没有运筹的运筹。❶人们就这样追随着小说差异性的悖论。

外在性回答。这些内在性回答的不可靠性允许外在性模式的表述以便界定小说。所有把作品和文学等同于某些认识论布局、意识形态布局、文化布局的言语即是这样。互文性即展示了这种情况：小说取之于无限文本之中。这种情况还由阐释学来显示，不管它是何种变异版本：小说是需要传达的意义典范，因为它根据自身的时间性来安排它的意义。这种传达有时被认为与传统分不开，有时又认为与读者的回答分不开，这种分歧并不改变上述见解。❷外在性回答在把作品当作某种认识论的、意识形态的、文化的安排时，试图解释何以集体的资料和规范显得与独特的小说相吻合，而小说却不能明显地让人们读出这种吻合。小说可以塑造这样一种吻合，承认某种决定论，但并非因此小说就提供吻合的最后语词。❸

需要做三点说明。第一点说明是，正如上文已经指出的那样，因为当代批评的主导性倾向承认种种定义性的和阐释性的范式，它们根据小说与其他的两分法来界定小说的形势。第二点说明是，当代批评的主导性倾向远没有考察这种两分法本身，并指出范式的悖论与之分不开，它们基本上都是选择了对这种特征化的简单回应或者无视这种特征化。作为展示，只需强调，在第一种情况里，批评家青睐摹仿

---

❶ 请大家参阅前述关于保尔·德·曼的见解，原著第88页、本译著第78页。

❷ 例如可以把保尔·里科尔所界定的某种阐释学与接受美学的阐释学对立起来，后者尤其指沃尔夫冈·伊泽尔所图解的接受美学。

❸ 这部论著里所提到的小说理论的大部分成分都认为这种吻合是无法读出的，另外不管小说所允许的认识论阅读和社会阅读的情况如何。

说，不管赋予这个术语的特别意指是什么，而在后一种情况里，人们拒绝了摹仿说而表述与能指相关的所有论点。第三点说明是，作为小说特征的不和谐的统一是继续存在的。它说明人们能够把玩"小说与其他"和与能指的"两分法"。这种二元对立已经是《堂吉诃德》的二元对立；它在拉伯雷那里也可以读到。

小说的差异性与妥协的构成：应该从否定性和教益中提取出小说的子体裁概念

小说的差异性可以根据界定它的小说特征的不和谐的统一性来具体说明。这种不和谐的统一表述起来很容易。面对悲剧、喜剧、史诗，它是接受差异性的体裁。反之，悲剧和喜剧认同差异，但是把它置于某种一般的规范之下。依然相反，史诗展现一种历史性的叙事，这段叙事大概大部分是编撰的，它把这种历史的展示变成了一共同体之历史的规范。小说显示对差异的这种接受，因为它本身即是自身独特性与范式性之二重性的协商，换言之，是无意义之身份与差异可能是功能性的身份之间的协商。许多小说所展现的差异秩序的恢复与某种约定秩序的承认并不混淆，而是与原则上允许书写或阅读另一部小说的安排相混淆：差异的秩序肯定发生了变异。

这种不和谐的统一把小说的现实主义、它对想象的使用、把它的历史变成了种种世界的悖论。例如，关于现实主义，小说在自己本身把玩某种现实主义和某种塑形主义。正如诺斯罗普·弗莱强烈指出的那样，❶ 它是从一种到另一种的过渡并归根结底喻示某种应该当作清澄同义语来阅读的现实主义。这种清澄可以以多种方式来表述：夏尔·包法利平静的死亡，乔伊斯《尤利西斯》里莫利神秘的应声，那

---

❶ Northrop Frye, *L'Ecriture profane*, *op. cit.*

是一种心灵的契合，一种对正能量的回应。❶ 小说的结论基本上不背离人们对世界的了解：自 18 世纪以来，以某种连续方式被解读的东西，这是古代小说的教益，不管它对想象的认可如何。小说的现实主义的部分性质不管怎样，它事实上都反馈到某种前置的现实主义，反馈到叙事的开端以及叙事所笼罩的平庸性：小说的差异性与它所展示的事物的独特形态（不同于事物的任何其他形态）的差异性混淆在一起。这样来表述小说等于说它是它的现实主义与它的塑形性之间的一种折衷形式，一种过渡（从现实主义向塑形性然后再向现实主义的过渡），也等于强调小说的阅读时间可以从这些成分的每一种向下一个过渡。小说允许这些二重性的协商；它本身就是这种协商的塑形。它构成偶然性、差异性、与偶然性和差异性分不开的不同意见，现实主义的时刻和塑形性的时刻与这些不同意见相吻合。这样就应该避免下述说法：小说的现实主义是反现实主义和塑形性的相反一方。小说既是对其二重性术语的认同，也是对它们的去差异化。这就造就了它的差异性。诺斯罗普·弗莱关于小说结尾时应该阅读的清澄态度可以重构。说小说的结尾经常相当于某种回应的说法让人们理解如下：小说恢复了差异性的秩序，并进而暂时恢复了种种身份；这是其差异性的功能。这一点适用于许多重要的小说：从骗子无赖小说的道德结论或幸运结局，从 18 世纪的英国小说到卡洛斯·富恩特斯在《新土地》(*Terra Nostra*)❷ 里所喻示的历史时间的平等性。

与小说的特征化、小说差异性的标示相关联的唯名论相对应的是它的变异性思想，这种变异性思想关涉它自身的客体、它的读者、其他文学体裁：黑夜体制是小说的体制，诺斯罗普·弗莱说，因为它是

---

❶ 关于这一点，参见 Pierre Macherey，«Mythologisation du quotidien ou quotidianisation du mythe?»，*Ulysse de James Joyce*，dans *Petits riens. Ornières et dérives du quotidien*，Lormont，Le Bord de l'eau，2009，pp. 203 – 204。

❷ Carlos Fuentes，*Terra Nostra*，Paris，Gallimard，coll. "Folio"，1989；Ed. or. *Terre Nostra*，1975.

身份与其去差异化之间的协商，那么黑夜体制就是变异性的体制。但是，由于小说不光呈现为黑夜体制的叙事（它设置了某种前置的现实主义，它只能相对于白昼体制来理解），它是变异性，是每个人身上具有和不具有、是这个时间和这个地点具有和不具有的变异性的塑形。独特的和差异的作品处理差异性的双重价值。

在小说变异性标签下对其差异性的这种解读采用了多种不同的形式，它们是界定差异性之某种正面使用的诸多努力。我们可以区分界定这种用法的两大传统。一种传统根据负面性来阐释差异性和变异性；另一种传统从小说的差异性里看到了对某些认识整体、对置于想象标签下的某些整体的承认界限的展示……小说的差异性可能就成了在某些再现性整体、象征性整体中再区分的手段：这是《堂吉诃德》给出的教益。

第一种传统。小说某种差距的思想与负面性的假设相关联。小说提供的人物与他们的环境相分离。这种情况可以重构如下：形成小说作为体裁之定义和询问的案例与范式之间的二重性可以根据人物本身来重读：与其环境相分离的人物构成其单一性和典范性的问题。这种情况有时把小说鉴定为某种道德问题的展示，[1] 有时又得出承认其批评权力的结论。[2] 从道德问题或从批评权力，小说可以清晰程度不同地过渡到某种断定性游戏。人们谓之曰论点小说。人们还表述自视为真实的小说，这是 18 世纪小说的一个持续特点。不要把这仅仅看作

---

[1] Thomas Pavel, *La Pensée du roman*, *op. cit.* 小说的道德权力也被萨德所鉴定，例如他在自己的《关于小说的思想》中，论证了恶的再现。DAF de Sade, *Idée sur les romans* (1799) suivi de *L'Auteur des crimes de l'amour à Villeterque*, Bordeaux, Ducros, 1970.

[2] 这种承认是一种传统：从狄更斯到马克思主义批评家的一种传统。它把现实主义正统化为想象和幻想，例如弗雷德里克·詹姆逊在下述两部著作里的图示：Fredric Jameson, *Postmodernism*, *or*, *the Cultural Logic of Late Capitalism*, Durham, Duke University Press, 1991；*Archaeologies of the Future*：*the Desire Called Utopia and Other Science Fictions*, Londres, Verso, 2005。

一种现实主义的要求，而应视为小说的要求，要求被严肃对待，看到自己被承认为一种肯定性的视野。❶ 小说的独特性使这种要求变得很清晰，这种要求在 20 世纪得到确认。在所有情况下，小说把某种理应如此的方式的图式与它所采纳的资料所蕴含的见证相对立。这是格奥尔格·卢卡奇的假设，也是自称为客观性的小说的假设，时而等同于对世界的某种真实阅读，时而等同于对社会媒介、文化媒介、象征媒介的否定，意谓这些媒介改变了我们对真实和其他的感知。❷

体裁的负面性与小说的题材分不开。这种情况可以根据历史来阅读：古代小说和必然性与偶然性联姻的重要性，后者终极性地描画了偶然性和掌控的缺失；古典小说或新古典小说的文学幻想，这是一种对熟睡、梦幻和清醒的幻想（换言之，这种鲜明对比把小说指示为幻觉的体裁：幻觉侵犯了白昼世界的明证性，却悖论性地被视为清醒的一种手段）；❸ 现实主义小说面对真实悖论性地做其他事，这种教益可以从《布瓦尔与白居榭》中读出；按照赋予语言之负面性发展的小说的小说，作为黑格尔的一段回忆，很少被承认为这种记忆。自格奥尔格·卢卡奇的《小说理论》伊始，体裁的负面性还被理论化了：从幻觉小说到幻灭小说都体现了小说的负面性。在埃里希·奥埃巴赫的《摹仿论》里，它也是如此。这种负面性尤其根据现实主义的某种历史来表达。自从现实主义脱离了任何先验形而上学的资料后（自但丁之后），埃里希·奥埃巴赫说，它悖论性地反映了对真实的某种分散的指示。现实主义变成了某种负面性的活动。福楼拜言之无物的书籍相当于这种类型的标示。在负面性游戏的见证中，文学面对真实而做其他事情也是指示真实的一种方式，正如弗雷德里克·詹姆逊谈及克

---

❶ 那么应该理解，虚构是严肃的，在小说的偶然性和虚构中，它掌握着故事的权力，这形成小说的另一悖论。

❷ 我们知道这是戴奥多尔·阿多诺的论点，见 Theodor Adorno, *Notes sur la littérature*, Paris, Flammarion, 2009；Ed. or. *Noten zur Literatur*, 1971。

❸ 关于这几点，见 Northrop Frye, *L'Ecriture profane, op. cit*。

洛德·西蒙时所指出的那样：❶ 现实主义是负面性的一种效果。这种负面性在莫里斯·布朗绍对他喻之为虚无小说的阅读中，❷ 在后现代主义的阅读中，在小说的精神分析性质的重建中，明显地是按照某种去忠实化的游戏来点评和阐释的。莫里斯·布朗绍把小说置于身份的去差异化的标签下，并因而把它界定为对所有文学都有效的普遍体裁的一种方式。精神分析阅读假设，在真实中、在日常生活中，倘若忠实于弗洛伊德，潜意识就是触手可及和可以读到的，小说捕捉到了这种阅读。❸ 精神分析的重温和使用可能构成某种过度阐释在这里是无关紧要的。精神分析把小说鉴定为精神所拥有的对自身的经验。展现这种经验的条件是小说据为己有的资料的去忠实化。这种条件主导了第一次大战翌日的分析灵感的小说，如阿尔蒂尔·施尼茨勒（Arthur Schnitzler）的小说。负面性是去忠实化的夸张的命名。

　　第二种传统。另一种视野明显地把玩赋予小说这种唯一的和典范的客体的二重性定位。人们记下小说所刻画的另外的世界，对信任、参与的呼唤，以及这样做所蕴含的对不信任的限制，对参与缺失的限制，但并不应该忽视想象和超现实。按照小说所选择的差异性，幻想

---

❶　Fredric Jameson, *Postmodernism, or, the Cultural Logoc of Late Capitalism*, *op. cit.*

❷　例如在《火的份额》（*La Part du feu*, Paris, Galliamrd, 1949）中，他对亨利·米勒（Henry Miller）和他的《癌症的肆虐》（*Tropique du cancer*, Paris, Denoël, 1945 ~ éd. or. *Tropic of Cancer*, 1934）这部虚无小说的点评；例如他自己的小说《阿米纳达伯》（*Aminad*, Paris, Gallimard, 1942），负面性可以展现的世界是我们日常世界的背面。正如米歇尔·梅耶在《本体论史》（*Pour une histoire de l'ontologie*, Paris, PUF, coll. «Quadrige», 1999, p. 80）关涉柏格森时所指出的那样："对于柏格森，负面性只能是一种在场的缺失。没有虚无能够作为负面性的某种关联而存在，负面是一种象征性的实在，因而是一种感觉得到的实在。我们不可以谈论任何虚无，也不可以谈论虚无本身，但是可以通过否定来谈论。"这样小说就设置了身份是可以占有的，它可以帮助捕捉真实：实在的差异性和独立性，小说的差异性和独立性回应它们，由负面性的游戏体现出来。负面性拥有双重功能：使人们占有实在的差异性和独立性，建立独特性小说的差异性和独立性。

❸　作为例子之一，参见 Marthe Robert, *Roman des origines et origines du roman*, Paris, Grasset, 1972。

和超现实被置于参与或参与缺失的一边，这原则上形成了美妙与幻想的区分。小说是它自身的论证：它描画应用信任、参与的界限。

这两种视野呼唤同样的评论。它们中的每一种都让人们看到了小说提供的题材和展示，作为妥协的形成。发现小说的奇异性等于说它是诸多差异中的一种差异，而独特性与范式的游戏事实上根据小说这种妥协的形成来阅读，这种形成根据道德（托马斯·帕韦尔❶）、根据再现游戏来表达，后者承载着信任界限的指示。小说只有根据它所刻画的不同意见、道德的不睦、再现的不睦，才能呈现为范式。

继续这些见解的一种简单方式就是考察小说的子体裁。这些子体裁肯定相当于种种特殊的题材。它们也相当于对身份之差异性和去差异化游戏、独特性与范式性的二重性、现实主义与其反面的二重性的特殊处理。不同的子体裁根据规范（例如侦探小说）、根据过去的时间和分量（例如科幻小说）、根据真实的现象学（例如幻想小说）、根据个体（例如传记小说）、根据激情和情感（例如爱情小说）、根据身份的编码（例如田园牧歌小说）等，鉴定与小说所构成之妥协相关联的不同二重性所承载的叩问。小说因而不界定为某种替代游戏，这种游戏证实人们承认它的虚构性；❷ 或者这种游戏只是另一种承认的一个时刻，即对身份与身份的去差异化所形成的过渡游戏的承认。这是侦探小说的旅程本身：罪犯不为人知，他是匿名的；他被鉴别；他最终被置于法律的标签下，按照法律来进行甄别。

小说构成的这种差别吁请人们区分小说本身的资料，恢复各种差异，不管它们是何种差异，与人物相关联的差异，不管是堂吉诃德的差异还是桑果·潘扎（Sancho Panza）的差异，爱玛·包法利的差异还是霍默的差异，罗宾逊的差异抑或任何不是罗宾逊的人的差异。按

---

❶ Thomas Pavel, *La Pensée du roman*, *op. cit.*

❷ 关于虚构与替代，参阅 Thomas Pavel, *Fictionnal World*, *op. cit*。

照吉勒·德勒兹的公式，❶ 这个没有他人的人设置了任何人的差异——小说在这里是其悖论的准确图示。种种差异性的恢复是成就其他的差异，即任何小说的诀窍，莫利所发出的这种赞同声。

让我们采用小说理论的若干大的专栏，应该把它们与小说的差异性关联起来，它们能够鉴定这种诀窍。

例如叙事与情节专栏。在《结局的意义》（*The Sense of an Ending*）❷ 一书里，弗兰克·凯尔蒙德指出，在叙事与情节方面，小说肯定拥有双重约束，一个开头和一个结尾的约束。叙事和情节只是从一种差异到另一差异的自由运动。这两种差异不承载任何行动方面、叙述方面、再现方面和时间方面的约束；它们仅仅强制从一种差异到另一差异的运动。这类论点读作开头与结尾之间不可避免的联系的标示，读作它们不可避免之区分、它们在叙事进程的效果方面肯定存在的去差异化的标示，对于叙事本身，开头和结尾不承载特别的约束。小说的差异乃是两种差异之间随意性协商的形象化。这类论点和人们建议的扩展承载着教益。说情节是自由的意味着：差异作为它们自身的问题而继续存在，这些问题关涉小说建立的这些差异与那些差异之间的任何关系。需要说明的是，小说叙事的这样一种观念能够在自己的游戏中采集到现实主义小说之资料的问题外形态。还需要说明的是，与胡安·何塞·萨尔考虑叙事的方式相反，与小说叙事不同的叙事，由弗兰克·凯尔蒙德所界定的叙事，双重差异和随意性情节的叙事等，不建立任何东西；它是自身差异的会聚和认可。弗兰克·凯尔蒙德论点与胡安·何塞·萨尔论点的这种联姻构成了保尔·里科尔在《时间与叙事》里所提供的种种意见的一种反阅读，并赋予小说叙事一种特殊的陈述游戏。在一部小说里，叙事的症结不在于对认同与保

---

❶ Gilles Deleuze, *Logique du sens*, Paris, Minuit, 1969.

❷ Frank Kermode, *The Sense of an Ending. Studies in the Theory of Fiction*, New York, Oxford University Press, 1967.

留之二重性的回答，也不在于与某种秘索思之明证性的混淆，或者与这种明证性之使用的混淆。叙事的症结接近弗兰克·凯尔蒙德论点的某种延伸，位于下述事实之中，作为时间和事件聚汇认可的结果和对这种聚汇认可的回答，界定小说叙事的情节的随意性，安排与根据情节的这种随意性及时间和事件之汇聚认可而行动的人相关的叩问：不可避免地是某种独特性和一个个体的人物，可以根据时间和事件的系列来界定，因为他与任何可以呈现出某种必然性或时间的某种紧密相扣的事情都没有联系。❶ 叙事的陈述体制可以按照弗兰克·凯尔蒙德的逻辑来界定。作为从开头到结尾的简单行程，叙事不承载区分有致的时间性。它的陈述体制是根据陈述活动的现在性，把过去现在化的体制，❷ 自始至终坚持这种体制。叙事是一种稳定的换喻；它的过渡性的但是有区分的时间性根据从开头到结尾的差异来安排。

例如由米哈伊尔·巴赫金和米兰·昆德拉所表述的小说不可避免的讽喻栏目。它既反馈到作者的讽喻性设置，也反馈到讽喻的风格或修辞特征。因而，作者、叙述者的某种身份可以鉴定言语、它们的陈述者，并把他们置于某种矛盾之中，这是讽喻的运动。这里肯定有一种论据游戏。也有陈述活动之位置、陈述文之位置的某种逆行性实践。这就导致了差异能够被读作替代物，而这类替代却不是解决性质的。差异性的明证性是存在的，那里有一种方式，可以读出米哈伊尔·巴赫金所界定的复调性言语和狂欢性。

例如小说的人物栏目。与人物相关联的系列行动、系列思想，赋予人物的意识的地位，小说也是根据有始有终的原则让读者们阅读它

---

❶ 见 Tzvetan Todorov, Bernard Focroule, Robert Legros, *La Naissance de l'individu dans l'art*, Paris, Grasset, 2005；在这部著作里，兹维坦·托多罗夫指出，中世纪出现了这样的思想，即与存在于永恒并认识事物本质的上帝不同，人类生活在时间之中，他们与世界的过渡形态相关联——个体是按照这种过渡性来鉴定的。

❷ 关于这一点，可从语言学的视野，参阅 Marcel Vuillaume, *Grammaire temporelle des récits*, Paris, Minuit, 1990 et Jean Bessière, *Les Principes de la théorie littéraire*, *op. cit.*。

们，就像让他们阅读情节、叙事一样。换言之，人物是一种肯定无疑的差异性，并由此而是一种同样肯定的身份。这种差异性的悖论是能够也是其他东西，例如它与情节分不开的明证性所设置的那样。人物拥有作为他者直至背离他而成为他的对手的能力。从巴洛克小说到后现代小说，不管赋予它何种地位，都存在着一种通过自身差异的游戏而形成的虚构，意思是说，小说不能同时既忠实地反映人物的身份，亦忠实地反映这种身份的变异。这种情况可由巴洛克小说和牧歌小说的人物来展示：人物被赋予他自身的幻想。这种情况可由内心独白的人物来展示。内心独白是一种不可能的明证性，是身份和差异性的明证性。在内心独白中，身份是根据许多不属于个体身份的东西、根据许多差异性来表述的。通过内心独白，人物犹如其自身身份之明证性的某种锦上添花。

关于情节、讽喻、人物的这些游戏说明，许多批评家都承认小说的某种哲学性能。不要理解成小说将按思想史来阅读，而是说小说拥有一种澄清、澄明的性能。这种澄明的性能是根据差异性的馈赠并反对任何解决性思想的基础上运行的，小说提供之差异的解释可以喻示这种思想。这就是为什么涉及其自身资料时，小说的思想是一种矛盾的思想。例如普鲁斯特那里时间思想的理想主义，它不能反映《追忆逝水年华》对记忆和时间的叙述，这是樊尚·德孔伯的论据。❶ 例如《堂吉诃德》明显建构在种种矛盾之上。堂吉诃德的差异性就是根据这些矛盾塑造的；效仿《堂吉诃德》本身的思想也是一种矛盾；按照何塞·奥特加·伊·加塞特的一种见解，❷ 这样，人物和小说就成了某种诠释学。这种诠释学鉴定一种很难界定的差异性并界定独特的小说和它的阅读性。

差异性与认识论的和哲学的运筹这样一种布局排除小说被当作某

---

❶ Vincent Descombes, *Proust. Philosophie du roman*. Paris, Minuit, 1987.

❷ José Ortega y Gasset, *Meditations del Quijote*, *op. cit.*

种拥有丰富正统化的虚构来阅读的可能性，与某些试图建议一种小说论证的人学考察相反。❶ 这种正统化可以是道德的，属于对实在的某种真理的肯定。在刚刚谈到的人学的视野里，建构这种正统化可能是小说的功能：这是悖论性的正统化，因为它建立在一种虚构的基础上。小说的这种阅读似乎赋予其定位（虚构）和它的言语（正统化）以权利。它根据一种论据性的游戏，根据一种不承认差异系列且不认为这种系列自身能够是一种思想方式的思想类型，❷ 哪怕它们是用正统化的语词来表述的，来阐释小说的建构主义：小说和情节所展示的系列差异，按照该系列被界定的形态。还有，它让人们回到了对小说资料分离的见证。这里我们面对的还是小说的遗产，这种遗产在每部小说那里得到了更新。

偶然性，时间

界定小说理论之传统且关涉小说的作品类型之身份、它的时间性、阅读性的双重论点，❸ 可以通过将其置于小说悖论的标签下，即叙事与事件、行动、资料展示的汇聚之间的随意联姻，而具体地重读。刚刚表述过的关于小说的所有内容，例如作为妥协的形成，尤其关涉情节、人物的内容，也都与这种悖论的标示相契合。悖论承认偶然性的再现是小说创作的主要决定因素。偶然性之再现的这种优越地

---

❶ Jack Goody, «*From Oarl to Written: an Anthropological Breakthrough in Storytelling*», *in* Franco Moretti（éd.）, *The Novol*, vol. 1, *History Geography and Culture*, Princeton, Princeton University Press, 2006, pp. 3 – 36。

❷ 托马斯·帕韦尔在前引《小说思想》里尝试的正是这种类型的正统化，即道德的正统化。因而小说的思想就是论证其展示的思想。我们还将发现，对正统化的这种承认穿越 17 世纪以来的整个小说史。现实主义本身就是论证和正统化的一种方式，如同马克思主义美学一样，如同为小说而小说的美学一样。正统化是避免讨论小说所形成之叩问的一种方式，或者这种叩问仅在正统化内部来考察。

❸ 参阅本著作第 65 页、本译著第 52 页一段完。

位说明了性情的重要性和逻各斯的最小中肯性。这种情况可以重构。小说所形成的叙事可以张贴它的结构和某种必然性的方式；然而它却不能根据必然性的某种严谨的塑形来饱和它自身的资料。行动，人物的表现不可避免地是序列的和谨慎的，然而却是过渡性的，因为它们是汇聚在一起的。小说不可避免地根据这种悖论来建构。它通过自己的差异性，通过自己的过渡性游戏，回应时间和历史中的差异性。经历过的各种差异被变化所削弱。小说把它们展现为获得的事物的一种形态；它保持现在的差异性：陈述活动的现在，小说所鉴定的过去的现在。❶

不管是小说史还是小说理论，都承认偶然性的重要性。然而这种承认却是独特的：纯粹历史的，例如讨论古代小说的文学史，例如亦讨论古代小说的文学理论；或者局限于一类小说，例如奇遇小说。这两类方法限制着对偶然性之塑形的承认。在某种理论的视野里，这种偶然性应该得到完整方式的阅读。在某种历史的视野里，它还应该与小说历史的连续性并驾齐驱。最后，它还应该被视为小说时间再现的首要条件。

偶然性的某种类型学

这样，在一种理论视野中并超越有关古代小说和探险小说的主张一步，比较恰当的就是把偶然性表述为对逻各斯的某种解构，表述为在叙事中青睐时间错乱的手段，表述为反对任何按照某种严谨的叙述组织和行动组织定义叙事的做法。❷ 古代小说按照非可然性、按照事故发展，倘若不是按照财富，那么就是按照人们无法反映的东西来发

---

❶ Marcel Vuillaume, *Grammaire temporelle des récits*, *op. cit.*

❷ 关于叙事的符号学研究，尤其是 A. G. 格雷马斯的符号学研究，排除对偶然性的任何考虑。

展。● 探险小说确认了这几点。偶然性所确立的无法反映现象把这种倏忽而至变成了人物的特征化，不管这些人物可能图示的个体化程度如何。探险小说不排除人物的某种行动；然而，事件系列所构成的契合界定人物。在此基础上，儒勒·凡尔纳的小说增加了知识的背景，后者因而具有某种命名的和定义的功能。这些见解应该给予具体说明。按照非可然性鉴定人物设置了人物的意识，这种意识是三重的，对倏忽而至事物的意识，对变化效果的意识，以及作为后果的时间意识，对非可然性造成之过渡的意识，对置于时间中事件之下的某种身份的变化的意识。表述事件的这种意识，表述过渡的这种意识也等于说，偶然性同时按照一系列谨严的事件以及承认该系列悖论性地赋予它的身份来展现。因此，偶然性可以在目标对象的标签下来展现，正如古代小说所确认的那样，也可以在某种方式之和的标签下来展现，例如狄德罗的《宿命者雅克与其师傅》（*Jacques le Fataliste et son maître*）通过把玩偶然性和必然性所肯定的那样，❷ 以及许多当代小说通过把玩偶然事件的积累效果所肯定的那样。❸ 这样，偶然性就是鉴定小说行为人的一种手段，也是身份自身的一种方式。与米哈伊尔·巴赫金所喻示的相反，❹ 它不是某些小说类型或者小说史上某些时刻的主导因素。它是小说双重意义上的构成成分：小说建立的条件——偶然性可以界定作品建构的最低程度：系列节段；性情塑造的条件——偶然性设置了任何象征秩序或人文秩序之类型塑造的削弱，并进而设置了人文的重新塑造的可能性。最后，偶然性明确提出其资料

---

❶ Alain Billault, *La Création romanesque dans la littérature grecque à l'époque impériale*, Paris, PUF, 1991.

❷ Diderot, *Jacques le Fataliste et son maître*, Paris, Le Livre de Poche, 1972. Ed. or. 1778~1780.

❸ 这里应该重提前边已经引用过的大卫·米切尔的总体小说《幽灵代笔》（*Ghostwritten*）。它的复调组织把多重偶然性的情节和叙事集合在一起。

❹ Mikhaïl Bakhtine, *Esthétique et théorie du roman*, *op. cit.*, p. 235 *sq*.

的时间和空间的关联性问题。这种情况关涉古代小说时得到了表达：偶然性与远的处理分不开——偶然性的空间是多重的和开放的；它主导着我们这里称作过渡性的关联微弱的时间再现，主导着连接性安排或复调安排的时间再现：过渡根据时刻的身份和差异进行，根据它们的组合进行。这样，偶然性就明确地是时间中身份的过渡问题。这种情况还可以用古代小说来图示，也可以用探险小说来图示，但是后者通过动作的时间叠加了这种过渡游戏：这些动作拥有它们自己的时间性，按照一种明显的开端和一个明显的结局，昭明了过渡游戏。

因此，在某种历史视野里，需要指出的是，许多不是探险小说的小说题材以偶然性的某种塑形为条件。这种情况通过爱情题材和对一种完全属于小说理论的问询的某种回答来图示。爱德华·摩根·福斯特在《小说的风貌》（*Aspects of the Novel*）❶ 里探问，爱情题材在小说里占主导地位的原因是什么。他没有给出明确的回答。一种回答可以根据三点来构成并界定性情和偶然性的最低游戏。第一点：爱情故事携带着人物的决定，但很大程度上是在偶然性的基础上采撷而来的，这是爱情的意外性。第二点：这个爱情故事设置了人物的某种意识，后者在爱情及其主体间性的常态标签下把爱情的意外性修辞化，这与偶然性是相反的。第三点：所谓爱情与决定分不开反映了下述事实，即人物对不可能性所携带的风险是有意识的：不可能性拆解连续性和主体间性的形象。小说通过多重爱情故事，通过与连续性和主体间性形象相吻合的修辞化游戏，指出偶然性是它在次生层面的一种决定因素。与人们所谓的人物对偶然性的三重意识相对应的是某种性情，它构成对偶然性的某种回答，并允许塑造主体身份的某种连续性，这种身份既是不同的，它准确地相当于一个独特的意识，同时又被去差异化了，意即这个意识是根据共同的偶然性发展的；这种身份既是稳定的，又服从于分散性，服从于时间中的种种意外。

---

❶　E. M. Forster, *Aspects of the Novel*, op. cit.

偶然性处理的这种双重性（可以读作必然性之某种方式的意外性，这种意外性可以对主体之身份进行某种双重界定），可以读作对偶然性本身的一种阐释，按照差异和差异之取消的二重性来阐释。偶然性把任何事件和任何行动都变成了一种准确的独特性；然而它并不排除它们从某种语义场被采纳。应该重复爱情故事，不管其偶然性如何，都构成某种语义整体。需要补充的是，爱情故事构成一种范式，如同古代小说所教益的那样，是与任何历史相关甚至与历史小说所承认的历史相关的一种模式。这种情况很容易解释。任何不可避免按照偶然性发展的历史，呈现为某种整体，因为它是已经实现的历史。这样我们就重新找到了叙事的构成性二重性：按照其结局的决定因素，按照同一结局的时间图式，然而还有叙事发展的不确定性。小说在自我建构时，把偶然性所携带的身份与差异的游戏变成了处理时间差异的手段，变成了它的叙述手段，它的诠释手段：偶然性是根据一系列手段而展现的；然而它是从自身之和或自身的链接中被采纳的。❶ 这些手段确切地讲是功能性的。通过偶然性的图式，小说的叙事从双重意义上是它自身的差异性：根据系列偶然性的事件，它自身即是种种差异；从任何其他叙事的角度看来，该叙事也是差异：该系列的偶然性事件是独特的。小说的叙事由此便是可能性的图式，因为它走向自身的结局，它宣示着可能性，这种可能性处于被偶然性之二重性所确认的形态：永远有另一个事件；这个另一事件是不可避免的和非运筹的。这些见解允许我们具体指出小说叙事的某种悖论：偶然性的随意性并不排除谋篇游戏和"似真性"游戏，它甚至论证它们。

小说通过偶然性给出自己的非替换性；这种独特性形成了问题，

---

❶ 关于这一点，参阅原著作第 27 页及后页、本译著第 14～15 页。关于叙事的双重性（偶然性和目的化）的处理，按照某种萨特式的视野，参阅 Bernard Pingaud, Ω, *Les Anneaux du manège*, *op. cit.*, pp. 150–174. 关于偶然性与复杂性标记下的同样的二重性的处理，参 William Paulson, «Chance, Complexity, and Narrative Explanation», *SubStance*, vol. 23, nº 2, 1994, pp. 5–21。

因为它与小说携带的类型化游戏是背道而驰的。小说由此提出了它自身的真理性问题：这种提出真理性问题的方式本身也是没有替代性的。造就任何小说身份的独特性蕴含着它自身的差异性，蕴含着另一种独特性（另一种小说，根据偶然性的另一种故事）和诸多独特性的汇聚问题。这样它就蕴含着使它变得无用的东西：在这种蕴含其他小说、蕴含偶然性的其他塑形的游戏中，反映它（独特性）的东西。

小说把这一切化为一个简单类型化的题材：对偶然性的拒绝和承认的形式游戏；把偶然性等同于风险（风险设置了按照某种决定、某种行动来回应它）；偶然性与以偶然性为手段的阐释游戏。例如这种类型的若干图示。**偶然性的否定和承认的形式游戏**：在狄德罗的《宿命论者雅克与其师傅》一书中，宿命题材取消了偶然性，但是并没有取消离题游戏，也没有取消中断游戏。小说还通过插入（percontatio，在言语中引入与公众的一段虚拟性对话）和暗示忽略法（prétérition，指出叙述者可以做但没做的事情）的使用，暗示中断性的叙事是它自身偶然性的塑形：虚拟对话和指出叙述者本应该做而实际上未做喻示着，已经发生的事情也可以不发生，事件和行动的时间是没有必然性的。**把偶然性等同于风险**：简·奥斯汀❶的小说，通过偶然性和结婚

---

❶ 简·奥斯汀（Jane Austen，1775 ~ 1817），英国著名女性小说家，她的作品主要关注乡绅家庭女性的婚姻和生活，以女性特有的细致入微的观察力和活泼风趣的文字真实地描绘了她周围世界的小天地。

奥斯汀21岁时写成她的第一部小说，题名《最初的印象》，她与出版商联系出版，没有结果。就在这一年，她又开始写《埃莉诺与玛丽安》，以后她又写《诺桑觉寺》，于1799年完成。十几年后，《最初的印象》经过改写，换名为《傲慢与偏见》，《埃莉诺与玛丽安》经过改写，换名为《理智与情感》，分别得到出版。至于《诺桑觉寺》，作者生前没有出书。以上这三部是奥斯汀前期作品，写于她的故乡史蒂文顿。

她的后期作品同样也是三部：《曼斯菲尔德庄园》《爱玛》和《劝导》，都是作者迁居乔顿以后所作。前两部先后出版，只有1816年完成的《劝导》，因为作者对原来的结局不满意，要重写，没有出版过。她病逝以后，哥哥亨利·奥斯丁负责出版了《诺桑觉寺》和《劝导》，并且第一次用了简·奥斯汀这个真名。——译者注

这种道德决定的双重题材，❶ 界定了设置、承认和限制意外性的因素，具体言之，这就是爱情和婚姻。但是，婚姻题材并不背离偶然性的明显性；它可以在风险的标签下阅读偶然性，并把它所构成的决定鉴定为面对风险的东西——根据掌控偶然性效果的可能性界定偶然性。需要指出的是，婚姻这种道德决定（价值犹如掌控偶然性效果的手段）在小说里并没有得到完全的论证：决定处于依赖偶然性的形态。**偶然性与阐释游戏**：人们发现，《红楼梦》❷ 里并列着许多事实、事件，它们之间并没有特别的关系，但却发挥着吻合的作用，人们可以赋予这些吻合现象种种意指。❸ 这种偶然性与小说明显开展的反思性游戏、与三个层面的阅读游戏（虚构、寓意、日常生活的再现）是分不开的。偶然性既像作品随意性的某种塑形，又像承载着根据刚刚指出的诸点之一进行某种元阅读之可能性的篇章，又像指出足以均质的某种时间和某种空间（天地之间世界的空间和时间）的篇章，使它们得以成为虚构、寓意和再现用法的共性，使得这些用法的任何一种都不能独占鳌头。

需要指出的是，与偶然性处理的这种类型化相对应的，是 20 世纪初以来小说理论的三大方法论：根据偶然性所蕴含的时间悖论和根据种种必然性阅读小说的方法论；根据小说的现实主义属性或虚构属性来阅读小说，它们相当于偶然性的双重价值并导向种种阐释游戏；❹ 根据小说的性情塑形并进而根据其公理性资料来阅读小说。第一种方

---

❶ Joel Weinsheimer, «Chance and the Hierarchy of Marriages in *Pride and Prejudice*», *EHL*, vol. 39, n° 3, sept. 1972, pp. 409 – 419.

❷ Cao Xuеain, *Le Rêve dans le pavillon rouge*, Paris, Gallimard, coll. «La Pléiade», 2 vol., 1981; Ed. or. Posthume XVIII siècle, *Hóng Lóu Mèng*.

❸ Lucien Miller, *Masks of Fiction in the Dream of the Red Chamber*: *Myth*, *Mimesis*, and *Persona*, Tucson, The University of Arizona Press, 1975, p. 75.

❹ 这些双重价值很容易从古代小说来构成：我们曾经说过人物的混杂和绝对毗邻以及他们的类型化和等级化及冒险的悖论（既是从同一到同一的运动，又是新的经历）。这种情况还向某种阐释学开放，后者与这些毗邻游戏分不开，不可能是结论性的（参见 Alain Billault, *La Création romanesque dans la littérature grecque à l'époque impériale*, *op. cit.*）。

法论由格奥尔格·卢卡奇来昭示。卢卡奇曾经指出，必然性图式属于语义层面、行动元层面和小说的总体层面，而叙事的发展本身展现了偶然性。第二种方法论属于根据小说的反思性能或再现性能阅读小说以期突出性能类型之一的整个批评传统。[1] 每种彰显的类型都以一种与偶然性分不开的方式喻示着小说的某种客观性或某种本质主义的方式。第三种方法论属于所有应用于小说的人学和心理学视野，例如精神分析视野，把小说等同于普遍意义不同的人的类型的展示，等同于公理的参照。需要说明的是，这三种类型的方法论趋向于按照某种命题主义的游戏去阅读小说。还需要说明的是，它们没有成功地从偶然性处理所携带的双重价值中解放出来。因此，这些方法论本身并非必然是均质的，在同样范围的回答中，它们显示出异质多元性。这些异质多元性可以读出偶然性的理论效果。

论小说，论时间，论小说史

有两种方式来指出偶然性在小说里介入与时间的某种特殊关系：一种方式是在小说里界定时间的再现，而另一种方式则是询问小说的时间形势——应该理解到，由于其时间的悖论，小说是没有时位的，尽管某种陈述行为的现在词是永远可以鉴别出来的。

第一种方式可以由《小说的美学和理论》一书中的米哈伊尔·巴赫金来图示。[2] 对古代探险小说的分析喻示着，这部小说的时间是一种空洞的时间：它既不是一种有机的时间，也不是一种进化的时间，也不是种种身份发生变化的时间。这并不禁止与偶然性游戏分不开的每个事件、每个行动展现其自身发展的时间。这种情况应该给予清晰

---

[1] 偶然性与客观主义的这种联系可以从意大利真实主义的论点中读出：偶然性把真实变成了一种核变的真实；真实不可能不存在，它是必然的；由此，小说的偶然性可以读为真实必然性的模拟。于是应该表述小说的某种本质主义。同样类型的论据对小说偶然性与形式主义游戏之间的关联的阅读也有效；偶然性是昭明这些游戏的手段；形式是一种随意的建构。

[2] Mikhaïl Bakhtine, *Esthétique et théorie du roman*, op. cit.

的阐释：偶然性禁止时间的目的化的再现，正如它阻止根据某种必然性或者根据某种真实主义的视野再现变化一样。相反，米哈伊尔·巴赫金指出，古代的传记小说——但是还应该说伟大现实主义的传记小说——展现一种生活的时间，一种发展的时间，一种真实主义的时间，但是它并不排除意外性体裁，因而也不排除重温米哈伊尔·巴赫金界定偶然性时间的内容。这类见解吁请我们作出一个清楚的结论，不是米哈伊尔·巴赫金所构成的那种结论：后者所谓的意外性时间依然是对因果关系式时间、对发展的时间的一种确定。

最好超越米哈伊尔·巴赫金这些矛盾的意见一步并强调指出，偶然性的隐性形态可以从时间的任何小说塑形中读出。例如，小说本身就是一种极端的时间悖论，理由是，它通过自己的长度和复杂性，同时表述时间整体化的可能性和不可能性——叙述者进行时间整体化的能力和在叙事节段性中建立时间发展和整体化的窘境，把资料和行为人汇聚到时间里并把他们载入某种时间的连续性中。为了确认这几点，只需提醒大家，小说的复杂性是由叙事的镶嵌和转叙而形成的，换言之，由时间的重新选择和排列而形成，这些选择排列既演绎了跨时间性、时间的整体化，也演绎了它们的不可想象性。根据小说，时间既不能在其自身中想象和再现，也不能根据叙事所刻画的某种元时间性来想象和再现，这种元时间性事实上是保尔·里科尔在《时间与叙事》里最后指出的。瓦尔特·司格特深知这种不可想象性；他从历史小说里读出了它：既没有历史的目的性也没有叙事的权力，能够肯定无疑地刻画时间；唯有在鉴定过去和去除过去之差异化的双重游戏的现在时态中承认历史。普鲁斯特也深谙这一点：时间的思想是一种唯心论的思想。许多小说理论都是对这些见解的重复；在它们的哲学延伸中，它们表述了这种观点并试图从小说开始带来种种回答，种种自相矛盾的回答：吉尔·德勒兹主张，❶ 普鲁斯特与时间的大迁徙，

---

❶ Gilles Deleuze, *Proust et les Signes*, Paris, PUF, 1964.

后者也是时间的一种重复；保尔·里科尔则重视普鲁斯特与主体和叙事在时间中的反射。这些异质多元性的论点可以重构为一种教益。重复和反射首先让人领会到：小说所提供的时间再现只能根据某种双重举措发展，即指出时间的分散性，但是刻画时间的某种体系，根据众多的变化版本，根据众多的异质多元性。这样小说似乎就回答了其历史所提出的问题：身份，身份的差异性，这些差异和这些身份根据历史的节奏在时间中的失效和去差异化。这种情况可以根据一种明晰的题材化例如普鲁斯特来表述，根据个体们的变化类表述，例如理查森小说中的道德变化，表述时间中个人故事的被掌控的变化，如笛福的人物鲁滨逊。

有必要继续有关小说与时间关系若干论点的这些重新阅读。当米哈伊尔·巴赫金把探险小说的时空体与传记小说的时空体相区别时，他错误地区别了这两种时空体：传记小说个体的独特性与探险小说的爱情和奇遇都是偶然性质的。指出传记小说里存在着时间的某种发展，乃是当小说聚焦这样的个体时，以某种不恰当的方式构成一种不可避免的见证：意识的时间不能与时间的意识即外部世界的时间混为一谈。偶然性被双重地塑形，根据这两种意识。外部世界的时间与运动、与地域的过渡相关联，这些地域在它们的系列和它们构成的空间中，犹如外部世界这种时间的包裹。普鲁斯特确认了时空体的这种二重性：意识时间与时间意识的游戏解释了两种盛况：记忆的盛况和社会及其地域的时间描述和历史描述的盛况。这种二重性可以从伟大的现实主义中读出：地域是外部性不可分割的标志，也是时间意识所依靠的标志；人物根据这种意识和其意识的时间发展，巴尔扎克、狄更斯、福楼拜的人物皆如此。这种二重性是歌德教育小说《威廉·迈斯特的学习年代》❶ 的论证，教育的虚构具化的事实之一，就是让意识

---

❶ Goethe, *Les Années d'apprentissages de Wilhelm Meister*, Paris, Gallimard, coll. «Folio», 1999; Ed. or. *Wilhelm Meisters Lehrjahre*, 1796.

的时间与时间的意识叠合。历史小说确认了这几点，且有助于具体描述时间意识与意识时间的这种游戏：倘若历史应该根据公共事件和行动来阅读，正如它们总是与人群和独立的行为人关联在一起那样，倘若这些行动应该与行为人的意向关联起来阅读，那么时间意识与意识时间的二重性就是不可避免的。然而这种见证确立了一个问题。原则上，历史小说展示了关于个体身份或集体身份已经实现的游戏。这样它就拒斥小说的时间悖论，即时间的区分和去差异化。它也可以读作不把过去当作唯一过去、不把现在作为唯一现在的篇章，而是把两者置于某种关系中，使得过去可以从现在中读出。需要重复的是，这是瓦尔特·司各特的论点，具体表述在下述文字中：这种把过去载入现在的实现是通过对过去习惯之特异性的凸显。❶ 历史小说凸现身份与它们的去差异化的悖论，这种悖论界定着任何小说：历史的展现应该是和谐的；它也应该是一系列独特的事件（应该理解到，这个系列并不形成范式），没有这个系列，小说就不是历史及其身份的实现，就不是它们作为差异以及它们在小说叙述的现在时态中去差异化的实现，而是一部历史书。在如此展现小说的悖论的同时，历史小说同时论证了小说的事实和虚构的事实。虚构的事实并非必然要求人们承认它自身的虚假性，而是设置了历史小说使其变得明晰化的时间悖论的建构……❷历史呈现为它的时间上的差异化和去差异化，它把各种身份确定在过去，让它们差异化，又去掉它们之间的差异性。它也通过历史小说，根据陈述活动的现在时态而被现在化。过去变成了某种现在：从现在开始，蕴含着先前和未来的形态是困扰人的。这种终极性的对时间的去差异化处理使历史小说，任何小说都成为虚构，它是偶

---

❶ 关于这个论点的分析，参见 Wolfgang Iser, *The Implied Reader. Patterns of Communication in Prose from Buyan to Beckett*, Baltimore, The Johns Hopkins University Press, 1974, pp. 87–88。

❷ 我们知道，克特·汗布格尔（*Logique des genres littéraires, op. cit.*）用虚构言语的现在性和它根据这种现在性引述过去的事实来界定虚构言语：在虚构中，过去是被转移的过去。

然性的极端塑形。历史的这样一种再现把小说变成了激发一种准确的历史意识的手段：时间的意识是现在、先前、未来的某种意识；它是对过去的一种意识；倘若它是这样一种意识，它便是对时间的去差异化，时间意识拥有对各种时间的意识，它与意识的时间是吻合的。❶

小说理论的传统双重地拒绝把偶然性的塑形视为事实上在问题性的标签下对时间的处理和在时间中对身份的处理。这种拒绝以两种方式表述：一种希望是积极的方式——需要反馈到批评视野（社会批评，历史批评），批评视野是小说的典型视野；另一种方式从小说理论中和从小说中读到的是对死亡和虚无的害怕——昭明、承认审慎的时间系列等于塑造了死亡和虚无。这些阅读的任何一种都不承认小说及其时间所构成的对偶然性之塑形的回答。

19 世纪以来占主导地位的小说理论用对双重意识的一种特殊阅读，代替了对小说时间游戏的承认，双重意识从某种人学的视野来界定人物❷：这种意识是在主客体相分离的标志下被考察的。这样一种阅读可以把现实主义读作解决这种分离的一种塑形。这样一种路径用承认主体与世界的面对面，代替了对身份之过渡游戏的承认：这里的身份指的是小说所展现的种种资料的身份，如世界的真谛、人物的风貌，于是身份的过渡游戏被拆解。格奥尔格·卢卡奇在《小说理论》里谈到异化。他把"社会主义的"现实主义视为这种解决办法。米哈伊尔·巴赫金对语言的青睐取消了对语言的时间本身的叩问，而喻示

---

❶　我们知道，曼佐尼曾经宣称历史小说是一种不可能的体裁，恰恰因为这些悖论：人们不能同时赋予小说和历史性、赋予过去和现在以权利。参见 Alessandro Manzoni, *Du roman historique*, dans René Guise（éd.），*Les Fiancés*［et autres textes］，vol. 2, Paris, Ed. du Delta, 1968；Ed. or. *Del romanzo storico*, 1854。

❷　我们提醒大家，这种双重意识就人物而言，一如 16 世纪以来被界定的人物那样，是通过他的个体性、他的独特性意识和他属于世界、属于人类整体的意识来界定的，这与关联个体性之人学的二元论思想是分不开的。参阅前边第 18 页和后边第 158 页的文字、本译著导论部分第 2 页、第 146～147 页。

了多元属性人物的某种暧昧形势。人物属于多重世界，他的言语证明了这一点；然而，他由此而显示了一个共同体的事实却把他指示为现在的一个异化人物。小说人物每次都能看到身份与身份之去差异化的二重性，这种二重性界定他、让他皈依到一个拥有一定身份的人物身份里，但是却无法给予他一种具体的实现：于是，人物的显现本身可能是评估社会（格奥尔格·卢卡奇）、图示共同体之现象（米哈伊尔·巴赫金）的能力。这样的阅读就使小说及其虚构与文字意思和社会目的之分离的塑形混淆起来。埃里希·奥埃巴赫在《摹仿论》里，把文学上的现实主义解读为允许同时表述意识与真实之距离和它们的接近形态的篇章。从这个意义上说，现实主义与问题性的取消混淆在一起，尽管它设置了偶然性，例如，维吉尼娅·伍尔芙《到灯塔去》（*La Promenade au phare*）末尾聚集在一起的种种意识的偶然性。

个体与社会宗旨的这种分离证明，人们赋予小说一种批评视野并喻示着小说由此而是形式本身。在《小说理论》里，小说是意识变化的恰当形式：小说形式展示了这些变化以及意识与具体的分离。在《小说美学和理论》里，赋予语言、对话主义、言语间性的卓越地位界定了一种形式，这种形式设置了上述分离的一种意识，并从赋予语言的卓越地位中找到了对这种分离的相反塑形。这些理论拥有康德思想的背景。耶拿浪漫主义作家的文学绝对，一如菲利普·拉库－拉巴特（Philippe Lacoue－Labarthe）和让－吕克·南锡（Jean－Luc Nancy）所重构的那样，设置了两个哲学家具体介绍的这种背景❶：主体的形式定义，一个不拥有自我观念的主体，仅从感性直觉的基础上建

---

❶ 我们知道，吕西安·戈德曼曾经指出认同真实和与真实相分离的意识在格奥尔格·卢卡奇那里的重要性，这种意识的重要性首先可以从悲剧中读出。吕西安·戈德曼还曾经指出，与这种性情从历史上相对应的，是哲学上一种理性主义的形式，尤其是康德那里的理性主义形式，它无法把主体与客体、先验理性的结构与本体世界联系起来。Lucien Goldmann, *Sciences humaines et philosophie. Suivi de structuralisme génétique et création littéraire*, Paris, Gonthier, 1966.

构自己的观念；借助艺术而获得自我思想的全部意识的可能性——小说既是异化也是这种艺术之位的展示，在那里可以窥见这种完全意识。在《小说理论》和《小说美学和理论》的视野里，小说是这种形态本身的实现。它是对主体的未具体定位的美学回答，同时在与艺术相分离的领域里维持着自我思想某种意识的实现。这样人们就同时表述了小说的批评权力和完整权力。❶ 埃里希·奥埃巴赫把现实主义界定为塑造主体某种具体定义的手段，但是这种定义并不设置对真实的屈从，也不设置真实的异化：但丁《神曲》的现实主义典范确认了这一点。

小说的这些阅读事实上也落实了它们之间的分离：以历史张力为突出标志的世界的某种塑形与某种主体的分离，后者的身份凝聚和游离于这些张力，或者它是这种自由的典型形象。小说的人物可能是一位既无叩问亦无问题性的批评人物。或者这样一个人物，他在圣经所教诲的目的化历史的肯定性中，在历史时刻的偶然性中，成就某种幸运的偶然性经验，现实主义即见证了这种经验。

小说，偶然性，过渡时间，交际性

与根据某种批评视野、某种语言学和对话主义视野或者某种自始至终的现实主义视野（这些视野承认并记录偶然性）的小说阅读相对立的，是一种表达不可能在时间中建构某种中肯言语和某种象征性的小说阅读及广而言之的文学阅读。这等于承认偶然性的某种全权，也承认时间变化对于任何言语的全权，它不可能命名某种持久的身份。由此，意识与具体相分离的论点在肯定小说某种无能的标签下被重新拾起，于是根据语言与真实的分离重构。这个论点由解构的当代传统

---

❶ 我们曾经指出，这些论点可以赋予文学人们所谓的某种例外权力。Jean Bessière, *Quel statut pour la littérature?*, *op. cit.*

来图示，尤其由《盲视与洞见》（*Blidness and Insight*）❶和《阅读的寓意》（*Allegories of Reading*）❷里的保尔·德·曼来图示，前者包括关于格奥尔格·卢卡奇的一节，后者包括关于普鲁斯特的一节。保尔·德·曼把小说理论和小说的悖论读作紧缩主义性质的悖论：小说由于不能显示时间中的任何象征建构，是一种面向死亡的活动。

解构那些极端论点本身是悖论性质的❸：指出任何东西都不可能在时间中获得象征性的建构，意味着承认这些身份一方面能够标示和衡量这种建构的不可能性，另一方面能够赋予时间某种连接能力——倘若时间仅根据它的区分能力来审视，一种身份的任何记忆的塑形就将被排除。❹与不可能在时间中建构某种言语、某种象征性的见解相对立的是一种双重假设：假设身份的某种名义上的恒久性，假设时间的某种过渡性游戏。❺这种双重假设由格特鲁德·施泰恩的意见来图示。格特鲁德·施泰恩在《我所看到的战争》中提到展示身份游戏和时间的某种过渡路径的一般意义。❻她喻示说，与身份的差异性和去差异化游戏分不开的时间的平等性恰恰是对不同时间身份的某种询问，

---

❶ Paul de Man, *Blidness and Insight*, *op. cit.*

❷ Paul de Man, *Allegories of Reading*：*Figural Language in Rousseau*，*Nietzsche*，*Rilke*，*and Proust*，New Haven，Yale University Press，1979.

❸ 存在多种审视和批评这类解构论点的方式；我们这里坚持一种关涉小说的阅读和拒斥类型。

❹ 我们知道，本尼迪克特·安德森（Benedict Anderson）在前引《民族想象》（*L'Imaginaire national*）中指出，作为显示时间区分和连续性的日历时间是小说发展以及在时间中塑造个体或集体身份的条件之一。

❺ 另外，指出下述一点也许是徒劳无益的，即小说可能是展示不可能在时间中建构象征性并且蕴含时间和历史中身份的差异性和去差异化的唯一文学体裁。关于我们所讨论各点在戏剧中的应用情况，参见 Michel Meyer, *Le Comique et le Tragique*, *op. cit.*。

❻ Gertrude Stein, *Les Guerres que j'ai vues*, Monaco, Editions du Rocher, 2002; Ed. or. *Wars I Have Seen*, 1945.

在这种情况里例如战争的时间，自脱离联邦的战争❶到第一次世界大战。这种询问刻画了西方世界几十年的身份、各种身份。格特鲁德·施泰恩的见解吁请人们得出下述结论：时间中的类似游戏（战争）刻画了一种重复和一种差异性，它们界定着时间的过渡。❷ 这样，身份之差异性与它们的去差异化游戏就既被看作并处理为时间节段的结果和该节段所推演出之变化的结果，又被看作并处理为恢复或展现某种时间连续性的游戏，时间连续性通过身份的悖论性的恒久性，把时间节段和跨时间性联姻在一起——之所以是悖论性的，因为这些身份只有根据它们的变异和根据异质多元性资料的比较才能形成身份，比较乃是异化所允许的比较。这种悖论允许根据类似来阅读身份。从《我所看到的战争》中得出来的这些见解呼唤一种意义更广泛的评论。相互陌生的战争之间的这种比较和这种共同的和节段性的鉴定是一种隐喻化，隐喻化在这里不是解构性质的，而是指示与身份之差异性和它们的去差异化的展示相关联的沟通体系的某种稳定性的手段。隐喻化与偶然性的某种阅读混淆在一起。这就是为什么回到小说，关于小说的某种解构性分析永远是可能的，正如保尔·德·曼所展示的那样；❸ 但是它让我们回到了身份之差异化和去差异化的二重性，这是刻画小说言语之某种稳定性并赋予它某种沟通交往权力的手段。

我们曾经指出，偶然性在小说中的塑形确立了第二个问题，这个

---

❶ La guerre de Sécession，指美国南方 11 州为反对林肯解放黑奴的政策而于 1860 ~ 1861 年相继脱离联邦的战争。——译者注

❷ 需要指出的是，在《我所看见的战争》里，这种重复是时间过渡的身份，它也是表达不同地域、不同空间并喻示一种既根据不同地域而个性化的时间又被大家认同即设置了某种均质空间之时间的手段。由此预示了全球化小说的时间，参阅原著第 264 页、本译著第 252 页。

❸ Paul de Man, *Allegories of Reading*：*Figural Language in Rousseau, Nietzsche, Rilke, and Proust*, *op. cit.*

问题关涉小说的时间形势，● 且它的解读与上边刚刚提出的那些见解系列分不开。不管我们考察古代的探险小说，还是考察古代的传记小说，抑或现代的传记小说，即大写实的传记小说，小说体裁都承受第二个时间悖论（第一个时间悖论是时间差异化与去差异化的悖论）。只需简要地重新表述一下米哈伊尔·巴赫金所喻示的探险小说的类型并从中得出他不曾得出的结论。例如通过两个年轻人相遇、相爱并结婚的历险小说；相遇和结婚本身构成一个十分简短的叙事，两个年轻人恰恰因为奇遇而被分开。● 历险小说的这种图式可以有双重阅读：传记史（爱情和婚姻）在一个不遥远的简短叙事中可以立足，但是在一个与某种显著的时间距离和空间距离分不开的更全局性的历史中却没有它的位置；小说不允许相对处置这些故事中的每一个。从不可能为这些故事相互定位的实际中，可以得出下述结论：小说就其所显示的任何故事方面都是偶然性的，理由是它不能调和蕴含着先前和未来的它的现在性即它的陈述行为的现在时态与作为过去的过去叙事，后者悖论性地被小说现在化了，不管人们当作现在性的过去的叙事类型如何。米哈伊尔·巴赫金隐晦地指出，正如他用奇遇小说所喻示的那样，爱情和婚姻的简略叙事和传记小说是解决这个问题的一个方法：传记小说与一生的时间混淆起来。但是，需要强调的是，与历险小说关联其事件和行为方面的悖论一样，一生时间的小说包含着与其陈述行为的现在时和它所提到的过去（一个生命的过去）相关的同样的悖论。这样，小说就是时间不可能性的某种方式，至少对于读者如此：读者不能既承认过去、现在和未来之间的区别又取消它。● 因而，小说由其自身、在其自身之中，都是偶然性的塑形；应该从两个方面去理解这种塑形：小说是现在的某种事故；因为它是某种事故，它才拥

● 参阅原著第 118 页、本译著第 105 ~ 106 页。

● Mikhaïl Bakhtine, *Esthétique et théorie du roman*, op. cit., p. 242.

● 我们知道，格雷格里·柯里（Gregory Currie, *Arts and Minds*, op. cit., chap. 9）从确认小说是一种虚构的同类见解出发，得出不可能沉入虚构的结论。

有可能的差异性。这是在小说中昭明偶然性与小说之时间定位的关联
的功能。

小说，可读性，阅读

小说刻画一个悖论性的时间体系，该体系因其悖论性质而拥有某
种稳定性。与偶然性的塑形分不开的小说，通过这种稳定性，讳言在
时间中建构某种象征性的不可能性。除了是叙事以外，需要重复的
是，小说把性情、逻各斯、隐喻化、时间性、偶然性、并通过后者把
确定性中的不确定性游戏联姻起来——上述元素的每一种单枪匹马都
不能定义某种小说视野。应该理解的是，小说自身既不是某种表达对
象的规定或规定之缺失，也不是某种表达类型的规定——除了叙事和
偶然性的游戏以外。这就是为什么人们说小说是一种不确定的体裁或
者一种形式多变的文类。❶ 小说通过它的反思性和隐喻化，把偶然性
变为题材；通过偶然性，它把任何资料作为自己的客体，作为一种表
达对象，这种表达对象可以是某种表达的支撑物。从这个意义上说，
它展现并维持了关于世界的某种悖论视野，这种视野在这种情况下构
成如下：被表述者产生意义，是清晰可见的；然而它等待着某种表
达。❷ 对此，应该理解如下：小说所构造的资料的明证性和它的阅读
性与某种交际并不混淆。与小说常见批评的某些指示相反，小说没有

---

❶　作为案例之一，参见 Marthe Robert, *Roman des origines et origine du roman*, *op. cit.* 第
一节的标题是："不确定的体裁。"

❷　关于这个题材，请参阅 Gilles Deleuze, *Logique du sens*, *op. cit.*, pp. 212 – 213. 需要
说明的是，在吉尔·德勒兹的术语里，在某种表达中被捕捉的被表达者是隐喻化的一种方
式；还需要说明的是，被表述者所对应的实体，在吉尔·德勒兹的术语里，定义为"与表
达它的语句不相混淆的事件，也与发出该语句之人的表情以及语句所指示之事物形态不相
混淆的事件"。

找到也没有重拾世界的某种散文体。❶ 通过被表述物的建构，小说把自己的资料变成了某种自由的可读物；它还没有把它们变成某种交际的方式；这种方式意味着小说的资料是自行参照的——在叙事中被变得明显和持久，被编码化，被重复。❷ 这等于重复说，小说建构它自身的编码和稳定性，然而它们还不得背反被表述物的建构，也不得背反偶然性。在这种视野里，小说首先不属于关于语言地位的某种决定，不属于承认或拒绝它的决定出自真实或承认或拒绝想象游戏：它们都是格奥尔格·卢卡奇和米哈伊尔·巴赫金的显性或隐性设想，也不属于承认或拒绝把小说之权力等同于语言的权力的决定。小说处理偶然性或在偶然性标签下处理动作和行为人；它把偶然性变成其建构的手段，以便在身份的差异性中和去差异化中设置时间的过渡性游戏；它还把偶然性变成它的交际游戏的一个成分，通过把玩被表述物（这个偶然性的明确建构）和表达用语（这个另外的差异性和它所刻画的可能性）。

小说可以表述为开放性小说，因为关于偶然性的这种游戏排除任何终极性的断定游戏。这种开放性因而是被接受的决定因素之一。读者阅读表述了一定历史性、一定时间过渡的小说；他感知到这种历史性、这种时间的过渡，换言之，他阅读了有关过渡性时间的叩问。某

---

❶ "世界的散文体"一语出自黑格尔。它指的是世界呈现给主体和其他人的方式：这是主体不能反对的一个变化和必然性的世界。米哈伊尔·巴赫金把世界的散文体，把古代小说的散文，把提及世界的奇遇小说的散文，读作偶然性的散文。需要指出的是，被米哈伊尔·巴赫金所定义的传记小说，应该表述为主体的散文小说。"世界的散文体"一语以更持久的方式，让人们听到一个清晰的世界，一个已经被书写的世界，这是米歇尔·布托尔的一种题材，它从世界某种话语的思想中获得了自己的源泉："小说家是感知到下述现象的人：一种结构正在他的周围勾勒而成，他将追踪这种结构，让它成长、完善、研究它，直至它对所有人都很清晰。他是能够感知到周围事物开始窃窃私语、并把这种窃窃私语带向话语的人。" «Le roman et la parole», *Essais sur le roman*, *op. cit.*

❷ 在这种视野里，自行参照性较少是小说回到自身的手段，而更多地是一种建立编码的重复，它可以把身份与差异联姻起来。

种双重界定的显性的阐释游戏并非必然重要：双重界定指的是根据小说与读者的时间距离来界定，根据某种意义的探索或探索缺失的游戏来界定，这些意义有可能得到客观地表述。正如卡洛斯·富恩特斯谈论《堂吉诃德》时指出的那样，读者更多地阅读的是多重的意指。❶这种多重阅读不是通过反馈到互文性、反馈到小说语义的积淀来表述的，而是通过反馈到小说面对它所刻画的时间形势时它所构成的回答和问题。这里的形势应该理解为多个系列的事件、行动、多重时间、多重结构资料的交叉。现在就是这样一种形势，如同历史也是这样一种形势一样。❷对小说里形势的阅读不同于通常所理解的某种阐释活动，不同于某种哲理性的和语境性的阅读，它既不混同于肯定需要从历史中或者从某种现实中找到对应者的身份的鉴定，也不同于对任何对应性的否定。小说所展现的过渡性图式可以推论种种对应关系：任何固定的或冻结的身份是无法终极性鉴定的这种事实导致对某种严谨

❶ Carlos Fuentes, *Cerventès ou la Critique de la lecture*, op. cit.

❷ 关于历史中这样一种时间形势的概念，参见 Marshall Sahlins, *Culture in Practice*：*Selected Essays*, New York, Zone Books, 2000。后殖民小说图示了这样一种形势。

对应性的追求。这是米格尔·德·乌纳穆诺❶和奥特加·伊·加塞特❷给出的《堂吉诃德》的阅读类型。这种类型更加从本质上作为反对格奥尔格·卢卡奇之论据的一种方式而被学术界所评论：小说不是幻灭的展示，而是幻灭所设置问题的展示。这种类型还可以作为反对米哈伊尔·巴赫金之论据的方式之一而被评论：小说不是某种民主的塑形——这等于赋予小说某种肯定无疑的目的性；它是人类各种形势所携带的汇聚在一起的众多问题。把米格尔·德·乌纳穆诺和何塞·奥特加·伊·加塞特一方的阅读与格奥尔格·卢卡奇和米哈伊尔·巴赫金一方的阅读对立起来，等于从米格尔·德·乌纳穆诺和何塞·奥

---

❶ 米格尔·德·乌纳穆诺（Miguel de Unamuno，1864.9.29～1936.12.31），西班牙著名作家、诗人、哲学家。乌纳穆诺出生在一个中等商人家庭，是少数民族巴斯克人。16岁丧父，由母亲抚养成人。毕业于马德里大学哲学系和文学系，后长期任教于萨拉曼卡大学并出任该校校长。乌纳穆诺曾因反对独裁统治于1924年被流放，后逃亡法国。1931年共和国成立后，他当选为立宪议会议员、科学院院士。乌纳穆诺在小说、散文、戏剧方面均有建树。一生创作了8部长篇小说，其中著名的是小说《迷雾》（1914）。《迷雾》和《亚伯·桑切斯》都是在他于1926～1930年里维拉独裁期间流亡卡纳利群岛和巴黎时创作的。《迷雾》是一部风格独特的悲喜剧。主人公奥古斯托·佩雷斯整日生活在迷雾之中，无所事事，忽然遇见一个女子，不由自主地爱上了她。几经周折，女子终于同意与他结婚。不料就在结婚前几天，她与先前的恋人私奔了。奥古斯托失恋后痛不欲生，决心自杀，他找乌纳穆诺请教，乌纳穆诺却说他是个虚构人物，实际上并不存在，所以自杀不了。可奥古斯托又不愿死了，要求作者让他存在，让他活下去。书的开头有奥古斯托的朋友作的序，结尾则有奥古斯托的狗为主人写的悼词。这样，作者进入故事，主人公则离开虚构的故事来到现实之中，从而把生命的悲剧与幽默家的插科打诨结合在一起。1913年问世的《生命的悲剧意识》（又译《生活的悲戚情感》），是乌纳穆诺的代表作之一。他在该书中探析了科学与信念、理性与情感、逻辑与人生之间的种种矛盾冲突。乌纳穆诺认为只有通过炽热狂烈的、不顾一切的献身行动，人才能得以击破与生俱来的矛盾和绝望。乌纳穆诺还写有随笔集、短篇小说集、剧本和诗集。他的作品广泛涉及生活的各个领域，充满了对人的生存意义的深刻探索，同时又显得机智、幽默，具有特殊的艺术魅力。他的诗歌作品题材广泛，是他内心世界的真实写照。主要诗集有《抒情十四行诗集》《维拉斯克斯的基督》《从富埃特本图拉到巴黎》《流亡的谣曲》等。——译者注 *Del sentimento tráfico de la vida*, Biblioteca Astalaweb, bibliothèque en ligne – éd. or. 1913.

❷ José Ortega y Gasset, *Meditaciones del Quijote*, *op. cit.*

特加·伊·加塞特的阅读中承认基于小说通过自己的文字自我论证的阅读方式，而从格奥尔格·卢卡奇和米哈伊尔·巴赫金的阅读中承认种种阐释，及赋予人物典型身份的阅读。在这些视野下，维吉尼娅·伍尔芙和罗歇·凯鲁瓦（Roger Caillois）的小说阅读可谓症状方面的特征化。维吉尼娅·伍尔芙从小说读者那里留下了它是根据愿望和需要的期望区来界定的思想。❶ 对于同一作者，罗歇·凯鲁瓦指出他是处于好奇的动机，这个论点可以说与维吉尼娅·伍尔芙的论点是分不开的，这等于是用一种方式指出，在某种人学的视野上，这个读者准备去除任何象征、任何社会再现的精神实质，而臣服于这样一种去除实质所设置的人学视野的变化。另外，罗歇·凯鲁瓦还补充说，这个读者自我认同、自我鉴定的世界不再是大建构的世界，这等于强调这个读者不考察也不属于一个已经完成的世界，强调这样的世界不是一个想象的世界。❷ 与人学之思辨和小说所携带的过渡时间的图式相对应的，既不是小说所展现的某种阅读编码，也不是读者之期望区和阅读的某种编码，而是阅读的某种人学布局——期望区可以与世界形成一致，某种好奇心与问题的鉴定相适应。应该说，小说不携带阅读编码；作为阅读对象的小说可以让阅读在承认需要和好奇心的过程中自我编码。与小说相关的叩问自己形成关系。小说被承认为世上的事物之一，并图示世界观中的一种世界观。从读者的角度看，这种承认既不意味着接受某种再现性的游戏，也不意味着根据小说来想象，不意

---

❶ Virgina Woolf, *Comment lire un livre?* Paris，L'Arche，2008；Ed. or. *The Common Reader*，1925.

❷ 这些观点由罗歇·凯鲁瓦在前引《小说的强力》（*Puissances du roman*）所发挥。我们发现，罗歇·凯鲁瓦通过小说时间与大框架（根据社会学学院的论点，即完整社会之塑形的思想）时间的对立，重新找到了格奥尔格·卢卡奇关于史诗之完整世界的论点。我们还发现，当罗歇·凯鲁瓦用《小说的强力》来补偿小说的消退时，他以为小说是一种向着某种衰退的个人主义过渡的文学体裁，用我们自己的术语表示，这种形态甚至不再呼唤某种思辨性的人学。

味着等同于小说的人物。

这些说明让我们重拾米哈伊尔·巴赫金关于狂欢节的见解并具体说明，以期从中分离出最大的中肯性。从尊重米哈伊尔·巴赫金论点的角度言之，狂欢节是以最小的方式来表述的。应该说它是一个有限的时刻。然而它却是小说长久以来一直所造就之事的塑形：展示人物和地域功能的矛盾和转变，我们还应该补充说，它们是众多不拆解小说之悖论、反而肯定小说悖论的自我参照的游戏。在仍然忠实于米哈伊尔·巴赫金论点的基础上，狂欢节有一个更广泛的路径——按照某种违反的视野看，这个路径恰恰是社会范畴的。我们建议大家最好坚持对狂欢节的某种小蕴含的甚至约定俗成的阅读。这种阅读在违反图式之外，从狂欢节里读出了小说资料的差异化：没有这种资料的差异化就没有悖论图式。然而这些资料却是集合而来的。我们没有理由像巴赫金那样重复狂欢节，但是有理由把它视为小说时间、空间、行动的组合手段之一。狂欢性、悖论把小说变成了一种无条件的、不能拒绝的交际：之所以无条件，因为它是按照狂欢性的汇聚和矛盾而进行的；之所以不能拒绝，因为通过狂欢性，它成了它自身的体系和种种言语的去忠实性。❶ 这种交际是对时间和历史叙事方面所有歧义的回答和对它们的叩问。这就形成了对虚构标签下小说阅读的一种论证：虚构具有纯粹的二重性地位：原则上它是完整的世界，差异化的世界，但也是异质多元性的组合和联姻世界和它们的去差异化的世界，❷而这里并没有维系在可能世界之理论所界定的虚构的本体论中。

---

❶ 有关拉伯雷的狂欢性和陪伴它的笑声，我们可以继前引米歇尔·梅耶的《喜剧性和悲剧性》第 77 页的文字之后，指出那里是一些去忠实性的游戏，亦即面对确定身份的保护活动。

❷ 关于虚构、言语的异质多元性和异质多元性的塑形，参见 Anne Reboul, *Rhétorique et stylistique de la fiction*, Nancy, Presses universitaires de Nancy, 1992。

偶然性，时间：有关小说中的逻各斯、
主体和客观性问题

赋予偶然性塑形的优越地位，小说的时间悖论携带三项后果。第一项后果是，偶然性的优越地位和时间悖论导致确定与不确定的不可分性：不管确定性承载的时间封闭性和空间封闭性如何，确定性本身也是距离和不确定性。这一点从希腊的古代小说就已经知道了，这种小说把玩多重时间，把玩远与近的距离游戏。那里不可能有小说的完美的忠实主义，即使现实主义小说也不可能有。第二项后果是，由于主体（人物）、他的意识被其他事物所吸纳，具体言之，他们就成了这种不确定性、这种确定性之中的标志。这就造成了主体身份以及主体对他本身之意识的问题。这种情况确认了性情视野在小说中的重要性。第三项后果是，由于与不确定性分不开的确定性不能塑造任何稳定的身份，客观身份、客观性成了问题。须知，只有通过这种稳定性才能把世界的给予承认为客体。由于确定性与不确定性在时间再现中的不可分离性，客体不管得到何等的鉴定，在时间形态中，都变成某种过渡性的物质。偶然性的塑造使得确定性与不确定性的游戏、主体地位的游戏、客观性的游戏，变得自由了。

与这些见解相对应的，是小说研究和小说理论上的三种询问。与忠实性缺失相对应的，是关于小说论据歧义的某种询问，这些小说论据有时根据语义的二重性读出，于是便与任何去语境后的言语混为一谈，有时又根据被置于忠实性缺失下的任何陈述系统所刻画的暧昧性而读出。这种情况总体上表述了逻各斯的问题和它的较小的重要性。与主体身份和意识之二重性的见解相对应的，乃是对小说主体本身之歧义的询问。这种歧义的表达方式多种多样：与时间相关联的是，时

间意识与意识时间的差异性；❶ 与主体谓项游戏相关联的，乃是主体
身份的差异与去差异化；❷ 与主体和个体性之间的平等性相关的，❸
乃是个体性与个体性之他者的歧义。❹ 与客观形势问题相对应的，是

---

❶ 显然，普鲁斯特图示了这一点。

❷ 几乎所有的小说人物都受制于这种二重性，后者可以采纳多种不同的形式：鲁滨
逊·克鲁索的身份，这种身份在塑造没有其他人时和塑造任何人时的去差异化；爱玛·包
法利的身份，这种身份在想象及其通奸行为中的去差异化；阿兰·罗伯－葛里耶的《百叶
窗》里窥视者的身份与这种身份在目光的无人称化中的去差异化。去差异化本身卓越地属
于典型的特征化范畴，例如乔伊斯的人物利奥波德·布鲁姆：人物的匿名形态演绎了身份
的某种去差异化和某种悖论性的"典型化"。

❸ 小说在其 17 世纪以来的发展中，提出了这种平等性。这种平等性可以从骗子无赖
小说中读出；也可以从英国小说中读出。它是现实主义小说大作和诸如歌德所图示的教育
小说的人物界定的条件。它解释了 19 世纪小说广泛提出人物与其社会之关系问题的原因：
这种关系既根据某主体的个人资料，也根据个体在所提及社会中的地位的特征。它是格奥
尔格·卢卡奇、米哈伊尔·巴赫金、埃里希·奥埃巴赫等人所提供的小说人物分析类型的
条件。取消这种平等性是西方现代派小说和当代小说的特征：应该表述主体塑造的某种普
遍性；这种普遍性由隐性或显性的分析性参照所图示：Italo Svevo, *La Conscience de Zéno*
（Paris, Gallimard, 1927；Ed. or. *La coscienza di Zeno*, 1923），由梦文学所图示：Djuna
Barnes, *Le Bois de la nuit*（Paris, Le Seuil, 1957；Ed. or. *Naghtwood*, 1936）。存在主义小说
突出主体并通过自由的题材，重新找到了个体地位的题材，萨特的小说图示了这一点。这
种平等性以复杂的方式在新兴国家、前殖民地国家的当代小说里得到了恢复，如萨尔曼·
拉什迪、阿玛拉·库胡马（Ahmadou Kourouma）的小说，并参与了与性情题材相关联的独
特的文化条件：主体与个体的平等性与个体明显的多重性和一主体可以青睐跨个体性图式
的形态分不开。在不同于西方的一种小说传统里，我们这里指的是中国的古典小说、新西
兰的人种学的当代小说，如同拉美国家的小说一样，性情的图式把主体、个体和跨个体性
联系起来（关于这一点，参阅原著后面第 168 页相关段落完、本译著第 157～158 页）。

❹ 我们知道，伊恩·瓦特把小说人物界定为一个个体，这并不排除他是主体（Ian Watt,
The Rise of the Novel. Studies in Defoe, Richardson and Fielding, op. cit.）。赋予个体以独特地位不可
避免地提出另一个体的问题。这就是为什么批评界很愿意往前再走出一步，把小说视为民主问题
的塑形；我们知道，埃里希·奥埃巴赫在其著作《摹仿论》的末尾在针对维吉尼娅·伍尔芙的
一篇评论中，提出了个体们的分散和平等问题；视小说为民主问题的这种传统就是从他开始直到
莫纳·奥祖夫（Mona Ozouf, *La Muse démocratique, Henry James ou les pouvoirs du roman*, Paris,
Calmann－Lévy, 1998；*Les Aveux du roman. Le XIXe siècle entre Ancien Régime et Révolution, op. cit.*）。

对现实主义的询问，后者不与小说再现属性的唯一问题相混淆，而是也与客观性的功能问题混淆在一起：刻画悖论以外并进而叩问以外的东西，而使叩问以外的选择不能给予现实主义某种可靠性的方式。小说论据的歧义，对于小说主体本身的询问、对于现实主义的询问，根据性情的悖论、小说信息的不完善、性情与现实主义和虚构性的关系而读出。

第三章

论小说的悖论与
性情的支配地位

　　小说通过自身的歧义根据种种身份游戏发展：小说文类的身份（或者小说展现为这样的形态）与不同的其他文类身份的组合（这就是人们说诗性小说、悲剧小说等的原因），叙述身份与其他叙述身份的组合（米兰·昆德拉把这种组合本身叫作小说的复调），不同组合方式的行动者、世界、时间的身份等，只需表述当代批评更多地用形式语词所阐释的转喻（转叙）。根据上述身份相互之间的不适应性（因而应该说我们的世界、种种世界和行为者所构成之独特性缺失共同的衡量尺度），根据它们之间相互认同的演绎性的缺失，从身份类型到身份类型的相互认同，从身份的时刻到这种身份的另一时刻的演绎性的缺失，小说基本上是种种世界与行动者所构成的种种独特性。这种缺失以多种方式呈现出来，它们反馈到对何谓一部小说之论据的询问。这里只需从行动的处理出发来表述它。诚然，在一部小说中，经常有某项行动、种种行动或行动的方式；但是，这项行动、这些行动还缺乏对身份之间相互关系的连续不断地和准确地反映。不平衡性和演绎性的缺失使身份的展示和身份本身都成了问题。这些问题是小说建构的动力和手段。这些身份的组成造就小说的塑形特征。

　　所有这些见解以及上文关于身份的差异性和去差异化的点评设置了性情与逻各斯之间的相互游戏。小说承载着人的塑造问题，从其自身的种种悖论看，这个问题是不可避免的：当这种塑造置于时间再现的悖论之下，既非在于它们的此岸又非超越它们时，这种塑形可能是何种形态呢？小说还承载着逻各斯的问题，从界定叙事的时间悖论来

127

看，不管这种叙事的先天形式如何，上述问题都是不可避免的。❶ 小说史显示，这些问题的每一个重要性都在增长，不管人的形象（英雄人物、个体、跨个体性❷）的稳定化的方式如何，不管逻各斯的稳定化方式如何（根据对先前给予叙事的模仿，根据似真性、信誉、因果关系的塑形的约束，或根据相反的运筹❸）。说这两个问题的重要性将上升事实上只是回到了西方人所指示的小说传统的源头，即古代小说。❹ 古代小说把偶然性与必然性联姻起来（这构成其逻各斯的悖论），并根据同样的二重性类型，把独特性与典范性联姻起来（这构成它性情的悖论）。人们通常读作小说的起源应该阐释为：从偶然性到必然性、从独特性到典范性，或者这些二重性之每一种的相反运动，都既无解释，亦无过渡。这就是为什么这些最早的小说给出的这

---

❶ 叙事的时间悖论（时间的整体化与整体化的缺失）阻止人们毫无矛盾地界定叙述者和小说的行为者（没有身份的去差异化，身份就无法确定），如同它阻止人们把叙事与时间的某种目的性的图式相混淆一样。正如通过回归某项强势的行动题材或者某个明确的命题主义视点，现代小说和当代小说重新找到了某种时间的目的性这种假设，如历史小说、强势论证属性的小说或意识形态性质的小说的情况。历史、历史形态构成叙事的先天形式。把它们从小说发展的某种目的性图式中拿掉的方式具化为把历史性完成变成小说的开场白，例如萨尔曼·拉什迪《子夜的孩子们》（*Les Enfants de minuit*，Paris，Stock，1983；Ed. or.，*Midnight Children*，1981）的印度独立。

❷ 这里指出了小说史上性情的大凸现："英雄"反馈到骑士小说传统，反馈到英雄小说；"个体"反馈到现代小说；"跨个体性"反馈到人种学背景和文化的小说，它不分离人物的特征化与共同文化的决定因素。Jean Bessière，*Le Roman contemporain ou la Problématicité du monde*，op. cit.

❸ 在指出这些"相反的运筹"时，我们实际上指出了下述现象，即有关明显因果关系缺失、似真性模糊、有关叙述断裂的游戏，在现代小说和后现代小说里，是相对于这种传统而理解和阅读的，并且是时间中身份的去差异化活动和关涉这种传统时的隐喻化活动，而小说，哪怕是因果关系的小说，也不能开始塑造任何解决性（apodicité，apodiktizität，apodicticity），因为这将是与小说事业的背道而驰。关于运筹的书写和缺失，参见 Jacques Derrida，*Psyché. Invention de l'autre*，Paris，Galilée，1998。

❹ 关于希腊和拉丁古代小说的卓越定性，参见 Daniel - Henri Pageaux，*Naissances du roman*，Paris，Klincksieck，2006，cha. 2，Le roman avant le roman。

些二重性之每一种的成分都既是不可逾越的，又是已经逾越的。已经逾越了，因为例如在《色埃阿斯和卡丽露艾历险记》（*Les Aventures de Chéréas et de Callirhoé*），❶ 有一个幸运的结局；不可逾越的，因为人们无法决定到底是命运抑或盲目的爱情导致这种结局。这种情况对人物的特征化和他们的个体化程度也是有效的。这就是从一成分到另一成分的过渡只能在这些成分的隐喻化标签下进行的原因。这使得在漫长的小说史上，人们把小说读为它们的最初资料的不同的隐喻化形式。《红楼梦》的开卷就图示了这种隐喻化：它是虚构题材的点题，是"石头"的偶然性和历史的交代，凸显了某种二重性的游戏——虚构、幻觉；典范化（这块"石头"来自天上）与公开宣示后边的小说内容本身。❷ 这种隐喻化特别携带着初始的资料反映了下述事实，即小说是通过置于这种隐喻化的身份和通过赋予性情的特殊地位来界定的：性情并非仅等于一个人物的展示，也并非仅等于个体性的塑造，它可以把前者和后者与身份及其去差异化的游戏联系起来，并把性情的这种歧义变成小说的决定因素。

小说的异质多元性与身份的超越

由于小说青睐性情，小说的人物仅仅在第二层面上是一个阐释世界的人物，正如他在第二层面上仅仅是通过某行动结果来界定的人物，正如他在第二层面上还仅仅是一个通过其思考来界定的人物。他

---

❶ Chariton d'Aphrodise, *Les Aventures de Chéréas et de Callirhoé*, dans Pierre Grimal（éd.）, *Romans grecs et latins*, Paris, Gallimard, coll. *Bib. De la Pléiade*, 1958.

❷ Yohua Shi, "Beginnings and Departures: the *Dream of the Red Chamber*", *New Zealand Journal of Asian Studies*, Juin 2005, pp. 112～133.

首先与某种思辨性的人学分不开。❶

作为列举，假设小说理论或它们的前辈承认的两个典型的小说身份。这两个身份携带着典型性的悖论游戏，可以与时间的过渡关联起来并图示这种思辨性的人学。例如维系在小说人物身上的平庸性，它成就了这个人物的尊严，这一点在 17 世纪的法国尤其突出；❷ 例如格奥尔格·卢卡奇所界定的问题人物。

说人物受限于自身，富于某种品质，如平庸性，这种品质并不混同于那些最高贵的品质，等于说这个人物在他的限制中，拥有展示他自己和某人的某种独特权力，由于这种平凡被广泛认同，人们承认它是一种价值；然而悖论性的是它等于身份的某种去差异化。格奥尔格·卢卡奇的"问题人物"表达了人物的确定性和一种不确定性的方式。这种不确定性不关涉人物的身份本身；它关涉与世界之关系对人物身份的影响。在格奥尔格·卢卡奇那里，这种情况与觉悟题材是分不开的。这种情况更根本地阅读如下：人物的身份不管从哪方面讲，不管涉及任何人，都是相对的；它是根据它的他者，即使假设展示人物与其世界的一种决裂方式时亦如此，无须设置某种对话主义，行为或行为的缺失本身不可能成为人物身份的定义因素。平凡人物倘若应该被独特化，那么他应该明显地被重新界定——这是一种悖论性的构成：他将按照将他典范地变为共性的要素被独特化。问题人物应该变成一个明显的批评人物，拥有某种丰富的批评视野（这正是格奥尔格·卢卡奇的论点），换言之，一个理性方面被分离的人（此举成就了他的重新鉴定）。这种重新鉴定依然是悖论的：我们说人物被分离

---

❶ 这样，我们就把胡安·何塞·萨尔应用于小说的一种卓越的表述"人学的思辨"（见原著第 83 页前引文章《El concerpto de ficción》、本译著第 70 页）重构为"思辨的人学"。

❷ 关于这一点，参见 Sylvie Thorel - Cailleteau，《The Poetry of Mediocrity》，dans Franco Moretti（éd.），*The Novel*，vol. 2 *Forms and Themes*，Princeton，Princeton University Press，2006，p. 64. En particulier，à propos de Pierre - Daniel Huet。

了，因为他确实是这种实在，我们说他与这种实在分离了。

人物的这种鉴定和再鉴定证实，人物的阅读超越了情节的叙述游戏、行动游戏。关于人物身份的游戏（关于独特性和这种独特性之"扩展"的游戏，正如平凡人物和问题人物的见解所指出的那样，这是一方面，而另一方面，有关身份、身份的去差异化、身份的再鉴定的游戏）提出某种鉴定化的问题，这种鉴定在不拆解独特性的前提下，把它过渡到并向某种人学的思辨开放。

个体身份的这种超越，在西方的批评传统中，是以两种方式来表述的，**根据个人身份的这种扩展，根据行为人的再现中**历史性的主导因素。

根据个人身份的扩展。用来说明这种扩展的特征，可以说，四种视野占据着优势：第一种视野是理念的，第二种视野设置了跨人物性，第三种视野设置了个体之间的相似性，第四种视野认为，任何个体的展现都依据某个第三人物。在理念视野里，人物的身份被读作一种典范的身份。这里表述的是从正面或负面或者两者兼而有之，代表某种伦理典范或公理典范的人物，例如塞缪尔·理查森（Samuel Richardson）的人物。凸显这种典型身份是德国浪漫主义者的论点，是让－保尔·萨特的论点，萨特把从克尔凯郭尔出发的某种浪漫主义视野与从福楼拜出发的某种反浪漫主义的视野联姻在一起。❶ 在跨人物的视野里，人物的独特身份与他者承认人物即是主体的这种承认是分不开的。查理·泰勒和保尔·里科尔展示了这个论点的哲学构成和道德构成。❷ 需要突出说明的是，这些个体意识之鉴定最明晰的支持者却来指出他者，视他者为自身意识和自身之叙事不可缺少的媒介。在第三种视野里，即身份平等的视野里，与一种独特身份相对应的是

---

❶　例如浪漫主义者；例如萨特，尤其是《活的克尔凯郭尔》（*Kierkegaard vivant*, collectif, Paris, Gallimard, coll. «Idées», 1966）时期的萨特。

❷　参阅 Charles Taylor, dans *Sources of the Self*, *op. cit.* 关于承认他者之重要性，参见 Paul Ricoeur, *Soi－même comme un autre*, Paris, Le Seuil, 1990。

其他独特的身份。独特性的身份是根据个体们的一般相似性来确定的。埃里希·奥埃巴赫把这种相似性变成他对《到灯塔去》之分析的主要点。❶ 在第四种视野里，人们根据一个第三者从主观形态上来展示一个独特的身份——这从实用角度是不可能的，❷ 但是小说里很常见。这些全都被应用于小说的异质多元性视野的突出特征是，拆解一如小说里所显示的个体的某种鉴定，一方面通过扩展个体可以与之相关联的范式，另一方面通过去除这些范式的差异性。

例如浪漫主义者和让－保尔·萨特的理念视野：表述独特的普遍性明显追求的是悖论。独特性与普遍性互为提问的对象。**例如第二种视野所蕴含的根据他者来承认的思想**：查理·泰勒和保尔·里科尔关于自身意识和言语的论点是悖论的，意思是它们意味着自身的意识是自发建立的，且在这种意识里，它们认为这种自发建立是不够的，同时它们把自身与他者实体化，而没有看到自身已经"差异化了"，并且注定要去差异化。**例如身份的平等性**：一如埃里希·奥埃巴赫在《摹仿论》里涉及维吉尼娅·伍尔芙的《到灯塔去》时讨论这个问题一样，身份的平等性是以某种双重的方式来阅读的。不同的身份可以呈现为不同的观点。这些观点是平等的；它们不再可以区分；不再刻画某种视野主义。恰当的方式是按照某种逆反来阅读埃里希·奥埃巴赫的意见：每个人都是不同的；由此每个人也都像任何一个他者。**例如不可能根据或通过第三者来再现内心世界**：在当今的叙事理论和虚构理论中，这种不可能性直接与排除小说中个体之各种展现的客观属性和实用性能相关联。这即是说，有一些不可能的展现，它们造就小说叙事的文学性——这等于重复了文学即差异的思想。最好说，个体的任何展现是根据这种展现本身的减弱，根据它的可能的去差异化，

❶ Erich Auerbach, *Mimesis*, *op. cit.*

❷ 凯特·汗布格尔在《文学体裁的逻辑》（*Logique des genres littéraires*, *op. cit.*）里认为这是虚构叙事的一个特征。这种形态被认为是小说的特征足以说明它设置了"跨人物性"和个体的人学和精神再现，它们使"跨人物性"成为可能。

后者依然是对差异的某种承认。

个体及其决定因素之再现的历史的主导因素，根据性情的历史上的特征化：❶ 赫尔曼·布洛赫指出，在中世纪的文学中，占主导地位的灵魂的拯救囊括了地球上人类实践中追求的目标，❷ 这样任何身份部分上都是寓意的；这种形态开放了把这种二重性内在化的英雄图式：人在世界上作为，他应该服从某种穿越他的目的，这种目的模糊了他的行为的理由。❸《堂吉诃德》展示，这种二重性变得卡壳了——超验性的宗旨并非必然应用于世界。自 17～18 世纪起，这种二重性被转移到内在冲突中（主体的期望与道德规则，例如《克莱夫公主》❹ 所显示的那样），转移到身处世界之中且个人目的不同于自然目的的内心冲突中（如浮士德式的个体），转移到相似的形象和相反的形象中（人占有自然的形象，如鲁滨逊这样的个体），转移到面对世界和其他人时与任何他人相等的人的形象中，这种现象可以从浪漫主义到当代小说中读出。❺

西方小说人物再现之历史条件的这份清单事实上界定了这种再现的种种语境。这设置了一种语境、它的界限以及与该语境不同之语境、属于它的或不属于它的差异性之任何定义的随意性。❻ 定位各种差异的困难蕴含着人们使用不同的语境作为阐释一系列参照系时赋予自己规则的手段，以演绎一定数量的资料。小说通过人物身份的游

---

❶ 我们限于西方文学中对性情的最常见的鉴定。

❷ Hermann Broch, *Création littéraire et connaissance*, Paris, Gallimard, coll. «tel», 1985 (éd. or. *Dichten und Erkennen*, 1955).

❸ Michel Raymond, *Le Roman*, Paris, Armand Colin, 1988, p. 18 *sq.*

❹ Madame de Lafayette, *La Princesse de Clèves*, Paris, Le Livre de poche, 1979; Ed. or. 1678.

❺ 我们回到了例如埃里希·奥埃巴赫和其他人的阅读。

❻ 这就是为什么拉法耶特夫人的小说可以当作现在的小说来读——这并不蕴含着我们可以失去其历史性的思想。可以说，小说是通过它自身的语境塑形，吁请这类现实化的卓越的体裁。

戏，从事这种工作本身。例如，我们不妨说，爱玛·包法利在自己的
生命旅程中演变。例如，我们还可以说，爱玛·包法利在自己生命这
个时间节段的旅程中，属于不同的语境，这些语境展示了这个人物得
以鉴定而借助的规则，展示了她被按照不同语境（青年时的语境、结
婚时的语境、通奸时的语境）而演绎的方式，以及相反，人物演绎这
些语境的方式。换言之，在自己的历史中，小说的人物交叉两种演绎
系列。同样的见解也适用于《堂吉诃德》：桑丘·潘沙与堂吉诃德的
面对面对于每个人物来说，都是世界的两种演绎的面对面，也是这两
种演绎之相互演绎的面对面。任何人物都可以被引用，因为根据保
尔·里科尔的一段注解，他永远是异质多元性的某种综合。[1] 这里，
我们可以把这部论著的初始指示之一转移到人物的特征化中来：小说
是根据老词来塑造新的语境。需要具体说明的是，这种综合设置了异
质多元性的某种演绎游戏。性情的不同的塑形与不同的语境是分不开
的。[2] 这些语境游戏和演绎游戏拥有叩问人物身份和性情的权力，它
的阅读与这种身份和时间的游戏保持一致。在某种历史的视野里，这
就不可避免地重新找到了个体性的不同扩展的类型和小说的过渡游
戏——身份的差异性和去差异化。

---

[1] Madame de Gaudemar, *La Voix des personnages*, Paris, Le Cerf, 2011, p. 437.

[2] 这些见解可以具体说明或纠正伊恩·瓦特在《小说的出现》里的说明：小说人物
完全根据其生活的地域和时刻来界定，该生活唯一的连续性将是这些地域和时刻的阶段。
这是对小说的一种"休谟式的"阅读。这种阅读丝毫没有说明人物的恒久性，也没有根据
这种恒久性以及地域的变化说明他的身份问题。这种情况吁请演绎和语境的暗示。关于语
境定义问题的方法论，下面是埃尔奈斯托·拉克洛（Ernesto Laclau）的见解："人们只能通
过其界限来定义一个语境，而唯一定义这些界限的方式是通过超越它们的东西。但是，超
越这些界限，那里就只能拥有其他差异，自此，考虑到所有差异性的构成性质，那么就不
可能建立这些新的差异是语境的内在差异抑或外在差异。"见 *La Guerre des iden-
tités. Grammaire de l'émancipation*, Paris, La Découverte/Mauss, 2000, p. 22。

小说，人类学，思辨性人类学

这两种游戏（一方面是身份，身份的去差异化、身份的重新鉴定游戏，另一方面是语境和演绎游戏）成就了小说通过人物所展示的思辨，胡安·何塞·萨尔把这种思辨称作人学的思辨。❶ 这种思辨关涉人的身份，他的行动权力和思考权力。❷ 这样，小说就呈现为任何人学展现的媒介和这种展现的叩问。即使是在一种人学形象的严格的重新采用情况下，例如，西方小说中个体形象的重新采用，小说每次都根据我们拥有一个男性人物抑或女性人物，根据他行动程度的强弱，根据小说的类型（历险小说、心理小说等），具体说明这种叩问。小说的不同的子体裁可以根据不同的迂回和视野，显示这种思辨性人学的特征。思辨不能按照德国浪漫主义小说理论的语汇和逻辑去理解，而是按照小说人物类型的蕴含去理解。例如，自进入现代以来的西方小说的传统里，人们说骗子无赖人物，17 世纪法国小说的平凡人物、18 世纪的小说人物，不管是鲁滨逊还是宿命主义者雅克，多情善感的人物（例如《傲慢与偏见》里贝内第家族的五个姑娘❸），现实主义小说的人物，现代派小说的人物。最后一种任务类型由詹姆斯·乔伊斯的人物利奥波德·布鲁姆来图示：通过这种身份、差异、传统游戏，他成了一个寄生虫式的人物，显示并面对着他自己的身份（去差异化、差异化、重新鉴定但一直比较恒定），而这种身份按照两种语境来解读，他通过自己的内心独白而构成的语境，小说所展示的从他的独白中所采撷的参照资料构成的语境。

---

❶ Juan José Saer, «El concepto de ficción», art. cit.

❷ 因为是人学的思辨，小说所承载并被提到的所有辩论点，如人物、小说史、情节和时间性、小说的澄清能量等，都是这里涉及的内容。

❸ Jane Austen, *Orgueil et Préjugés*, Paris, Gallimard, coll. «Folio classique», 2007；Ed. or. *Pride and Prejudice*, 1813.

　　西方的小说理论对这种人学的思辨是视而不见的。它们基本上是从继承神话人物和史诗人物的角度去解读小说人物的。例如，在《批评的解剖》❶ 中，诺斯罗普·弗莱通过他所谓的方式，描绘了西方文学中诸神和半神的人物向英雄人物的过渡以及最终向下层人物的过渡，后者极少权力且经常都是受害者，例如卡夫卡的人物。因而我们仍然停留在某种动作的人学范围内并受亚里士多德《诗学》的规范性影响。在卡夫卡的情况下，采纳某种人学的思辨意味着要鉴定卡夫卡维系在人物身上这种弱势身份的叩问（倘若我们接受诺斯罗普·弗莱的见解），并建立这种叩问补充给卡夫卡构成其小说时所依赖的人学的内容。关涉小说时，当人们说某种人学的思辨时，同时表述了对某种规范化的人学的隐性重温，和这种人学的某种补充方式。

　　人物的类型、人学的思辨、身份的游戏、身份之去差异化的游戏、重新鉴定身份的游戏，拥有某种具体的功能。只有当主体按照身份游戏所承载的塑形性被界定时，他才被展示为能够回应环境，回应他自身的世界：人物自身是隐喻性的，由此他是对真正思辨性的自身的回答，即使他没有明显地从某种思考运动中被捕捉。这样，按照诺斯罗普·弗莱的说法，愈来愈明确地界定小说人物的最小的权力便是展现正在去差异化的身份，并通过这种去差异化的考验，把这个人物定义为回归自身的人物的方式之一。这样一个人物肯定不再是采纳某种决定性行动的人物；他知道自己依赖历史，依赖种种建制、自然、

---

❶ Northrop Frye, *Anatomie de la critique*, *op. cit.*

语言，依靠自身的话语，正如塞缪尔·贝克特❶所喻示的那样。这种依赖仅是重新鉴定的时刻，当然是象征性的鉴定，在塞缪尔·贝克特那里，某种人学的思辨时刻与某种终结的题材化、与人物死亡的题材化、与历史终结的题材化是分不开的。在这种根据西方小说来审视的人学思辨中，关于身份和身份去差异化的游戏来到某种神秘的方式中：人们归根结底不知道把人物指向何种决定性的语境。塞缪尔·贝克特还图示着这一点，正如有关巴洛克小说之幻想的游戏已经图示的那样。由此，人们打开了人学的特征化，但并非必然取消个体性的人学。自 18 世纪以来，人学思辨的两种时刻在西方占据着优势地位：一种是教育小说显示的时刻；另一种是 19 ~ 20 世纪，小说的去差异化游戏按照不同的塑形所显示的时刻，如反身份的塑形、分析型塑

---

❶　塞缪尔·贝克特（Samuel Beckett，1906.4.13 ~ 1989.11.10），法国作家。出生于爱尔兰首都都柏林的一个犹太家庭，父亲是测量员，母亲是虔诚的教徒。1927 年毕业于都柏林的三一学院，获法文和意大利文硕士学位。1928 年到巴黎高等师范学院和巴黎大学任教，结识了爱尔兰小说家詹姆斯·乔伊斯。精通数国语言的贝克特被分派作失明的乔伊斯的助手，负责整理《芬尼根的守灵夜》手稿。他较早发表的批评作品有《但丁、布鲁诺、维柯、乔伊斯》和《普鲁斯特论》。1931 年，他返回都柏林，在三一学院教法语，同时研究法国哲学家笛卡儿，获哲学硕士学位。1932 年漫游欧洲。1937 年，他在给友人的信中写道："对我来说，用标准的英语写作已经变得很困难，甚至无意义了。语法与形式！它们在我看来像维多利亚时代的浴衣和绅士风度一样落后。"并声称："为了美的缘故，向词语发起进攻。"1938 年定居巴黎并出版第一部长篇小说《莫菲》。德国占领法国期间，他曾因参加抵抗运动，受法西斯的追捕，被迫隐居乡下当农业工人。1945 年，曾短期回爱尔兰参加红十字会工作，第二次世界大战结束后不久返回巴黎，成为职业作家。他对绘画艺术产生浓厚的兴趣，并撰写了大量以绘画艺术为主的评论和随笔。进入 20 世纪 50 年代后，贝克特意识到自己的小说实验已经没有继续前行的可能了，于是开始转向戏剧创作。1953 年，凭借《等待戈多》声震文坛。1969 年，贝克特获得诺贝尔文学奖。此外，他出版的非虚构作品还有《三个对话》和《断简残编》。贝克特 1980 年的剧作《一句独白》（A Piece of Monologue）的开篇词："诞生即是他的死亡"（Birth was the death of him）。需要在爱丁堡戏剧节上花上一小时阐明的存在主义，贝克特一句话就解决了。尽管讨论的是人类的虚无境遇，贝克特对措辞却是斤斤计较的。1989 年 12 月 22 日，贝克特在法国巴黎逝世。——译者注

形、时间性塑形、反直观性塑形或反规范性塑形。

反身份的塑形所属人物的显性身份指示某种去差异化，亦即陀思妥耶夫斯基的白痴人物，我们知道他主导着格奥尔格·卢卡奇问题人物的定义，❶并显示着根据关于身份的这种游戏对历史的某种回答。**分析型塑形**把玩身份的去差异化，例如彭塔力斯的小说所显示的那样。❷交给自身的日常生活和梦是中间场域，其时身份和时间既存在又被取消。小说和治疗就是这种情况本身的叙事。**时间性塑形**的多重性从其生命的多个时间的人物身上读出。每个叙事，亦即每部小说，都是一种起源、一种历史性、一种时间性的新的指示；同类点评也适

---

❶ 关于这一点，参见 Michael Löwy, *Pour une sociologie des intellectuels révolutionnaires. L'évolution politique de György Lukács 1909 ~ 1929*, Paris, PUF, 1976。

❷ 彭塔力斯（J. – B. Pontalis），当代法国的精神分析学家和精神分析的实践者。他曾经是萨特的学生，享有国家学衔的哲学教授，后师从于法国著名精神分析学家拉康。曾与同时代的精神分析学者拉普朗什（Laplanche）合著了在法国精神分析史上具有重要地位的《精神分析学词汇》（1967）；并在数十年间主编在精神分析学发展中起着积极作用的著名的《新精神分析学杂志》。彭塔力斯发表的著作有：《弗洛弗德之后》（1968）、《梦与痛苦之间》（1977），1980 年后开始发表文学作品《远方》（小说，1986）；《对开始的爱》（小说，1986，获当年法国费米纳奖［Prix Femina]）；《人迹不再》（1988）；《一个男人消失了》（1996）；《这时光总也过不去》和续集《铁路的包厢》（1997）；《星球边缘的孩子》（1998）；《窗》（2000），这部作品中文学与精神分析相融相萦。彭塔力斯还是法国伽利玛出版社阅读（选书）委员会的成员，并担任精神分析丛书"认识无意识"和文学丛书"一个与另一个"的主编。2004 年 12 月，作者又一部新书《醒着的睡梦人》出版发行。精神分析学家彭塔力斯制作了一个仅限于个人使用的词汇表，收入了生活中常见的一些词，如"窗""睡美人""忧郁症"，等等，并用自己的理解加以诠释，这种解释与原有的、公众认可的定义相去甚远，是作者自己独特思想的体现。正如作者所云，写作此书，为的是"打开自己，并且尽可能地为读者打开几扇窗户"。——译者注

Voir François Gantheret et Jean – Michel Delacomptée（éds），*Le Royaume intermédiaire. Psychanalyse, littérature, autour de J. – B. Pontalis*, Paris, Gallimard, coll. «Folio», 2007. 这类指示吁请大家把精神分析的建立和发展阅读为某种双重游戏：根据身份的差异性和它的去差异化，对时间考验和对西方现代性历史之考验的回答；通过潜意识的重复，排斥它所蕴含的回答和见证（见解）。我们应该把文学与精神分析的关系以及通过文学、小说来阐释精神分析的能力，阅读为这种回答和这种排斥的处理。

用于一个生命的诸多节段和行为，适用于一部小说对多个生命的交叉。小说呈现为历史性、时间性的独特化，在这种独特化的极端（科学幻想、幻想），呈现为另一时间的图式，然而后者同时也设置了种种系列节段的某种起源图式。❶ 历史性的独特化把历史造就成历史的种种节段，并进而造就成一个巨大的过渡性的游戏。从这个意义上说，任何小说，甚至小说的循环，都是对任何"宏大叙事"的拒斥。这样，我们不要像格奥尔格·卢卡奇那样，把小说与史诗的距离读作一下子掉入了某种坏故事，而应该读作吁请我们把历史读作差异系列，又把这些差异读作时间节段的可能的起源。这喻示着较少根据当代批评家那样，把后现代小说等同于某种时间的整体化方式，而更多地视为自这些阶段和这些起源的塑形出发对时间的某种去差异化游戏：一种呼唤新的时间图式的去差异化。**反直观性塑形或反规范性塑形典型地属于科幻小说、属于幻想小说、属于侦探小说。这些小说蕴含一种性情，它携带着这些反直观性塑形、反规范性塑形的某种演绎和新语境的图式。**

　　小说人物的这些类型的悖论——从身份到去差异化，然后再到身份或指出一种身份——属于一种见证和对这种见证的一种回答。关于共同人之见识的构成是由何塞·奥特加·伊·加塞特做出的，他把这种人等同于一个小说家："……唯有环境给予了我。不管他是一个独创性的人，还是一个剽窃者，人是他自己的小说家……在众多可能性之中，我应该选择。随后我就自由了。但愿这一点能够得到很好的理解，我是被迫自由的，不管我希望自由还是不希望自由。自由意味着缺少某种构成性的身份，没有认同于一个确定的人，可以成为自身以外的他者……"❷ 人这个主体是由环境锤炼成的，由偶然性形成的；

---

❶　关于任何叙事都是某种新起源的图式并进而指示某种新的可能性这一点，参见 Jean Bessière，*Principes de la théorie littéraire*，op. cit.。

❷　José Ortega y Gasset，《History as a System》，cité par Frank Kermode，*The Sense of an Ending*，op. cit. p. 140.

根据这种偶然性，他是一个几乎去差异化的身份；这种形态携带着一种身份被重拾或另一身份的可能性。这几点可以由古代小说来图示，由拉伯雷的《第三卷》、由《堂吉诃德》、由《威廉·迈斯特的学习年代》来图示，那里更多的是偶然性问题。平凡人物、问题人物是根据环境而塑形的人物。符合环境可以产生一种身份，它是对偶然性的回答，是对去差异化的回应。通过这种回答，人物就成了彻底的共同人物，并被定义身份，按照新的环境成为新人。这些见解是对小说理论字面的新补充。❶ 偶然性打开了人学的思辨，并允许在西方小说中，喻示按照小说所属语境之文化上的主导因素而重写人学的二重性。

因而对于西方文学和上文已经引述的性情类型，人们表述某种二重性：独特性与穿越独特性并把它们联姻在一起的共性。**在中世纪文学的情况里**，信念的共同体和上帝的超验性把各种独特性汇聚在一起。这些独特性由这个共同的整体以及由它们的形势的独特性、它们的时尚行为的独特性来界定，一如关涉信念方面和上帝的超验性时，它们被定义的那样。这种形势蕴含着人物的某种思考性。**在现代和当代文学里**，同样的二重性占据着重要地位，且受到保护：独特性的人成了个体，他的精神是唯一的，属于物质世界、属于自然方面确实共同的。❷

应该表述思辨性的人学，因为小说是一种共性和独特性所指示之语境的游戏。这种游戏采纳多种形态：对应于不同性情的形态、对应

---

❶ 需要特别重新探讨已经提过的几点：格奥尔格·卢卡奇的问题人物更多地是对偶然性的衡量；参与小说异质多元性的人物（这是米哈伊尔·巴赫金的论点）把偶然性变成一种有效的场域方式，意味着某种和解的话语的场域。在奥特加·伊·加塞特的论著（*Meditaciones del Quijote, op. cit.*）和米格尔·德·乌纳穆诺的论著（*Del sentimiento trágico de la cida, op. cit.*）中，人学二重性重写的可能性被指出来了，但是没有被超越，尤其是当他们关注堂吉诃德这个人物时：小说似乎让人看到了人和世界的另一面，可能导向另一种身份的一种可能性。因此，按照米格尔·德·乌纳穆诺的一种意见，不应该嘲笑堂吉诃德，我们不妨补充说，他善于嘲笑自己，并由此显示他拥有可能性的精神。

❷ 请再次阅读菲利普·德科拉。

于被称作独特性之扩展的种种形态：它们反馈到种种试图根据独特性从人物中读出共性特征的尝试。换言之，二重性没有被明显地再现，而人们试图把独特性刻画成他自身的语境，并通过此举，显示更宽广的语境：这就是自我为什么能够被展示得可以包容许多人和许多事的情形（亨利·詹姆斯）。❶ 这就是为什么独特性可以等同于语言本身（塞缪尔·贝克特）。我们的理解是，与人学的这种二重性相关联的是格奥尔格·卢卡奇的问题人物的特征化和米哈伊尔·巴赫金思想里主体的复调性质。❷ 我们知道，从福楼拜到布朗绍，去差异化抑或身份虚荣的凸显还是这种二重性的一种游戏，导致把独特性鉴定为共性，但是独特性并没有完全消失，这种共性也没有被特殊化。这种不让独特性消失的鉴定叩问独特性和共性，就像它叩问形成性情的二重性一样；它与对什么东西可能成为另一种二重性的某种历史询问混淆在一起。❸ 具化为重新采纳关于差异性和身份去差异化游戏形式的这样一种思辨性的人学，意味着小说展示一种无人称的和客观的时间（日历时间），它可以既接受任何独特性的任何历史，也允许塑造去差异化，按照两种场域鉴定这种双重游戏，并放任过渡的读出，即放任时间谨慎的连续性。❹

　　这种思辨性人学的阅读根据小说的主要子体裁，它们是跨文化

---

❶ Quentin Anderson, *The Imperial Self*: *an Essay in American Literary and Cultural History*, New York, Knopf, 1971.

❷ 格奥尔格·卢卡奇和米哈伊尔·巴赫金所描述的小说人物是一个既与自己的世界相分离又从自己的世界中捕捉到的人物。这说明人物的题材处理在每个批评家那里的重要性，例如机灵题材在米哈伊尔·巴赫金那里那样。

❸ 这是中性题材在莫里斯·布朗绍那里的重要性的原因，它演绎了对某种不可超越的二重性的叩问；这还是对期待与遗忘不可分离的论证，从时间上演绎了这种中性和身份似乎不可能做过渡性处理的性质。

❹ 这种情况界定了米哈伊尔·巴赫金之时空体的条件。本尼迪克特·安德森在前引《民族的想象》中把日历时间读作民族小说发展的条件之一：这种时间可以展现独特但又相似的身份，它们都有某种历史并因此而刻画了一种共性。

的。让我们看看两个子体裁，从讨论小说的批评传统看，它们显得很特别。**一是侦探小说**：这种小说较少是绝对的犯罪（谋杀）小说，而更多地是匿名小说（谋杀者还没有找出来），通过这种匿名特征而服从于某种去差异化的方式，然后被鉴定并最终臣服于某种悖论性的鉴定：它被特殊地命名（罪犯携带某名称），同时又依据法律的普遍性。它的类型化是悖论的：某种去差异化的独特性，这就是何以人们说凶杀的动机的缘故。它还喻示着：人只有付出自身的去差异化的代价，才可以鉴定为此等身份。❶ **另一种是科幻小说**：这是另一时代的小说，在某种历史的和人学的视野里，它不可能是人类历史的时间。小说人物和资料的身份原则上拥有某种彻底的差异性，且完全超出了某种过渡性时间的任何图式。正如科幻小说名称所指示的，这类小说不置于标示科学的任何地域的视点之下：客观性，无人称性，没有空间和时间的定位。与科学参照系密切相关的数量视点，可以塑造身份的去差异化；然而这种去差异化不排除人物和行动被展示为独特性的人物和行为。于是科幻小说就是任何类型化的问题以及按照这种或那种类型来鉴定行为人和世界的问题。人物西波尔就确认了这一点。

把种种人物变成一个类型化的问题，而这事实上是一个没有回答或者回答暧昧的问题，这里需要再次引述西波尔为论据，这种做法通过幻想小说和科幻小说证实，性情的塑造与人学的思辨是混淆在一起的：主体－行为人的类型化没有明确答案这种形态，迫使我们不要把主体－行为人可掌握的特征做本质化的处理，不管这些特征是社会范畴、文化范畴、伦理范畴抑或地道的人学范畴。与批评界整整一部分人事所喻示的全部内容相反，此举不会形成某种像人的身份的印章一样的不确定性，也不会取消这种身份，而是具体置疑与身份相关的各

---

❶ 作为凶杀题材和凶杀者去差异化题材的一个案例，参阅 Maurice G. Dantec, *Les Racines du mal*, Paris, Gallimard, 1995。凶杀和凶杀者通过他们在社会中的认定而去差异化。

种范式。不能得出这样的结论，即小说一定拥有另一种人学身份，最好的做法是反思这样一种变异性在何种尺度上是可以明确想象的；毫无疑问，小说刻画了收集其他人学身份的可能性。那么比较恰当的做法是把小说读作人学身份中肯程度下降的场域，它按照自己的文化来安置人学身份。于是必然得出下述结论：在这样一种中肯程度下降的假设下，肯定作者与小说之关系、肯定作者身份的任何断定性图式似乎都是偏移的，例如文学理论传统的许多询问那样，只需重温米哈伊尔·巴赫金的论述。

小说与思辨性人类学：一种东方视点

在个体性的这些西方图式之外，小说提供了这种人学思辨的其他例子，有时可能是在西方影响的语境内。❶

例如，在日本文学中，尽管小说这个名称部分上并不准确，英语把日语中人们称为 *Shōsetsu* 的东西译为 *I - novel*，大概错误地将其与抒情小说、个性小说相接近，小说类型是一种个人的小说，它在西方的

---

❶　日本作家坪内逍遥（Tsubouchi Shōyō，1859～1935）评论小说的小册子《小说神髓》（*Shōsetsu Shinzui*，1885）蕴含的正是这种影响的语境本身，它尝试在日本的范围内定义西方小说，其时这种小说在日本正被人们所模仿。——原注

坪内逍遥，日本戏剧家、小说家。原名雄藏。1859 年 6 月 22 日生于美农加茂市，卒于 1935 年 2 月 28 日。1883 年东京大学文学科毕业后，在早稻田大学任教。1885～1886 年他创作了日本第一部重要近代文学评论《小说神髓》和长篇小说《当世书生气质》。1887 年以后从事戏剧革新运动，19 世纪 90 年代发表戏剧论文《论我国的历史剧》，并创作了《桐一叶》《牧夫人》《子规鸟孤城落月》《义时的最后》《留别星月夜》等新历史剧。他对日本的能剧、俗曲和西洋歌剧、舞蹈进行过全面研究，在此基础上提出创造一种全新的戏剧形式——新乐剧。他的《新乐剧论》对此进行全面阐述。他还创作了新乐剧《新曲浦岛》。1909 年他创办文艺协会的戏剧研究所，这是日本第一所培养新剧人才的正规戏剧学校。20 世纪 20 年代末，他完成了莎士比亚全集的翻译工作，并出版《莎士比亚研究指南》。1928 年，早稻田大学以他的名字命名了新建的戏剧博物馆。——译者注

影响下以其形式确立于 20 世纪初，但是反映了一种真正日本的文学和人学遗产。❶ 总之，个体的小说，却很特别：那里的个体是向心力的，他拥有某种实在，因为他反映了种种所属，与西方小说的个体相反，西方小说的个体是离心的，一切都由此出发。❷ 这与日文中人称代词的使用以及叙述者人物的观念是分不开的：叙述者人物与作者是分不开的，这就是人们说个人小说的原因，他也与读者分不开。这就造成若干后果：不管这类小说携带的创新程度如何，虚构概念是徒劳的，另外通过被再现的行动作为某种媒介的思想也是徒劳的。作者与叙述者的不可分离性禁止把小说思考为变异性的某种方式，那么就需要赋予它某种定位（行动再现的定义，承认虚构的条件）。❸ 关于身份差异性和去差异化的游戏是明显的。它承载着某种社会学的意指——个体性是一种无人称性的形式，并把叙事变成过渡性的时间节段的叙事。每个节段都像个体一样发挥作用——个体性通过一系列依赖得到见证：每个依靠都是对另一节段的肯定，而不一定要表达某种期望或者宣示某种因果关联。因而需要表述某种偶然性，后者不拆解个体性的向心力的属性，并把叙事置于一种情节的严谨范畴以外。正如

---

❶ Edward Fowler, *The Rhetoric of Confession. Shishosetsu in Early Tiventieth - Century Japanese Fiction*. Berkeley, University of California Press, 1988.

❷ 关于这种对立，参见 Claude Lévi - Strauss, *L'Autre face de la lune. Ecrits sur le Japon*, Paris, Le Seuil, 2011, p. 51。

❸ 这些看法并不排除人们在这些条件下提出真诚性的问题。但是需要强调，这里我们拥有作者与叙述者关系的某种原则定义，且这种定义带动人学思辨的手段。

远藤周作（*Shūsako Endō*）❶ 在《我抛弃的女人》❷ 中所显示的那样，应该还要承认一种没有时间终点的叙事——叙事的结论不赋予叙事明显的终结约束，也不赋予叙事明显的意义。时间是这些造就个体和通过它们本身而造就叩问的依靠时间。❸ 这种思辨的结果是给出个体形

---

❶　远藤周作（えんどうしゅうさく，1923～1996），日本"战后"第三批新人派作家。日本最重要的小说家之一，曾任国际笔会日本分会会长。生于东京巢鸭。其父服务于安田银行（今富士银行）；母系上野音乐学校（今东京艺术大学）小提琴科学生，自小与安藤幸（幸田露伴之妹）一同受教。1926 年，因父调职，举家迁往大连。昭和四年（1929，7 岁）入大连市的小学。1933 年，父母离异，10 岁的远藤随母返日，转入神户的小学。12 岁时接受天主教思想并成为教徒，此时他正在滩中学读书，对当时中学进行的军国主义教育极为不满，成了一名"劣等生"。1943 年，重考三次均名落孙山，第四年考入庆应大学文学部预科，因违背父义，执意入文学部，父子关系断绝。

"战后"转入该文学部法文科，在学期间他崇拜天主教作家的作品，并以天主教文学为中心，开始了文艺评论活动。在杂志上发表《诸神与神》（1947）、《天主教作家的问题》（1947）等文章。1948 年在《三田文学》杂志上发表《天主教作家问题》。

1949 年大学毕业，为研究天主教文学，1950 年 7 月去法国留学，1953 年 2 月因病回国。他是日本"战后"第一批出国留学生。曾任上智大学讲师，为日本笔会会员。前期创作深受天主教思想影响。1954 年 11 月在《三田文学》杂志发表处女作《至乐园》。1955 年 7 月发表的《白种人》获第三十三届芥川文学奖。1956 年 1～6 月在《新潮》杂志连载发表的《小青葡萄》，1957 年 6～10 月在《文学界》杂志连载发表的《海和毒药》，获新潮奖和每日新闻出版文学奖。后期则发表了不少通俗作品。

1958 年曾出席在苏联塔什干召开的亚非作家会议。1959 年 3～8 月在《朝日新闻》连载的小说《傻瓜先生》，具有相当的幽默感。此外还著有《我抛弃的女人》（1964）、剧本《黄金国》（1966）和《蔷薇馆》（1969）、历史题材的长篇小说《沉默》（1966）等。这部小说获谷崎润一郎文学奖。1977 年，任芥川奖审查委员。

1979 年，《基督的诞生》获读卖文学奖，《枪与十字架》获日本艺术院奖。1987 年，辞去芥川奖审查委员工作。1993 年，《深河》由讲谈社出版，此时的远藤正在与病魔搏斗。次年《深河》获每日艺术奖。1996 年病逝于东京。临终前特别嘱咐亲人，死后将《沉默》与《深河》两书放入灵柩相伴。——译者注

❷　Shūsako Endō dans *La fille que j'ai abandonnée*，Paris，Gallimard，coll. «Folio»，2006；Ed. or. *Watashi Ga Suteta Onma*，1964.

❸　远藤周作曾经指出，把他与基督教联系在一起的原因之一，就是上帝与人的分离。这种分离使作为个体的人独特化，不把他与某种依赖游戏关联起来。

象的某种现实主义与这种真正日本式的、并不反对前述现实主义的个体性之塑形的交叉。思辨具化在一个媒介式个体的图式里，这种身份一方面意味着它自身的去差异化——它因此而是恒久的，另一方面意味着与任何另一身份的毗邻关系和隐喻化关系。这样，远藤周作的《小说精髓》似乎就可以在某种重拾西方小说形式的语境中来阅读。通过它的人学资料，通过它的人学思辨，它肯定可以读作西方看待小说方式的重新定位和把人学二重性置于视野下的手段。我们不妨引述小说这种重新定位的三点内容：由于赋予作者和叙述者特殊的陈述活动地位，参照虚构概念的无用性；由于青睐与塑造部分无人称性质的个体性分不开的隐喻性，情节概念或情节本身处于弱势；与作者和叙述者的陈述活动的地位分不开的展现概念处于优越地位，再现概念处于奇异状态。❶ 由此，西方的小说诗学呈现为一种"特殊的"诗学，而作为西方诗学条件的人学则是从另一种人学中拿来的。

记载在一部小说里的人学资料相当于一种人学思辨还可以以曹雪芹的《红楼梦》在西方批评中引起的辩论为证。例如存在一种按照道家思想和佛教的重大图式的寓意性阅读；❷ 存在对这种阅读的某种拒绝，❸ 后者突出了小说的历史形态和现实主义形态；还存在种种关注作者赋予自己在小说中的形势和所有与人物相关的结构性、题材的非

---

❶ 关于从日本电影美学一分析中拿来的这种区分，参阅 Noël Burch, *To the Distant Observer: Form and Meaning in the Japanese Cinema*, Ann Arbor, Michigan, University of Michigan Library, Scholary Publishing Office, 2004, http://hdl. handle. net/2027/spo. aaq5060. 0001. 001, pp. 67 – 70; Ed. or. 1979. 对于展现与再现之区别的同类论据，请参阅前引让·贝西埃的《文学理论的原理》。

❷ Ming Dong Gu, «Theory of Fiction: a Non – Western Narrative Tradition», *Narrative*, XIV, 3, Oct. 2006, p. 329.

❸ C. T. Hsia, Review: «Archetype and Allegory in the *Dream of the Red Chamber* by Andrew Plaks», *Harvard Journal of Asiatic Studies*, XXXIX, 1, Juin 1979, pp. 190 – 210.

常丰富的思考游戏。❶ 人们的结论是这是一部开放式的虚构作品；中国的文学创作可能大大地超越了西方的文学创作。这些相反的阐释，正如豪恩·索西（Haun Saussy）所点评的那样，❷ 证明小说确立自己可能性的能力。这种能力和这些可能性是通过我们刚刚指出的所有手段以及通过特殊使用文化参照系和人学参照系而实现的：使小说获得一种思考性的和替代性的建构——一切都在重复，而一切都有一种代替的出路，但是各种不同资料的身份并没有停止被辨认出来。这样，小说就展示了一个巨大的身份游戏和身份的悖论性地去差异化的游戏——然而这些身份依然是可以辨认的，并把玩人物和主要事件的互相矛盾的种种定位。所有这一切成就了一种建构主义。所有这一切把这部具有历史背景的小说变成一部恒定过渡的小说，其中的恒定过渡由道家的对立物的平等所指出或寓意。尽管小说的秩序井然，它并没有打算喻示某种必然性与和谐，正如它的开卷所指出的那样。时间过渡的处理是通过某种修辞性来实现的（人物之身份和事件的替代和转移），也是通过赋予这种修辞性的解决方法的缺失来实现的。这种缺失不背离人学资料——这是与道相关联的无人称性的一种方式，它并不排除人物的明确的个体化。这样，小说的阅读就与西方小说中思考性的重大题材相背离，尤其是在它与时间处理的关系中。深言之，这种西方小说是某种掌控时间再现的塑形。关于这一点，保尔·里科尔很清晰地关注欧洲时间小说中主体的思考游戏是有道理的：❸ 这种思考是把时间意识与意识的时间联姻起来的手段，但是没有指出这种联姻会形成问题。然而，在《红楼梦》里，与作者－叙述者相关的思考是一种未完成的思考：这种作者兼叙述者落脚于某种失落的感情，并

❶ Angelina C. Yee, «Counterpoise in *Honglou meng* », *Harvard Journal of Asiatic Studies*, L, 2, déc. 1990, pp. 613－650.

❷ Haun Saussy, «Reading and Folly in the *Dream of the Red Chamber* », *CLEAR*, IX, 1/2, juil. 1987, pp. 23－47.

❸ Paul Ricoeur, *Temps et Récit*, *op. cit.*

且回到小说的起点；他让自己的小说处于未完成的状态。应该理解到：个体化的主体再现，哪怕是作者，也是徒劳的；在思考标签下对某种完整时间的展现也是徒劳的。它们与小说叙事的宗旨是背道而驰的，这是西方理论对其宗旨的基本理解。这种情况赋予偶然性以公民权，并且让人们把小说象征性的宗教背景解读为与这位作者以及犹如在人物的关系之外捕捉到的人物的展现分不开的某种巨大的组合。这场巨大的组合与作者和人物的这种定位喻示着某种人学思辨的可能性，在这种情况下，后者可以解读为对主体的某种询问，主体与自我的关系犹如自身之外的一种关系。与自身关系的这种二重性通过象征性和宗教性的背景来论证；根据许多人物的生活本身和作者的形象，它被展现为徒劳无益的。

思辨性人类学的功能

界定小说特征的这种思辨性的人学形态，可以从偶然性和读者地位之游戏的角度具体言之。尼克拉斯·卢曼指出，在一种社会和文化语境里，偶然性是双重的：它关涉任何行动的行为人和行动的目标人。❶ 事实上，如果我们要表述偶然性，最好全面地表述它，包括行为人以及他们之间的互动：两个形成互动的行动每个都是偶然的。但是它们并不禁止行动、互动成为使用不可预见性的某种赌注。偶然性把行为人置于自由的标签下，也置于他们自身身份与他们之行为的身

---

❶ Niklas Luhmann, *Systèmes sociaux. Esquisse d'une théorie générale*, Québec, Presses de l'Université Laval, 2010 ; Ed. or. *Soziale Systeme. Grundriss einer allgemeinen Thorie*, 1984. 参阅第 3 章。双重偶然性是在某种交际、互动和更广泛的社会交流的范围内定义的；它具化为下述事实，从任何形势的角度视之，行为发出者的动作是偶然性的，从接受者的角度视之，它也是偶然的；同样的见解对于行为的对象也是有效的。双重偶然性是无法压缩的。倘若我们从不可预见性和自由的标签来审视它，它可以被使用：双重偶然性既不应该阻止对话，也不应该阻止互动，即使从每个人的自由角度言之。

份的无用的差异性的标签下。需要重复的是：独特性是根据众多独特性之汇聚所刻画的共性来定性的，后者也参与偶然性：这对西方小说和非西方小说都是有效的。由此，思辨性人学与赋予人物的双重意识（个体的独特性，个体与任意另一个体的相似性）和某种共性是分不开的，这种共性也是双重的，包括偶然性和自由。这说明一些题材在小说中占据优势地位（例如爱情故事，因为爱情是偶然的，本质上惠及个人，本质上也同样是共性的；例如不确定的社会成功故事），这些题材也是独特性的题材以及双重偶然性和自由之联姻所形成的社会共性的题材。这样，身份就臣服于它们自身的创造，这种创造却并不能忠实地等同于某种运筹。在《红楼梦》里，贾宝玉这个人物参与了某种双重性征：这种双重性征较少反映人物的双重身份，而更多地反映了一种身份与一种偶然性的游戏，后者隐喻性地让某种第二身份即双重性征的身份的可能性呈现出来。穆齐尔那里的偶然性题材可以向着这种视野阅读；根据真实的塑形本身，它可以刻画独特性与共性的另一种联姻，后者在《没有个性的人》里被置于与思辨游戏分不开的某种空想的标签下。这种思辨性不反对与偶然性维系在一起的现实主义宗旨。例如，汉斯·布卢门贝格在谈及偶然和偶然性时，就曾指出，它们是实在并因此而形成语境："形成一个自身一统的语境——实在作为不服从主体的因素。"❶

性情的优势地位和人学的思辨剥夺了小说对界定人之性质的某种"本质主义"的任何断定。例如存在刻画这种不可能的本质主义之显性语境的小说：幻想小说、科幻小说、侦探小说。例如当人的塑造服从于某种明显的变异性时，存在迫使小说家塑造残余人性的小说，例如从斯坦尼拉斯·莱姆（Stanilas Lem）到丹·西蒙（Dan Simmons）

---

❶ Hans Blumenberg, cite par Erich Köhler, *Le Hasard en littérature. Le possible et la nécessité*, Paris, Klincksieck, 1986, p. 120. 需要说明的一点：现实主义并非必然具化为某种再现游戏；它也可以等同于对反现实（与偶然性混淆在一起）的塑形。

的机器人小说和机械超人赛博格（Cyborg）的小说。那里自然与人为的联姻的重要性低于差异性图式的肯定，后者拒绝任何视点，哪怕是科学的视点。在这部论著里，人们时而称为跨个体主义、时而称为人学的类同主义，用来指示再现和体现为任意他者的人，尤其是在非西方的传统小说中，例如《红楼梦》，或者当代小说，例如后殖民小说抑或村上春树的小说，反映了本质主义的同样缺失和同样连续的差异图式。在非西方的小说和后殖民小说的情况里，这种连续图式悖论性地设置了去差异化。这种见解吁请我们重新阅读西方小说里身份的去差异化游戏：这种游戏大概与它所承载的时间和变化分不开；它呼唤新语境的图式或追寻（去差异化所携带的差异性的新语境）。这要求我们审视人物的主体化方式，如果我们局限于西方小说的话，要求我们审视身份不可完结性的功能，这种不可完结性与个体性的人学分不开，跳出了性情与赋予主体的清晰程度不同的行为能力的混淆，也跳出了根据朝着某种生存缺陷或社会异化而表述的性情史。❶

---

❶ 这构成在西方的西方小说史的阐释常态以及赋予它的批评视野的论证，参阅原著第173页、本译著第161页注释2。这种赋予小说某种负面禀赋的方式只是表述它寻求某种正面视野的另一种方式。我们已经指出（参阅原著第21页、本译著导语部分第7页），这已经是格奥尔格·卢卡奇的隐性形态；这是小说的某种总体视野的显性形态（见前引托马斯·帕韦尔《小说的思想》）。这不是小说人物之形势和意识的唯一阐释。一种鉴定人物双重意识和小说断定能力的阐释，首先承认小说体裁本身的某些特征，例如后边将在原著第163页、本译著第152页看到的某些特征。

第四章

性情：论人物的主体化，他的未完成的反思性以及现实主义和去现实化的决定因素

在小说中构成和发展的性情问题，与赋予人物的双重意识和该人物的主体化（人物被指示为主体或构成主体的方式）相关。这种双重意识和主体化根据偶然性的预先支配地位和小说所承载的人学背景而界定，例如西方小说的人学的某种二重性、某些非西方小说类型的人学的类似观。一方面，双重意识、主体化和人学背景是世界的共同塑形的决定因素；另一方面，它们是小说两大审美方向现实主义和去现实化的决定因素。❶ 对性情、意识、主体化、共同世界的塑形、现实主义和去现实化之间的关联的阅读将背离小说理论的常见论点。它们的性情思想还停留在以反馈到英雄史诗的某种理想主义形象为突出特点（格奥尔格·卢卡奇，米哈伊尔·巴赫金），以某种历史的形象为特征，这种形象与整合进古老欧洲的社会形象是分不开的（亨利·詹姆斯），并主导着主体化的某种理想定义：从一种时间即共同历史的时间采撷来的一种共同的主体化。❷ 在西方，小说史，小说理论的根

---

❶ 我们用去现实化（déréalisation）而没有用反现实主义、想象或其他许多语词，旨在指出，这第二种审美方向有自己的自律性，它更多涉及的是比较恰当地称作非观察性因素。

❷ 在历史小说中，现在与过去的时间游戏，一如瓦尔特·司各特所界定的那样（参阅原著前述第 119 页、本译著第 106～107 页），不蕴含某种集体主体化图式；主体在历史上的记载是由某种历史的、客观的身份来界定的。这种历史身份大概被小说重塑甚至建构。在瓦尔特·司各特的视野里，小说自身不能描画集体的和历史的意识这一点并不因为上述重塑或建构而有所逊色，因为在历史上，人们无法再现米哈伊尔·巴赫金做出理论总结的言语共同体的类型。福楼拜和后现代小说共同证实了西方小说所展现的主观性与历史的分离。福楼拜：这种分离是《情感教育》（*L'Education sentimentale*）的核心题材；它也可以从《包法利夫人》中读出——爱玛的通奸反映了这种分离。后现代小说：瓦尔特·司各特关于历史小说所描写的时间的二重性，在后现代小说里，界定了现在意识这种似乎被认同的意识，但是它仅是一种当前的意识，是当代的意识。悖论性的是，被认同的时间和历史的意识的再现只是种种身份以及它们的时间组合的一种意识。唯有赋予历史某种目的性，倘若历史拆解它自己的问题性，它才塑造了历史上的某种共同的主体化过程。问题性的这种缺失可以从格奥尔格·卢卡奇的《历史小说》（*Le Roman historique*, Paris, Payot, «Petite Bibliothèque Payot», 2000；Ed. or. *Der historische Roman*, 1956）中读出来。

本，是从这样一种主体化的未完成形态的标签下读出的。指出这种见解的真正的当代版本是恰当的：小说标记人这种根本的终结；于是人们说，人交出了自己，就像米歇尔·福柯论及福楼拜的作品所说的那样。

根据主体化的发现，这不是小说唯一的阅读可能。作为小说基本特征以及本书主要参照对象的性情的两种类型，人学的二重性的性情和类同主义的性情，以近似的方式来安排双重意识的游戏，在此处塑形主体化，而在彼处则塑造某种类型的去主体化。主体化不能以完结的方式来展示：小说中所展现的主体，个体性之人学的主体，甚至因为人学的二重性，而不能反映自己的身份。我们不妨用近乎同样的术语说，类似性人学的个体的主体化是不可完结的。然而这种不可完结性是特殊的：它不能与似乎脱离自身的主体的展现相分离——不可完结性不能与身份的转移相分离。小说理论的传统，小说研究的理论传统，持久地设想，小说的写作仅仅根据对世界的某种意识。这种设想说明了维系在作者与小说之间的关系的重要性，维系在人物意识之图式的各种方式的重要性。在性情与人物双重意识的这些游戏中，可以很明显地读出，某种毋庸置疑的自身意识的缺失是某种世界意识的条件。这种情况可以粗暴地重构：包法利主义者的爱玛·包法利是表述这种世界意识的最好手段。

性情，双重意识，主体化：从个体性的人学到类同主义的人学

人们表述了个体的人学界定：自 17 世纪以来，个体人物在西方小说里占据优势地位。❶ 这种人物具有双重意识、独特性的意识，他属于世界、属于人类群体的意识。意识的这两块部分上是矛盾的；它

---

❶ 关于这一点和对菲利普·德科拉的参照，见原文第 18 页、本译著第 3～4 页。

们允许根据个体对世界的独特占有和与世界的面对面来再现人物。这种双重性既不排除人物被展现为由社会现实所丰满的形象，也不排斥他保留着对偶然性的某种强烈感知，例如在《威廉·迈斯特的学习年代》，❶ 进入环球社会的人物威廉，变得对于种种个体历史的多重性和偶然性具有完全的意识。倘若不是根据小说本身，不管是对这种二重性还是对双重意识，都没有解决办法：《威廉·迈斯特的学习年代》通过其结论，呈现为时间意识的明显的修辞化：通过这种修辞化，时间被展示为连续性的，而意识和意识的时间被展示为聚合的，如同已经指出的那样。小说还呈现为主体与世界的和谐展现。这种修辞化和这种和谐以另一种修辞化为形象，即爱的修辞化：人们臆测的玛利亚娜的不忠把人物威廉抛入世界，事实上，玛利亚娜并非不忠。这种修辞化根据某种明显的身份（在时间内他是自身）和某种去差异化（他远远超过了自身，他还是自己所有那些散乱时间的自我，也等于当他被接收为环球社会的成员时他得以阅读的所有传记之和）来界定人物。这种修辞化是西方小说的一种常态，包括突出形式思考和语言思考的小说。

在西方人学的视野里，小说对意识的阅读与人物之主体化的某种定义混淆在一起：使得人物被指示为主体。这种主体化本身是双重的。个体通过对其双重意识的知识而被定义为主体，这里的双重意识指的是对其独特性、个体性的意识，意识到他与任何其他人的相似性。他还通过小说赋予他的把真实和世界隐喻化的能力、把自己的身份阅读为按照许多其他个体和许多其他群体的显性的和去差异化之身份的能力而把自己定义为主体。把玩这种双重性是小说的功能。小说由此而回答时间中某种身份的缺失和某种可以明显与个体身份组合的集体身份的缺失。

小说可以根据这种双重意识让人物与读者联姻，双重意识按照其

---

❶　Goethe, *Les Années d'apprentissage de Wilhelm Meister*, op. cit.

自身的悖论来展现。人物被交给他自己的双重意识和他自身的幻觉，而赋予人物的对自身的意识和修辞化的情绪（即置于它们之身份和它们的连续性之标签下的情绪），界定幻觉的可能性和可然性。这种幻觉可以是一种几乎精心运筹的幻觉或者不被掌控的幻觉，例如《威廉·迈斯特的学习年代》里戏剧题材所指示的那样。读者可以根据某种双重意识和某种偶然的幻觉来阅读。❶ 在田园小说里，人物把玩他对自身的幻觉。❷ 在 18 世纪的小说里，尤其通过情感故事，在 19 世纪的现实主义小说里，幻觉都与人物所关注的方案分不开。幻灭则演绎了幻觉权利的终结和面对世界的失望。换言之，与双重意识相关联的幻觉与某种时间游戏和历史性发生了关系，后者曾经是它的条件，也可以是它的终结。

　　双重意识的这种游戏隐性地被小说理论描画的批评传统所承认。例如我们可以从亨利·詹姆斯到米哈伊尔·巴赫金和当代的叙述学家们。詹姆斯的英雄人物的双重意识一方面显示为英雄人物与国际题材

---

　　❶　需要指出的是，17 世纪法国关于小说的思考指出了小说世界和读者世界的多孔性（la porosité）。这种多孔性建立在幻觉游戏的基础上，幻觉游戏属于人的双重意识，属于小说把这种双重意识之塑形置于其下的修辞化。这样，小说对于读者的幻觉效果就被接受了；这意味着小说的"欺骗"也被接受了，意味着幻觉悖论性地是一种清醒的活动，意味着这种活动不可分解地是对种种身份（人物的身份、读者自己的身份）的一种承认游戏，以及它们的去差异化的部分活动。这样一种游戏与英雄人物的放弃是分不开的，英雄人物排除与读者之某种人学共识的建构，而幻觉的接受则意味着这样一种共识。关于这一点，参阅 Emmanuel Bury, «A la recherche d'un genre perdu: le roman et les poéticiens du XVII siècle», *Quaderni del Seminario di filologia francese*, n⁰ 8, 2000, p. 17. 我们知道，19 世纪发展起来的摹仿说的客观理论努力断绝这种多孔性所承载的风险，并把小说世界置于客观承认实在的标签下，这种承认并非一定拆解幻觉游戏。20 世纪丰富的对现实主义的批评（例如罗兰·巴特的批评，参阅原文第 174 页、本译著第 162 页）和读者深入虚构的各种假设（Jean - Marie Schaeffer, *Pourquoi la fiction?*, Paris, Le Seuil, 1999）无视西方小说的人学视野，无视形成虚构功能的双重意识，无视小说所承载的身份塑形的修辞化、与这种修辞化维系在一起的幻觉的运筹游戏以及现实主义美学所构成的对这种游戏的回答。

　　❷　关于田园小说里人物把玩自身的方式，参阅原著第 108 页、本译著第 96 ~ 97 页。

的关联，另一方面，显示为英雄人物与艺术的关联：艺术是外部性的形象，也是对世界和主体之物质性参照的替代者。米哈伊尔·巴赫金赋予小说的陈述者和人物某种双重意识，即所谓复调之谓也，同时也赋予复调的操作者小说家以双重意识。叙述学告诉我们，通过自由间接引语，叙述者的言语不可溶解地即是他人的言语，而叙述者的意识也是一种双重意识。当我们考察亨利·詹姆斯的小说实践或米哈伊尔·巴赫金和叙述学家的论点时，应该强调，与双重意识捆绑在一起的修辞化游戏处于被检查的状态，在亨利·詹姆斯那里，被国际题材的编码和对艺术之关注的编码所检查，而在米哈伊尔·巴赫金那里，则被复调与捕捉整体之动作的组合所检查。❶ 这种检查阻止昭明（亨利·詹姆斯）或具体说明（米哈伊尔·巴赫金）小说所回答的内容：问题性与个体的人学界定以及修辞化所设定的身份之差异和去差异化的二重性分不开。

与小说的这些检查性阐释相反，指出双重意识等于指出了小说既断定又询问之能力的手段。一方面，双重意识是偶然性的意识和偶然性导入生活中的中断性之偶然性的意识，是欲望及其能够激发期待和计划的意识。另一方面，这种双重意识是欲望所允许的任何身份之隐喻可能性的意识和从属于偶然性的性质让人们读出的任何系列事件和行动之隐喻化的意识。

偶然性和欲望把性情的塑形置于某种自由方式的标签之下，并保持了小说与真实的某种假设客观的关系的条件：通过偶然性，人们可以塑造世界、欲望、生活。这种性情和它所蕴含的竭诚努力的视野允许赋予小说某种断定性权力，不管它所呼唤的对其虚构性的承认如何，或者更准确地说，某种实际性被赋予虚构，后者永远不应该读为

---

❶　关于复调作为阅读小说中史诗之稳定整体的某种手段的界定，参见 Galin Tihanov, «*Herméneutique et sociologie entre Allemagne et Russie: la communauté, la langue et le classique(Gadamer, Freyer et Bakhtine)*», *Revue germanique international*, 3（2006）, *L'Allemagne des linguists russes*, pp. 174 – 176。

某种抽象。❶ 这种性情由于承载了某种双重意识，也可以安排询问，于是后者悖论性地与任何断定一起行动，自此，隐喻化便与两种明证性分不开，与时间强加于事件和行动的中断性的明证性分不开，与偶然性的明证性分不开。小说的这种断定权力和询问权力根据现实主义来理解：现实主义是对真实的承认，承认主体的不可侵犯性，承认个体之间的平等，承认其他观点的可能性——偶然性之属性和隐喻性，欲望所允许的隐喻化，允许这些其他观点的存在。❷

恰当的做法是继续人学视野。同样，从史诗到小说、从行动和辉煌向偶然性和幻觉之可能性的过渡需要以人学视野的某种变化为条件，❸ 同样，小说史及其国际化如今阻止我们仅把一种人学视野和唯一一种修辞化的方式有效化，这就是我们刚刚界定的关涉 18 世纪以来之西方小说的修辞化方式。例如，与西方小说相反，中国传统小说似乎就不提供饱满建构的人物和英雄（被展示为这样的稳定的实体方

---

❶ 请参阅汉斯·费英格（Hans Vaihinger）在 *La Philosophie du comme si*，*Philosophia scientiae*（Cahier spécial 8，2008；Ed. or. *Philosophie des Als Ob*，1911）里的论点。

❷ 正是这些隐性的观点奠定了从埃里希·奥埃巴赫到伊恩·瓦特的现实主义之性情的阅读传统。这是与亨利·詹姆斯、格奥尔格·卢卡奇、米哈伊尔·巴赫金的阅读相联结和相比较的一种"自由"阅读。对于与我们所建议之阐释类似、但明显保留小说之"对立性"和格奥尔格·卢卡奇、米哈伊尔·巴赫金所建议之整体性概念的阐释，参阅 Alan Singer，*The Subject as Action. Transformation and Totality in Narrative Aesthetics*，Ann Arbor，The University of Michigan Press，1955。按照这种视野，小说的界定通常是用这些语词来表述的：作为文学客体的小说与文学相对立（这里指的是主导性的和约定俗成意义上的文学）；它提出种种不同的虚构作品。被视为小说特性的两种特征，偶然性的再现和整体化的效果，涉及偶然性时，被解读为允许超越讽喻的要素，而关涉整体化的效果时，则被解读为欲望权力的某种塑形。偶然性和欲望可以表达小说竭诚努力的能力并压缩可以承认是小说体裁的再现性限制和语义性限制之重要性的能力。偶然性和欲望把性情的塑形置于某种自由方式的标签下，并保留小说与真实的某种被设定为客观关系的条件。

❸ 在功绩和行动中，主体的意识基本上是某种行动的意识，该行动被定义为具有象征意义和集体价值的一项独特行动。在偶然性世界里，行动不再属于业绩；它是与人物相关的谓项游戏的组成部分。在人物的界定中，这种情况表述为对意愿与行动之关系和对行动掌控的某种询问。

式），而是提供相对不饱满的、流动性的人物。❶ 这种情况与小说结论重要性的某种下降，与人物社会角色相互覆盖之重要性的下降，与某种过渡时间或循环时间之塑形的重要性的下降是分不开的。例如，某些明显与土著文化相关联的当代小说，例如帕特里夏·格雷斯（Patricia Grace）的小说，❷ 或者与泛灵论宗教背景分不开的一些当代小说，❸ 它们提出的叙事是跨越若干时代并出自若干叙述者之口的，他们同时处于某种跨越时间的记忆图式里，或者把人物界定成可以有若干形体的模样（一个独特的精神可以化身在若干身体里）。第一种情况是与对记忆、共同体和死者的独特再现相关联的一种人学视野；第二种情况则是直接与泛灵论相结合的一种人学视野。所有情况下，人们都无视或拒绝了个体性的人学。这就导致叙述规范或反规范的某种缺失，例如西方小说所显示的那些叙述规范或反规范，导致任何完美的反现实主义思想的缺失，导致一种叩问类型的出现，这种叩问类型与对个体性小说和双重意识相关的叩问毫无关系。

　　这些小说，不管它们是中国的传统小说，还是帕特里夏·格雷斯的小说，抑或显示着泛灵论的小说，正如我们刚刚指出的那样，通常都是没有明显结论、叙述的发展没有呈现出某种明显运筹的小说。这说明这些时间过渡的小说回应了人的一种特殊形势：在时代的过渡和连续性中，在记忆和时间的混沌中，在身份的各种不同的化身中，小说不再需要回答时间和身份的差异，因为身份和时间都被置于某种隐喻化的标签下。这种隐喻化消解了时间的解构效果，并导向两类分不开的见解：第一种见解关涉什么是人和物，他们是稳定的；第二种见

---

❶　Andrew H. Plaks, «A Critical Theory», dans Andrew H. Plaks（éd.）, *Chinese Narrative. Critical and Theoretical Essays*, Princeton University Press, 1977, p. 347 *sq.*

❷　我们列举这种观点特别突出的一部小说，即帕特里夏·格雷斯的《不会说是的芭比》（*Baby No - Eyes*, Auckland, Penguin Books, 1998）。

❸　我们可以引述阿赫马都·库胡马（Ahmadou Kourouma）的《等待野兽投票》（*En attendant le vote des bêtes sauvages*, Paris, Le Seuil, 1996）。

解关涉下述现象，即一切东西都可以是其他东西，而无中断的图式。在这种过渡图式里，有一种利益：时间的解构效果或回归（entropique）效果缩小了；存在一种困难，指归和谓项变成不稳定的实践或者只有通过永远重新鉴定可能接受某种表语的种种实体才是可能的。这就是何以这些小说都是多重叙事，通过时间的过渡关联起来，且没有结论，因为倘若时间不拆解任何东西，那么它禁止建构具有终极性质的种种言语。这些小说，为了肯定无疑地继续它们的叙事，而不会出现与真实相关的双重断定被拆解的现象——见证确切的身份和可能对真实的另一形态、对种种物体和人做出鉴定，重新引入时间具有某种宗旨的思想，在"为什么"的形态下，重新引入询问什么是事件发生的原因的思想。这种情况在中国传统小说里，表述为"何以"个人有这样的品行；在帕特里夏·格雷斯的小说里，表述为"何以"一个共同体、一个家庭有这些行为；在法属非洲的某些小说里，表述为"何以"有这些政治行动。品行、行为、行动与事件相同化，因为它们同时设置了一个行为人和许多其他行为人：任何主体都可以是他人，曾经是他人，抑或是流动的。世界在表述时被完全事件化了。

在这些小说里，人物的主体化并不重要，但是行为的定位，包括陈述行为这种行为的定位很重要。当时间的过渡被置于突出的地位时，小说里不再需要明确塑造叙述者的支配地位；由于时间的过渡、身份的去差异化，如果我们想恢复被展示世界的阅读性，而避免与事件同化的行动的主导地位遭到拆解，那么就需要鉴定陈述者和行为人。这解释了中国传统小说里人物的强势的人口学统计形态，解释了帕特里夏·格雷斯小说和非洲法语小说里共同体的强势图式：这种强势的人口学形态和这种强势的图式可以根据行为人在共同体的位置来鉴定。这还解释了，在过渡的时间里和在泛灵论的世界里，永远不会有足够的行为人来区分所有的时间。

我们再回到双重意识的设想：任何意识都是对自身的意识和对他者（被认为是肯定的他者抑或可能的他者）的意识；变成他人是事件

的一种方式，任何意识都可以面对事件；它是对此没有思考的意识。小说回答这种不曾思考所造成的问题：这种可调动性和双重意识意味着什么呢？它是根据时间之过渡的展示，根据事件、行动、人物持久的某种类同化，对未曾思考的思考。这可以回答中断性、时间的过渡和主题的分散性等问题。

偶然性和性情的两大类型（主体化类型、人们之间的类似类型）的这些界定允许我们说，赋予小说的批评视野和努力性质，❶ 从偶然性的再现功能和小说中双重意识的鉴定角度看，是一些第二类的特征。这种再现和这种鉴定拥有另一种视点：个体性人学的个人视点，他永远拥有与其任意一位类似者不同的观点；类同主义人学的观点，这种观点与身份的去差异化分不开，它永远设置了另一事件，并进而设置了与该事件维系在一起的观点。根据这些人学视野的每一种而对性情的塑造，是一种元建构，它可以在小说中指示人类的群体，而不对他们作特别的界定。根据类同主义人学的性情完美地论证了小说的隐喻性，意思是说它赋予人类群体的图式犹如这种隐喻性的完结；倘若重拾我们最初的某种见解的话，❷ 个体性的人学永远设置了一种不同的观点，根据个体性人学的性情留下了永远重新安排向另一人、另一时间、另一地点、另一语境过渡的完全的必要性。米哈伊尔·巴赫金的言语间性和对话主义可以解读为刻画人类群体之种种手段的语言学界定，这些手段把个体性人学相关之塑形的局限性与类似性人学塑形相关的可能性联姻起来。

双重意识，未完成的反思性，现实主义，去现实性

小说体裁的主导性的两种审美方向即现实主义方向和去现实的方

---

❶ 参阅原著第 167 页、本译著第 156 页注释 2。

❷ 见原著第 26 页、本译著第 13 页。

向与这种双重意识是分不开的，不管是个体性的人学还是类同主义的
人学。这等于喻示人们在现实主义与反现实主义的某种严格对立之外
去阅读小说。

正如前文所指出的那样，小说根据某种双重游戏来定义，谓项的
游戏和昭示事件和行动的游戏。这样它就不可分割地既是一种本体论
式的塑形，也是一种时间塑形，并且不停地修正着这两种塑形的平
衡，根据某种双重叩问，与谓项变化相关的叩问，与时间变化相关联
的叩问。❶ 两种塑形一起扮演身份之差异性（谓项的游戏）与身份去
差异化（事件之展示、各种事件和时间性之联结的游戏）的二重性。
这样，个体性的人学小说就安置了主体鉴定的肯定性，却把它置于时
间的游戏之下。它提供了自身与能指小说相反形象的演示。这样，类
似同的小说就首先安置了变化、共同体和身份的去差异化，并建议这
种游戏中的一些中断点——存在不少人物的名义身份。由此，小说根
据每种类型的性情，可以根据多种方式反映许多事情，而没有使任何
类型的礼法（nomos）、任何类型的体系、任何类型的历史目的性，居
于主导地位，不管它所青睐的展现类型，没有消除其建构性二重性
（谓项的变化，时间塑形的变化）所承载的叩问，没有使它必然按照
在西方占主导地位的批评的两种支柱来阅读，一种是希腊支柱，另一
种是《圣经》支柱。❷

谓项与纯粹变化的这种游戏还需要具体说明双重意识的定位。个
体性和共性的意识，或者共性与个体性的意识（个体性的人学与前一
序列相对应，类同主义的人学与后一序列相对应），也是身份和变异
的意识，换言之，是某种完结性思考游戏之不可能性的意识。

这种非完结性重构如下：小说构成的条件是，它展示一种性情，

---

❶ 关于这些观点，在某种哲学视野和语言学视野而非在小说理论的视野上的论述，
参见 Francis Wolff, *Dire le monde*, *op. cit*。

❷ 参阅原著第 110 页相关段落、本译著第 98~99 页。

这种性情从主体的角度排除某种毋庸置疑的自身意识，并由此而允许某种世界意识。这样，双重意识就是对任何根据一种修辞化而对人物意识之完美塑形的拒绝；这就是福楼拜何以青睐明确失误的意识（爱玛·包法利），而福克纳则青睐一个痴呆者的意识，没有出现某种拒绝现实主义的开端，❶ 且从塞万提斯和拉伯雷到笛福和歌德的小说发展明显是问题之发展的原因。在这种同样的视野里，我们可以通过18世纪关于人物道德性或非道德性的讨论而读到其开端的批评传统，是在人物的某种弱势标签下或少数地位的标签下对性情的某种重读：这种重读把个体性的人学置于对它自身的询问之下。❷

　　同样的论据类型对类同主义的性情也有效。世界全部被事件化，各色人物都包括在内，这种做法把真实及其行为人的任何提及都置于变化的标签之下。这种不稳定的谓项游戏没有被展示为一种篡改的游戏，而是展现为激发种种资料、行为人的持续不断地再鉴定的游戏，这是把文学多元化的一种方式。这样，通过它让指示承载的问题——那是另一指示的手段，任何再鉴定都是有效的。这些指示时而符合"可观察到的事物"，时而符合"不可观察的事物"，都不安置真实与想象之间的矛盾，反而肯定安置了世界的持久性。于是世界由此而成了问题并因此而允许塑形世界的某种双重意识。

　　双重意识这种游戏是埃里希·奥埃巴赫在《摹仿论》里所提供的现实主义文学阐释的隐性形式。❸ 勒内·韦勒克曾经强调说，这种阐

---

❶　这些见解稍做调整，也可应用于《红楼梦》和日本的私小说（shishosetsu）。

❷　需要重温诺斯罗普·弗莱的《批评的解剖学》，增加西尔维·托雷尔－凯伊多的《一种小说思想：平凡的光辉》（Sylvie Thorel－Cailleteau, *Splendeurs de la médiocrité. Une idée du roman*, Genève, Droz, 2008；小说人物的平凡性的继续，界定了17～20世纪小说的逃避不了死亡命运的存在主义人物）和斯蒂法诺·卡拉布瑞慈（Stefano Calabrese）的 *Intrecci italiani. Una teoria e una storia del romanzo*；1750～1900（Bologne, Il Mulino, 1995：对各种小说理论和小说文本汇集的阅读，表述了存在、异化和对某种可能性之期望的联姻）。

❸　Eric Auerbach, *Mimesis*, op. cit.

释是一种现实主义的存在性质的阐释。❶ 我们建议把勒内·韦勒克的这段见解解读为指出现实主义与塑造双重意识之关系的一种方式。现实主义与小说给出的作为准确忠实意义而解读的东西分不开，原则上通过这种忠实意义，不呼唤特殊的叩问，而是设置了人物的存在性质之介入的昭明。因而在《摹仿论》里，不管现实主义的历史如何持续不断，不管现实主义是怎样可以通过不同的历史语境、根据文学的"层次"去复原，它都不能是某种系统性图式的客体。它只能做出某种见证：现实主义在脱离任何向逻各斯的反馈之外，处理真实问题。❷ 例如《圣经》所显示的那样，历史强加了这种反馈的缺席，尽管《圣经》设置了一种目的论的历史。时间形成现实主义的问题，并进而形成现实主义与存在视野、与双重意识的不可分离性。不管人们把现实主义与众多哲学思想之一笛卡尔哲学相组合能够喻示什么，❸ 它不等于实在的某种理性化的塑形：它是根据任意现实和现实的任意行为人而塑造的，犹如根据现实之任意编码和构成该编码的任意约定一样。这样，对《摹仿论》的某种严谨阅读就可能导致与罗兰·巴特相近的见解，❹ 然而带有一种差异：埃里希·奥埃巴赫所界定的现实主义不会骗人；它不参与任何意识形态的扭曲活动。现实主义的多样性应该根据这种扭曲的缺席去解读。应该通过某种明显的悖论，一方面表述现实主义的某种伸缩性、某种自由命名的方式，另一方面表述对第一印象的持久追求，后者与现实主义赋予自己的宗旨结合在一起。

---

❶ René Wellek, «Auerbach's Special Realism», *The Kenyon Review*, printemps, 1954, vol. 16, nº 2, pp. 299 – 307. 这里提出了对现实主义和存在性的这种联姻的新阐释。

❷ 我们知道，埃里希·奥埃巴赫因而通过对《圣经》的双重阅读来论证现实主义在西方文学中的出现。这种情况可以重构如下：历史可以被目的化；这种目的不是对各个时代的决定。这些时代因而是处于逻各斯之外的，它们仅仅是变化的时间。

❸ 伊恩·瓦特（Ian Watt）在前引《小说的起源》（*The Rise of the Novel*）里表明了这一观点。

❹ Roland Barthes, «L'effet de réel», *Communications*, nº 11, 1968, pp. 84 – 89.

通过对第一印象的这种追求的塑形，小说把自己安置为与任何规范相陌生，而每个人包括小说的人物、读者都可以在他所理解的现实主义事实的基础上编织。这样，现实主义就是在某种不可磨灭的忠实性的标签下以及在其偶然性的标签下对客体的塑造，后者允许这样的编织。人物的意识就是这种双重性的意识，正如对这种二重性的发现属于读者并指导阅读一样。这样，现实主义就赋予人物一种介入方式，并导致读者能够在他的阅读中实践同一类型的介入，这种介入可以对客体有许多感知和解读。这里，我们继勒内·韦勒克之后，更多地采纳存在性介入而不采纳想象性介入的说法，因为客体之现实主义的再现和人物对第一印象的追求以及读者可能对现实主义的使用，所涉及的正是人物的自由和读者的自由。现实主义安排对真实的某种见证或再现，它们不仅仅根据客观性来表述，而是也根据真实之任意可以达到均质性的方法的缺失来表述：真实即是它的种种实在和它的独特性的行为人，正如它的场域和时间是独特性的一样。现实主义像真实一样，不停地出现差异。这就是为什么小说可以是对这种见证的长期编织：人物和读者都根据这种差异本身。这种自由去除了现实主义的忠实性：这种情况用行动、感知和观点方面的语词来表达；它把现实主义变成对赋予自己的客体的某种叩问，从它自己承认的忠实再现开始。亨利·詹姆斯的视点人物是对现实主义这种悖论的某种演绎。这种人物是这样一种人物，他的存在性的介入被排斥以期赋予某种客观性以市民权。这种排斥造成人物的问题：通过不回应这种存在性排斥（后者与人物帮助建立或塑造的现实主义分不开），那么人物到底在回答什么呢？这种排斥也造成现实主义的问题：现实主义作为忠实方法，而非完全不回答的建立忠实性的现实主义，因为它不能以自身的存在性排斥来回答，那么它到底在回答什么呢？这种人物，这种空白人物的方式（只需引述《麦琪之知》[*Ce que savait Maisie*] 里的麦琪和《和平鸽之翼》［*les Ailes de la Colombe*］里的米莉·特雅尔❶）回应的是他人的存在（有很多他人）和某种多重的实在。这是界定小说，而世界被鉴定给它，作为某种媒介方式。正如汉斯·布卢门贝格关涉《圣·安托万的诱惑》（*La Tentation de saint Antoine*）时所指出的，这种情况有一种后果：把世界等同于书籍对鉴定自身有效；它也对这种鉴定所允许的行为有效，例如为主体塑造和建立世界的可掌控性，❷我们不妨补充说，塑造和建立编织刺绣的可能性。

还需要说明的是，稍做调整后，同一类型的论据能够对并非明显现实主义的小说有效，例如科幻小说、幻想小说、巴洛克小说。即这些人们称作明显不可思议的虚构类型，它们在小说中违背观察、存在的明证性，也肯定违背读者的存在。这些明显的虚构把玩它们自身的界限：没有幻想小说不重温真实的某种处境；没有科幻小说不重温它的来源知识；不管是前者还是后者，没有对常见人学的某些认定就寸步难行。在这些限制的范围内，幻想性把玩感知的模糊性，把玩感知的可能性。幻想性和科学幻想把玩象征体系的重建或被遮蔽之象征体系的陌生感，把玩由不知或陌生所开启的可能性。与这些虚构维系在一起的去忠实化行为以一种与现实主义相反、但拥有同样逻辑的运动，让作者和读者在他们的描述中设置某种忠实性，并把这些虚构呈现为对这种忠实性的询问。赋予人物的意识是这种二重性的意识，双重意识，透明度问题的意识。

最后需要说明的是，在某种基督教人学的视野内对现代小说的某

---

❶ Henry James, *Ce que savait Maisie*, Paris, UGE, 10/18, 2004（éd. or. *What Maisie Knew*, 1897）；*Les Ailes de la Colombe*, Paris, Gallimard, coll. «Folio», 1998（éd. or. *The Wings of the Dove*, 1902）.

❷ Hans Blumenberg, *La Lisibilité du monde*, Paris, Le Cerf, 2007；Ed. or., *Die Lesbarkeit der Weit*, 1979.

种阅读，❶ 根据我们自身的阅读术语，回归到这种双重意识和赋予人物的世界观的透明和晦涩问题。在这种视野里，小说按照对基督徒带给他自身的目光（他是上帝的孩子，他对自身不是透明的，尽管他拥有某种确切的身份）的模仿来建构自己的人物，并作为上帝目光（对于上帝的目光而言，一切都是透明的）的替代者。模仿和替代造成矛盾：小说创作的设置是两种身份（上帝的身份和人物的身份）之间的类似和不睦的设置。再现的定位是模棱两可的：它不可能与某种视点相分离；它不可能与人物的身份相分离，后者代替了基督徒及其目光；它不可能与透明相分离，后者属于神圣目光的权力。这种如此特殊的论点把现代小说读作某种基督教人学的世俗化，它提供了一种典型的具有普遍意义的论据：小说的建构和再现游戏的建构尤其依靠对已接受人学身份的模仿和某种双重意识的悖论。

在性情的游戏里，个体性人学的游戏里，类同主义的游戏里，不管小说表述什么，不管它是根据自己的人物、自己的客体、事件、言语表述自己，不管它是否通过同样的手段表述世界或没有表述世界，小说都既不等于它自身的思考，也不等于对世界的再现（取小说之言语与世界的资料之间可以读出某种对应性的意思，这种再现类型自18世纪起就被视为西方小说的典型特征），也不等于对可观察世界之再现的拒绝。小说等于其本体论塑形和时间塑形的二重性所许可的身份和变化的持久的逆转。类同主义小说的特性是不再让人从这种逆转的持久展现中读出某种没有效果的后果。我们以为从任何小说里都可以鉴别出的思辨性人学是塑造这种逆行的最恒久的手段。

---

❶ Jean-Louis Chrétien, dans *Conscience et Roman*, *I. La Conscience au grand jour*, Paris, Minuit, 2009.

第五章

偶然性，性情，现实主义，虚构性，摹仿说的两种阅读性，小说的体系与历史性

我们表述了偶然性、谓项和标示变化的双重游戏、思辨性人学的重要性、人物的双重意识、它们与人们承认的现实主义之定位的关系。这些点的每一个都吁请我们根据小说本身重新检视对现实主义与虚构性之二重性的表述，重新检视摹仿说思想的双重价值。例如，我们可以根据小说不同的修辞和审美终端描画一个体系（此举可以重新构成现实主义与反现实主义、逻各斯与性情的二重性）并把体裁的历史性具体说明为一个运动，该运动时而背离人们所承认的现实主义的权威性，时而背离虚构的权威性，背离大的小说理论所建议的各种元历史。这种历史性是特殊的，因为在人们承认的偶然性的独特地位中，历史的任何目的性和由行动所担保的任何链条都没有表述出来，由此，小说不同于大写历史的展现，❶ 也不能一任人们把它自己的历史等同于元历史的某种方式。

论小说，论小说信息反射的不可能性，论现实主义和虚构

正是根据与偶然性分不开的小说的若干特征，小说让人们解读它的功能：在时间中处理身份。任何必然性都不能反对偶然性的展现，反对小说叙述的任何历史：因而，这种历史在其独特性中被阅读为拥有毋庸置疑的权利，具有普遍性，它从上述毋庸置疑中获得的普遍性，这种普遍性因而是没有律条的；与叙事的这种独特性相对应的是某种精神的展现：与任何其他精神不同的叙述者的独特精神，他按照偶然性，把所叙述的故事变成一种差异，通过它的独特性，通过它的

---

❶　关于任何小说都通过其叙事展现了一个独特的、但是包含普遍的日历时间在内的时间体系的事实，参阅原著第 125 页、第 151 页、本译著第 111~112 页、第 138~139 页。

毋庸置疑性。❶ 这几点拥有两个后果。小说是编造的故事，与真理的任何追求相对立。感情、爱、激情在偶然性世界展现中的重要性，表达了承认对人的任何断定以及任何把主体恒久地等同于某种断定游戏这种弱点：这里表述了问题性与思辨性人学之关联的条件之一。这些见解可以以更明确的方式重构。小说与任何解决性言语都是对立的。它的阅读要根据这种对立来进行。它的条件是承认他者即叙述者和任何存在的明证性，并拆解任何既定的秩序（偶然性、激情）。小说通过它的人物，一方面提供了走出世界及其真相考验的主体们，另一方面又提供了自身拥有丰富偶然性的主体们，但是小说所提供的任何再现都不等于对世界的某种否定。与小说一起继续前行，就是与这种形态本身一起前行。体裁的变化相当于在历史中肯定被展现之世界的变化，相当于这些肯定内容的变化以及由它们本身所设置的主体特征的变化。对世界考验的塑形和对这个世界的任何否定的缺失继续存在。小说一直是所有这一切的叙事。例如我们可以同时阅读《谢雷阿斯和卡丽罗艾的奇遇》（*Les Aventures de Chéréas et de Calirhoé*）❷ 和《红楼梦》。

　　小说这种毋庸置疑的方式（根据其独特性、根据它对偶然性的承认，小说都是毋庸置疑的）导致下述结果：把它当作某种事物、某种言语的复制，当作读者可以投射❸某种世界的承载者，当作读者可以沉潜其中的虚构品，❹ 小说理论描写的小说与其他者之关系时所拥有

---

❶ 我们这里在偶然性的标签下，采纳了玛格丽特·杜迪所界定的小说的特征性成分并把它们系统化，见 Margaret Doody，《Philosophy of the Novel》，*Revue international de philosophie*，《Philosophie du roman》，n° 2，2009，pp. 153 – 163。

❷ Chariton d'Aphrodise, *Les Aventures de Chéréas et de Calirhoé*, *op. cit*.

❸ 保尔·里科尔使用了投射世界这种假设，参见 *Du texte à l'action. Essais d'herméneutique II*, Paris, Le Seuil, 1986。

❹ 这是让－玛丽·舍费尔强调的一个观点，见前引 Jean – Marie Schaeffer, *Pourquoi la fiction*。

的所有这些方式，如果我们忠实地阅读这些论点，它们都是不可接受的。小说理论指出，小说不分离这些世界、这些宇宙星球与作为个人的个体的展现。这意味着小说的材料，包括人物，相互造就形象。在这种视野里，肯定读者投射小说的世界或者沉潜其中，应该补充说，是一种隐喻性的谈论方式，意在说明，读者通过阅读，可以与小说塑造形象：他根据身份的差异游戏和去差异化的游戏安排自己的阅读，模拟小说的做法。这种情况明显体现在小块的小说理论和批评之中，后者明确指出去差异者的重要性。例如，关涉德国浪漫主义及其小说和它们对副本（复制品、化身）题材（这是被异化的身份与去差异化之联姻的绝妙案例）的使用时，尼科拉斯·卢曼肯定说，副本仅仅让人们领悟到，原作与复制品之间没有差异；文学表述一种差异以保证它的自律性，然而这种自律性是建立在去差异化的基础上的。❶ 论据是卓越的：他把副本的某种双价性的使用，换言之，即忠实于原初身份的使用解读为塑形游戏的手段。这种情况既可以表述选择塑形的阅读，也可以表述小说。例如对爱弥儿·左拉《卢贡·马卡尔家族》系列小说的某种阅读显然可以最大程度地得出异化身份展现的自然主义结论，并指出"平均信息量"（entropie，熵）题材的重要性，这是去差异化的准确标志。❷ 例如维吉尼娅·伍尔芙关于阅读的建议：根据需要和愿望阅读，它把小说和读者置于某种模拟的结盟之中，它们设置的是同样类型的二重性和同样类型的去差异化。

19 世纪以来，西方大部分大的小说理论把与差异和去差异化之游戏分不开的塑形与某种外部现实主义的游戏的有效性的衡量关联起来。这说明它们表述的是客观性、可信性、似真性、对它们的否定。它们还把这种塑形与某种内在现实主义的衡量关联起来（这是对人们

---

❶ Niklas Luhmann, «A Redescription of Romantic Art», *Modern Language Notes*, 1996, vol. 111, n° 3, pp. 406 – 522.

❷ 这里引用了米歇尔·塞尔的论据，见 Michel Serres, *Feux et signaux de brume. Zola*, Paris, Grasset, 1975。

称作"不轻信之悬置"的论证,借此也重温了柯尔律治的一个术语),或者指出陈述安排的一般情况(这是米哈伊尔·巴赫金用其对话主义所建议的办法),或者指出被等同于"罗曼司"的安排(这里的"罗曼司"应理解为诺斯罗普·弗莱意义上的"罗曼司"),这些安排事实上突出了具有某种叙述化禀赋的象征组织和题材组织。在某种理论视野里,外部现实主义和这样一种现实主义的缺失的混杂也得到表达,这是亨利·詹姆斯在《一个美国人》(*The American*)的序里赋予"罗曼司"的定性。❶ 上述最后一种二重性对于界定西方小说之资料向那些没有文学现实主义这种完整倾向的文化的转移是有用的。❷

小说理论的这些主导性的建议重组了从 19 世纪接受的两种方法。第一种方法是法国的,第二种方法是德国和法国的,如同上文已经说过的那样。❸ 它们构成某种双重捆绑物。第一种方法:小说犹如处于与它赋予自己的客体的面对面之中。它的书写承认的正是这样一种面对面,现实主义设置的也正是这样一种面对面,它的对立面"罗曼司"、反现实主义设置的也是这样一种面对面。第二种方法:根据德国浪漫主义的小说理论,小说既是它自身之和,也是众多言语、众多象征之和。这些理论立场在 20 世纪都有许多延伸,让人们领悟唯一的一件事情:小说可能有能力展现它所引述的东西,同时又让人们引述它。从这种意义和某种信息视野上说,它永远是反思性的。那里有对现实主义和虚构的终极论证。这种论证是不可接受的。这样一种信息性质的"结算"是不可思议的。这种不可能性允许重新检视现实主

---

❶ 本书引用该序的文字,见原著第 47 页、本译著第 33~34 页。

❷ 我们且举几个例子。19 世纪初以来美国小说的发展被定义为"罗曼司"的发展;亨利·詹姆斯在《山楂树》(*Hawthorne*)里把美国某种坚实的真实的缺失与"罗曼司"的发展以及文学现实主义的更小版块结合在一起。许多所谓的后殖民小说由于把现实主义与通常与它们诞生的文化分不开的想象资料结合在一起而被与"罗曼司"关联起来,例如萨尔曼·拉什迪的《撒旦的诗篇》(Paris, Bourgois, 1989, éd. or. *The Sataniic Verses*, 1988)。

❸ 关于这几点,参阅原著第 48 页、本译著第 35 页。

义和虚构性的方法，检视摹仿说的定位并指出，小说把摹仿说变成某种叩问方式。

偶然性，现实主义，虚构

重建偶然性的某种市民权并排除某种信息藩篱的塑形，可以纠正关于写实论和虚构论的若干支配性论点，例如写实论方面伊恩·瓦特关于18世纪英国小说的论点和虚构论方面玛丽－劳尔·瑞安关于当代小说及其等同于虚构的论点。❶

伊恩·瓦特坚持认为，小说的发展与写实论混淆在一起：他谈的是"形式上的写实论"，关乎笛福、理查森和菲尔丁，❷ 应该把"形式上的写实论"理解为形式与客观性的联姻。这意味着把人物鉴定为由其永远独特的空间和时间场域所界定的一个个体。小说在普遍性的标签下展示独特性（客观性从任意人的身上都可以辨认出来，那里有写实的论证和普遍性的明证性），但是词与物的不可分离性没有得到肯定，参照系也没有被否认。某种特殊的人学即个人主义的人学支持这些论据：它使得按照小说持久鉴定世界上的物和行为人成为可能。例如，《小说的起源》就从文学史的资料开始提供了一种可从三重角度阅读的小说理论：阅读为现实主义的某种定义：现实主义并不意味着词与物的结合，而是意味着参照，且不能压缩为与唯心主义的某种对立，一如关于法国19世纪之现实主义的辩论所喻示的那样；阅读为与独特性和个人主义分不开的客观性的某种定义；由于这种客观性和它所蕴含的人学观而阅读为普遍性的某种方式。现实主义就呈现为没有问题之胰。伊恩·瓦特引用笛卡尔和洛克为支柱，在他的笔下，文学上的现实主义就等于哲学上的实际做法：把主体置于任何问题之外并把自我等同于真实言语的承载者。伊恩·瓦特不否认小说展现了偶然性。它似

---

❶　Marie – Laure Ryan，《Posmodernism and the Doctrine of Panfictionality》，*Narrative*，V，2，mai 1997，pp. 165 – 187.

❷　Ian Watt，*The Rise of the Novel*，*op. cit.*

乎是世界和时间的根柢，独特性和个体们根据世界和时间的腾挪，呈现在这种根柢之上，因而小说拥有某种实实在在的断定能力和认识能力。现实主义与无问题的见证混淆在一起，一如一个个体的生命时间较少是关于过去和现在的某种游戏，而更多的是一系列时刻，它们意味着个体的思考：个体根据自己的地域、时间、他自身的明证性、普遍性而思考自己。与从小说中界定偶然性之效果相反，也与偶然性所携带的问题相反，小说把任何实在都展现为双重的：它自身和可能的他者，因为小说的资料不服从任何运筹。

明显地把小说置于虚构一边，在文学批评和文学理论中，不管人们列举什么理由，乃是重复两种事情的一种方式：通常赋予小说的谎言；恰恰因为这种谎言是虚构，它是自身之真相的事实。把小说等同于某种虚构（它可以与某种明确的反现实主义相混淆或不相混淆），等于把小说鉴定为某种本质主义和物化，即虚构的本质和物化，换言之，等于用编造之物的悖论性的无问题代替现实主义的无问题。玛丽－劳尔·瑞安讨论这种双重价值和这种替换。替换建立在两种论据之上：应该承认虚构言语之行为人的宣告权力；❶ 应该赋予可能世界之理论以优越地位，这种理论本身让人以为读者承认小说里的某种虚构世界并且沉溺其中。❷ 把小说等同于虚构等于赋予它类似于解决性言语的断定权力。

伊恩·瓦特和玛丽－劳尔·瑞安的论点以互补的方式被解读。一

---

❶ 这类论据来自热拉尔·热奈特，见 *Fiction et Diction*，Paris，Le Seuil，1991。在约翰·塞尔建议的语言行为理论（John Searle，*Sens et Expression*，Paris，Minuit，1982，éd. or. *Expression and Meaning*：*Studies in the Theory of Speech Acts*，1979）内部，它反对虚构言语的定义：虚构言语是一种没有实用力量（能够建议某种类似断定）的言语：关于类似性的这种鉴定，人们不可能弄错。

❷ 种种复杂的学术论点（我们仅再次列举热拉尔·热奈特）建议某种阅读态势：认同作品中设置的世界，接受并沉入这种世界，然而最倾向于接受读者信誉的批评家们从来不曾想过这种信誉可能以如此极端的方式予以描写。

种美学（现实主义）、一种本体论（种种可能世界的本体论）形成没有律法之体裁小说的律法。小说与某种解决游戏混为一体。现实主义小说的世界既是一个雾化的世界（由序列构成），同时又被置于客观性的标签之下。它原则上不要求任何推论。倘若我们严格根据可能世界的理论以及虚构自身的异质多元性来阐释虚构的话，它原则上排除读者方面的推论，并把人物的推论限制到允许昭明虚构的范围内——小说里的一切表述和思考仅根据虚构形成的约束表述和思考。这种共同的推论缺失吁请人们把现实主义和虚构界定为完结性质的文学活动，可以表述它们自身的封闭能力。

三类不属于同类思考的论据，行将反对这些结论。

一如伊恩·瓦特所界定的那样的小说的客观性，设置了外在于小说的有效化的某种标准：客观性仅仅是读者的一种见证。断言虚构是其自身的律法并根据某种思考游戏来展示它（这种情况可从《堂吉诃德》和《法国中尉的女人》❶ 中读出）蕴含着下述理路，即一种交际性和信息性的物体小说自身能够被观察并显示它从这种观察中得出的结论。不管人们如何表述现实主义或虚构，小说将是一个完全封闭的体系并解决它自身的信息平衡问题。这是不可能的；观察属于一个外部的视点，它可以是读者的视点。根据现实主义或者根据虚构界定的

---

❶　小说《法国中尉的女人》（John Fowles, *The French Lieutenant's Woman*, Londres, Jonathan Cape, 1969.）是英国作家约翰·福尔斯的代表作，于 1969 年出版，出版后即引起各界的热烈反响，引发学术界对其中女主角、多种结局和写作手法等的广泛讨论。这是一个发人深省的爱情故事。它讲述的是一位承受精神重负、地位卑下而性格倔强的女子向社会、传统习俗作抗争，努力获取自由的经历。故事发生在 1867 年的英国。富家子弟、化石学业余爱好者查尔斯·斯密森去小镇莱姆会见已经与他订婚的欧内斯蒂娜·弗里曼小姐。在海边，他遇上被人称为"法国中尉的女人"的萨拉·伍德拉夫。据说这个女子"很堕落"。然而她身上那种极富女性魅力的特殊气质使查尔斯为之倾倒。他热烈追求萨拉，导致他与欧内斯蒂娜·弗里曼的婚约被解除。不过萨拉虽钟情于他，但对他若即若离，最后竟不辞而别，等到查尔斯好不容易找到她时，她却已经在一位名人的保护下，成了一个强调自由和男女平等的"新女性"。——译者注

小说，不管它承认自己的权威性如何，都赋予变异性以权利；它不可能是自身的律法。由此，它不可避免地处于偶然性的标志之下。

这些见解使小说自我承认的现实主义和客观性呈现出悖论形态。按照伊恩·瓦特的说法，它们并不设置词与物之间的和谐。在这种视野里，最好能作具体说明：如果应该表述某种客观性，它却只能以认识的方式来阐释；关于某物的表述相当于人们对它的典型认识；对于某独特性的表述相当于人们对它或人们能够对它拥有的独特认识。但是小说不建构对这种认识的明显的重温。它给出的现实主义和客观性犹如给予它们自身一样。被认识之物的公告犹如它以前不为人所知一样。❶ 这样，我们又回到了偶然性：被认识的物体本身是在某种偶然性的方式的标志下被展示的。

把小说严格等同于虚构的做法也显示了悖论性。这里的实质不是否认虚构的事实，而是指出它的书写和阅读犹如把它自身之内安排为某种外在的这种言语一样。玛丽-劳尔·瑞安所建议的在某种完结性虚构的标志下对《法国中尉的女人》的分析之所以是可能的，因为这部小说像任何小说一样，把玩双重性：它把自身的世界作为形势外的世界给出；它把自身的世界变成当然是虚构的某种形势的图式，并给予回应；以这种形势回应乃是塑形虚构的出路，或者更准确地说，把虚构变成一个过渡性的空间和时间：塑造由内向外过渡的空间和时间。❷

不管人们是让写实论还是虚构论的概念占优势，小说都呈现为承担着某种隐喻性的自身的问题。写实论与无知的传达是分不开的，而无知的传达是有关小说之叙事所引述之过去的某种隐喻性的游戏：在无知的传达中，过去呈现为它自身的他者，但是应该与之相关联：这

---

❶ 关于这种传达无知的概念，参阅让·贝西埃前引《当代小说或世界的问题性》第83页。

❷ Bernard Pingaud，Ω，*Les Anneaux du manège. Ecriture et littérature*，*op. cit.*

种二重性建立了过去的某种隐喻性的方法。同样的论据对客观性也有效。虚构是它自身的事实和必要性。这把它从任何展现原则中和任何明显的命题主义游戏中解放出来。它可以是彻底异质多元性的言语，是它们自身差异的多重演示，这些形态不构成问题，因为在虚构内部，它们的权利是不受质疑的：它们之间的关联只能是隐喻性范畴的，忠实主义范畴以及它所允许的关联范畴的。

这些见解可以解释何以今天在有关小说的研究中，在小说理论中，把小说与虚构相提并论而没有必然介入有关现实主义与反现实主义的一场辩论的原因。把小说等同于虚构使小说摆脱了任何叩问。事实上，对虚构的参照较少阅读为对想象和对不严谨事物的参照，而更多地是对构成某种整体的因素的参照：虚构可以解读为自足的，它本身并不是一个问题。同样的鉴定可以把小说的构成性悖论与某种传达事实关联起来，保留并昭明它们，而不赋予它们某种特殊的中肯性。例如，虚构的随意性就适合于偶然性的塑形。例如，虚构的自我参照就塑造了种种身份之差异化和去差异化游戏的某种掌控性。

那些大的小说理论呼唤同样类型的反阅读。例如，德国浪漫主义者的小说理论被解读为格奥尔格·卢卡奇和米哈伊尔·巴赫金的理论的某种前驱，它以自己的方式，表述了作为小说特性的这种传达和定位：它承认其中的某种绝对；它赋予小说某种超验主义的能量和某种整体化的权力。只需指出，这是小说悖论和传达性定位的某种断定性阅读。当代批评在雅克·德里达的影响下，滥用了事件概念，尤其是关涉作为叙事的体裁并进而关涉小说时。❶ 我们部分上理解了这样一种用法：小说的悖论把小说变成一种完成的方式，由叙述者的持久性支撑的完成行为的一种方式。但是，不要把这种视小说为行为完成的

---

❶　例如事件被当作氛围的恢复，如同瓦尔特·邦雅曼所界定的那样。人们离开了对偶然性的某种关注，例如让 – 菲利普·米耶所见证的那样，参见 Jean – Philippe Millet, «L'artifice littéraire. ' Une folie doit veiller sur l'écriture'», dans Amden Jdey, *Derrida et la question de l'art. Déconstructions de l'esthétique*, Nantes, Cécile Defaut, 2011。

视同携带得太远，不要像雅克·德里达本人隐性或显性地所做的那样，例如当他在为胡塞尔的《几何学的起源》的导论的一处插入语中，❶ 写道"斯蒂芬·德达卢斯似乎从历史的噩梦中醒来"，或者当他把《芬尼根的守灵夜》等同于所有文字、神话等的所有歧义的某种现在化时……❷当小说通过其时间悖论和它对偶然性的青睐而成为没有自身奠基的表述时，不允许从中辨认出某种简单的努力游戏。反之，应该指出：小说以自己的悖论来回答，因为它等同于它们，从它们中抽出某种叩问游戏和交际运筹。这样它就恰当地表述并回应了许多社会生活的悖论和不同社会的许多历史。❸

形象性，摹仿说，双重阅读性，叩问

小说的悖论及其传达信息的运筹以及写实论的双重价值，是根据塑形性与摹仿说的不可分离性而表述的。事实上，摹仿说的思想是一种可双重解读的思想，即摹仿说对象的解读和小说的解读，可以穿越与写实方法和虚构方法捆绑在一起的信息的不可传达性。

摹仿说的表述很容易。没有任何一位小说家、批评家、理论家天

---

❶ Jacques Derrida, Introduction, E. Husserl, *L'Origine de la géométrie*, Paris, PUF, 1962, p. 105.

❷ Jacques Derrida, *Ulysse*, *Gramophone*, Paris, Galilée, 1987, p. 28.

❸ 在这种视野里，可以建立这种小说游戏与界定任何社会的思考性之间的某种平行线：一个社会通过其建制、历史、辩论而反思，这是安东尼·吉登斯一项强烈的指示，更多地应用于当代社会（*La Constitution de la société. Eléments de la théorie de la structuration*, Paris, PUF, 1987；éd. or. *The Constitution of Society*, 1984）。这样，我们就可以把现实主义小说读作社会思考的某种显性活动。还有另一种对这种过度参照行为完成式的回答，即达尼埃尔-亨利·帕柔所构成的回答，隐性地把偶然性、叙事与叙事的构思关联在一起（Daniel-Henri Pageaux, *Naissance du roman*, *op. cit.*, p. 20）："在小说里叙述一件奇遇，那是要让它倏忽而至。但愿这件事情发生并且是真的；这是历史宣称真实的能力。小说家的身临其境的勇气堪比造物主的意志。"

真到相信忠实的摹仿说。只需表述福楼拜所标榜的无人称性就可以理解，那里的实质不仅是取消可能被理解为现实主义游戏中作者的某种影响，还有下述喻示，即倘若小说应该被视为世界的某种言语，同样类型的阅读性应该赋予世界和书本。这个见解对格奥尔格·卢卡奇的论点有效，不论是《小说理论》抑或他关于现实主义❶和巴尔扎克❷的论著。例如他在《小说理论》里所界定的幻灭小说，一方面就设置了可与小说之阅读性比翼齐飞的世界的某种阅读性，另一方面还设置了世界之阅读性的某种减弱，其根源在于感知和表述世界之（幻灭）人物的定位。相反，这是格奥尔格·卢卡奇关于巴尔扎克的论点，即小说的塑形性阅读性（这里的塑形性通过现实主义与纯粹想象的明显交叉来界定）并不背离真实的阅读性，反而增加小说承认这种阅读性的能力。❸ 爱德华·摩根·福斯特在《小说的形态》❹ 里赋予情节的定义（某种行动的论证发生时，就有了情节），也以类似的方式，以严格提醒对一行动的模仿，赋予世界的行为人和小说的行为人同样的阅读性。对模仿某行动的重温只是对世界的阅读性的重温并指出，小说之阅读性的承认就像世界之阅读性的承认一样。珀西·卢伯克❺对亨利·詹姆斯关于视点、视点人物等论点的扩展意味如下：小说的阅读就像世界的阅读一样，不必设置对世界的复制。我们已经指出，维吉尼娅·伍尔芙青睐读者在小说地位界定中的作用。❻ 小说没有必要

---

❶ György Lukács, *Problèmes du réalisme*, Paris, L'Arche, 1975；Ed. or. *Essays uber Realismus*, 1948.

❷ György Lukács, *Balzac et le réalisme français*, Paris, Maspero, 1967；Ed. or. *Balzac und der französische Realismus*, 1952.

❸ 我们将在塑形性"重新进入"非塑形性的标志下阅读这种运动，见原著第233页、本译著第222页。

❹ E. M. Forster, *Aspects of the Novel*, *op. cit.*, p. 94.

❺ Percy Lubbock, *The Craff of Fiction*, *op. cit.*

❻ Virginia Woolf, *Comment lire un roman?*, *op. cit.*；*The Common Reader. Second Series*, New York, Vintage Classics, 2003；Ed. or. 1932.

把模仿真实作为自己的动机；回应读者愿望的举措构成对上述动机的替代，读者的愿望是真实的。这里蕴含的思想是，人对现实的参照方式是间接的和隐喻性的；小说显示这种类型的参照行为。在所有情况下，双重的阅读性都是根据小说的能力来表述的。

双重阅读性

双重阅读性的游戏，即世界的阅读性和小说的阅读性，是修辞性质的：小说昭明它们并把它们作为自己论据的对象。世界和小说只能根据某种共同的视域才能被作为同时具有阅读性的对象，它们的共同视域蕴含在这种双重阅读性所形成的叩问之中。

这种修辞性视野在科幻小说和幻想小说里尤为明显，它们把阅读性的种种差异以及它们的比较变成种种极端的差异和一种极端的比较。幻想小说和科幻小说建议一种世界和一种人，他们违背我们世界的调节活动，即我们按照大自然、社会、文化所生活的世界。由此得出的结果是，假如我们把幻想小说和科幻小说给出的世界和人（或他们的变异活动）与我们的世界相比较以及与我们世界上的人们相比较，他们是在某种不确定方式的标志下被展示的。人被设置为不能在幻想性质的现在被理解，因为自然世界本身发生了变异；也不能在科幻小说里被理解：因为不管未来有多远，它都排除科学及其方法之某种完成形态的任何最终宣告，并进而排除承认在现在世界里的某种明证性或建构这种明证性。这些小说就这样找到它们的功能并论证着它们的修辞性质。**功能**：展现行动、生活的约束和任何规范的缺失乃是阅读我们现在的一种隐喻性方式。**修辞性质**：这种修辞性迂回导致属于我们现在的客体被抛入幻想小说和科幻小说，而另一客体，即幻想小说的客体和科幻小说的客体被考察，则通过这种迂回本身而设置为具有教育意义的和可掌控的。这种客体可谓一枝独秀，因为它无法与我们现在的任何客体的形象相混淆，显示某种共识的一种呼唤方式，即对可能鉴定出的人类行动的其他规范、其他根基之承认的共识。对我们现在世界的否认是对某种共同世界的叩问式肯定，这是一个可塑性的世界，因为它的存在条件是展现彻底的差异却设置了我们世界之身份和阅读性的恒久性。

双重模仿，现实主义和虚构的自由

在这些见解的视野里，小说理论最初的二重性，不管是它的法国部分（小说犹如与其资料的面对面对话并将后者作为它的对象），抑或它的德国部分（小说是它从其环境中采撷之种种言语和资料的某种和的方式），都可以读作超越现实主义约束（但并没有让现实主义失效）和不可能封闭信息的指示。这种情况可以从耶拿浪漫主义者之论点的某种重组开始标示：断言小说无法完成某种完整的反思运动并不排除承认该运动之假设的蕴含：小说摆脱了受任意他者、任意大他者指导的状态。这种情况的构成关涉小说的现实主义和它所设置的与世界的面对面：倘若人们坚持现实主义与外延的设想是分不开的（单数的外延一词表示某独特物体鉴定的可能性），那么最好作具体说明：小说不是根据另一范例写成的。这个另一范例在亚里士多德的《诗学》里表述为摹仿说所蕴含的宏大神话、可掌握的宏大叙事。在古典主义文学和新古典主义文学里，它还表述为人们以为它应该被模仿的性质。如果我们重拾伊恩·瓦特的论点，那么在 18 世纪的写实文学中，它还根据个体（作为个体的个体是典范的）以悖论性的方式得到表述。假如我们以为耶拿浪漫主义者论点的这种重读以及指出抛弃这种承认他者典范的思想是恰当的，那么小说就同时呈现为对给予的承认（这种从典范他者塑形中解放出来的形态）以及它自身可能性的图式（该运动是深知其反映性从形式和信息上都不可能的小说运动）。这些见解还需要作更多一些说明。**对给予的承认**：根据德国浪漫主义的小说理论，小说承认语言、言语、其他文学体裁以及这种概念所蕴含的对所有给予对象的承认，如信念、与这些言语、这些文学体裁相关联的现实；现实主义担保现实原则，承担对给予的接受；这种接受是自由的，它意味着小说的可能性。**小说自身可能性的图式**：不按另一他者典范书写的小说，通过自身的发展，以不同于任何他者的形态给出。例如，以巴尔扎克为代表的现实主义，既是对给予的承认，也是向给予挑战的小说建构。这样一种建构意味着真实和自然被想象为毫无典范之风的他者，尽管小说只是其素材的有限的部分展现。这样一种建构不应该与所提供之世界不可能重蹈前人覆辙的小说相分离，例如科幻小说，也不应该与那些竭力塑造彻底变异性的小说相分离，例如幻想小说或叙事。在这些小说类型中，每次被青睐的都是可与小说发展本身关联起来的可能性；然而小说还把给予所构成之明证性的核心变成问题。

承认所给予的材料和可能性图式的联姻说明，小说不可避免地是偶然性的叙事，而偶然性本身又可以根据许多可能性来塑形。在偶然性的这种明显形态里，摹仿说是根据两种身份（给予和小说）的鉴定和对某种修辞行为的启动来进行的：小说可以比作任何他者的塑形。比较的方式可以根据这种任何他者所隶属之整体，例如从德国浪漫主义者关于小说之论点得出的结论，或者根据独立考察的任何他者的素材，例如现实主义所演示的那样。因而摹仿说设置了任何他者独有的阅读性和他的根据小说的阅读性。这种情况界定了一种修辞学的介入，后者可以避免参照系的约束，避免自然和给予素材之明证性所携带的约束。两种阅读性之间的关联是身份和差异性的某种建构。这些阅读性是两种相近身份小说和世界的阅读性。这种相近性使得两种身份的去差异化变得可能，这种去差异化根据它所激发的认识论询问、根据区分两种阅读性的举措所携带的叩问来表述。这种探询和叩问在福楼拜的作品里是经常性的，在乔伊斯的《尤利西斯》里是显而易见的（在内心独白里，把属于主体、属于世界、属于内心独白的东西区分开来），在类同主义的人学小说里，例如我们所说的中国古典小说《红楼梦》里，或者当代法语区的小说里，例如阿赫马都·库胡马的

《等待野兽投票》❶ 里，恰当的做法应该是区分例如同一人物的不同表现方式以及它们所演示的差异时刻和身份的去差异化时刻，且由于类同主义的游戏，发现与人物相关联的阅读性持久地向某种更宽广的阅读性运动，而任何一种阅读性都不能把一种阅读规则升华到占优势的地位。

世界之阅读性及其与书写文字之阅读性的关系并进而与文学之关系的假设拥有很长的历史，这个历史都把一大部分归功于形象性。❷这种情况显性或隐性地得到了"罗曼司"一词的使用的提示。"罗曼司"通过它所携带的神话和神话结构的提示，通过广泛包含自然世界和非人类世界的本身产生意义的符号，安排了世界的某种阅读性，这种阅读性与"罗曼司"的阅读性是分不开的。由于"罗曼司"一词的使用通常与"现实主义"一词对立，它的使用阻止人们通过各种不同的小说理论明显地指出这种双重阅读性设想的连续性。小说体裁的语言学阅读也导致人们不提出这种连续性问题以及与之相关的小说地位的问题，因为语言既呈现为作为作品条件的某种手段，也呈现为反映作品及其再现情况的某种先验材料的方式。这种情况在米哈伊尔·巴赫金那里很明显；这种情况也悖论性地出现在格奥尔格·卢卡奇那里。至少对于关涉小说理论的部分，语言学的使用混淆了小说地位的界定和小说给予人们阅读的言语类型的界定。❸ 在西方，亚里士多德的《诗学》及其概念摹仿说（人们对它的阐释差异很大）的影响，

---

❶ Ahmadou Kourouma, *En attendant le vote des bêtes sauvages*, *op. cit.*

❷ 从某种哲学视野和思想史的视野上，参见 Hans Blumenberg, *La lisibilité du monde*, *op. cit.*。

❸ 某些关于小说的专著指出这点时把语言方式等同于科学方法，这是穿越语言素材与世界阅读性假设之联姻所呈现困难的一种非常聪明的方式。有关科学方法这种昭明的一个范例，参见 Gilles Philippe, *Le Roman . Des théories aux analyses*, Paris, Le Seuil, 1996。

再次解释了这些歧义。❶

双重阅读性，现实主义与性情

在这种双重阅读性的游戏中，性情的问题与被展示为徒劳无用的某种世界的阅读性分不开。这种现象导致小说素材被不再具有功能且不再保护人的象征和再现代替。福楼拜的《布瓦尔与白居榭》演示了这种情况：世界的阅读性是无用的，因为它没有实际功用；由此，世界有可能整体上在知识言语和知识复制的形式下进入小说，然后才被马拉美的书籍所吸收，后者已经不是一部小说。维吉尼娅·伍尔芙在强调读者的期望是欲望和需要范畴时，说明这个读者不再可能满足于可以拥有的种种身份，如事物、行为人、世界、种种再现和象征的鉴定等，或者因为鉴定的对象过于庞大或者被感知为过于庞大，如世界、生命、历史、意识，或者因为拨付给行动的空间和时间不够，使得可以使用的身份和再现变得无用。欲望之人和需要之人不再可能把他的目光转向他熟悉的东西：凡是原则上可能拥有的东西，如再现、象征、知识等所有这些被认识的东西，都可能走向多种被取代的命运。除了这种替代所承载的叙述学和诗学后果以外，它还导致现实主义小说素材被认为展现的客观性，以某种平等和关联的方式安置所有事物和行为人。在双重阅读性中和在偶然性约束的缺失中，任何事物和行为人的描写都是通过另一事物和另一行为人的间接方式。这种情况在福楼拜那里表现为讽喻游戏，在詹姆斯那里表现为小说事物之间和行为人之间无穷无尽的多重关系图式。从这个意义上说，同样被迫要标示词与物之关联的现实主义，就是隐喻性的和对这种再现缺失形态的回答。

因而，不管其题材如何，小说都界定为一种过渡形态的叙事，对

---

❶ 这几点解释了如今虚构概念在小说分析中并偶尔在小说理论中所占有的重要性。关于这一点，请参阅第216页和第238页、本译著第207页、第226～227页。

人之主体及其世界某些规则的自我建立之缺失的叙事，对某种建立之偶然图式的叙事，这种缺失与这种奠定之间的中间时间和中介形势的叙事。这样，小说就明确地展现了性情和问题性。在小说所反馈的语境——文学背景、历史背景和文化背景里，性情就是它自身的建构问题。这个问题是根据主体面对他的从古代直至 19 世纪（格奥尔格·卢卡奇）的人学前辈的现状而提出的。这个问题根据对模仿自然（被理解为一个显性的和有规律意义上的世界）的抛弃，还是关涉模仿真实的。小说演示了对模仿的这种抛弃和重温宗教秩序之某种调整（这是格奥尔格·卢卡奇为巴尔扎克辩护时的论据）的虚荣所喻示的偶然性的缺失。这种演示还根据言语建构主体的取消——福楼拜和亨利·詹姆斯的无人称性以及在这两位作家和批评界与之相关联的论点。

　　根据某些小说和主导性的论点（它们的评论再次引导了对身份差异和去差异化的凸显），还可对小说的上述阅读给予一点补充。赫尔曼·布洛赫强调，在 20 世纪，逻各斯（神话、理性言语）的强制性取消了，而文学的绝对虚假性和某种伦理学的要求继续存在，后者被理解为对这种取消的回答。❶ 要把这些见解相对化，只需具体指出：该论据设置了神话和知识的某种绝对化方式。还需要指出的是：神话肯定属于过去；知识只有在知识的建制内部才会被想为某种绝对；然而这些建制都意识到，如今既没有知识的完结，也没有其方法论的完结，知识只能对临时性和过渡性的事物下结论：知识的建构乃是幸运过渡性质的建构。相反，日常之人乃是临时性和偶然性的人，知识仅是可掌握的再现之一，只能根据幸运的过渡呈现给他。因而小说自身是一种矛盾的方式：表述偶然性和过渡，然而又试图在自己的摹仿说实践中展现有可能代替衰落神话和逻各斯的东西。这再次论证了某种世界的阅读性假设与可以展示某种性情图式的书籍阅读性是并行不

---

❶　Hermann Broch, *Création littéraire et connaissance*, *op. cit.*

悖的。

这还论证了再现及其手段，它们是对现实主义和虚构功能的确认。**第一种手段**：梦和梦幻，梦幻文学可收获两种阅读性和谐之效果；与此相关联的有巴洛克文学；❶ 与此相关联的还有德国浪漫主义的一部分小说。**第二种手段**：语言本身。建构书本阅读性的语言拥有如此的能量，它能塑造所有出现在世界上的事物。两种阅读性的和谐是根据赋予语言的包含和整体化能力；这是德国浪漫主义小说理论的显性和隐性观点。❷ **第三种手段**：回避梦幻的能力和语言的能力。倘若我们知道世界已如脱缰野马般膨胀，已经不能根据它的膨胀状态、也不能根据它的惯常的显性，而只能根据地域和时间、根据地域到地域、时间到时间、具体环境到具体环境、物质到物质、行为人到行为人之间的关系来阅读时，就要避免幻想能力和语言能力；因为我们知道把玩身份、差异性和去差异化，我们才能阅读世界。吉勒·德勒兹建议的对亨利·詹姆斯、对普鲁斯特的阅读试图根据这样的关系鉴定双重阅读性，他因而表述了网络和艰涩的文字。❸ 反之，与社会的某种批评分不开的文学理论的传统，则忽视小说的平等性和隐喻性游戏。

依据逻各斯、性情和审美主导元素的小类型学

通过身份之差异性与它们的去差异化的对应，小说刻画了时间悖论中、偶然性中却可以成为某种交际对象、某种稳定性形象的东西，即双重阅读性，同时指出形成问题的因素，具体言之，即形成身份差异性和去差异性的因素。正如上文已经说过的那样，此举推进了性情

---

❶ 关于这一点，参见 Wolfgang Iser, *The fictive and the Imaginary*, *op. cit.*

❷ 参见原著第 61 页及随后段落、本译著第 48～49 页。

❸ Gilles Deleuze et Félix Guattari, *Mille Plateaux*, Paris, Minuit, 1980, et *Proust et les Signes*, *op. cit.*

与逻各斯之独特图式以及同样独特的现实主义和去现实化之功能的关联性。例如，我们可以把《包法利夫人》读作身份明显差异化的小说，尤其展现在小说的末尾，读作去身份差异的小说（爱玛·包法利的想象，流动题材和同化题材的分量）以及某种等级化的图式：身份的差异性确立了。那里有对小说写实的论证：它的条件是身份最终被分为等级了。那里有法国外省历史一个时段的阅读：与这个历史时段相对应的，是身份的一种形态，它设置了它们的去差异化。那里有现实主义形成的问题：爱玛·包法利的身份只能根据不同的社会认定和历史认定来阅读；它不能从自身去阅读，即仅根据它自身的差异性，或者这种差异性拆解于想象的无差异化中（这就安置了去真实化和通奸女人类型的市民权）。《包法利夫人》的逻各斯是通过通奸女人的历史来界定的，而通奸女人的历史与这种有关性情的游戏及其所蕴含的写实与去实的双价性是分不开的。

　　主要的小说理论没有具体说明与身份及身份之去差异化游戏和双重摹仿说相关的不同修辞端（逻各斯、性情）和审美端（现实主义，去现实论）的组合和对应关系，因为它们没有考察小说拥有的把自身素材、自身视野相对化的能力，也没有考察它在关涉这些不同端极的某种自我参照游戏中被建构、被发展的事实：小说既可以自成体系，也可以回应时代和历史并标志自己的自律性。❶ 一方面，米哈伊尔·巴赫金所指示的小说的重心时空体、对话主义、狂欢性并没有真正展现出关联性；另一方面，用某种时空游戏、象征游戏（狂欢化的颠覆）、语言游戏（对话主义）取代上面刚刚指出的这些端极。这些游戏不把回答时间和历史上的差异性，回答身份的差异性和去差异化，回答他者、宏大他者的还原、对简单素材的还原，作为成为小说的

---

　　❶ 应该把小说诗学自律性的界定与这些论点类型相对立，诗学自律性的界定设置了某种自律性，但也设置了小说对这些端极之每一种相对应的信息资料的重新采用。参见 Jean Bessière, *Les Principes de la théorie littéraire*, *op. cit.*

理由。

以一种纠正这些重大小说理论之论点的方式，我们建议对这些不同端极作出某种界定：现实主义与"去现实化"的双重性，从个体性到跨个体性和类同主义之性情的多重版本，逻各斯的多种版本，它们本身是与时间性之塑形的种种变化分不开的。小说的历史就是根据不同的侧重点，对这些端极和它们共同的叩问权力的配合史。

审美的不同版本：去现实化，"罗曼司"

"去现实化"的术语可以审视学术界通常谓之曰"反现实主义""现实主义之缺失"及其反面现实主义等身份游戏和差异性的塑形情况，且不重新回到现实主义与反现实主义的二重性，后者本身没有意义：人们怎么能够把显示可观察之物并间或反馈到后者的做法与表述不能被观察之物的做法对立和关联起来呢？去现实化至少根据身份的部分去差异化情况或它们的取消情况来解读身份。

去现实化因而导致对身份的一种独特阅读。这种情况可由莫里斯·布朗绍的《阿米纳达》来演示。❶ 去现实化只是通过否定谈论的一种方式。否定把玩身份和差异性，把玩呼唤否定对象另一图式的事实。这种情况意味着，没有任何东西被界定为本质化的物质，没有任何局势主导一切，还意味着并不蕴含否定与其对象之间的两极对立。

---

❶ Maurice Blanchot, *Aminadab*, Paris, Gallimard, 1942. 让－保尔·萨特对这部小说的解读确认了我们这里描画的视野，见 Jean－Paul Sartre, «*Aminadab* ou du fantastique considéré comme un langage», *Situations I*, Paris, Gallimard, 1947.

这是一个古老的文学活动，由雅各布·桑纳扎罗❶、乔治·德·蒙特

---

❶ Jacopo Sannazaro，意大利诗人、小说家。他出生在那不勒斯的贵族家庭，在乡间度过童年。1475 年回到那不勒斯，接受人文主义教育，古典文化修养很深，成为那不勒斯学院院士，在国王费德里科宫廷供职。1501 年，法国、阿拉贡联军攻占那不勒斯，他随国王流亡法国。1504 年国王死后才返回那不勒斯。他对西班牙人的暴虐统治深为不满，隐居在费德里科赐给他的别墅里，与博学的、身世不幸的贵妇人卡桑德拉·马尔凯泽为友，致力于学问和写作，最后死在那里。[桑纳扎罗手迹]：桑纳扎罗的拉丁文作品有《渔歌》《哀歌》和根据《路加福音》叙述耶稣诞生的诗《处女分娩》；意大利文作品有抒情诗集《歌集》和田园小说《阿卡迪亚》。《阿卡迪亚》是桑纳扎罗的代表作，由 12 篇散文和 12 首牧歌组成，除了最后一部分，都是 1480～1485 年写成，全书于 1504 年出版。书中叙述主人公辛切洛为避开爱情的烦恼，离开那不勒斯，来到古代田园诗人所盛赞的乐土阿卡迪亚，结果并未解脱烦恼，反而更加怀恋所爱的少女。最后，在一位仙女引导下，顺着一条地道返回故乡，惊悉所爱的少女已死。全书在悲怆地向牧笛告别中结束。书中的人物故事多影射真人真事，辛切洛就是作者在那不勒斯学院时的别名，他所爱的少女就是作者所爱的少女卡尔莫西娜·博尼法奇奥。这部小说深受忒奥克里托斯和维吉尔的田园诗的影响，成功地描绘出一系列富有诗意的田园生活的画面，反映了作者对那不勒斯乡间的自然风景的热爱，以及渴望在理想的牧歌式生活中逃避现实的倾向。这部作品对于欧洲田园诗和田园小说的发展有深远的影响，16～17 世纪不仅在意大利，而且在西班牙、葡萄牙和英、法等国都有不少的模仿者。——译者注

马约尔❶、菲利普·锡德尼❷等人的田园牧歌小说来演示。正如沃尔

---

❶ Montemayor, Jorge de（1520～1561），西班牙作家，著有 *Barcelona*，*en casa de Jayme Cortey*，1561，*Alicante*：*Biblioteca Virtual Miguel de Cervantes*，2004。

❷ 菲利普·锡德尼（Philip Sideney，菲利普·雪尼爵士）（1554～1586），英国文艺复兴时期标准的绅士。他在社交活动中举止优雅；是理想的政治家、勇敢的军事领袖；他还熟悉当时的科学和艺术。他是当时英国最佳的散文作家，又是仅次于埃德蒙·斯宾塞的诗人。1568～1571 年在牛津大学基督教学堂学习，没有毕业就在 1572～1575 年游历欧洲大陆，学习和进修意大利语、拉丁语、法语，获得有关欧陆的第一手知识，并结识了欧洲许多政治家，1576 年任伊丽莎白一世女王的斟酒官，这是一个礼仪职位。1577 年 2 月，年仅 22 岁，作为英国特使被派往德国吊唁国丧并试探德、英结盟反对天主教的西班牙的可能性。回来后他逐渐转向文学创作。1578 年为女王写了牧歌短篇《五月女郎》，1580 年完成长篇散文体传奇《阿卡迪亚》的初稿，约 18 万字。1581 年与里奇勋爵的年轻夫人佩内洛普·德弗洛相爱，次年夏天为此写了十四行组诗《爱星者和星星》，叙述了他初恋时的激情以及如何经过斗争，克制自己，献身于公职。差不多同时，他写了《诗辩》，这是伊丽莎白时代文学批评的最佳之作。1583 年他受封爵士，9 月结婚。1584 年他对《阿卡迪亚》初稿进行彻底改写，改单线情节为错综复杂的结构。此稿直到他去世时仍未能完成，但仍可称为英国 16 世纪最重要的散文体创作小说。他的所有小说都是自娱之作，只供友人欣赏，生前全未发表。《阿卡迪亚》一稿到 1926 年才印出。1585 年 7 月他终于得到公职，任军需副大臣。同年 11 月英国女王决定支持荷兰反对西班牙统治的战争，锡德尼任弗拉辛城总督，有一支骑兵归他指挥。次年他参战负伤，不久去世。

1586 年，锡德尼葬在圣保罗大教堂。据锡德尼的挚友格雷维尔的描述，战前，锡德尼为了不使自己在防护装备上优于统帅，故意卸下了护腿铠甲；在负伤后，又把饮水让给某个伤兵，并对他说："你比我更需要它"（Thy necessity is yet greater than mine.）——从某种意义上说，这也许是锡德尼最好的诗句了。此前一年，七星诗社巨星陨落，龙沙离开了人世。如果有限的资料可靠的话，莎士比亚此时大概还只是个土头土脑的乡村人物，在家乡斯特拉福德过着老婆孩子热炕头的生活。翌年，the Queen \ 's Men 剧团才会经过他的家乡，凭了一个极其偶然的事件录用了这个 23 岁的年轻人。我们回过头来，这时的中国南京，王士贞任职刑部右侍郎，王士懋任职太常寺卿，掀起一场复古风潮，与欧洲的文艺复兴不谋而合地呼应着。王士懋属下的一名太常博士却人微言轻地对王氏兄弟唱着一些反调，当然应者寥寥。400 年后，却有人把这个当时在南京城中任闲职的七品小吏汤显祖比作中国的莎士比亚——因为他"临川四梦"的戏剧成就。其中，以《牡丹亭》最负盛名。——译者注

夫冈·伊泽尔所展示的那样，❶ 这些小说、它们的虚构根据某种去现实化的游戏，同时发挥独特世界的作用，犹如这个共同世界的化身，犹如只能相对于这个共同世界才能理解但与后者彻底分离的种种世界。然而两种世界被某种僭越游戏关联在一起，虚构试图构成这样的僭越，虚构通过其有关幻想的游戏塑造了这种僭越。这让人们解读了否定的一种特殊方式：它从否定被认为真实的世界开始，确立自身世界的身份；它把自身的世界提交给它所构成之虚构内部的种种复制塑形和虚构化塑形；它在自身内部重复否定游戏和差异化游戏；它就这样描画了某种去差异化的形态。总体上它呈现为作为否定对象之世界的解读的操作者。稍作调整之后，尤其是关涉地域和时间方面的调整之后，幻想小说、科幻小说，诺斯罗普·弗莱所理解的"罗曼司"，都是这类去现实化、否定、复制游戏，也是向否定对象补充某种东西的一种方式：去现实化是引发共同世界问题性谓项的一种方式，哪怕该世界处于缺席状态。

非西方小说或者人们根据西方文学标准解读为某种去现实化的小说对去现实化的演示，被阐释为向否定对象补充某种东西这种游戏上又往前走了一步。在这种小说里，人们所谓的跨个体性和类同主义，一方面没有从根本上鉴定否定和复制，另一方面没有根据某种对立或矛盾去界定主体、行为人、客体的谓项游戏和变化游戏。跨个体性和类同主义不停地把这两类端极关联起来。由此，否定性的任何图式都是徒劳的，没有抛弃可观察之物与不可观察之物的联姻。

审美的不同版本：现实主义小说

现实主义把任何再现的隐喻性游戏与个体性塑形相关联的隐喻化结合在一起。

再现的隐喻性游戏。我们可以像罗兰·巴特那样，展示现实主义

---

❶ Wolfgang Iser, *The Fictive and the Imaginary*：*Charting Literary Anthropology*, *op. cit.*

的建构性和欺骗性,❶ 像罗曼·雅各布森那样,强调它的多种约定俗成,❷ 像埃里希·奥埃巴赫那样,分离出它的多种存在性版本。❸ 我们可以像莫泊桑一样,窥见客观性的真相。❹ 这些论点是互相补充的。它们安置如下:不管承认现实主义某种文学运筹的必要性如何,不管人们鉴定这种运筹和从中得出之结论的方式如何,不管运筹的明证性、隐喻性的明证性、形式游戏的明证性如何,现实主义里有一部分隐喻性没有得到如实的承认,而它可以聚焦于某种史料。这界定了现实主义的修辞游戏:强制某种忠实主义,它把小说的语词作为终极语词。与现实主义美学的捍卫者们的理解相反,这种做法把现实主义的美学变成固定身份以及通过这种固定本身而引发种种问题之身份的一种美学。❺

个体性的塑形与隐喻化。在西方,比较恰当地称作市民小说,用来指称自 18 世纪发展起来、基本上属于写实性质的小说,这种小说把某种个体性之人学、某种现实主义的美学和通过个体性本身对偶然性的某种指称结合在一起。个体性意味着一种生命,不管何种生命,它本身都显示着偶然性。然而唯有根据自己偶然性和根据不同时刻如诞生、死亡、日常生活时刻的这种生命,才有必然性。某种逻各斯秩序的规定在这里是最少的。隐喻化可采用许多手段。只需重温有关个

---

❶ Roland Barthes, «L'effet de réel», art. cit.

❷ Roman Jakobson, «Du réalisme artistique», (1921), dans T. Todorov (éd.), *Théorie de la littérature. Textes des formalistes russes*, Paris, Le Seuil, 1965, p. 99 *sq.*

❸ Eric Auerbach, *Mimesis*, *op. cit.*

❹ Maupassant, *La Revue bleue*, 19 et 26 janvier 1884. 例如, 关于《包法利夫人》, 他这样写道:"我们不妨这样说, 在翻阅小说的页码时, 人物站在了我们的眼皮底下, 随着一种不知藏身何处的看不见的能量的推演, 各种风景变换着它们的悲伤和欢乐, 它们的气味、它们的风采, 各种物体也纷纷出现在读者面前。"

❺ 参见 Alain de Lattre, *La Bêtise d'Emma Bovary*, Paris, Corti, 1980。假如现实主义确实属于终极语词, 那么就没有任何东西可以表述和思考。其实, 现实主义只能理解为某种隐喻性游戏中一段客观化的时刻。这种二重性叩问着它的每个语词。

体塑形的论述：主体身份的差异性和去差异化；个体性与个体性的他者。❶ 关于个体和个体性的这种游戏设置了某种独特的人学背景，即个体性的人学背景，它使小说里个体的某种稳定鉴定以及根据个体独特性及其属于人类世界和共同体的情况的任何不同版本成为可能。人学在这里论证世界悖论（它既包含个体又排除个体）的塑造，论证了小说是根据这种悖论建构某种交际沟通的。❷ 这样，某种叩问就是可能的：把个体性人学的悖论变成一种交际沟通的手段等于承认和询问这种悖论。

现实主义试图把小说等同于对客观性的引述。这种引述与下述见

---

❶　参见原著第 163 页最后一段完、本译著第 152～153 页。

❷　这种人学在小说理论里有一种直接的表述，参见格奥尔格·卢卡奇对各种人物的界定。它也可以从那些面对自己所选小说材料自我界定的作家们的文字中读出。例如，阿米塔夫·戈什在论及自己的小说《水晶宫》（*Le Palais des miroirs*，Paris，Le Seuil，2004，éd. or.，*The Glass Palace*，2000）时指出，他尝试叙述的历史非常重要且非常强大，他必须走出常规道路。参见 Amitav Ghosh，Frederik Luis Aldama，"*An Interview with Amitav Ghosh*"，*World Literature Today*，vol. 76，nº 2，Printemps 2002，p. 86。阿米塔夫·戈什（Amitav Ghosh），印度作家，1956 年 7 月 11 日生于加尔各答一个陆军将领家庭，毕业于德里大学（Delhi University），在牛津大学圣埃德蒙学堂（St Edmund Hall，Oxford）获得社会人类学博士学位。1999 年，戈什在纽约大学女王学院（Queens College，City University of New York）任教。2005 年以后，戈什在哈佛大学英文系（the English department of Harvard University）任教。2009 年，戈什当选为皇家文学会（the Royal Society of Literature）会员。主要文学作品和奖项有：《理性的循环》（*The Circle of Reason*），1986，获得法国文学最高荣誉之一的大奖赛奖（the Prix Médicis étranger）；《阴影线》（*The Shadow Lines*），1988，获得萨希亚·阿卡德米和阿南达·帕拉斯卡奖（the Sahitya Akademi Award & the Ananda Puraskar）；《加尔各答染色体》（*The Calcutta Chromosome*），1995，获得 1997 年阿瑟·克拉克奖（the Arthur C. Clarke Award）；《水晶宫》（*The Glass Palace*），2000；《饿潮》（*The Hungry Tide*），2005；《罂粟海》（*Sea of Poppies*），2008，入围 2008 年布克奖（the Man Booker Prize）最终决选名单，2009 年分享沃达丰纵横字谜图书奖（the Vodafone Crossword Book Award），2010 年分享丹·大卫奖（Dan David Prize）。《烟河》（*River of Smoke*），2011，入围 2011 年亚洲文学奖（the Man Asian Literary Prize）最终决选名单。——译者注

解是重合的，即个体性的人学意味着每个人都属于同一世界。现实主义小说作为个体性的小说，同时提供了对于个体性本身的客观性，也提供了展示个体性的支撑：个人可以根据他自身的独特性发展；通过这种客观性，他被鲜明地记录在这个世界。反之，批评传统没有这样一种安排。作为对亚里士多德《诗学》的某种继承，人们把摹仿说变成承认模仿对象的机遇，然而正如我们已经指出的那样，这种做法本身导致了对这种模仿属性的某种询问；❶人们以一种极端运动的方式，指责现实主义是一种欺骗，❷但是这种指责留下了这种欺骗回答什么的完整的询问；在承认现实主义的忠实主义时，人们说现实主义是对真实的一种反映，❸然而需要重复关于一种模仿属性的询问。

跨个体性和类同主义的小说展示了种种"写实论"。但是，它没有把它们与西方小说所理解的个体的某种塑形联系起来；它原则上不呼唤西方文学中居主导地位的对现实主义的批评类型。"写实论"展现的素材被认为是可以观察到的；这样它们就可以把种种身份固定在对世界的引述上，在那里，身份的变化和多重性占据了上风。

性情的不同版本：从英雄和个体性到跨个体性和类同主义

性情的不同版本可以从小说的历史本身中读出。**古代小说**：人物基本上是根据偶然性写成的，人物的性情与偶然性相关联的去忠实化

---

❶ 这种询问不限于文学和小说。里夏尔·沃尔海姆在关于承认摹仿说及其对象这一话题时，区分了"看作"与"从中看到"，前者等于把摹仿说同化为一种隐喻性游戏，后者则等于确认了模仿对象并认为这种模仿是坚实的，参见 Richard Wollheim, *L'Art et ses objets*, *op. cit.*, p. 187 *sq.*

❷ 在指责这种欺骗的众多版本中，我们谨参照罗兰·巴特的前引文章《真实的效果》。

❸ 这是 19 世纪现实主义大作家们的论点，也是马克思主义美学的论点，我们谨举上述两类例子。

游戏形成一体，因此人物基本上就是他的探险经历。**中世纪小说、骑士小说、英雄小说**：这里的性情是独特的；它与赋予人物的行动能力分不开；这种行动能力本身与英雄人物承担风险的资质是分不开的，而这些风险本身是触及共同体的风险的塑形；这种承担使行动可能与历险结合在一起。❶ **个体性的小说**：这里的性情与个体性的人学分不开，个体性的人学是一种二重性的人学。性情同时塑造了独特性、与独特性相吻合的偶然性和共性（世界、客观性）。教育小说演示了这种性情，因为它是探索或学习独特性权威下独特性与共性相一致的叙事：我们发现这样的小说也是通过探索这种一致而压缩风险的塑形小说。拉伯雷的《第三部》❷ 及其英雄人物巴汝奇在促进现代小说的发展中，是个体性、学习客观性（世界）与追求风险压缩（需要结婚吗）之性情的一部范例。个体性之性情与其世界的悖论是不可压缩的。这就是它被广泛运用以显示个人与其社会、与其共同体之间距离的原因。例如新兴国家的小说，从前殖民地国家的小说，它们把性情与跨个体性或与类同主义关联起来，通常根据对动物主义的种种温习，此类温习或得到专门处理或者置于寓意游戏的标签下。❸ 跨个体性因而意味着人物的下述界定，即在主体多重化身的方式下，他既是自身又是他者。这意味着与个体性之本体论彻底不同的一种本体论：主体的独特性不反对把该主体认同为其他人物、生物的多重性；需要重复动物主义、寓意和表述隐喻，它们是跨个体性和类同主义的显性题材。跨个体性的塑形经常与跨时间性结合在一起，例如加布里埃

---

❶ 历险就这样把偶然性与风险关联在一起。关于部分从历史视点上处理风险的话题，参见 Niklas Luhmann, *Soziologie des Risikos*, Berlin, De Gruyter, 1991。

❷ Rabelais, *Tiers livre*, *op. cit.*

❸ 关于这一点，参见 Jean Bessière, *Le Roman contemporain ou la Problématicité du monde*, *op. cit.*。为了演示这一点，我们在这里列举阿赫马都·库胡马的《等待野兽投票》，见前引。

尔·加西尔·马尔克斯的《百年孤独》❶与其人物乌尔苏拉·伊瓜兰所显示的那样。

这些人学鉴定的每一种——偶然性的主体、风险的主体、个体性、跨个体性——都设置了身份的差异性游戏及其去差异化。**偶然性的主体**：主体的身份是名义上的；主体根据偶然性所携带的表语界定自己。**风险的主体**：身份是根据风险来确定的；超出风险之外，就没有人物完整的性格化，其身份可能是潜在的或者去除了差异。**个体性和跨个体性**：在前者那里，双重性即身份的独特化和去差异化得以确立并被表述，在跨个体性这里，独特化与去差异性之不可分离性也同样得到表述，它们相互之间是可以归依的。

性情的不同版本回应了对风险的发现，回应了未来所造成的问题——这肯定指的是躲开了人之运筹所掌控的意外；这还指在时间长河中面对人所承载之身份的元素的去差异化。从英雄人物到个体性和跨个体性的过渡，安置了反映可能性、反映未来并维持对人的某种自我参照性之塑形的三种能力。**英雄主义**：未来是根据风险的期待和掌控来表述的；这种掌控是可能性图式的条件。**个体性**：人学的二重性可以根据时间而读出：个体是根据时间系列而读出的；他也根据它们可能的去差异化而读出：现实主义小说的可能性既与未来的问题混淆在一起，也与共同体时间的去差异化指示混淆在一起，这种汇聚性质的时间，英雄史诗曾经演示过的时间，❷乌托邦曾经喻示过的时间，它就是小说的时间。**跨个体性**：这里的时间是个体们的时间和他们的改造变化的时间：序列性的时间与跨时间性结合在一起。

这些见解可以概括为两种意见：小说把时间悖论变成昭明我们之世界形象（可掌握之种种身份）的约束性和强制性的东西，它们不可

---

❶ Gabriel García Márquez, *Cent ans de solitude*, Paris, Le Seuil, coll. «Points», 1996; Ed. or., *Cien años de soledad*, 1967.

❷ 关于英雄史诗之时间的悖论，一如格奥尔格·卢卡奇所界定的那样，请参见原著第21页、本译著导论部分第5页。

避免的转移以及这种转移所承载的不为人知的问题，❶ 因为这些身份恰恰是强制性的。性情的不同版本一方面与不同的身份相吻合，另一方面，与身份之变化及其去差异化所携带的损失相吻合。与小说通过其时间悖论而设置某种跨时间性的方式相同（一个时间的想象者乃是过渡的想象者，他是既允许身份之变化亦允许它们的去差异化之形态的想象者），同样，它还设置了人之形象改变的一种方式，即既允许展示身份变化以及它们的去差异化又保留人的某种自我参照性的方式。在这种视野里，同时表述人之形象的消失、语言的权利和虚构之权利的《词与物》❷ 的目的就只能是种种身份和人之形象的某种理应恒久的去差异化的寓言。因为人处于时间之中，这样一种恒久性是不可能的。应该把詹姆斯·乔伊斯的《尤利西斯》读作预见性地回复了《词与物》之目的性的作品：人的形象还可以是一种独特的形象，与利奥波德·布鲁姆的人物混淆在一起：他是根据身份的悖论而成为这种形象的：一个有名有姓的人是一个匿名者；一天是对历史和过渡的否定，同时确实又是不少时光和明显的过渡性。

逻各斯的不同版本：时间维度中的种种身份与它们的差异性——以及对现实主义和去现实化的回归

与逻各斯相关联的身份可以以多种方式解读，根据隐性反馈或显性反馈一个预先给出之叙事的重要性来解读，根据隐性反馈或显性反馈给种种叙述结构或行动结构的重要性来解读，这些叙述结构或行动结构可以还原到与想象相关联的结构，根据时间序列程度不同的顺序处理来解读，根据行动之再现与这些结构、这些预先给出之叙事的程度不同的显性关系、这些关系程度不同的重要性来解读，根据小说受

---

❶　关于这个题材，参见 Wolfgang Iser, *From Reader Response to Literary Anthropology*, Baltimore, The Johns Hopkins University, 1989, p. 213。

❷　Michel Foucault, *Les Mots et les Choses*, *op. cit.*

这些叙事和这些结构决定的程度来解读。正如情节处理所显示的那样，逻各斯也可以是某种相对自由的决定——它唯有的实际决定是叙事的开头和结尾，这样逻各斯就变成偶然性的汇集。另外，在小说里，逻各斯是不可以与性情分开的。逻各斯服从于它自身的隐喻化，人们称之曰冒险、风险、个人与客观性之间关系的暧昧性。在这些视野里，历史小说远非英雄史诗的情况，与逻各斯及其隐喻化的这些变化是分不开的。所有关于小说和历史编撰学的表述事实上都等于指出这一点，即使当历史被认为用来演示某种必然性时，例如马克思主义对历史的解读。

解构的极端论点指斥任何逻各斯，自从我们拒绝解构的极端论点起，逻各斯重要性的这样一种缩减局面，引导人们以特殊的方式重新思考小说与逻各斯的关系。逻各斯既不能等同于也不能根据对某种秘索思、对某种预先构成之叙事的优先反馈来解读，也不能压缩到唯一的叙述线索，不管后者多么复杂。然而否认存在秘索思和叙述线索是不恰当的，犹如有些小说言语采用了日常言语的种种成分。所有这一切不能得出言语、叙述性的任何摹仿性约束，即使在现实主义小说的情况下，即使在承认某种预先构成之叙事、承认可掌握之言语资料的小说的情况下。所有这一切皆把逻各斯变成小说所刻画之情势❶的材料之一，某种历史性之塑形的成分之一。从这个意义上以及从反对保尔·里科尔在《时间与叙事》里所提论点的角度，被等同于秘索思的逻各斯只是小说刻画的种种时间之汇合的手段之一，而非它的根本性的决定因素。这种决定因素的发现对悲剧有效，但对小说无效。

小说的修辞端（逻各斯，性情）和审美端（去现实化，现实主义）说明，即使根据某种显性逻各斯发展的小说，也停留在某种相对化和逻各斯之去差异化的小说的性质上。**例如命题小说**。这种小说是

---

❶ 关于"情势"（la conjoncture）这个概念，参见原著第 221 页、本译著第 211 页。

根据某种论证游戏而给出的。这种论证游戏不可能是纯粹的，因为它与叙事混淆在一起。论证宗旨与叙事本身之间，修辞的双重使用（建构论据，建构叙事）之间协调一致的不完美性却不拆解论证的性能，或者更准确地说，不拆解强加某种忠实主义、某种忠实主义解读的断定性宗旨，即使这种忠实主义的手段是矛盾的。❶通过实践对小说的某种解构而反对这种论证游戏是徒劳无益的。由于其忠实主义之自相矛盾的手段，小说呈现出任何东西都无法与之对立的形态，呈现为让引发其论证活动的各种问题都缄默不语的形态。**例如"罗曼司"**。

"罗曼司"小说对寓意视野的处理服从于同一逻辑：一方面指出，承认寓意意味着承认逻各斯，那里有仅仅根据对某行动、某种象征体

---

❶　小说自己承认的论据属性的这种双重价值可由阿尔贝·加缪的《鼠疫》（*La Peste*, Paris, Gallimard, 2009）、帕特里克·夏姆瓦佐的《恶报者的九重意识》（*Les Neuf Consciences du Malfini*, Paris, Gallimard, 2009）、威廉·戈尔丁的《蝇王》（*Sa Majesté des mouches*, Paris, Gallimard, coll. «Folio», 2008；Ed. or. *Lord of Flies*, 1954）来演示。——原注

帕特里克·夏姆瓦佐（Patrick Chamoiseau），1953 年 12 月 3 日生于马提尼克岛的法兰西堡，法国小说家、童话作家、戏剧家、电影剧本作家、评论家，1992 年因小说《德克萨科》（*Texaco*）获龚古尔文学奖。

威廉·戈尔丁（William Golding, 1911~1993），英国小说家。生于英格兰康沃尔郡一个知识分子家庭，自小爱好文学。1930 年遵父命入牛津大学学习自然科学，两年后转攻文学。1934 年发表处女作——一本包括 29 首小诗的诗集。1935 年毕业于牛津大学，获文学学士学位，此后在一家小剧团里当过编导和演员。1940 年参加皇家海军，亲身投入当时的战争。1945 年退役，到学校教授英国文学，并坚持业余写作。1954 年发表长篇小说《蝇王》，获得巨大的声誉。

戈尔丁是个多产作家，继《蝇王》之后，他发表的长篇小说有《继承者》（1955）、《品契·马丁》（1956）、《自由堕落》（1959）、《塔尖》（1964）、《金字塔》（1967）、《看得见的黑暗》（1979）、《航程祭典》（1980）、《纸人》（1984）、《近方位》（1987）等。

戈尔丁在西方被称为"寓言编撰家"，由于他的小说"具有清晰的现实主义叙述技巧以及虚构故事的多样性和普遍性，阐述了今日世界人类的状况"，1983 年获诺贝尔文学奖。——译者注

系、某论据的模仿而客观化的一种解读的可能性；另一方面指出，寓意与某种象征体系的超载是分不开的：诺斯罗普·弗莱把这种情况称作"罗曼司"的夜景，它演绎了隐喻化与客观化的联姻。❶

❶ Northrop Frye，*L'Ecriture orifane*，*op. cit.*

第六章

小说理论，信念，整体主义及共同世界

批评传统视小说为形式和语义整体，理应赋予该整体以地位和权力，使其能够反映小说的阅读。鉴定这样一种定位和这样一种权力将根据一种很大的分野进行，即源自叙事研究、虚构研究与小说主要理论之命题的分野。叙事研究、虚构研究按照某种二重性界定小说：文学虚构和叙事可以与所有不是它们自身之言语、不是它们自身之展现的东西分割开并形成二重性。各种小说理论赋予小说某种实现的权力，即把各式各样的人的形象现在化、有时甚至展现为真实形象并聚合在一起的权力。这后一点点评说明，这些理论还从人的形象的现在化开始，赋予小说一种整体化的权力，一种描绘反映人物主体以及人物主体所反映之种种象征整体的权力。❶ 那里有着结束论证性情之普遍流行并重新审视虚构和叙事之特征的种种途径。

然而，突出对虚构和叙事之参照的小说研究与小说理论之间的这种明显的两分法不拆解对"小说"客体的参照，不拆解对小说的唯一信念。❷ 在这种由不同类型构成的信念内部，小说研究与格奥尔格·卢卡奇和米哈伊尔·巴赫金所演示的小说理论之间的两分法确立了一个具体的问题：如何反映并纠正把小说变成某种变异性（需要重复的是，小说按照其分割来阅读）之种种论点（参照虚构、参照叙事）与按照现在化和整体化能力来界定小说（这些能力导致小说按照世界形态来阅读，另外不管其现实性、反现实性的程度如何）的论点之间的对立呢？这等于提出了根据赋予小说之定位类型来承认小说的中肯性问题。根据变异性的中肯性；根据现在化之能力和整体化之能力的中肯性。

有一种对待这两种中肯性之对立的方式：一方面审视突出对虚构和叙事之参照的小说研究回应和不回应的东西，另一方面审视小说理论回应和不回应的东西。前一类论点反映了小说的独特性，但是不反

---

❶ 格奥尔格·卢卡奇所界定的问题性人物，演绎了这种二重性。

❷ 关于信念概念的使用，参见原著第28页、本译著导论部分第14~15页。

映它的现在化能力；后一类论点反映小说的现在化和整体化能力，但是不反映每部小说的独特性。

有一种回应上述这些批评方向之每一种的未完成形态的方式。一方面，把小说置于对虚构之参照的蕴含内容之外（把小说鉴定为有时甚至是错误的断定游戏，这种错误本身并不重要，因为它属于游戏），并把小说的叙事置于它间接鉴定的某种时序的支撑之外。另一方面，把小说置于对整体化的参照之外（小说根据赋予它在其自身鉴定世界之任何资料、至少根据它所界定之世界的任何资料而建构自己的可读性及对其共同性格的承认），但并不排除小说可以鉴定整体。把小说置于对虚构的参照之外但不否定它具有某种虚构性，等于提出小说通过其虚构而承担的问题：它承担信念。把小说置于对整体化的参照之外，等于提出了它的指义方式问题，提出它蕴含构成整体的各种世界的形象问题：它借助于语义上的某种整体主义作为指义、蕴含世界形象的方式。

两种批评方向的这种重读和纠正蕴含对小说隐喻性和性情定位的重新审视：前者奠定了瞄准信念的推论游戏；后者依赖于界定小说的整体主义图式。推论游戏和整体主义图式设置了种种问题，它们本身是对身份的差异性和去差异化之二重性的回答，也是对谓项与变化凸显现象之二重性的回答。

小说与当下化：小说理论及面对
虚构理论和叙事理论的信念

小说，信念，当下化

小说在关联它的人物和他们的世界时，不停地应用种种信念，不停地把它们界定为激发行动或者激发行动之缺失的元素；它不停地把这些行动和缺失提交给它们可能隶属的信念问题。小说的人物相继拥有某种思想、某种行动、某种感情；这大概界定着他们的身份；这种界定只能根据信念的权威性，同样的行动，同样的人物，进而同样的物体，可能拥有多重的信念，例如我们所了解的《堂吉诃德》的人物那样。这导致同一人物可能被置于异质多元性的信念之下，例如我们所了解的鲁滨逊·克鲁索、爱玛·包法利和许多其他人物。

小说本身由于承载着这类信念游戏，蕴含着对其各种各样的、并非必然一致的信念游戏的记载。

小说根据小说理论中隐形的各种各样可以鉴定的资料、信念凸显自身的特征，界定着小说的世界。陈述文、对话、描述对世界的刻画，并非因为它们明显再现了当今世界的资料，而是因为它们展示了种种信念游戏。小说犹如言语的模拟一样，它是对信念的模拟，种种信念与这些独特化的言语、个体的言语如影随形。因为这些信念与个体融合在一起，它们是集体性的信念、个性化的信念、特别的信念，是意见一致、不一致和争论的对象。米哈伊尔·巴赫金表述小说的对话主义和言语间性，可以从语言超验性的标志下来解读，犹如对这些见解的重构。

这样，我们就来到了小说所承载的对批评的询问。小说是与信念游戏相关联的问题系列；由此它可以是许多事情的小说和它自身的小说。❶ 从这种游戏中得出的询问表述如下：小说是从哪些方面被交际为小说的？它从哪些方面呼唤某种承认，使其区别于某种单纯的叙事、单纯的虚构、单纯的传奇化的鉴定？它从哪些方面可以鉴定为某种独特的思想经验？对每个问题的回答都根据某种信念：对任何小说所设置或展现的对小说的信念；承认推论而出或蕴含在文本中的众多

---

❶ 任何小说都直面小说一词所携带的信念。小说是一种变化多端的体裁，因为它所面对的问题是随心所欲的，但是心之欲对于小说作为的合法化是不可或缺的。任何小说都以完全独特的方式进行思考：它设置了对小说的某种信念，这是小说的条件。从这个意义上说，没有真正反小说意义上的反小说存在。新小说渴望的反小说只不过是某种症状信念的游戏。因而，任何小说都是它所保持的与其自身对小说之信任的关系问题。

信念，它们使小说超越了单纯的叙事、传奇和虚构；见证这些信念的经验，它形成小说的思想，这种思想应用于小说。小说就这样把玩某种二重性。**二重性的第一要素**：在包含某种历史、传奇、甚或表现为如此的种种虚构的某种叙事的范畴内，小说通过它对种种信念之独特使用而体现的询问，把自己交流为小说。**二重性的第二要素**：叙事、故事、传奇、虚构被置于某种信念的游戏内，小说诗学与这种信念游戏是分不开的，而信念之独特使用所体现的询问犹存。

通过记载在一部特殊作品中、赋予种种人物和人群的种种信念的独特化、这种独特化所形成的叩问与本身可以鉴定之种种信念的联姻，这种二重性拥有某种当下化的权力。小说通过这种联姻和这种联姻所承载的叩问而被交际。这种情况在简短的叙述形式中没有对等之物，简短的叙述形式把信念游戏带回各种各样的语义约束。这种情况吁请我们不要把小说局限为虚构，也不要单纯阅读故事和传奇本身。这种情况一方面维持了小说诗学与种种信念之联姻的不睦，而另一方面维持了小说中诗学和信念的独特使用。

各式各样的小说，各式各样的世界和它们所展示的行为者、它们所演示的信念，各式各样的信念和这些信念可能相关联的种种环境，事实上禁止针对小说的任何本体论视野和针对小说体裁的任何规范性图式，哪怕是属于叙述学、批评思想或伦理学方面的规范性图式。这种情况形成从小说术语所携带之信念中提取的小说的终极问题：应该如何理解展示和激发信念和过度信念的这种小说的常项，直至小说中的信念能够成为迹象性的信念和特别性质的信念？应该理解到，当小说在展现种种信念和它并不拒斥的种种认知整体时，例如现实主义小说，例如田园小说，小说不停地展现信念的不足，展现认知陈述文的不足。这种不足是根据信念的过度来表述的。为了纠正这一点，最好刻画对种种信念的某种信念。这种刻画是很困难的：信念是通过推论游戏来预设和表述的；这些游戏无法拥有自己的和或限度，除非和与限度是以武断方式提出来的，例如指示推论游戏的终结。这样我们就过渡到寓意或呈现为某种封闭性运筹的虚构。

根据当下化的可能性重谈虚构和叙事

这样一种信念游戏意味着对小说研究中占优势的虚构理论和叙事理论的某种反向阅读。

可能世界理论在小说里的应用和虚构术语的使用，正如我们已经指出的那样，混淆了对小说的询问和某种本体论性质的询问，并关注有关表象和谎言的游戏。它们回避了虚构实体内部信念游戏所承载的叩问。赋予叙事的二重性（故事与主题）以同样的方式被界定为展现某种时空游戏的手段，这种时空游戏是由故事与主题、叙述世界与被叙述世界之间的张力激发起来的。按照马丁·泽尔的说法，❶ 这将描画一场环境剧：读者阅读时在它的空间活动。这类论点忽视了故事和主题在信念方面所携带的矛盾的蕴含。

文学虚构的界定事实上是种种二重性质的理论。❷ 虚构是对真实世界、日常世界的某种想象性质的僭越：应该这样理解，不管虚构言语与反馈到可观察事实的再现类言语多么相似，在这些二重性的理论中，虚构都不能被视为这些言语及其再现的"复制品"。为了赋予这种僭越某种定位，人们或者把虚构置于某种可能世界的标志下（可能世界的分析存在许多不同版本），或者置于梦幻或可以按照梦进行分析的标志下，即使小说并不是特别的梦文学，梦在这里仅是虚构这种

---

❶ Martin Seel, *Ästhetik des Erscheinens*, *op. cit.*

❷ 在当代虚构理论的快速分类范围内，我们可以区分出属于可能世界的理论并事实上从本体论定位方面询问虚构所展示之世界的理论，与研究反现实类陈述文之陈述条件的某种广义的陈述理论。这些理论并非必然导向小说理论：小说通过其定位摆脱了虚构理论引入的明显窠臼。最后还有根据文学文本本身界定虚构的理论。它们离小说理论更近，把虚构界定为类型化的方式。例如，说虚构的鉴定和发展与某种假装的使用分不开，等于按照假装的符号以及按照"假装"在小说虚构中所体现的使用情况或者读者所实践的使用情况由此而蕴含的分类安排虚构。虚构的这些理论与18世纪以来西方文化特有的人类学视野是分不开的。参见原著第192页、本译著第181~182页。

僭越性"复制品"的样式和范式。❶ 这样表述虚构不啻于把虚构界定为真实的某种替代物。这喻示了某种二元论。二元论经常被并非严格小说的典范来支撑，例如美妙的童话，或者不属于某种写实美学的典范来支撑，例如幻想叙事或科学幻想叙事。当它参照小说时，尤其参照现实主义小说时，这类小说所构成的虚构被以特殊的方式，界定为有关真实世界之言语的某种复制品。这种复制品与上述真实世界、与它的实在、与它的各种再现交相出现。被阅读为真实知识和真实观察之言语和再现的复制品的东西，通过这种交替游戏，是一种以奇特熟悉面对熟悉的方式。这种二元论的功能是，在小说和日常言语或其他言语构成的共同体内部，在与它们相关联的种种再现或再现缺失的内部，显示某种差距。

与可以应用于小说分析最接近的叙事理论，也是一些二元论性质的理论：由故事和主题概念所演示的某种二元论。区分事实上介入了叙述世界和被叙述世界的二重性，叙事的双重时间性（故事的时间性，主题的时间性）和作者与叙述者的关系问题，叙述者的地位与视点的关系问题：叙述者是赋予叙事之二重性的建构者。这种二重性让人们把叙事等同于有关过去的知识展示的某种安排。叙事反映这种过去，引导人们承认它自身的展现手段，并进而使读者评估这种安排的和谐性和中肯性。这就是何以人们可以谈论故事与主题并把叙事阅读为两者之间距离之展示的原因。

应该承认这些二元论是 19 世纪以来西方小说创作和小说理论与之相关联的人学思想的标志：人从其体貌和精神两个方面进行界定。就其体貌而言，他与其他人和大自然融为一体；就其精神而言，他则彻底地区别为个体。❷ 虚构和叙事按照某种二重性来设置，这种二重性一如人的共性和独特性一样，把它们显示为既与任何言语、任何叙

---

❶ 巴洛克小说、田园牧歌小说就是这样的小说。

❷ 参见原著第 19 页、本译著导论部分第 4～5 页。

事相契合，但又以它们的变异性而呈现为独特之身。最好从不可言述的范畴来表述这种变异性，属于另一时间范畴之叙事的变异性，另一虚构的变异性，不管人们赋予它何种定位和定义，它都不会与此时此地的任何鉴定相混淆。

小说及其虚构不能只等于唯一的虚构或某种可能的世界；小说的叙事不是压缩为故事与主题之二元歧义的叙事。说小说似乎只表述虚构、只表述可能的世界，说叙事只表述故事与主题的二元歧义，究其实等于说，小说指示某种不确定的方式。"似乎"的阅读和故事与主题之二元歧义的阅读的权利是无限的。从小说虚构等于一个可能的世界中，人们肯定承认虚构的完全权利，但是，由此，通过用虚构的本体论定位的问题代替其言语和文学的定位问题，不啻于将其彻底地自律起来。在故事与主题的游戏中，人们视为参照时间的东西在假设中被重建，并终极性地停留在不肯定的状态。赋予虚构以完全的权利，鉴定叙述性的各种歧义，人们只是表述说，小说无权按照我们自己的世界来思考，它虚假地思考时间和时间线条。小说就这样归结于一种非现实化的方式和一种无权的方式：它被自身的架构所限制。这样一种限制的设想承载着对小说理论几乎全部论据的拒绝，不管它们对虚构特殊性、对叙述性之歧义的隐性或显性承认如何。

须知，有关虚构，纳尔逊·古德曼指出："非虚构与虚构在这方面的区别不能说前者关涉真实事物，而后者关涉非真实事物。当它们关涉某事物时，两者都关涉真实的事物；不同的虚构作品和非虚构作品很可以关涉同一或不同的真实世界。"❶ 从非虚构方面视之，虚构没有变异性。其一的阅读意味着另一者的阅读，反之亦然，而不会产生其一与其二的混淆。我们不妨这样说，两者的差异在于它们能够允许推论的程度不同，也在于虚构、小说所允许之推论设定的隐喻

---

❶　Nelson Goodman, *L'Art en théorie et en action*, Paris, *Editions de l'Eclat*, 1996, p. 30; *Ed. Or. Of Mind and Other Matters*, 1984.

性中。

纳尔逊·古德曼提出的作为"异常故事"（un *twisted tale*）❶ 的文学叙事、小说叙事的定义，其叙事的扭曲没有造成不正常且可以与一部没有任何扭曲的叙事一样，引述同样的时间、事件和行为，这样的定义提供了一种明确的训教："异常故事"承载着界定任何叙事的种种时间序列之隐喻化的澄清。一部没有明显扭曲的叙事的时间联结理想地由其时间顺序和其序列所继续；然而阅读中，可以感觉到它是某种隐喻的继续。

叙事和虚构理论的二重性无疑是阅读小说双重价值的一种方式。界定小说的信念的共性和独特化被重新评估并被转移到叙事和虚构的自律性之中。还有审视这种二重性的另一种方式：把它与隐喻化游戏关联起来，小说可鉴定为隐喻化游戏。这种游戏的条件是对双重成分的明确鉴定，承认它们之间的关联，但是并不拆解它们的忠实性，并不阻止这些成分根据其中之一的变异整体上一起发挥作用。❷

小说的虚构和叙事应该得到忠实的阅读，就像那些既非虚构亦非小说、展现或未展现中断性游戏的故事和叙事一样。（但是小说言语的不同之处在于承载着隐喻化，这种隐喻化尤其与小说激发的对信念游戏的昭明相关联。）这些说明与主导性的小说理论是分不开的：小说的阅读与人们阅读世界的言语的方式相同：人们承认小说的言语就像承认世界的言语一样。这种共同的阅读允许对小说的某种隐喻性鉴定。恰当的做法是在任何二重性之外来界定虚构和叙事，并具体指出哪些是虚构和叙事所蕴含的隐喻游戏，尤其是在信念视野中。

小说当下化的能力

除了压缩为虚构、压缩为故事与主题的游戏之外，小说通过它无

---

❶ Pour cette notion, voir Nelson Goodman, *ibd.*

❷ 这里重新引用了唐纳德·戴维森对隐喻的定义，参见原著第 49 页、本译著第 36 ~ 37 页。

法决断究竟是它自身的反映来造就小说，抑或我们首先就自己对我们之世界、我们之知识、他人、真实及其时间的所见所闻然后所持言语的回响造就小说来界定自身的。不管它多么能够回归自身，它都不会与任何关系的不可实践性相混淆，哪怕是根据与他者言语的异质多元性关系。有关虚构和"异常故事"的这些见解重构如下：这些二重性的每一种（虚构与其对象，故事与主题，叙述世与被叙事世界）的成分都处于一种隐喻性的关系之中。从共同言语和共同对象视角言之，小说之体不能定义为某种变异性之体，而是定义为两种忠实主义之间的游戏，即对这些言语的忠实主义和对小说的忠实主义之间的游戏。同样，与种种隐喻在小说里通过隐喻的语义中断性发挥作用一样，它们也在小说与其他言语的中断性里发挥作用。隐喻性关联背离肯定性外延的任何喻示而把忠实的断定变成直觉的呼唤，我们称为对信念的呼唤。❶

当格奥尔格·卢卡奇指出，小说是一种没有赋予神性某种核心地位的世界类型时，他大概是想指出小说发展事实上所代表的文学的世俗化。他更根本性地喻示道，小说远离任何超验性，需要补充的是，远离把任何他者当作异化来捕捉的任务。他在赞同马克思主义美学基本特征反映论之前，设想小说言语与日常言语、与再现类言语的近似性，设想它们呼唤直觉的相似性。他还设想了小说人物与小说世界之间相同的隐喻关系：关乎《堂吉诃德》和《情感教育》两部小说时，把比人物灵魂更广阔的世界与比世界更广阔的人物灵魂对立起来，蕴含着从世界到灵魂和从灵魂到世界的某种隐喻游戏，这种隐喻游戏还是人物的界定因素。把这种小说类型与古老的英雄史诗类型相区别等于指出（这种指示没有语史学性质并不要紧，它拥有某种论据化属性），在界定英雄史诗时，丝毫不需要忠实主义、隐喻性及其对整个

---

❶ 双重阅读性与两种忠实主义的这种游戏是分不开的，参见原著上文第 189 页、第 195 页、本译著第 178～179 页、第 184 页。

叙事的外延。当米哈伊尔·巴赫金言说对话主义、杂交性、言语间性时，他表述的是同样的小说的内在游戏和可以在社会言语和社会再现中读到的这些游戏，而考虑到这些概念很广泛的意义，他也表述了某种隐喻性。同样的见解对小说时空体的界定也有效，最好将其修饰为情势：情势、地点汇集了相互关联的时间和空间资料，它们有可能通过地点时空的严谨鉴定。❶ 不管是古代小说还是教育小说，如歌德的《威廉·迈斯特的学习年代》，时空体都是地点和时间的某种隐喻性组合。探险小说演示了这一点，犹如教育小说一样：世界的学徒成就某种双重的隐喻性阅读：主导他在世界上各个人生阶段的阅读，他与世界之关系所主导的阅读。这种情形论证了现实主义的忠实性和小说给出之再现中的写实标志的联结。

小说根据主要小说理论里显性和隐性隐喻的这些手法还可以澄清小说研究争论中常见的若干点，例如叙述学的一些问题，小说世界，小说的行为人、行为和对象，并且具体说明小说当下化的能力（一切都可以是它的对象，它可以赋予任何东西以市民权，此举形成忠实主义）和它的整合能力（它可以把一资料的任意引述变成属于自身固有之物）。

叙述学：关于作者与叙述者、叙述者与叙事之关系的叙述学分析首先是界定小说建构的各种迂回的手段，以便使小说的叙事得以很好进行。这些迂回是从作者到叙述者、从叙述者到叙事之间的连续性和间断性的迂回。这些迂回所形成之问题反映了与这些资料的每一种都关联的切近性和忠实主义，这些资料当然是相互分离的却不能分开。还有其他迂回。小说经常被置于亚里士多德之《诗学》和模仿—行动的标签下。当人们询问小说的可信性时，人们尤其询问的是各种行为与其动机之关联的情理性。行为的忠实性游戏，它们的分离和切近，种种意向图示的歧义性以及各种行为形成的联结等，还属于某种隐喻

---

❶ 参见原著第 130 页、本译著第 116 ~ 117 页。

性游戏。小说史愈来愈明显地昭示这种游戏的种种悖论。

小说的世界：人们说小说造就世界，小说给出世界的一种版本，或者投射出一种世界，但是这些说法并没有唤起长久的思考。这种情况通过小说的现象学阅读，通过把小说之文本界定与文本可能激发之直觉联姻起来的努力而自知。这种情况有两个条件。**第一个条件**：小说的材料不管多么区别有致和可以区分开来，应该形成整体；我们将看到，它们最终只能通过反馈到小说所标示或者蕴含的信念而形成整体。**第二个条件**：有必要使这样汇聚起来、这样投射出来的世界是根据与我们的世界的某种贴近或某种区别而形成的。这样我们就回到了隐喻的标示，它与拒绝把小说之虚构鉴定为某种隔离世界的做法是分不开的。

小说中的行为人、行动、事物：小说引述、展现的动作、行为与行为人的关系，与叙事材料与叙述者的关系是相同的关系：需要重复忠实主义和隐喻。小说应该也是物质的世界并进而是种种描述的世界，与此并不背离。因为这些事物应该是区别有致的并根据这种区别相关联。

这些特性说明，小说是一种思维方式，与它所展示的信念游戏以及它所引发的推论分不开。这种见解本身如今属于法国哲学。❶ 它的考古学可以追溯到德国浪漫主义者那里。这种思想活动可以从两个方面去理解，这可以具化小说的当下化功能并减少对整体化概念的参照。**按照某种思考游戏去理解**：不管是叙述的联结，抑或行为的联结，小说通过隐喻游戏所蕴含的对文学材料的回归，不间断地保持对其自身的思考。❷ **根据可能对一切的捕捉游戏去理解**：思考游戏中蕴

---

❶ Voir Pierre Macherey, *Pour une théorie de la production littéraire*, Paris, Maspero, 1966, et Petits riens. Ornière et dérivés du quotidien, *op. cit.*

❷ 关于与隐喻之忠实主义相关联的思考性，参见 Giovanni Mateucci, «Di una genealogia del giuzo estetico», Luigi Russo (éd.), *La nuova estetica italiana*, *Aesthetica Preprint*, Palerme, Déc. 2001, p. 182.

含对行为人、行动、小说世界的信念，所有这些信念或者是集体性的，或者是独特的，或者是个别的。这种游戏和这种蕴含的联结使小说一方面呈现为对所有事物的捕捉活动，故而小说的地点、时间、故事才可能是多重的和变化多端的，另一方面这种活动根据对某一物质、某种行动、某个行为人的思考而进行：这里需要重复忠实主义；但是不要把上述游戏和上述蕴含视为小说的某种整体化活动。这样，"异常故事"就以某种特殊的方式得到论证：扭曲就是这种思考游戏本身的扭曲。以一种特殊方式得以论证的，还有对虚构的参照：小说的虚构就是这种文本空间，其间忠实主义和对行为、行为人、对各种情势的信念之关系的众多图式得到实践。我们既不能辨认这些游戏肯定无疑的某种源头和某种外在状态，因而小说应该根据其情节来终结。这种情况说明小说对其自身性质、它自身的反映或关乎我们之感知、我们的行为和许多其他事物之种种言语的反响是犹豫不决的。这对最明显的现实主义小说和对当代的解构小说都是有效的。这是人们对小说和幻想叙事之特征的犹豫不决的准确论证。它形成小说的叩问能力。

信念游戏界定虚构、虚构文的定位。小说是虚构性实体：它们可以与某种可观察物吻合或不吻合。这属于读者从小说中所辨认出之种种信念的认知特性，也是小说例如从现实主义然而也从属于某文化中信念范畴的道德引述或观察不到的事物自我承认的认知性能：这样谈论中世纪文化中某种独角兽的事情就既不背离信念也不背离某种可能的现实主义。小说人物本身是根据同样的布局来界定的。他们可以明确地把他们的世界辨认为某种虚构实体，但可以从中读到某些肯定可以观察到的与信念不可分割的事物：这解释了人们称为幻想的犹疑思想并论证科幻小说里科学与幻想的联姻。在幻想的极端情况和科学幻想之外，小说的人物可以明确地把玩虚构实体和种种知识。田园牧歌小说里就是这样，这种小说是完美虚构的、完美编码的，准确地演示了某种社会知识和种种信念。普鲁斯特的小说也是这样。瓦尔特·本雅明在昭明遗忘所构成的虚构实体（遗忘是记忆力的真正迹象）时，曾经指出，虚构实体与知识以及与它们相关联的信念这种二重性，造就了《追忆逝水年华》的活力。❶

小说理论：从整体化到整体主义

主要的小说理论坚持认为，小说通过其当下化的游戏，通过它对信念的使用，回应了世界的多重风貌，它还有更多作为：它刻画了种种整体。这种能力可以从两个方面理解：小说通过其材料、人物及他们的行为所蕴含的信念游戏保证了这种回应；它通过把所有这一切与反映它们的信念关联起来或者允许推论出这些信念而刻画某种整体。因而小说是从整体化的标志下去阅读的。这种看法可以从施莱格尔兄弟的理论，从格奥尔格·卢卡奇的理论，从米哈伊尔·巴赫金的理论得知。这种看法还可以从 19～20 世纪欧洲和北美的主要小说家的诗学中得知，例如巴尔扎克、福楼拜、亨利·詹姆斯的小说诗学。加上让-保尔·萨特和他对福楼拜的阐释是有用的。在这些小说里，福楼拜肯定排除了建言种种元叙事的事情。这并不阻止让-保尔·萨特在《家庭的白痴》❷ 里阅读福楼拜的作品时犹如它们构成了某种元叙事：小说构成一个整体，该整体提供一种综合性的时间视野、历史视野和再现性视野。应该把小说与它所引发的阅读和评论分开。《包法利夫人》不是一部元叙事。在它的不忠实性中，让-保尔·萨特的阅读却部分上得到论证：小说建构虚假的自然性（在那里应该观照福楼拜的游戏，以便像所说的那样建立小说的能力）允许让-保尔·萨特辨认小说的某种逻辑，这种逻辑堪与真实逻辑性相对立。这种做法使人们

---

❶ Walter Benjamin，《Pour l'image de Proust》，*Sur Proust*，*Paris*，*Nous*，2011，p. 28；*Ed. or.*，《Zum Bilde Prousts》，1929.

❷ Jean-Paul Sartre，*L'Idio de la famille*，*op. cit.*

按照与小说的整合结构相同的整合结构来解读社会，亦把小说解读为某种整合的实体，犹如社会被解读为一种整合的实体一样。这样，用让－保尔·萨特自己的话说，他就把主观的神经官能症与客观的神经官能症置于面对面的状态，还根据他自己的说法，并把爱玛·包法利这个人物鉴定为一个**独特性的普遍人物**。小说本身和它的人物都拥有某种整体化的能力。应该说，小说与两种整体化分不开：小说自身的整体化，社会的整体化。

整体化的标志可以读作小说各种权力的标志和小说帝国的标志，也可以读作对小说特征的某种补充，小说的特征部分与信念的双重游戏相关联：小说中的信念采自多重信念。这种标志导致小说理论赋予小说体裁、赋予小说世界某种稳定性，由于这种稳定性，我们可以言说某种小说史，言说体裁的某种目的性。这里有对小说史之小说理论乃是模拟的先前见解的某种补充，因而需要重复采自本体论或哲学的对小说的观点。

正如格奥尔格·卢卡奇、米哈伊尔·巴赫金、让－保尔·萨特但也包括米兰·昆德拉、勒内·基拉尔隐性或显性所做过的那样，指出某种双重整体化事实上乃是回到小说在其自身与它使它们成为它的对象的材料之间所维持的隐喻游戏。由于双重整体化（小说的整体化，社会的整体化），小说被视为社会再现的某种象征性的等同物，反之亦然，这些社会再现也被视为小说展现和再现的等同物。这种双重视野允许某种双重的归依游戏：真实归依到小说的想象之中，小说归依到真实的肯定性之中。格奥尔格·卢卡奇明确地通过他的小说人物的类型说表述过这些归依是受限制的思想，米哈伊尔·巴赫金通过他的狂欢世界的有限性表述过同样的思想。然而在所有情况下，都存在下述思想，即小说允许对各种言语、对各种再现、对各种思想的再现：小说的言语，社会的言语，相互之间，在任何他者那里。这种情况在勒内·基拉尔的言辞中还表述为小说与小说、小说之整体化能力与社会之整体化能力的某种模拟性对立，这种对立被小说通过其人物、情节而做了题材化的处理，说明小说的整体化和它所允许之双重归依被作为小说存在的理由。

这样赋予双重整体化的功能承载着互相矛盾的后果。通过双重皈依，小说发明了一种言语模式以期吸收历史与知识、真实与真实理论之间的差异，并指出在共同体中自由表述个体、在历史中表述共同体的可能性：自由的塑形与知识和历史、真实和真实之知识的这种结合的塑形混淆在一起。（对于格奥尔格·卢卡奇和米哈伊尔·巴赫金而言，这就是成长小说的意指。这就是米兰·昆德拉从小说中辨认出的存在智慧的意指，他从这种意指中看到了小说在欧洲得到发展的理由。）通过同样的双重整体化，小说还可能记录了历史与知识、真实与真实之理论这样一种相互吸收的不可能性。这种不可能性在格奥尔格·卢卡奇那里以人物的类型为标志，在米哈伊尔·巴赫金那里则以狂欢世界的局限性为标志。在米兰·昆德拉那里，它被讽喻的标志所指示：讽喻意味着某个陈述者从想象或象征角度可能占据着他者的位置，作为讽喻对象的这个他者。这就肯定了差距。这种不可能性，双重归依游戏的局限性，赋予讽喻的重要性，将把小说置于某种外在性的标志下，如果我们仅审视小说的整体性，那里明显存在承认赋予小说之能力的某种局限性。小说因而呈现为任何社会思想的他者。小说的这种后一种解读较少从其有效性中获得好处，而更多地从它所喻示的小说向普通文学、向普通书写、向一般虚构、向这种编造的过渡事实中获益，这大概重新采纳了小说的这种矛盾，但小说的这种矛盾也是纯粹的替代语言。这样，小说就是一种矛盾，它可以公开塑造这种矛盾。这种情况从新小说、从后现代小说得知，它们通过整体化，通过整体化的模拟，让人们理解到，这大概只是退化活动。这种终极标示说明，根据整体化来自我定义的小说，通过这一过程，是在完全服从整体化的情况下自我界定的。小说语言的特征化携带了关于小说和关于语言的双重整体化的鉴定：从语言角度视之，小说是一个整体；语言本身就是一个整体。

从小说理论中，从有关西方小说的表述中，还可以得出其他喻示。我们指出了小说的实现能力，但也指出它的不确定能力，具体意思是说，小说从权利上不背离任何实在，它既是忠实主义的，又是隐喻性的；既是鉴定其自身世界的言语，又承担着不同的信念。这种二重性要求我们回到前边的一条指示：无法决断究竟是它自身的反映造就了小说，还是我们看见、表述、听到、相信的东西的回声造就了小说。这吁请我们重构界定小说理论的矛盾，当它们讨论整体化问题时，并把整体化置于信念重要性的标志下。一方面，由于小说举措的界定性信念，小说原则上排除了任何先于思考的游戏，这就是何以与自然世界本身的某种前思性的和非观念性的结合的塑形是一种属于信念范围的题材化，例如在阿勒约·卡彭铁尔（Alejo Carpentier）那里对自然和卡尔拜安文化的引述。另一方面，信念所归纳出的强制性思考❶属性仅仅成为某种抽象，或者成为想象的某种材料现象，也被排除。我们处于小说所构成之交替性游戏的对立面，小说与文学想象、与书写的想象相混淆。

赋予整体化概念的重要性说明小说理论的某种局限性；这些小说理论没有考虑到信念游戏承载着某种叩问和对性情的某种特殊塑形。这种局限的发现允许我们重新审视与小说能力和小说帝国相关的各种命题。我们提出对赋予小说之整体化能力的这种鉴定的某种反阅读。用某种整体主义的属性概念取代了整体化能力的标志。这样就更有效地论证了小说所演示之独特性标志，它自身的独特性，这种独特性的功能。我们重新审视小说赋予性情和人学视野的特殊地位。❷

需要指出的是，除了诞生于德国浪漫主义且事实上被欧洲主要文学理论重新采纳的小说之整体化的相关论点外，在小说的批评中，还有对整体主义种种类型的多种参照：埃里希·奥埃巴赫对写实论的分

---

❶ 通过信念，小说或其读者可以回归到小说的材料。

❷ 关于这几点，参见原著第242页、本译著第230页。

析所蕴含的类型，❶这种类型属于某种生命哲学；结构主义所蕴含的类型，但是这种类型与小说的某种总体界定并不契合，因为在文学批评中，结构主义基本上停留在形式层面；❷可能世界理论所蕴含的类型，但是这种类型归根结底是表述虚构世界与我们自身的世界属于同一本体论的一种手段，这种手段却未能反映小说的聚集游戏和这种游戏的意义；❸解构所蕴含的类型，该类型拥有海德格尔式的解构前辈：解构根据某种覆盖游戏（覆盖赋予书写之整体主义的某种方法，这种整体主义的方法就是文本的多重覆盖。❹这样对小说的任何特别参照就消失了）描述一文本中材料的汇集：雅克·德里达通过他对乔伊斯的阅读来演示这一点。❺

整体主义

小说是通过信念游戏整合而成的某种实体，尽管它的形式、行为组织、时间组织很零散。这种游戏是双重的：它赋予不同信念类型以及信念之应用不同的中肯程度。例如人们所谓的小说人物的社会就喻示着这些人物相遇、对话、按照信念的指归而互动。这些指归导致一致意见、不同意见，种种误会等，成了小说的对象本身。在典雅小说、巴洛克小说，在欧洲的田园牧歌小说里，信念与爱情相关，与社会相关。亨利·詹姆斯的小说展示信念，通过视点人物，展现信念所

---

❶　Erich Auerbach, *Mimesis*, *op. cit.*

❷　需要指出人类学之结构主义、人类学所提供的种种神话整体之描述，在小说分析中的弱势应用。这种现象有一个简单的原因移植。正如诺斯罗普·弗莱在前引《世俗写作》（*L'Ecriture profane*）中所演示的那样，只有当小说被作为神话材料的部分演示，且神话材料本身亦被视作跨属性和跨越时代时，上述移植才是可能的。另请参见皮埃尔·马舍雷的 *Petits riens. Ornière et dérives du quotidien*, *op. cit.*

❸　关于这一点，参见让·贝西埃前引著作《当代小说或世界的问题性》。

❹　关于这一点，只需重温罗兰·巴特的《文本的乐趣》（*Le Plaisir du texte*, Paris, Le Seuil, 1973）。

❺　Jacques Derrida, *Ulysse gramophone*, Paris, Galilée, 1987.

导致的一致意见和分歧。《追忆逝水年华》展现上层社会的信念，叙述者独有的信念，所有这一切都是通过叙述者来表达的。阿兰·罗伯 – 格里耶的《百叶窗》是通过观察者的人物来展现信念的。❶ 这样，在这部小说里，观察就被界定为根据信念来阐释的一种方式，这些信念则与承认观察家看到之物相关的经验性约束分不开。所有这一切造就了小说材料的某种相互依存游戏：它们互相界定；只有当它们参与某种次生命题即源自信念相互依存性的命题时，才有意义。这种次生命题自身的幅度也是变化的：它在寓意小说里拥有最大幅度，在命题小说里拥有一定的幅度；它被压缩为保证信念相互依存稳定性的东西：没有信念的最低程度的相互依存，亦即没有一定数量之观念的某种最低程度的稳定性，小说的材料相互之间就读不懂。从这个意义上说，小说把玩某种双重整体主义的再现：它设置了信念和意指的鉴定、认知和承认，后者又设置了它的整体发展；它还设置了人物形态、行为描述方面的鉴定，小说还给人物的形态和行为补充上属于信念的精神状态——应该再表述某种相互依存的游戏。当小说或者被当作小说的读物呈现为语言活动时，例如詹姆斯·乔伊斯的《芬尼根守夜人》、菲利普·索莱尔斯的《H》：❷ 这种双重游戏就是常态的，信念关涉语言和它所承载的意指。需要说明的是，整体主义还是忠实阅读的条件，后者还与构成某种隐喻的语词相关联。

信念的相互依存形成小说的整体主义能力——它整合自身材料的能力和它的隐喻关联的能力。这些能力与任何群体通过自身言语和自身的各种再现自我辨认的能力相似，与任何个体在一社会内部的鉴定能力相似。小说较少通过其社会参照的幅度，而更多地通过小说被辨认之能力与社会能力的这种相似性，可以被表述为社会整体化的某种

---

❶ Alain Robbe – Grillet, *La Jalousie*, *Paris*, *Minuit*, 1957.

❷ Philippe Sollers, *H*, *Paris*, *Le Seuil*, 1973.

塑形。❶ 两种能力类型的每一种都可以忠实地阅读；两种类型相互之间则以隐喻方式阅读。应该理解到：小说并非必然是社会的直接阐释者；社会也并非必然是小说的直接阐释者。亨利·詹姆斯通过他所呼吁的国际比较即旧世界与新世界的比照，演示了这种双重能力。他强烈地指出下述一点，即民主世界与贵族世界的这种近似和这种并列省去了从后者向前者的政治过渡的叙事。❷ 因为这样一种过渡没有刻画，亨利·詹姆斯的国际小说把欧洲的展示和美洲的展示变成承载着历史过渡之塑形缺席的某种隐喻游戏。通过两种世界的每一种之再现和再现者的另一种隐喻性塑形，在小说的其他材料中，通过国际间的联姻和激情，国际小说设置了两种世界之社会整体化的隐性图式。需要说明的一点是，国际小说不是两种世界之每一种的直接阐释者，它们把这两种世界展示为整体，它们蕴含着相互关联或相互切割的信念。应该表述国际小说的某种整体主义，它设置了某种社会整体主义的思想。

根据按照小说、按照社会双重阅读的某种整体化的游戏对小说做某种鉴定的假设，需要隐喻及其阅读让人们承认的一个条件：小说赋予自己的行为人、动作、物体应该鉴定为社会的行为人、动作、物体和躲避开严谨社会表语的行为人、动作和物体：同一材料具有双重价值。这种双重价值（社会鉴定和较小的社会鉴定）可以通过小说的组织本身来演示，这是小说重大理论的一个论点。只需表述人物不适应社会这类小说中人物与社会的差异，这种小说把人物刻画为差距（格奥尔格·卢卡奇）；只需表述小说中对话性时空和狂欢性时空的局限性（米哈伊尔·巴赫金），这种小说把对话主义、把狂欢性变成限制性的材料，尽管它们具有某种整体主义的意义；只需表述个体的差

---

❶ 罗歇·凯鲁瓦（Roger Caillois）在前引《小说的能量》（*Puissances du roman*）里指出了这种相似性，并且在20世纪30年代，从中看出未来小说某种消失的理由。

❷ Voir Mona Ozouf, *La Muse démocratique*, *Henry James ou les pouvoirs du roman*, op. cit.

异，他既是社会恒久的阐释者，又需要接受阐释（米兰·昆德拉）。把小说鉴定为虚构可以以同样的方式来解读。不管我们参照什么样的虚构理论，参照本身都是一种展示，展示的独特性的编码化从一种虚构到另一种虚构而变化。因而它是一种根据其他世界设置自身解读的独特性，因为根据与可能世界相关的论点，任何虚构自身都是完整的。❶ 这是科幻小说以及从 16～18 世纪的田园牧歌小说的假设。独特性的这种塑形发现之后，读者可以进行小说和世界的共同性的和隐喻性的阅读：按照两种忠实主义阅读，为了使这两种忠实主义之间有所关联，按照尼克拉斯·卢曼所谓的真实"重新进入"虚构（小说）以及反之小说"重新进入"真实来阅读。❷ 这种"重新进入"的阅读犹如唐纳德·戴维森从麦尔维尔的某部小说里所采纳之隐喻的阅读一样：耶稣的时钟造型。❸ 任何小说都携带着这种重新进入的或多或少的清晰图式：在这部小说里，是从真实重新进入小说。这在现实主义小说里是明显的；在科幻小说、幻想小说也是同样清晰的：它们都携带着不同的人学痕迹，这些痕迹都是真实的迹象。说从小说重新进入真实等于说读者让小说所显示的重新进入在现实本身里发挥作用：他根据真实重新进入小说的游戏从真实中阅读小说，真实重新进入小说的游戏是小说本身所塑造的。他可以观察到两种重新进入，如同读者从耶稣的时钟造型的隐喻中读出两个语词的距离一样，两个语词的每一个都通过隐喻和这种游戏的双重面具而镌刻在另一个语词上。在小说里，双重塑形的这种阅读和这种观察带入了小说所展示的信念整体

---

❶ 可能世界的本体论是一种独一无二的本体论，它与我们世界的本体论并不对立，参见 David Lewis, *De la pluralité des mondes*, Paris, *Editions de l'Eclat*, 2007（*éd. or. On the Plurality of Worlds*, 1986）。这类论点在文学领域的益处，在于论证虚构世界与真实世界的共同的解读性，而不必假设根据摹仿说阅读的某种约束。

❷ Niklas Luhmann, *Die Kunst der Gesellschaft*, Francfort – sur – le – Main, *Suhrkamp*, 1995.

❸ Donald Davidson, *《What a Metaphor Means》*, art. cit.

并进而带入一个巨大的真实世界的整体。小说并非真正的整体化的施动者，但具有整体主义的性质，因为它允许这种双重阅读。这种双重阅读是根据某种双重塑形而进行的：小说可能整体的塑形，世界可能整体的塑形。整体的意思是说，小说展现为或者根据隐喻游戏、根据双重重新进入所激发的推论来阅读。这些推论关涉信念的某种网络，它构成一种语义的整体主义。

整体化与整体主义的区分让人们从前者中根据小说之形式的完结，根据其材料相互之间的蕴含，读出小说某种明显的能力，在后者这里则根据显性的或推论的信念的结合，读出某种能力。不管是说整体化还是说整体主义，人们的意思是说，小说必然表达它所言说的东西，也必然言说它所表达的东西。这就是为什么它可以拥有小说材料整体的和谐性，以及从这个整体反馈到另一整体的性能，根据小说，后者可以是世界、社会、某信念体系或者现实化或非现实化的某种象征塑形：这样我们就从现实主义小说过渡到它的反面。某种外延可能性的肯定、不肯定、否定，都不是这里的问题。小说永远作为隐喻，隐喻与对许多事情（例如对真实）之信念标志的规律性之间的某种游戏占据优势地位。关于小说的某种忠实阅读就这样蕴含下来。隐喻和小说隐喻组织的忠实阅读导致意思是根据两种忠实主义和隐喻系列所展示的语义联接来调节的。倘若我们选择以整体化来结束，就把小说的隐喻游戏界定为小说对其自身展示的某种掌控，也界定为它塑造自身完整性过程的能力。倘若我们选择以整体主义来结束，这个同样的隐喻游戏就被视为信念与信念、展现与展现之种种关系的无尽图式，它们把小说的完整性刻画为小说某种可能的视域。因此，在整体化的假设中，完整化的视域是在世界的整体化塑形的内部来解读的，这是格奥尔格·卢卡奇的论点，让－保尔·萨特附加上去整体化之整体概念而接纳了这个论点。因此，整体主义和作为小说视域的完整性图式的假设就让各种信念类型大行其事，哪怕是对同一客体、同一人物、同样的行为。这种情况被亨利·詹姆斯《使节》里的人物查德所演示。❶ 查德时而以一个"异教徒"的面貌出现，时而又像一个"绅士"。这些不同的修饰反映了信念的某种变化，它可以反映人物的风貌。可应用的信念类型变成一个特殊的问题，似乎人物构成一个特殊的和不同的问题：若干信念都可以应用于他。他是不同信念之症结；若干意识都可以赋予他。在这种视野里，整体化与整体主义根据两类"社会"信念、根据个体的两类界定类型而区分。在整体化的情况下，我们想的是整体化所塑造的结果，是社会的整体，世界的整体，时间、历史的整体，它们整体上作用于人们，犹如取代了人们的位置一样。这并不意味着人这个主体呈现为一个整体、一种整体化的一个简单的个别情况。自 16 世纪以来，小说的行为人确实是一个个体；❷ 但是他的独特性是徒劳无益的。对整体化的这种信念意味着另一种信念：对某种战胜了潜在混乱的社会秩序、象征秩序的信念。秩序可以是现时的或者未来的，并论证某种"标准"图式：格奥尔格·卢卡奇的问题人物和所谓的积极人物与此相吻合。在整体主义那里，小说世界和与之从隐喻上相关联的世界是复杂的世界，根据材料与材料之间隐喻关系的无限性。在这种视野下，小说被用来提供种种明证性和隐喻化的地方阅读。与仅仅界定为小说某种视域的完整性相对应的，是以明显方式并根据隐喻化形成之地方秩序，根据许多问题，以人做人的许多方式，被展示的一个主体。整体化突出叙事中可以鉴定时间并实现世界完整性的信念。整体主义则突出的是叩问和对性情的塑造。这样，就应该把两类小说体系对立起来，一类是左拉在《卢贡——马卡尔家族》里的小说体系，一种巨大的整体化的塑形，另一种是格特

---

❶ Henry James, *Les Ambassadeurs*, *Paris*, *Le bruit du temps*, 2010；*Ed. or.*, *The Ambassadors*, 1903.

❷ 人物的独特性可以是一种强势的独特性——只需说到堂吉诃德。这种独特性的虚荣在格奥尔格·卢卡奇那里表述为下述事实，即世界比人物的灵魂显得更大。

鲁德·斯特恩在《美洲的美国人》❶里的小说体系，这是巨大的整体
主义性质的分配，把美国人的身份分配在美洲的空间里。还应该具体
说明，《卢贡——马卡尔家族》里读到的整体化并不取消对整体主义
性质的某种分配的塑形。❷

不管从德国浪漫主义到格奥尔格·卢卡奇和米哈伊尔·巴赫金等
主要的小说理论是如何突出整体化的视野，也不管某些作家如何在他
们的小说里和他们关于小说的随笔里多么反而青睐某种整体主义性质
的视野，反映了小说的两类建构，对小说的两种使用。**整体化的视
野**：作家表述的是对人物独特性、其权利、对言语和文化多元性的某
种承认，但是它们是汇聚在一起的。这种权利和这种形势显然与历史
是不可分割的。19世纪的现实主义小说演示了这些特点。**整体主义
的视野**：小说表述的是信念多元化、文化多元化的隐性和显性形式，
表述了它们的平等性，人物是这一切的塑形。亨利·詹姆斯的国际小
说和国际题材的定义在这里是象征性的。自19世纪与20世纪之交
（在理论层面，只需把亨利·詹姆斯与格奥尔格·卢卡奇关联和对立
起来；在小说创作方面，只需把亨利·詹姆斯与左拉关联和对立起
来），关于小说的思考就不分离小说客观性的定义与性情，也不分离
性情与社会决定论的考察。首先从隐喻之忠实主义的悖论中读出的小
说的客观性问题（麦尔维尔的"精准表耶稣"）与某种人学问题相混
淆。亨利·詹姆斯的建议和小说的整体主义的阅读以一种与刻画在从
格奥尔格·卢卡奇到伊恩·瓦特那里的小说理论之和谐（这种和谐推
崇完全鉴定之个体的形象，但是某种设定与社会上所承认之鉴定相一
致的鉴定）相矛盾的方式，把个体变成差异的某种场域（他的身份与
某种去差异化没有区别，但是它本身是由差异构成的）。通过身份与

---

❶ Gertrude Stein, *Américains d'Amérique*, *Paris*, *Stock*, 1933; *Ed. or.*, *The Making of A-mericans*, 1925.

❷ 这是米歇尔·塞尔（Michel Serres）得出的结论，见前引 *Feux et signaux de brume. Zola*。

其去差异化在差异多重性中这种联姻本身所具有的悖论，个体更多地呈现为受与之相关联之社会的定义和解读，超越了其身份的双重价值：这意味着这种社会本身是根据这样一种双重价值来审视的。

信念，整体主义：重新审视逻各斯和性情的悖论，现实主义与传奇化

通过对信念类型和对整体主义的参照而喻示的批评视野可以重拾小说理论的两个关键概念：逻各斯和摹仿说。通过信念游戏和整体主义，人们通常所理解的反思性的不可能性所造成的问题有可能被昭明，而基本上不会与某种预先给予之叙事相混淆的某种逻各斯所造成之叩问也可能被昭明。小说所承载之叩问以信念游戏和整体主义的游戏、逻各斯与性情的悖论为条件，它们与独特性和一般性的二重性是分不开的。这种叩问把小说置于差异的标志下。这些标志吁请我们从小说与虚构的关系中重新审视小说这种传奇活动。

小说的建制和思想：整体主义，对话主义，传奇化——虚构理论以外的小说

小说通过其整体主义，阻止人们将其或者界定为一种纯粹的替代物，或者仅与真实或与承认真实相关联的东西。既是对替代性言语也是对承认性言语的解构，富有某种实现性能力（它是整合之体和结构），它把某种平等的展现物的权利给予思想或给予它所构成的独特的信念游戏，也赋予它通过自己的当下化能力之悖论而趋向的共同思想：某小说对世界的当下化与某种整体主义是分不开的，后者设置了种种推论出的关系。整体主义导致任何小说言语或者是根据小说和任何其他言语的；它承载着拒绝任何他者之异化的重任，并排除把它作为某种纯粹象征或寓意的整体性的某种图示。

用巴赫金的对话主义所蕴含的思想信念和整体主义来补充他的对

话主义是很重要的。需要完整地理解米兰·昆德拉承认小说的生存性智慧：正如作家谈论拉伯雷时所指出的那样，这种智慧与笑相关，正如米兰·昆德拉再次指出的那样，笑声在拉伯雷那里，设置了资料与资料关系的某种连续活动：这种活动应该说是隐喻性质的，并且与信念是分不开的。

通过这些性格，小说是任何主体之思想形势、某种其他世界思想的形势、僭越这种世界之思想、历史思想和历史的时代思想之形势的某种举措，这就是小说何以可以不背离其虚构、不背离历史、呈现历史小说之风貌的原因，小说还是意识形态思想的某种举措。在这种视野中，小说的现实主义明显就形成问题。它是小说用来放置真实思想的手段之一：它塑造从思想到真实的运动：这一切都蕴含着信念、信念之中断的语义网络，蕴含着该网络所激发的语义的隐喻性。这类放置举措是不可终结的。因而它们就把小说仍然变成一种思绪的游戏。小说从这种思绪中抽演出它的批评能力：对自身的批评，对赋予自己的种种对象的批评。这样小说就不停地处理它所建成之差异：它的作品身份、体裁身份、言语身份。事实上，应该把它的自律性的标志理解为这些内容，在其自律性中，既有对现实主义、也有对反现实主义的论证。这样不啻于应该承认两种同义反复：永远独特性的小说即小说的同义反复，永远基于某种独特身份的真实即真实的同义反复，它们的相近性所提出的问题，这个问题关涉真实本身时所提出的问题。整体主义，信念，推论出的信念是处理这些继续存在之问题的手段。应该重温小说的问题学性质。两种同义反复（小说，真实）的游戏意味着叩问是一种恒久的原则：这种叩问（上述双重同义反复究竟是怎么回事）形成小说和小说系列的理由。

小说既是独特之思想，也是某种独特的传奇活动。这样我们就重构了先前关于小说与虚构关系的见解。虚构理论提供了两大主导性的和对立的论点：虚构是多重的，它们本身就是种种世界；没有虚构的世界，只有世界的不同版本。这些论点的两种互补性重写行将让我们在整体主义、信念和叩问的视野里界定小说的传奇活动。

第一个论点：存在虚构世界，它们与虚构文本相吻合，读者不停地进入虚构世界。这个论点奇怪地用哲学和文学语词重温了勒齐马·利马关于神话虚构和神话的自然神论的说法：

> 据维柯所说，沃伦告诉我们，在古代拉奥齐❶的某些小城市里，人们竟至崇拜三千多自然神。荷马告诉我们，在神话时代的两三个城市，人们说着诸神的语言。以至于，假如一个讲着这种神之语言的陌生人来到这个有三千自然神的城市，他可能非常惊奇地能够收到这剩余的三千神圣的造访。通过这种超自然的现象，造访者不管多么平凡，也将像一个小神仙一样生活。❷

这里的一个问题是决定小说是否仅是对虚构世界的这种进入，且这些虚构世界被视为自律的和可以鉴定的。若泽·勒齐马·利马的见解喻示着就这几点得出正面的结论是很荒诞的。我们在这里发挥的假设，与这样一种进入的假设相反：小说是从某种思想到一种物质、一项行动、一种言语的运动。其传奇化的世界只能相对于这种运动的塑形。正如我们所说的那样，这种思想是该思想一种形势的思想，哪怕是小说承担的言语性再现的思想。小说所展现的传奇化因而停留于传奇化的一种思想。这种情况既不排除虚幻，也不排除想象。虚幻可谓传奇化的题材线索、象征线索；想象可谓相互思考和自由表述传奇素材的活动。当小说理论标示虚构世界的可接触程度时，它们事实上标示了这种传奇化的思想和它所承载的传奇化素材思想的比较主义。还有建构这些见解的另一种方式。在叙述学里，人们表述与某小说不同人物相关联的区别有致的故事世界。需要理解的是，小说通过比较它自身传奇化的素材而运行。

---

❶ 古代拉丁地区，通常译为拉奥齐，再译为拉丁姆，表示拉丁地区的历史演变。——译者注

❷ José Lezama Lima, *Introduction aux vases orphiques*, Paris, Flammarions, 1983, p. 196；*Ed. or.*, *Introducción a los vasos órficos*, 1971.

　　与小说虚构相关的第二个论点根据我们的世界设置小说的可读性。这种设置得出小说提供世界的种种版本的结论。世界版本的这种设想一方面可以避免具体说明与世界相关联的小说属性，另一方面保留了对摹仿说概念（以弱势方式对待的概念）和"诗作"（poïesis）概念的参照。它还可以把小说置于一种想象的现象学或虚构的现象学方式下，这样在这个世界与世界的某个版本之间就没有根本性的中断了。这种第二论点还停留在不确定的状态，理由是版本概念是一种模糊的概念。更好的说法是：传奇化在文本中引述了类似于种种世界的内容，这些文本并非必然具有真实的参照系，也可以展现纯粹的虚构：所给予素材与我们能够观察到的真实素材毫无关系。更好的说法是，传奇化较少是对某种世界版本的展现，而更多地是对探寻小说贴切性的自行文本化的展现，这种探寻只能根据我们自己的世界、我们自身的知识、自身的信念来进行，并蕴含传奇化与这些知识、这些信念的某种差异。就其成分的性质而言，传奇化活动是一种异质多元性质的活动，一种整体主义的形态，理由是，通过它所演绎的推论，它本身是相关的和关系性质的。如今，这种情况由托马斯·品钦（Thomas Pynchon）小说的复杂结构所演示，例如他的小说《逆光》（Contre-jour），其中故事的编排，一群孩子们乘坐某种虚构的飞行器进行的一次虚构的旅行，是置于某个世界的，我们的世界，我们的历史，兼具中断形态、异质多元形态、整体主义形态。这种整体主义的特点造就了某种连续阅读的可能性。这一点由18世纪劳伦斯·斯特恩的《项迪传》来演示，其整体主义的特点不可避免地赋予一生之叙事使得双目和众多信念的背景材料得以表述。当传奇化明显变成推测（如科学幻想小说）或者明显不可能实现的时候（例如幻想或把虚构作为唯一的虚构时），可以称作过度编排的东西不排除刚刚指出的传奇化的特性：只需重温弗兰克·埃贝尔和博尔赫斯就足以看到这一点。

　　小说传奇化的这种实践和这种思想不可能与犹如回归自身的一种

文学实践和文学思想相混淆。这一点并不要求通过某种必然性的游戏，得出旧小说和现代小说与后现代小说之分野的结论，那样人们就把一种文学实践和思想与一种讽喻主义的方式同化了。传奇化使整体主义的游戏变得明显了。小说的解构并不明显地拆解整体主义形态，而是设置后者。这种同样的小说解构在小说史的范围内，不能以中肯的方式强加某种元叙事终结的假设，因为小说——任何小说——以其谱系、思想、编排、整体主义，都否认元叙事。

整体主义，性情的悖论，逻各斯的悖论

要解读性情的悖论，只需回到独特性与普遍性的二重性（信念游戏蕴含着这样的二重性），回到根据普遍性导入之不确定性的份额对实际性和确定性的叩问，回到小说的这些特征：小说展示种种身份并叩问它们。这些身份首先是人们的身份。它们也是小说世界的身份。关涉第一类身份时，回到《包法利夫人》和《鲁宾逊漂流记》就足够了。这一点也适用于古典小说：拉法耶特夫人的《克莱芙公主》可以同时读为某种情况的研究：一种真情的检验和典雅爱情的范例。这些身份以及独特性与普遍性的二重性也是小说展示之种种世界的身份和二重性。这些世界异彩纷呈且被汇聚到同一个世界里。这是《堂吉诃德》的教益。这里有两点见解确立：这些世界应该与人物身份的叩问相吻合，且反之亦然。这种双重叩问告诉我们，在小说里，人们可以根据许多表语，从谓项角度谈论这些世界。这就造成谓项活动的诸多变化和诸多矛盾。这也是《堂吉诃德》教给我们的。变化和矛盾让人们回到对这个世界、这些世界、对它们的身份的叩问。通过这些变化和这些矛盾，世界，小说的世界在与小说人物相关的方面，乃是一个世界，是众多共同的世界。这些人物只有把这个世界当作恒久的世界并恰恰视为共同的世界，他们才能发现赋予世界之表语的变化和矛盾之处。这种情况对于科学幻想和幻想小说也是有效的，亦即对于那些摆脱了小说现实主义即摆脱了某种共同世界的最大同形象的小说作

品。这样，有关幻想叙事、自然与超自然之游移所发挥的论点❶就较少应该按照其忠实语句去解读（这种游移是对幻想的某种指示），而更多地应该视为谓项的某种矛盾游戏；这种矛盾游戏把提到的世界变成一个共同的世界。人们走向了这种悖论：幻想的奇异性将是对这种幻想本身的否定，以与幻想相关之谓项的相反游戏所蕴含的这种共同性为标志。不管小说是现实主义的抑或不是现实主义的，发现或实践这些相反的谓项游戏的人物最终模拟了人类最共同的情势：我们承认我们现在的世界是一个确定的共同的世界，因为我们可以根据表语的使用情况，矛盾地讨论它。这一切都确切无疑地说明，小说的重心在于性情。把小说鉴定的重心放在逻各斯上，亦即放在一个组织起来并被人们接受的言语上，例如神话言语或神话之残留的言语，将与小说所承载之某种共同世界的这种悖论性的指示背道而驰，我们不妨补充说，上述共同世界具有某种恒久的阅读性且得到人们恒久的承认：小说让人们阅读鉴定一个共同世界的人类学条件、逻辑条件、语言条件。正是从这个意义上，可以肯定，小说表述了世界，它是对信念的某种呼唤。

从这类见解出发，有必要重复小说中人学视野的分量和形象性、修辞性的重要性，并非对于它们自身，而是作为根据身份与身份之去差异化的明显性格，根据由此得出的叩问，根据信念之蕴含，根据整体主义，根据某种共同世界之蕴含（应该使用"蕴含"一词，因为这个世界既不能被指示也不能被设置：它是叩问和整体主义的视域），建构并昭明独特性与普遍性之二重性的手段。这样我们就会理解，西方理论传统不可能完全思考它的第一探寻：使小说成为某种从种种世界或各种表语游戏的分野和矛盾出发探寻共同世界之可能性的要素是什么？

---

❶ 我们从中辨识出这是茨维坦·托多罗夫在前引《幻想文学导论》中的论点。

第七章

再论偶然性和性情：
论小说的历史性和虚构的运用

　　因而小说是根据它们的性情和逻各斯两极，根据它们与美学主导的不同构成，根据身份的差异和去差异化游戏而发展的。小说的创造依据身份之差异和它们的去差异化的某种交替运动和组合运动，这一点关涉小说本身，它的鉴定，它的形式、题材、时间、人物。这些看法与小说研究中占主导地位的信念类型相反，可以重构与小说所青睐之偶然性相关的见解，具体说明小说中身份－物体和变化这两极之游戏的相关概念，重新表述双重阅读性，双重摹仿说。它们还可以重新审视真实、虚构和小说，并由此更进一步昭明小说的功能，回答小说之普遍存在及其根据对全球化的参照而进行的当代阅读所引发的叩问。远非肯定与重大小说理论相关的小说史阅读中占主导地位之种种范式的中肯性，这些见解吁请读者们把小说系列所形成的历史阅读为身份之差异的组合史，小说概念及实践的重构史，它们是这种组合的后果。

性情，逻各斯：再论小说的类型学，摹仿说和虚构

论逻各斯和摹仿说的若干种重构

　　小说的主要方法和理论削弱了人们可能拥有的再现和对小说的信念，因为它们趋向于把这种信念变成某种封闭性的信念，阻止对小说、对任何小说的典型化。时而这种小说模式占上风；时而另一种模式兴盛。这些时兴现象导致了小说史可以按照对某模式的青睐来阅读，并进而根据小说起源图式的种种差异来阅读。例如在描绘现代小说发展史时对 18 世纪英国小说的青睐就让人们忽视了西班牙的骗子无赖小说。例如某种小说史中现实主义小说的地位就阻止了对我们称为小说帝国的准确界定。❶ 例如，尽管米哈伊尔·巴赫金的狂欢小说

---

❶　见原著第 226 页、本译著第 215～216 页。

拓宽了小说史的视野，却缩小了现实主义小说大作的重要性。主要的小说理论不把玩不同类型的信念，并因而缺少对小说意图本身的某种准确阅读，借用我们已经使用过的与信念相关的术语来表达，即可以读出小说症候或特殊性的阅读。[1] 我们在谈论罗兰·巴特时曾经说过，小说的意图有可能仅仅是一种潜在的意图，[2] 却肯定是一种文学意图；因而它也是一种无法与性情和逻各斯的游戏分开的意图。这种游戏不可避免地并以终极方式解读为根据主体关系的种种塑造，根据主体通行经验的塑形，根据身份之差异与其去差异性的歧义，对主体的安置游戏。这种游戏形成了小说的自律性，一种特殊的自律性：借助于性情的塑造，小说在其自身中刻画了自律性与异质多元性之间的二重性；由于这种二重性，它可以把自己的言语同时展现为一种确定性的言语（异质多元性）和一种不确定的言语（自律性）。没有自律性的塑造，它将呈现为一种不表述任何与众不同的东西的言语。倘若没有异质多元性的塑形，它将呈现为一种不表述任何东西且与任何相关的言语。这些见解呼吁着它们所蕴含的内容被重视：小说是以这样的方式建构的，即不管其自身的展示的特色如何，不管它如何区别于现实，小说处于一个世界的假设是不可避免的。

这些见解呼唤对小说思考常见材料的某些评论，这些材料与自律性和异质多元性之二重性（小说的定义，小说与逻各斯的关系，小说史与对逻各斯的参照，小说史与摹仿说）相关。这种思考在这些点上是矛盾的。

例如在西方，小说界定的终极点（思考类小说，套中小说）乃是一种不可能的方式：没有小说从其形式上是完全思考型的，明显的理由是，小说的线性发展和时间性排除了某种完整的思考性。就显示为它的最明确的定义活动而言，小说其实是对异质多元性的塑造。

---

[1] 见原著第 28 页、本译著第 14~15 页。

[2] 见原著第 34 页、本译著第 21~22 页。

　　这样，模仿概念，对某种预先赋予的逻各斯的承认概念本身就是矛盾的了：假如人们把预先给予的逻各斯视为某小说的某种实际决定因素，那么应该把模仿理解为某种几近重复的东西。作为对这种矛盾的回答，文本间性也是矛盾的：作为保留对逻各斯的某种参照和排除某种确切决定的方式，它去除这种参照的差异性（文本间性也是多重的）。正如保尔·里科尔所建议的那样，与秘索思概念混淆在一起的逻各斯概念的广义使用，等于指示叙事的某种去差异化的模式，而叙事是可以根据其再现时间的能力来界定的。这里的歧义是，对秘索思的这种参照阻止人们审视造成任何小说二元性的东西：与种种身份相关联的谓项与变化标志的游戏。

　　这样，在一种更广义的理论视野和历史视野里，需要说明的是，对逻各斯的参照原则上本应是一种优先参照，却是没有效力的参照。这种参照通过小说理论所维持的与亚里士多德之《诗学》的源流关系而表述，亚氏的《诗学》确立了行动概念。关涉当代时，这个概念在叙事的符号学理论里得到广泛的展示，这些理论对于小说分析呈现出决定性的作用。关涉以前那些时代时，这个概念解释了赋予探险概念（这个概念开辟了系列探险和系列行动）和历史概念的重要性。然而，对史诗与小说之间的关联的询问显示了参照逻各斯的不确定性，不管亚里士多德之影响的份量有多大。人们时而言说从史诗到小说的连续性❶（连续性是逻各斯某种类型之典范化的连续性），时而言说某种中断性。❷逻各斯概念的不确定性还由早期叙事类型的多样性来演示，

---

　　❶　我们知道这是米哈伊尔·巴赫金的论点，对他而言，"英雄史诗变成了小说"。英雄史诗的材料转移到小说的材料中去。见前引《小说美学与理论》，第451页。

　　❷　我们知道这是格奥尔格·卢卡奇在前引《小说理论》里的论点。这并不禁止格奥尔格·卢卡奇标示某种应该称作隐喻性的连续性："小说是一个被上帝抛弃的世界的史诗。"因而逻各斯的安排是继续存在的。关于这几点，请参见 Orly Toren, *Une histoire alternative des origines du roman. Promenades interculturelles dans un monde sans épopée*, doctorat, *Université Paris – III*, *Littérature comparée*, 4 déc. 2010 – *à paraître aux Editions Honoré Champion*。

这个概念允许对种种早期叙事（从神话到分析型叙事）的鉴定。❶ 在对逻各斯参照的这些不同类型中，任何重叠都不可能刻画出来。我们来到了这种悖论面前，即一种被视为小说某结构性材料逻各斯的鉴定，逻各斯呈现为终极性地属于某种阐释游戏，换言之，属于完成行为的一种方式。❷ 对逻各斯的一次性参照，不管是关涉某种小说史还是关涉自律性与异质多元性之二重性的某种处理时，都不具有结论性质。

在这种更广阔的同样的理论视野和历史视野中，还需要说明的是，也被置于亚里士多德《诗学》影响下的对摹仿说的思考，允许关于小说现实主义的所有变化❸或现实主义的缺席，同时可以用来区分两种矛盾的小说创作传统。一种传统继承了摹仿说概念并论证对写实主义的询问；另一种传统重拾德国浪漫主义的论点，并把文学媒介（这里既指诗歌也指小说）变成了一种主客体形式，变成了主体性客观化的条件，同时也变成了客观性主观化的唯一手段。事实上，两种传统是不可调和的。但是，两种传统都设置了作品特有的一种能力。第一种传统：复制世界；第二种传统：以不可分割的方式，把主体的语言和客体的语言包容在作品的语言中。赋予小说的这种特有的能力，小说思想与整体化思想相同化即基于这种能力，但它事实上却忽视了某种双重见证。诚然，既有真实也有语言；这就允许作品的媒介化了，不管人们采纳文学理论的何种传统。但是，这并不允许说出作

---

❶ 在小说理论里使用精神分析叙事的一个明显的例子是由马尔特·罗贝尔给予的，见前引《起源的小说，小说的起源》。对精神分析的参照展示了把赋予逻各斯的优越性与对性情的明显反馈联姻起来的好处。同样的见解对前引勒内·基拉尔的《浪漫主义的谎言与小说真相》也有效。

❷ 关于阐释与完成之间的关联，参见 Wolfgang Iser, *The Range of Interpretation*, *New York*, *Columbia University Press*, 2000。

❸ 我们既可以列举格奥尔格·卢卡奇的反映论的现实主义，它并不反对小说的建构，也可以列举伊恩·瓦特的现实主义形式，后者被用来界定 18 世纪的英国现实主义小说（*The Rise of the Novel*, *op. cit.*）。

品构成的这种媒介在何种风貌上也是一个世界的承载者，保尔·里科尔说，读者在阅读的过程中把这个世界投射在他面前，它也是修饰不属于我们现在和我们之现实的小说展示的一种手段。这样一种小说世界的假设并不能通过对想象的参照而得到论证，而是通过小说构成之展现包含了性情的事实得到论证。这种情况本身蕴含着根据性情的变化对主体的某种特殊的刻画，以至于它能够以参照某种弱势之现象学（保尔·里科尔）或者参照某种虚构之本体论（可能世界的理论）以外的其他方法，被这种小说世界所反映。

正如已经指出的那样，❶ 这些见解确认，小说理论一直被用来承认应用于小说中的种种决定论和承认小说的自律性。形式界定（它终结于不可能的反思性的界定），赋予逻各斯、秘索思和摹仿说的重要性（那里存在某种矛盾），试图把决定论与自律性联姻在一起。这就是理论何以归根结底在批评实践中行不通的原因。需要说明的是，在西方的传统中，关于小说的研究较少关注昭明这些批评的不可能性，而更多关注那些把它们演示为异常小说的小说阅读。这种说法既适用于《绅士特里斯坦·项迪的生活和意见》（*Vie et Opinions de Tristram Shandy, Gentilhomme*），也适用于现代主义小说或新小说。

有关逻各斯和摹仿说的见解根据某些纠正重构如下。**与逻各斯相关论点的纠正**。小说这种界定松散的体裁在文学体裁系统中的地位很容易界定。它不是一个承载着某种结论性规定的体裁，与结局悲惨的悲剧和结局喜庆的喜剧不同。它的情节由这种规定的缺失来主导。这样受主导的情节不能通过严格遵守某种逻各斯、通过模仿某种秘索思来定义，而是根据某种仅在不可能风貌下承认逻各斯约束的自由来界定：一个世界不可能只拥有矛盾物。与此相对应的，是爱德华·摩根·福斯特在《小说的风貌》❷ 里提出的情节定义：这种情节是与人

---

❶　参见原著第 40 页、本译著第 26～27 页。

❷　E. M. Forster, *Aspects of the Novel*, *op. cit.*

物相关的行动系列；这些行动不能矛盾性地定义这些人物。例如，我们谨举一例，有关恺撒和同一世界及同一时间，我们不能说恺撒既渡过了又没有渡过卢比孔河（RUBICON）。❶ 但是，情节不排除应用于这些行动的不同动机、不同信念。当小说明显采自逻各斯的某种成分时，例如采自历史之某种类型或神话的某些成分，这种重拾不能决定小说情节的功能和意义。逻各斯与从行动开始应用于人物的不同表语和信念的系列混淆在一起；它变成了身份的差异化活动和去差异化活动。这就造成了它的悖论。**与摹仿说相关论点的纠正**。有些论点试图纠正关于摹仿说的常用命题，例如卡特琳娜·佩雷的论点。❷ 卡特琳娜·佩雷把摹仿说（*MIMéSIS*）与模仿（*IMITATION*）相区别，并把前者作为调节激情的手段，理由是，它呈现为重塑真实的某种结构，但是这种重塑结构并非必然根据与真实的相似迹象去鉴定。这个假设很有意义，理由是，它把摹仿说变成了根据激情展现主体某种形势的一种手段，这里的形势意味着从某种属于性情并介入与世界、与他人之关系和一种回答的共同材料出发，共同鉴定这种形势的可能性。摹仿说、激情与性情的这种关联事实上安置了再现拥有特殊认识的一种功能，而非必然是一种蕴含着某种规范的调节功能：塑造主体与世界和与他人的关联，根据这种关联确定主体的位置，把这种塑造

---

❶ 关于这一点，请参阅 Francis Wolff, *Dire le monde*, *op. cit.*, p. 261. 关于恺撒的个人经历记载，恺撒在高卢战争中获得巨大的声望，公元前 49 年，元老院向恺撒发出召还命令，命令恺撒回罗马，恺撒回信表示希望延长高卢总督任期，元老院不但拒绝，还发出元老院最终劝告，表示恺撒如果不立刻回罗马，将宣布恺撒为国敌。恺撒带军团来到国境线卢比孔河（RUBICON）。罗马法律规定，任何指挥官皆不可带着军队渡过卢比孔河，否则就是背叛罗马。恺撒思索半天之后，讲出一句名言，"渡河之后，将是人世间的悲剧；不渡河，则是我自身的毁灭。"于是，他带着军团渡过卢比孔河。恺撒的举动震动庞培以及元老院共和派议员，他们没想到恺撒竟然如此大胆，急忙带着家当逃离意大利半岛。于是，恺撒不流血进入罗马城，要求剩余的元老院议员选举他为独裁官。——译者注

❷ Cathrine Perret, *Les Porteurs d'ombre. Mimésis et modernité*, Paris, Belin, 2001, *par ex.*, p. 259.

变成一个问题（根据这种形势，这种激情将是何种样子）。卡特琳娜·佩雷的建议允许理论向前走了一步，并补充了以前的见解。我们刚刚把小说读作展现描绘某种共同世界之最低条件：性情的某种塑造与此相关，也读作信念和整体主义的游戏，❶它们与偶然性的塑造，与时间过渡的塑形，与身份的差异化和去差异化的游戏是分不开的。因而也应该把小说读作人的形势的某种界定的最低条件的展示。这可以重新界定偶然性的使用，重新界定摹仿说和虚构，并描绘小说体裁的某种历史类型学。

偶然性，摹仿说，虚构：主体的形势与小说的历史性质的类型学

这部论著中广泛说明的赋予偶然性的特殊地位是对偶然性及其蕴含内容的一种关注。这种关注本身又设置了对时间和变化之能力的关注：这种情况改变了身份并修正行动的理由，修正它们的叙事条件和它们的评估条件。对偶然性的关注是对问题性的任何承认的前提。它与任何叙事的上溯性是重合的（回溯与它自身的当下性是相关联的），也与同一叙事的不可能的现在相重叠（完全符合形势情况的现在，根据过去在现在的塑造建构❷）。这样，小说展现的任何主体都是多重的，它所展现的任何形势和任何论证都是切合变化性质的情势的。通过偶然性的图式，小说可以做更多的事情。它自己呈现为某种悖论性的变异性。这种变异性根据人物和行动来解读。任何根据偶然性来定位的主体，其结果就是被界定为对其自身形势的某种寻问，不管赋予主体关于他自身、关于他自身处境的言语的显性程度如何。偶然性指示任何行动的双价性这一事实展示了主体与他自己的关系，把这种与自身的关系展示为一种歧义的关系和超出自身的关系。这种展示类型

---

❶　见上文第六节。

❷　关于这一点，见原著第 119 页、本译著第 106～107 页。

是小说的一种常项。小说理论的传统或者从行为人的异化标志下解读它（格奥尔格·卢卡奇），或者从言语之共同权力决定该行为人的视角解读它（米哈伊尔·巴赫金），或者从与真实之关系的变化视角解读它，这种变化关系事实上描绘了自身的自身外形态（埃里希·奥埃巴赫），或者根据与真实之某种一致性的塑形解读它，这意味着真实不形成问题。小说提供了种种传记类材料的事实肯定了上述几点。这种情况喻示着：在时间上，主体与自我的任何关系都是一种超出自身的关系。在种种身份的差异性和去差异性游戏的基础上（我们曾经说过，这是把重心放在偶然性和时间展现方面的典型特征），还要补上主体展现的这种二重性，主体的展现适合与小说所承载的不同人学的塑形。这种补充允许对小说史的连续阅读，而不赋予这种历史任何必然性和任何目的性：与逻各斯和性情分不开的偶然性的塑形造就了小说体裁的历史。这种补充还允许把小说从伦理方面界定为一种体裁，并对摹仿说和虚构进行重新定性，吁请对再现的二重性（小说和世界）和虚构的外部性（虚构与非虚构）进行某种重新解读，我们上文曾经根据虚构重新进入真实的角度，具体阐释过虚构的内涵。❶

从小说角度界定的人学端极——某种风险人学之端极，双重人学之端极，类同主义的人学端极等——适合于赋予偶然性、叙事和主体塑造的这种关注，主体的塑造发挥主导作用：需要重复的是，主体永远被安置在自身之外。在风险之人学里，主体恰恰是根据彻底外在于他、但明显与他相关联的因素——风险来审视的。在个体性的人学里，主体的独特性与他与任何其他主体的相似性是分不开的。这种情况把自身界定为自身外；主体不懈地尝试清醒地完成这种相似性，这种努力将导致某种去身份化或达到上述相似性的不可能性；❷ 然而作

---

❶ 关于这一点，参见原著第233页、本译著第213页。

❷ 我们顺便说明，这种游戏是勒内·基拉尔发现19世纪小说里模拟性对立（见前引《浪漫主义的谎言与小说的真相》）的条件。

为自身之外的自身，主体试图独特化。这一切形成了某种矛盾。卡夫卡人物的无为性反映了一种形势，在那里，主体的独特性、可能对他者的承认以及与自身的关系犹如与自身外之关系一样的游戏被拆解了。卡夫卡的小说排除允许这样一种游戏情形的图式：神秘性判断的题材与反对这样一种情形的形象，与任何允许从自身外辨认出自身的关联类型的缺失，混淆在一起。在类同主义的人学里，从自身外鉴定自身是良性规范。它安置一个主体，让主体既注册在他人身上，同时又不局限于这种注册，其结果是，他就没有去差异化了。通过其行为人与世界的关系乃是在自身外塑造自身，这是与自身的一种经常性关系，它允许对世界和对主体的任何展现类型，并确定无疑地排除对人物的某种本质主义的展示。个体性的人学承载着同样的排除。

小说史是根据这些人学塑造之主导因素的历史。诺斯罗普·弗莱通过时间维度从西方文学里发现的人物行动能力的弱化现象，❶ 符合这种历史。确实存在着对行动能力某种弱化现象的塑造，存在着个体人学及其二重性之最当代的各种版本的风险人学的塑造。这种弱化现象并非必然应该像诺斯罗普·弗莱所做的那样，按照行为人之再现价值的某种变化去解读。这种弱化现象与理应叫作人物的某种缩水现象是分不开的。在风险人学的小说里，原则上没有任何东西可以限制人物，除非他应该掌控的风险。在个体性人学的小说里，人物被他与任何他者的相近和相似所限制：他体现为其自身在场的某种缩小。❷ 这种缩水现象呼唤对人物的某种悖论性的处理：按照某种限制，因为理应标示这种缩水现象，按照人们称作的某种扩展手法，因为应该赋予人物与任何他者最广泛相似性以权利，按照某种形势，亦即按照众多独特性中的某种独特性，根据人物对其自身独特性的辨认，这一切都

---

❶　Northrop Frye, *Anatomie de la critique*, *op. cit.*

❷　这是使用米歇尔·梅耶的语词并在个体性人学的视野里，对身份差异性与去差异化之游戏的重构。

在发现某种方向缺失的范围内，因为偶然性占据了主导地位。在自身外塑造自身是对这种悖论的一种回答：主体仅根据他与差异的关系构成自我。这样，个体性人学的小说人物就是对其自身变异性的演示，后者本身又是对任何他者的塑造。个体性的人学是一种双重性的人学，与主体展现的二重性分不开，在小说里，它自身就是某种叩问。这种情况可以从《堂吉诃德》《巨人传》的第三部、从《项迪传》《红楼梦》中读出。类同主义人学所采纳的重要性，对于现代而言，符合西方之外小说创作的发展风貌，并把自身的这种游戏转移到自身外。

一种小说史就可以这样来表述。

自古代小说起，小说就可以读作根据偶然性、根据情势对主体构成的展示，两种方法都是把自身指示为自身外的方法。与米哈伊尔·巴赫金所指出的古代小说中爱情史部分与更广泛的历史部分（后者与遥远的图式分不开❶）的连续性缺失所对应的，乃是这种主体构成之塑造的素描。

中世纪小说把行为人的实现、把主体的实现置于其核心。它"变成了成长愿望的表达，变成了人从其自身做人的神秘可能性出发，尝试实现自我的某种形势的表达"。❷ 这里有一点需要说明：主体的这种完善和这种揭示既与探险分不开，也与爱情、与战斗分不开，换言之，与偶然性和风险分不开，它们是在身份消失之可能性范围内对身份的揭示者。

从中世纪小说、英雄小说向现代小说的过渡，需要重复的是，反映了我们可以称作人物的某种缩水：人物根据其支撑成了自身外、成了某种情势游戏中的人物；他不可能塑造某种完善的能力或某种完整

---

❶ 关于这一点，参阅原著第 127 页、本译著第 113～114 页。

❷ Michel Stanesco et Michel Zink, *Histoire enropéenne du roman médiéval. Esquisse et perspectives. Paris*, PUF, 1992, p. 7.

的在场。非常突出的是，归根结底与人物与他者之关系相关的这种缩水现象（应该再次提到《堂吉诃德》《巨人传》的第三部、《项迪传》《红楼梦》），与某种双重视野即一种存在主义的视野和一种认识视野是分不开的，这种情况可以明显地从《巨人传》的第三部和《项迪传》中读出。这些视野的每一种都可以从其自身来审视。然而两者连起来便成了人物作出反应的方式，成了人物在世界里活动并决定如何生存的方式。在世界中作为并决定如何生存，要根据情势和他人，根据种种差异，根据与这些差异相辅相成的某种知识。个体性人学的二重性还加上了人物对他自身的双重视野，这种视野可以主导关于自身的某种多重历史。这种情况可以关涉堂吉诃德、巴汝奇、项迪。"如何生存"在现代小说里变成一个明显的问题，因为人物是根据他的独特性和他与他人的相似性，因为他服从于偶然性并可以成为一种多重历史。与自身的关系犹如自身外一样，明显的多重历史，向认识、伦理和对变异性的确切承认开放。这是教育小说构成的条件，教育小说乃是根据境遇和激情的偶然性，根据种种差异和种种相似性的明证性，对自身学习和向世界学习的明显耦合。在与自身关系的游戏中，这种关系犹如与自身外的某种关系，小说以不同的方式突出这种游戏、种种认识视野、伦理视野和差异性经验的联姻。在《鲁滨逊漂流记》中，笛福突出认识维度；理查森的情感小说则突出激情维度，突出差异的考验本身。巴洛克小说所展现的幻想，❶青睐了犹若自身外的自我关系。到了 19 世纪，"如何生存"、激情维度和认识维度的联姻变得严谨起来；它与现实主义分不开。需要这样理解：在主体、自身、自身外展示的明显游戏中（根据情势，且需要补充的是，狄更斯、巴尔扎克、福楼拜、亨利·詹姆斯的小说都是典型的情势小说），人物不可分割地是根据情势、根据他人的人物，他善于通过激情，根据与他人的差异而把自己独特化。因为他是这一切，因为他是自身之

---

❶　关于这一点，参见原著第 165 页相关段落、本译著第 154 页。

外的这一切，人物也是对小说中所有与他相关的材料的某种客观化方式，这与现实主义的视野是完全吻合的。●

现代派小说、后现代小说加强了对情势的塑造，这种塑造可能关涉许多时间和地域，并将它严格地与人物关联起来。应该这样去阅读乔伊斯的《尤利西斯》。内心独白的改造从言语和语用方面是不可能的，这种改造的虚构允许把情势的最大图式、自身和自身外之回溯性的塑形和悖论性地限制在一天之内但又根据情势的这种最大图式进行分配的认知塑形联姻在一起。现代派小说就这样追随主体构成的塑造；然而它把主体展示为一种肯定无疑的差异性（这种做法允许对内心独白的虚构）和一种不可能的差异性（由于某种内心独白的虚构把许多材料囊括进来，这种不可能性允许根据众多主体和众多情势来鉴定主体）。当代批评根据文本间性的种种游戏阅读这种鉴定；事实上从语史学进行的文本间性的标示吁请我们仅仅以文本的方式，承认我们刚刚指出的情势游戏。与这种扭曲的批评相反，理应强调下述情况：通过内心独白改造的虚构和通过某种广泛情势的图式，《尤利西斯》把作为自身外的自身图式带向极致，并根据情势所承载的关系展示这个自身。小说的时间仅是一天的时间这个现象告诉我们更多的内容：任何情势都是临时性的，都是一段有限时间的过渡。在这些视野里，现代派小说可以阅读为现实主义小说的完成——情势、主体机制的塑形、认识维度和激情维度根据一个身兼自身和自身外的主体之悖论进行的明显的联姻。同样的现代主义小说也可以解读为现实主义小说隐性地承载的绝路的演示。刚刚界定的显性联姻不可能完全反映时间的变化——例如，在《尤利西斯》里，巨大的情势游戏就描绘了从荷马到当代的一个广阔的时间旅程，并把它压缩为赋予一天这段小说

● 应该补充说，现实主义小说中的客观性和客观化不仅仅是根据视点即目光，亨利·詹姆斯可能会这样说，根据所谓的词与物之间的吻合，根据与个体相关的客观性（伊恩·瓦特的论点）；它们也根据人物的人学定位。

时间的某种引语式的和象征式的游戏。根据其重大特征，尤其根据其时间游戏来审视的后现代小说，把其自身的时间变成了过去时间的一种引语式的广泛组合，人物服从这种组合。这是把自身构成的塑形带回以极端方式展示的它的第一条件，界定某种偶然性形势和过渡之时间游戏的条件。但是，在现在性之优越地位得到保存的情况下，小说重新找到了小说现在时态的悖论：某种现在时态的这种塑造原则上是不可能的。❶ 那里有一种论证，论证小说在很大程度上等于虚构。虚构在这种时间的展现中很明显，它们在不可能的现在时态中，乃是时间外的东西。然而这种东西界定了后现代小说的某种绝路。小说是对时间之差异性、身份之差异性和去差异化的游戏的回答；它不能被压缩为似乎是做给自己看的某种时间悖论的展示。

　　类同主义的人学修改了与自身关系犹若自身外关系之悖论的塑形。它把自身变成情势的一种方式并赋予把自身塑造为自身外以合法权利，而没有把这两种塑造的任何一种与人物之关系的某种缺失或与种种有待建立之关系关联起来。正如我们已经看过的那样，在中国古典小说里，在 20 世纪的非西方小说里，它没有排除对行动、作为的展现，它们与刚刚描述的有关西方小说的展现相似。这里重要的是，人物本身即是身份、时间、人之种种差异性的一种集合方式。这种集合不拆解人物的独特性，也不排除他被置放在一定位置和一定的关系中。从一定方式言之，类同主义人学的小说就是对西方小说当代形态的一种回答。作为西方小说特征的人物的缩水现象（自塞万提斯和拉伯雷起，在许多环境下，这种人物就只能是减弱了的人物），正如诺斯罗普·弗莱所理解的那样，乃是西方小说的终极人物，唯有这种弱化、这种缩水的塑形程度发挥作用，正如卡夫卡告诫我们的那样，它们以自己的最高点，设置了人物关系形势的缺失。这是主体再现方面的限制，与不同人学的二重性相关，如基督教的人学，个体性的

---

❶　我们再次引述托马斯·品钦的《逆光》。

人学。

类同主义的人学小说拆解西方小说的悖论：只能根据情势的更新展示终极性地展现差异性，但是这些情势将重新导向差异性的定位问题。在类同主义人学的小说里，差异性与去差异化一样恒久；它们不拆解任何独特性。需要理解的是：人物可以是衡量任何情势的尺度；他是任何形势之可读性的形象，各种形势由系列差异组成。集体的历史就在这样的人学氛围中被表述，例如萨尔曼·拉什迪、阿玛杜·库胡玛等人的小说。性情可以解读逻各斯：任何可拥有的叙事都试图表述某种历史、世界的某种形态，表述种种价值。参与了类同主义人学的当代小说的独特之处在于把人物与常见的伦理询问、与"如何生存"的询问联姻，人物本身就是情势的一种方式，而西方小说里很容易读到对伦理的询问。这种联姻可以从这些询问的恒常性和这些小说所展现的西方材料与非西方材料的相互感染而获得解释。另外，它还把自己重新采纳的所有西方的和非西方的文化材料置于类同主义人学小说终极性地构成的元阐释的游戏中。类同主义人学小说演绎出一些幻想性展现（只需再次提到萨尔曼·拉什迪和阿玛杜·库胡玛）并没有把这类小说置于某种去现实化美学的明显标志下：类同主义游戏排除某种否定真实或现实的任何塑形；它赋予犹若自身外的自身塑形一种恒久的中肯性；它把性情界定为任何实在和任何人的某种在场方式。

关于性情在小说里的三种分布（风险人学的小说，个体性人学的小说，类同主义人学的小说）的这些见解，关于小说史的这些见解，可以重新审视与小说相关的叩问，重新审视虚构概念和小说与任何实在的关系。

小说中性情的塑造压缩了逻各斯的重要性，因为它与身份的差异性和去差异化的游戏以及某种过渡性时间的图式是分不开的。这种塑形还有更大的作为：因为它是把自身塑造为自身外的一种明确的建构，它从与自身相关的某种叩问游戏中，展示小说的行为人，展示小说的人物：从他自身的视角看，他是他自身的差异性。这种差异性的给予是功能性的：它允许根据某种形势来界定人物并为之保留某种独特性：他是自律性和异质多元性的准确演示。自律性和异质多元性这种二重性的悖论是，允许人物对任何行动、对真实的询问，并把该人物置于他自身的非现实化中：自身犹若自身外。正因如此，清澄与幻想、准确评估与不准确评估之间的二重性是小说世界的一种常态。根据小说本身且不管其反现实的游戏如何，这后一种二重性永远使人们设置一个客观世界，其间的种种决定有待做出：这是《堂吉诃德》的题材，它肯定是一部反映小说，因为它塑造任何小说所承载的这种必然的设置。

无论小说的美学是什么，去现实化还是现实主义，无论它所青睐的性情类型是什么，自律性和异质多元性这种二重性皆可解读。正如已经指出的那样，这意味着，不管小说反现实性的程度如何，小说的创作和解读都根据有一个世界这种假设而进行。小说定位的二重性可以重构。没有世界的这种假设，小说等于不表述任何确定性的东西。假设这种假设是小说唯一的决定因素，它将没有、也不表述任何别出心裁的东西；作为世界物质中的世界对象，言语中的言语，它将看到自己的阅读压缩为发现它属于世界。这里，我们对先前的某种见解给予完全的论证：小说界定为它无法决断究竟是它自身的反映造就了它，抑或我们就自己的所见所闻、有关我们的世界、知识、他人、有关真实及其时间所持种种言语的反响造就了它。

小说就是这一切，而这一切与行为人、叙述者、一位作者、许多读者一起前进。行为人、叙述者可以明显地服从小说定位的这种歧义：只需提到小说中的小说，提及田园牧歌小说所把玩的幻想。它们无法如此鲜明地演示这一点，但却可以通过明确程度不同的对物质、现实、世界的辨认游戏凸显这种歧义：从同一人物出发，这种辨认程度不同地发生变异，从不同的人物出发，这种辨认产生程度不同的对比：需要重提侍者桑丘·潘沙和堂吉诃德，重提《到灯塔去》结尾一节的人物。这种二重性归根结底关涉作者。我们曾经说过，小说尝试根据身份－物质和变化两个端极来表述世界，这种情况导致谓项的困难，而指示词（déictiques）的使用恰恰可以把这两个端极的使用变成一种言语。小说叙事的叙述者，被引述的各种言语，种种描述和叙述游戏确认了这些见解。在这种视野里，热拉尔·热奈特所定义的叙述者的不同定位体现了两件事情。一方面，叙述者是小说这种言语活动的导演。另一方面，他根据与自身的某种关系（犹如与自身外的关系）的明显程度不同的游戏安排他自身：同源故事的叙述者，这是最低限度的关系；异源故事的叙述者，这是最大程度的关系。

在这些见解的范围内，需要说明的一点是，作者与其小说的关系可以在相似的表述下解读。不管我们说"人称"作者还是"无人称"作者，不管我们选择了肯定"包法利夫人，就是我自己"的福楼拜，抑或否认与自己的小说有任何传记类关系的福楼拜，不管我们提还是不提心理学和精神分析学的论点（它们表述了明显关系的某种缺失，却喻示了这种否认所设置的某种关联），作者根据身份－物质、变化两个端极，根据指示词的补充，写作他的小说：他把两个端极的对立变成一种言语。由此，可以说写作的某种完成活动，它的条件是作者的介入。从作者的角度看，这种活动是犹如自身外的自身之某种言语的生产。小说的作者处于与表述某种世界的活动本身的关系中。这即是说，一个世界可以作为再现性的世界，前提是，因为作者授权他自己的话语，因为他犹如在自身之外使用自己的话语，他可以这样把它设置进形势里（即使这种形势广泛地处于不确定的形态），且犹如某种关系性质的安置的塑形。由此，小说是对任何形势的叩问，但却不是某种形势的故事或寓意。所有这一切可以概述如下：根据身份－物质的两个端极表述一个世界，承载着某男士、某女士在世界里的地位、与世界之关系的询问，他们被授于表述世界的这种权力和这种行动。小说是根据作者意愿把这一切舞台化的过程，作者根据上述表述的活动和内涵写作。

双重可读性，双重摹仿说❶（不包括这些二重性所蕴含的把小说鉴定为真实或世界的某种形象），它们的条件是性情的双重定位，是它所允许的对自身的不同塑造，塑造为自身外的做法，不管是人物、叙述者还是作者。在这种视野里，当我们言说小说的虚构时，我们较少言说某种做作或某种虚假，而更多地言说小说所构成的这种安置的发现，言说它所设置的写作的这种定位、作者、叙述者、人物的这种定位的发现。虚构的写作或解读既不根据真相或谎言的选择，也不根据其自身自律性的选择：然而人们以为这种可能的世界可以根据人们承认它与我们的世界的距离来阅读。❷距离的写作和解读在于展示与自身关系犹如与自身外一样的悖论，这是任何与外部性和与任何他者的关系的塑造：需要重复的是，这种表述关涉人物、叙述者、作者。这样，小说就给与偶然性之塑形分不开的叩问，增加了与主体受影响以及进入关系之方式相关的叩问。小说的虚构就是这种叩问本身，这一点被何塞·奥特加·伊·加塞特阅读《堂吉诃德》时所准确感知。人们所谓的思辨人学相当于与一种文化中的主导性人学相关联的种种人学塑形与这种根据身份之二重性或转移（这些主导性人学的特征）和根据犹如自身外的自身游戏（明显被小说和虚构的事实本身所昭明）展示性情的这种联姻。

通过人学语词、通过主体塑造语词解读的二重性（自身犹如自身外），被小说理论的传统所阐释，或根据某种批评距离（格奥尔格·卢卡奇），或根据主体与共同体的联姻（米哈伊尔·巴赫金），或根据文学言语或小说言语向自身的封闭（保尔·德·曼），或根据设置了两种家族史类型的某种分野：被找到的孩子和私生子，马尔特·罗贝尔肯定道。这些阐释的多样性和不可兼容性告诫我们，与性情和主

---

❶ 关于双重可读性和双重摹仿说，参见原著第190页、第192页、本译著第180~181页。

❷ 关于虚构世界的这种距离，参见前引托马斯·帕韦尔的《虚构世界》。

体塑造相关联的被以不同方式展示的二重性，是小说的决定性材料，决定小说的定位，决定写实性和去现实化，决定虚构，决定情节约束的缺失，决定信念的使用，决定叙述体系和多利特·科恩及凯特·汗布格尔所指出的陈述活动和意识之种种再现的种种歧义。作为决定性的材料，它们允许小说的某种特殊形势：成为这种可以根据主体、昭明与真实、与他者之任何关系类型、昭明这种关系的任何论证类型的言语，并通过这种昭明本身，允许某种阅读的可能性，根据过渡性时间，根据某种批评视野，根据主体和集体性的任何形势的展现，不管是从认识方面还是从伦理方面的展现来阅读。由此，思辨性人学就与任何人学材料的某种非本质主义的方法分不开。由此，我们重新回到了偶然性与小说的不可分离性。

小说的普遍存在与全球性小说

这部论著在某种去方向化的氛围里（偶然性、身份的差异性和去差异化），根据小说提供给某种过渡性时间和对主体形势之询问的回答，建议对它的某种阅读。这种回答与许多美学、小说的许多实现类型相关联：需要重复与小说界定相关的唯名论。小说的常态就是根据这种过渡性的时间，根据允许展示这种时间的各种人学塑形，允许人们承认它是它们的条件，根据对主体形势的询问，这是通过与自身的犹如与自身外的关系（这里蕴含着虚构），处理身份之差异性和去差异化的另一种方式。这种展示和这些塑形承载着某种悖论。它们描绘一段时间、一段情势，把它们与种种信念组合起来，变成沟通交际的稳定材料。它们不抹杀情势的异质多元性，也不限制这种情势中可以组合的材料和时间的数量：材料包括文本、叙事等，文学和小说由此可以由这种图式构成，而不致把这种图式基本上压缩为文学成分。从这种游戏本身不可避免地得出拥有一个世界和一部小说的结论，而不像通常所说的那样，需要设置种种明确的参照系。

这部论著这样汇集起来的主要论据就可以喻示某种解释，解释小说在世界范围内的膨胀现象以及如今小说与全球化的关系。我们刚刚提到的论据根据小说的展示程序，根据它所允许的阅读程序来界定小说。展示某种过渡性质的时间和一个置于其身份的差异性和去差异化之下的主体，允许自身关系犹若自身外关系之恒常图式的人学塑造，这些程序是恒常的且不蕴含一种给定的形式；根据这些程序所承载的叩问，它们是一种设定恒常的解读形式，世界的形式、小说的形式。这些程序有能力囊括信念和整体主义并维持主体的某种存在主义的感知，这个主体与自身的关系犹如与自身外的关系一样。这种情况表述了小说构成性材料和任何主体之展现的本质主义的某种缺失。这样，小说就可以是许多时代、许多事情、许多人、许多文化的小说，而不蕴含时间的某种目的性、叙述的某种约束。这样，它就可以是许多时代、许多地域的询问的建构。这就解释了小说的膨胀现象。在这种同样的视野下，更特别地表述小说与全球化的关系，喻示着两件事情：发现再现、塑造全球化蕴含着整体化的图式和多样性的图式：全球性的世界是一个异彩纷呈的世界；还发现这样的再现、这样的塑造呼唤种种转移图式，在这个世界内，对这个世界的材料的转移：过渡性时间的塑造，还应该加上转移的塑形；借助于转移，多样性才得以表述。表述这两种发现和要求，以一种极端的方式，把小说置于信念和整体主义的标志下，置于把任何主体转移到自身外的标志下。这样也就重新发现小说体裁的构成程序。那些自诩为全球化小说的某些当代小说，就是这些程序本身：应该重提戴维·米切尔的《捉刀者》，❶补上奥利维耶·罗兰的《创造世界》。❷这些书名的每一个都意义非凡：书写像幽灵一样；书写是一种创造：每次通过比较，人们都心领神会，有一个世界。这让人们理解：虚构超越幻想；因为它蕴含着一个世界，它是汇集世界上人和物之塑造的手段，在某种自身外的恒久

---

❶　David Mitchell, *Ghostwritten*, *op. cit.*

❷　Olivier Rolin, *L'Invention du monde*, *Paris*, *Le Seuil*, 1993.

游戏中：幻想、创造设置了这一点。小说与全球化的适应关系还通过补充的一点得到肯定。作为小说展示特性的可能性是批评的一个恒常的程式，格奥尔格·卢卡奇曾经特别强调过这一点。它更多地与时间的再现相关联。我们在这里重构这类论点，肯定小说表述某种可能性，因为它不断地从现在中指示某种根源。我们在其他地方还指出，可能性，因而真实的任何再现，都通过真实所造成的限制，通过种种可能性的局限性来设计，这些可能性中都可以鉴定出真实来。❶ 这等于在与现实主义和再现相关方面，重新表述自身转移到自身外的对等现象。这等于让人们听到：全球化的小说把世界读为某种界限：确实有某种界限，因为全球的思想是一种完结世界的思想；通过这种界限的塑造，它描绘了这种世界的可能性。小说通过某种表述为复调（《捉刀者》）的偏移游戏，通过日报言语的相互覆盖（《世界的创造》），把世界塑造成它的整体。这也是转移图式和塑造多样性的手段。

小说的历史性

小说理论与历史

广义目标的小说理论——格奥尔格·卢卡奇的理论，米哈伊尔·巴赫金的理论，埃里希·奥埃巴赫的理论，既把它们的对象历史化，同时又把它们永久化。有必要询问这种双重方法的有效性。这设置了某种比较：不同作品的比较，人们想象它们能够描绘一种历史并抽离出小说的某种类型学。考虑到所关涉的历史时间，且由于小说概念是回答这些时间幅员的某种建构，小说理论是从某种彻底的历史主义的明证性与永久性图式之蕴含中拿来的：读者、理论家应该完全接触比

---

❶ 参见前引让·贝西埃著，史忠义译：《文学理论的原理》，暨南大学出版社 2012 年版。

较的内容。很显然，这样一种接触是不可能的。人们无法完全重建过
去小说的鉴定、承认和阅读条件，尤其是遥远的过去，也无权论证小
说概念不存在时所创作的种种叙事可以称作小说。小说理论没有说明
它们是如何允许它们的条件彻底的历史主义通行的。❶ 它们恰恰是理
论，因为关于这一点它们一言未发。它们是作品系列的阐释者：它们
可以发现彻底历史主义的不可避免性然而却表述小说的唯心性。需要
说明的是，它们几乎从来不曾建议小说的某种机制性质的阐释，并把
小说作为一种时间和历史的庞大综合的手段。赋予小说的恒久性完全
把小说等同于这种阐释者的功能。另外，文学理论关于它们建立的条
件和它们自身定位的这种缄默态度与它们看待自己的研究对象的方式
相关。它们既根据所展现或假设的解构、重建的时间顺序来解读小
说，也根据这种时间顺序的外包装来解读小说：那里有一个叙事，叙
述者原则上是其中的常项。❷ 这样，任何小说都是某种隐性的时间整

---

❶　我们谨以格奥尔格·卢卡奇和米哈伊尔·巴赫金为例，需要说明的是，他们的小
说理论并未采纳专门的认识论观点，后者或许可以成为我们所强调困难的某种解决办法。
借助于三种视野，超越历史主义是可能的：一种本体论的视野，一种语言学和风格学的视
野，把后两种与性情及其变种的界定关联起来。这三种视野的每一种都是一种强势的视野，
一方面，它可以改变历史进程中小说整体的风尚，另一方面，在理论所建议的分析中坚持
恒久的阐释原则。从格奥尔格·卢卡奇自谓其《小说理论》中的唯心主义向小说的马克思
主义阅读（青睐现实主义）的过渡肯定是根据卢卡奇本人的意识形态的演变来解读的，但
也可以根据某种简单的批评选择来解读：小说史和小说的持久性通过参照我们自己这个世
界的常项以及它是历史的这一事实得到理解。青睐现实主义归根结底是批评实践的一项经
济选择：对真实的模仿可以恰恰以最经济的方式，反映文学作品。相对于现实主义的差距
读作这种经济游戏的种种断层。这类论据也被用来论证亚里士多德那里的摹仿说定义。然
而我们要指出的是，选择这样一种批评兼批评经济学的思想可以无视小说与历史形成的叩
问之间的关系：历史仅当小说将其读作某种决定因素时才是思想，这是格奥尔格·卢卡奇
在其前引《历史小说》中给出的教益。

❷　我们说"原则上的常项"，因为不少小说展现了若干个叙述者，例如前引毛利裔
作家帕特里夏·格雷斯的小说《不会说是的芭比》。这部小说通过众多叙述者，展示了由
个体历史和记忆构成的某种跨个体主义和记忆的共同体并进而展示了历史的共同体。

体化的标志和塑造，甚至当它追踪系列事件和行动时；它亦对任何其他小说做出榜样。小说理论，尤其是探讨很长时段的小说并根据历史的某种连续性阅读小说的小说理论，乃是对小说的无声模拟，犹如它们把它界定的模样那样，不管它们的客观性意向如何。

　　这样一种小说史的思想承认小说历史和谱系考古的某种起源，并非为了展示它们，而是仅仅阅读通过时间主导小说发展之决定论的某种方式。这样，西方史的历史和时间就与希腊文化和英雄史诗的时间相对立：在埃里希·奥埃巴赫那里体现为典范的形式，他把历史的时间等同于圣经的时间；在其他两个理论家那里还体现为更明显的方式。西方现代史的时间之前还有一个时间，它是一个和谐的时间；因而现代史被设置为困难的时间。这种二元对立的建构完全建立在一种历史决定论观念的基础上。这种观念可以维持小说被作为时间长河中的象征以及这些象征的阐释对于理解小说史并同时表述体裁变化和某种恒久性方式的假设。正如上文已经指出的那样，❶ 埃里希·奥埃巴赫根据圣经界定了一种与历史的目的论分不开的文学传统的假设写出了他的《摹仿论》。这样，已经形成的历史和未来的历史就是一种本身根据其确定性和某种阐释的可能性而解读的文学史，这是圣经根据一系列二重性（外与内、明与暗、清晰与晦涩、前台与背景、简朴性与复杂性、稳定与躁动、清澄与焦躁、是与变化、传奇与历史）而许可的阐释本身，其中这些双重性的前一项反馈到荷马的世界，而后一项则反馈到圣经的世界。第二项造就某种恒久阐释的可能性和某种普遍历史图式的可能性。于是人们就设想了一个先于小说鉴定并且决定小说史的广漠的历史。需要重复的是，这是对圣经的参照之外，格奥尔格·卢卡奇和米哈伊尔·巴赫金论据的主要论点之一。古希腊的地位得到了全面承认，它可以通过某种比对游戏，表述小说的历史和恒常性。历史连续性的这种重构是西方人表述小说（可以称作小说的东

---

❶　参见 Vassilis Lambropoulos, *The Rise of Eurocentrism*, *op. cit.*, p. 3 *sq.*

西）、表述不受西方影响的东西、例如中国小说❶的手段。

这些论点虽然没有必然被参照，却允许关于该体裁的某种命题性言语。例如，人们可以提供一部小说史，作为表述小说目的性的一种方式：根据其建构的明证性，根据其思考性的明证性，而明显完成的小说。例如，人们可以提供一部小说史，作为表述历史目的性本身的一种方式：倘若小说是个体及其信念和对身份问题作出种种回答的小说，它因而便是历史的小说，个体当然根据其信念和知识在这种历史中完善。例如人们还可以提供小说的某种宏大叙事，它时而拥有某种人学的背景，即我们从精神分析类小说理论中读到的背景，然而也从历史理论中（格奥尔格·卢卡奇的《小说理论》）读到的背景，时而拥有某种意识形态的背景（需要重复格奥尔格·卢卡奇），时而拥有人类实践多样性的背景：正如笛福所想的那样，塑造这种多样性是写作小说的理由。甚至那些似乎与这种宏大叙事决裂的理论和分析，仍然保留着指示小说体裁某种连续性的一种手段，保留着小说创作恰恰借助多样性的展现而对多样性的某种掌控。例如，后现代理论所表述的虚空和小说的滑稽模仿性，大概就喻示着可能与小说相关联的任何恒常实践和信念的缺失。但是，这些理论保持着掌控小说的思想：滑稽模仿远非某种去建构的活动，它是捕捉多样性的一种方式，在捕捉多样性方面，没有过分可言。它存在于小说的信念中，存在于小说理论传统所设置的目的化的小说史中。

总而言之，这些小说理论和小说史赋予小说以双重定位：小说是由历史主导的；它是历史恒常的阐释者，因为它从历史的决定论中吸纳了根据历史而目的化的某种解读能力。然而需要指出的是，小说的系列书写并不建议把该系列读作历史的某种阐释者。最好不要把某种

---

❶　关于两种文学传统的比较，参见 Jean Levi, *La Chine romanesque. Fictions d'Orient et d'Occident*, *op. cit*。

小说例如人们誉为英雄小说的托尔斯泰的《战争与和平》❶ 可能扮演的历史阐释者的角色与小说史混淆起来，后者肯定受历史的某种决定，但是并不构成某种宏大叙事，与受黑格尔、马克思主义、民族主义启示❷的批评所想象的相反。这些视野不能回答小说史本身所构成的问题。这种历史更多地是根据情势图式的一种历史：某些小说整体所描绘的情势，每部小说为了自身的建构所描绘的情势。❸ 这就解释了何以在历史的整个长河中，当一部被确定的文本以其他文本作为公开承认的或显性的榜样，把它们视作小说时，一部小说诗学并没有写出的原因。

---

❶ Tolstoï, *La Guerre et la Paix*, *op. cit.*

❷ 帕特里克·帕雷德（Patrick Parrinder）的新著《民族与小说——从起源到当今的英国小说》（*Nation and Novel. The English Novel from its Origins to the Present Day*, *op. cit.*）以某种很大的细腻性，需要指出的是，演示了这种民族视野。他让对民族的参照与英国小说的演进之间的某种辩证方式发挥了作用。英国小说较少呈现出受现实或民族思想的决定，而更多地呈现为保证一个叫作大英王国的国家的某种民族阅读的连续性：一种民族阅读意味着民族假设的某种广泛的多样性。弗朗哥·莫雷蒂（Franco Moretti）的《现代史诗：从歌德到加西亚·马尔克斯的世界体系》（*Modern Epic：the World - System from Goethe to Garcia Marquez*, *Londres*, *Verso*, 1995），与自身的论据相反，肯定小说尤其是现代主义的小说不能被承认这种阐释者的角色，因为英雄史诗的视野属于诗，有时候基本上属于诗：例如埃兹拉·庞德的《歌集》（*Cantos*）。因而应该采纳弗朗哥·莫雷蒂论据的一个隐性观点：作为史诗，英雄小说是失败的。本书作者建议把这种失败（应该说是史诗的选择性失败）阅读为明显把小说与时间和历史过渡的处理关联起来的手段，而非某种目的化的变化的图式。

❸ 关于这一点，参见让·贝西埃前引《当代小说或世界的问题性》。我们给出了两例明显根据情势游戏建构的小说：Ivo Andrić, *Le Pont sur la Drina*（*Paris*, *Le Livre de Poche*, 1999, *Ed. or. Na Drinić urpija*, 1945）和 Kateb Yacine, *Nedjma*（*Paris*, *Le Seuil*, 1956）。前者是一部从1516~1914年的长篇编年史，其空间包含着不同的时代和事件。桥和事件描绘着种种情势，后者使多种多样的历史、民族和文化介入进来。《耐吉玛》对于当代来说，乃是民族小说建构的一个最好例子，它根据一系列情势，表述某种历史。《耐吉玛》赋予历史中时间的多元性以权利，用以描绘一种可以根据其统一性解读的历史。在这种视野里，历史小说可能拥有的描绘决定论某种方式的能力，与格奥尔格·卢卡奇在前引《历史小说》里所喻示的相反，与明确指出从过去过渡到现在的原因无关，而是与某种情势的建构相关，那么根据小说，这种情势就只能是独特的。

目的化历史之外的小说理论

然而大的小说理论喻示着它们的相反阅读，并可以描绘什么是另一种小说史。同时表述小说的历史和恒久性不可避免地喻示着，小说属于某种跨时间性，后者可以把小说读作时间长河中身份差异性的展示，也读作时间形成的共同环境的塑形。因而这种假设在格奥尔格·卢卡奇和米哈伊尔·巴赫金那儿是可以发现的；它应该得到丰富。

米哈伊尔·巴赫金关于小说现在时态这种强势见解突出了过渡性时间的主导地位："这样，当现在变成人在时间和世界中的方向核心，时间和世界失去了它们的'实体'的'确定性'以及它们的构成部分中的每一种。"❶ 这种见解可以补充如下：两种实体的这种未完成性使得情势的图式成为可能，后者事实上是一种多元时代性的图式。应该重复沃尔特·司各特的教益：历史小说是根据现在时态的一种这样情势的图式。并非历史小说的小说也是这种情势的图式本身。我们应该把情势理解为多种系列事件、行动、时间、多重结构材料的交叉：由于这种交叉，事件、行动和行为人穿越他们自身的鉴定。小说史是小说所塑形的种种情势的历史，它们本身与偶然性是分不开的：情势是根据时间和空间对事件和行动的汇集，而不是根据历史的某种规律，它们与唯名论也是分不开的：情势是根据它所描绘的汇集的命名活动。小说是对历史的某种命名，这是人们通过任何历史小说都知道的事，正如它是种种时间、事件、行为的某种命名，在一部并非历史小说的小说里，它宣称把它们作为自己的客体。历史小说并非因为虚构和材料游戏，而是因为应用于种种公共事件和行动的这种唯名论，而成为问题。作为公共事件和行动，这些事件和行动因此原则上就是

---

❶ 米哈伊尔·巴赫金：前引《小说的美学和理论》，第464页。假设《小说的美学和理论》的另一种见解喻示相同的事情。米哈伊尔·巴赫金指出，拉伯雷的小说世界不断地扩大：这种扩大相当于时间形成的共同环境的塑造。

自由的，独立于它们的鉴定的某种独特化。然而，它们却被情势和命名独特化。格奥尔格·卢卡奇心目中的历史小说❶引导我们审视行动元材料，亦即行为人和种种决定的界定情况。❷尽管它们是过去时代已经过去的界定，仍然被小说的时间悖论相对化：这里的时间悖论指的是时间的序列性和整体化：与行动元分不开的行动和决定精神，行动和决定精神所回应的风险和危险，归根结底记录在某种过渡性的时间里。这把历史小说定义为某种情势的建构。

小说，小说的情势和诗学

小说诗学的重要材料，如确定性与非确定性之二重性、互文性、可能性、体裁的附属性等，应该解读为小说用来回应历史并描绘种种情势的手段。

小说作为确定的东西（它是一种有始有终的叙事，另外，不管从开头到结尾的运动有多么复杂），包含某种不确定的方式：它对时间的整体化处理穿越了叙事的确定性并塑造一种环境。❸需要说明的是，主要的小说理论把不确定性与确定性的这种二重性移植了，格奥尔格·卢卡奇移植到人物的类型学，❹米哈伊尔·巴赫金移植到小说文

---

❶ György Lukács, *Le Roman historique*, *op. cit.*

❷ 假设这是一项补充见解：这样我们就在格奥尔格·卢卡奇和米哈伊尔·巴赫金的两种小说理论里重新发现了两种小说范畴的分野：英雄小说的传统范畴，日常小说的传统范畴，如同自16世纪以来它被创立的模样。这种分野在塞万提斯的《堂吉诃德》里已经处于被界定的状态：确定时间中的真实及其身份与决定行动不能相混，即使后一种决定设置了对真实的确定。堂吉诃德的想象和疯癫反映了能力的虚空加风险的假设：代替这种假设的乃是日常小说的假设，它不再呼唤对风险的发现，而呼唤对这种日常生活及其偶然性的承认的发现。

❸ 关于这几点，参见原著第126页、本译著第112～113页。

❹ 确定性和不确定性的二重性是身份与差异之二重性的一种塑形。

本、文本间性、言语间性的界定，❶ 这种二重性还被移植到场域的类型学方面。❷ 关于小说的研究还有阐释这种二重性的其他方式：小说中的主体似乎比自己更广阔；❸ 科学幻想的时间侵入到现在；❹ 世界所形成的大空间中对诸多小空间的去多元化，例如骗子无赖小说和道路小说所演示的那样。❺ 最好说，不确定性在确定性中的这种游戏是建构情势并将时间和地点的多元性塑造成一个小说世界的手段。

历史、偶然性与小说史的关联可以使人思考米哈伊尔·巴赫金的互文性，脱离种种新义可以无休止地附加在文本和已经获得之历史上头的设想：我们看不出这种附加的动机是什么，倘若不是某种自圆其说的创造的话。在同样的视野里，与格奥尔格·卢卡奇的问题人物相关联的可能性也不能阅读为他想指示的某种未来的创造。众所周知，在匈牙利批评家之文学理论后来的形态中，历史本身被编造。这样一种目的化的编造观丝毫听不出小说特别回应的东西。互文性和可能性

---

❶ 文本间性的朦胧性在于把确定性和不确定性的这种二重性结合到时而被限定、时而去差异化的种种言语的界定中。那么，身份与差异的耦合就有待于具体确定。

❷ 探险小说的场域具有某种完善的双价性：它们是系列场域，通过该系列，它们演示了偶然性；它们蕴含着让人们设置了它们的系列所属于之世界的幅度。这种情况从拉伯雷《巨人传》的第三卷到儒勒·凡尔纳的小说，都可以读出。这也是托马斯·品钦的《逆光》的原则。我们还可以回到米哈伊尔·巴赫金那里并指出，这类小说设置了包容某种空间和时间的思想，在该空间和时间里，可以不分等级地展现许多行为人、许多行动、许多事情。时间和空间造成的这种等级的缺失是思考时空体的条件之一。

❸ 人物具有某种广阔的身份、某种广阔的主体性并不要求像格奥尔格·卢卡奇那样，把他阐释为一个问题性的人物或者一个去除了魔性的人物。一如昆廷·安德森（Quentin Anderson）在前引《天马行空的自我》（*The Imperial Self*）所做的那样，他也可以被阐释为根据自我拥有世界的某种活动的塑造：不确定性通过主体而进入了确定性本身，因为这种广阔的灵魂确实属于世界。

❹ 科学幻想的批评把那些将自己的世界完全与读者融为一体、给出种种完整世界的小说称为"僭越性幻想"，即科幻世界把它们的不确定性引入到读者的世界中去。

❺ 空间的去多元化和道路题材是偶然性的形象，它们并不排除根据地点、风景、目的对空间的种种鉴定；这是追寻的空间。换言之，记录在确定性中的不确定性依据空间，建构了身份之差异化和去差异化的游戏。

与情势图式和过渡性图式是分不开的，后者通过小说来界定历史的方法论。

建立了偶然性权利的文学体裁不可避免地是众多材料和言语形成的体裁。这是言语间性见解的某种重构。以米哈伊尔·巴赫金的方式，说这种体裁是一种二类体裁或第二体裁，这种做法仍然是悖论性质的。这容易让人想到，小说这种范畴到来之前，设置了先前的另一种范畴。这里我们涉及重复体裁发展若干手段及其持续被当成某种讽喻游戏的风险。❶ 这种讽喻把小说当成了反断定式的某种简单言语，并建议归根结底将其解读为某种次命题，这种命题本身亦根据这些大体裁史的背面来解读。还有另一种审视小说第二性的方式：为了重建偶然性的权利，所有反对上述权利的东西之后，小说都会不可避免地挺身而出。从它用以作为客体的材料的角度视之，任何小说都处于它们的最后。❷ 这解释了小说体裁的常项：罗歇·凯由瓦喻示说，那里有对小说可能消失的拒绝和对其千变万化之性格的拒绝。不管今天人们的说法如何与米哈伊尔·巴赫金的见解相矛盾，说小说变成某种非体裁，或者当我们希望回到类型学时，说小说属于叙述学，这些说法事实上都呼唤与把小说界定为二流体裁所引发之回答同样类型的回答：即小说似乎能够依靠对风格和叙述手段某种清点的借鉴而定义首先传达这样的信息：它既不让人们把什么是它的本质观念化，也不让人们从它自身的历史中抽出书写和形式的任何规定；它是它自身的偶然性和种种情势图式的历史。

论小说的历史

根据小说自身的偶然性和种种情势图式的历史来表述它的历史

---

❶ 当代批评中由互文性、滑稽模仿概念形成的使用，确认了这一点。

❷ Ricardo Piglia, *Le Dernier Lecteur*, Paris, Bourgois, 2008；*Ed. or.*, *El último lector*, 2005.

（全球化的小说也是这样一种情势的图式），意味着显示偶然性和这些图式的材料被采纳。这样就需要承认身份的差异性和它们的去差异化的游戏，承认把小说鉴定为某种反实际性的游戏，把小说鉴定为距离之塑造的游戏，这里的距离与一如自身外的自身的关系图式是分不开的：行为人与自身的距离，行为人与他人的距离，即使这种关系实际上蕴含着置于形势中的图式。这三种视野的第一种允许脱离任何目的性建构某种小说史并表述它的连续性；第二种允许面对并依据它与所有属于实际性的言语：实用言语、知识言语、宗教言语等，换言之，即它与不属于叩问的种种言语的关系，解读小说，这将把小说史从约定俗成的和非约定俗成的意识形态阅读中和反意识形态的阅读中抽离出来；第三种允许把偶然性与对主体和真实的某种理解活动关联起来。

小说的历史与身份的差异性和去差异化

这样，在任何可能赋予它的目的性或目的化之外，现代和当代的西方小说史，我们仅以这段为例，就可能让最明显强调这种历史的小说，与小说成分和身份之去差异化的显性塑造时刻、与人物身份之去差异化的显性塑造时刻相交替，例如《堂吉诃德》，与小说所显示的成分和身份的明显差异化的种种时刻相交替，例如理查森的小说（狄德罗曾经赞扬过这些小说的可读性和它们提供给读者的鉴定的可能性），与体现努力界定如何走出明显形象性的小说，例如歌德的《威廉·迈斯特的学习年代》，与迈向自身成分去差异化、迈向某种坦承塑形性的小说，例如德国浪漫主义者的小说，与真正现实主义的小说，趋向于确定身份的 19 世纪的现实主义大作相交替。

这种历史，这种交替游戏有待于从它们自身给予阐释。它们也可以根据小说所注册的历史情势来阐释：小说中身份的差异化和去差异化反映了历史中的同样游戏。身份的差异和它们的去差异化、偶然性意味着历史的某种彻底安排：这种历史可以读作事件序列，并进而读作从前以来不曾存在甚至不曾被预感之物的安置。小说史根据历史这种悖论性的过渡性和它所承载的异质多元性的现实来理解。过渡性和异质多元性的现实在小说中根据身份的差异和去差异化，根据预先界定的修辞端极和审美端极的组合来辨认。18世纪的小说演示了这几点。它还提供了一种吁请我们重新思考性情和可能性、以及逻各斯和时空体并由此鉴定某种历史时刻的形象：笛福的鲁滨逊·克鲁索。汉斯·布卢门贝格指出，人物（我们补充说，他归于偶然性）的吸引力来自他把一个陌生的和未经整理的世界改造成了自己的祖国：[1] 我们不妨具体说明，他把这个陌生世界的偶然性，变成了某种人学图式和重建某种身份的机遇，即与陌生之地所演示的不确定性的经验分不开的鲁滨逊的身份：不毛之地是无差异化的形象。与人物所承受之流亡分不开的身份和去差异化的这种游戏，可以根据与大英帝国历史上一个过渡阶段（查理二世的复辟时期和统治时期）和一种恢复的民族权力的某种一致性来解读。[2] 这种游戏还可以读作与殖民膨胀分不开的人的一种新"身份"的塑造。我们还可以表述其他身份：把人物鉴定为贵铬派，鉴定为殖民者的形象，等等。正如已经指出的那样，人物本身是一种情势，一如小说是一种情势一样：两者都不属于按照历史的重演来鉴定，而安排了某种重建的能力并进而安排了分析时间的能力。显然，鲁滨逊形象所获得的普遍承认喻示着，与流亡相关联的身份的差异性和去差异化这种游戏是解读其他许多历史时刻的开启者。这样，我们就确认了小说回应历史变动的性能和它在历史的任何目的性图式之外塑造过渡性的中肯性。

小说的历史与反实际性

小说史——系列小说的历史，一小说被另一小说采用的历史，小

---

[1] Hans Blumenberg, *La Raison du mythe*, Paris, Gallimard, 2005, p. 118; *Ed. or.*, *Wirklichkeitsbegriff und Wirkungspotential des Mythos*, 2001.

[2] 参见 Patrick Parrinder, *Nation and Novel*, *op. cit.*, p. 76 *sq.*

说所构成的巨大的"虚构"世界的历史——以明显的方式，根据反实际性来解读。例如，人们言说跨虚构性❶时（小说在接用游戏中形成的这种状态，除了鉴定为这些接用的忠实性，不能鉴定为任何客观性），其实是说，小说只不过是一种重新书写的常项，它本身就是悖论的：把叙事、小说的某些成分展示为被书写的那种模样，同时展示为通过这种接用蕴含着过去的某种新形象、未来的某种新形象的东西。这样，跨虚构性就同时喻示着：小说是根据种种时间身份的某种展现而构成的，在这种情况下，指的是与某些叙事、某些小说相关的身份，也是根据时间序列的某种解放而构成的：这些叙事、小说的历史不能成为法令。这可以在创造的标志下重新得到表述。这更本质地是在小说过渡性游戏、身份－物质和纯粹变化图式的矛盾组合所允许之事物的标志下得到重新表述：排除趋向于某种命题游戏的任何言语类型，包括完全虚构性的言语，从虚构的角度视之，它是命题性质的言语。这等于把小说史等同于反实际性之言语的历史。❷

小说的历史与自身以外的主体

偶然性的优越地位需要特别地读出：它可以描绘人物与世界的关系。如同爱德华·摩根·福斯特所指出的那样，小说青睐爱情故事，传记小说是小说体裁的某种支配形式，这一切都反映了下述事实，即偶然性是定义性质的，对于主体，对于他与自身的关系：偶然性是主体与自身关系之外部条件的某种定义。这等于把某种关系特征给予了外部性。这还等于让主体与情势分不开。从这个意义上说，小说史就是某种双重价值或者附加在双价性之上的某种交替性的历史，或者作为表述世界这一事实之特征的交替性：身份－物质之谓项和唯一变化

---

❶ 关于跨虚构性的事实和概念，参见 Richard Saint – Gelais, *Fictions transfuges*, Paris, *Le Seuil*, 2011.

❷ 关于详细的见解，参见让·贝西埃前引著作《文学理论的原理》第 199 页末段完。

标志的交替性。由于它们的后果，这样小说就排除两类命题句子：否认它在情势中的记载等于没有任何确定之处；缩小为在某种情势中的记载等于没有任何不同之处。时间性及其过渡所承载的叩问等同于根据世界和主体自身来鉴定他。可以有某种小说史，根据过渡性时间来重复小说史：从某种情势中的最小记载与某种情势中的完整记载的游戏开始鉴定主体的小说史。堂吉诃德、巴汝奇就是这种双重价值的典范。教育小说原则上是双重价值两种成分幸运组合的小说。对于人物而言，倘若与自身的关系不可避免地犹如与自身外的某种关系，时间不正常的小说（科幻小说），真实不正常的小说（幻想小说），主体不正常的小说（侦探小说）等，都把与自身关系和犹如与自身外的自身关系之间的张力带向极端。这种张力是定义格奥尔格·卢卡奇之问题人物、米哈伊尔·巴赫金之复调人物和多重言语的条件。正如已经指出的那样，❶ 小说史根据一个愈来愈异化之人物的展现解读为小说演变的做法告诉我们，小说将根据世界之可能损失、记载在世界里的可能损失的指示发展。这种损失没有被展示为仅仅依靠人物。这样小说史乃是对不理解自身和世界之种种塑形的生产，这已经是堂吉诃德、巴汝奇的个人条件，它还是狄德罗的宿命者雅克的个人条件，现实主义大作之传记小说的人物的个人条件，这是现代主义和后现代小说的显性和隐性形态。从世界和主体的客观化角度言之，这种不理解是对时间中身份歧义的构造。它归根结底被解读为不理解之政治生产的塑形：这等于把偶然性的发现解读为某种询问的条件，后者是理解世界和社会的手段。这就是何以现实主义大作的小说同时展现了一个历史上确定的世界和一个不理解自身和世界的人物。这种询问结构拥有杰出的先例：巴洛克小说，田园牧歌小说：离开家乡的幻想，自身和世界的幻想直接与犹如自身外的这种与自身的关系以及有关与世界之关系的真谛的询问相关联。在跨个体性或类同主义的小说范围内，

---

❶ 关于这几点，参见原著第 173 页、本译著第 161 页。

与自身的关系一如自身外之关系乃是规则。这种世界和人之生活的确定无疑的外部性还有一种批评功能：它可以昭明并解读人类共同体中的不理解现象。与自身关系一如与自身外关系的这种游戏，❶ 承载着对小说现在化能力和整体主义塑形的论证。思考性的小说，尤其是还加上展现作家形象的小说，试图把这个问题展现为由小说本身所掌控的问题。

---

❶　关于这种关系之蕴含的具体说明，参见 Valérie Gérard, *L'Expérience morale hors de soi*, Paris, *PUF*, 2011.

作家和批评家的姓名索引